Charlie Higson

James Bond

Reden ist Silber, Schweigen ist tödlich

Von Charlie Higson ist im Arena Verlag erschienen:
James Bond – Stille Wasser sind tödlich (Band 50820)
James Bond – Der Tod kennt kein Morgen (Band 50824)
James Bond – GoldenBoy (Band 50822)
James Bond – Zurück kommt nur der Tod (Band 50821)

Die gleichnamigen Hörbücher sind bei Arena audio erschienen.

Charlie Higson
lebt in London und ist in England bekannt geworden als erfolgreicher Autor von Thrillern für Erwachsene sowie als Darsteller und Mit-Erfinder der beliebten BBC-Comedy-Show »The Fast Show«. Als er von Ian Fleming Publications darauf angesprochen wurde, eine Buchreihe über James Bond als Jugendlichen zu schreiben, war er gleich begeistert. James Bond, der berühmteste Spion der Welt, war auch für ihn ein Idol. Sorgfältigste Recherchen und eine genaue Abstimmung mit den Romanen von Ian Fleming führten Charlie Higson zu seiner Figur des 13-jährigen James Bond.

CHARLIE HIGSON

JAMES BOND

Reden ist Silber, Schweigen ist tödlich

Aus dem Englischen von Petra Koob-Pawis

Arena

MIX
Papier aus verantwortungsvollen Quellen
FSC® C110508
www.fsc.org

1. Auflage als Sonderausgabe 2015

Aus dem Englischen von Petra Koob-Pawis
Umschlaggestaltung: Frauke Schneider
Umschlagtypografie: KCS GmbH · Verlagsservice & Medienproduktion,
Stelle/Hamburg
Gesamtherstellung: Westermann Druck Zwickau GmbH
ISSN 0518-4002
ISBN 978-3-401-50823-8

www.arena-verlag.de
Mitreden unter forum.arena-verlag.de

Inhalt

Teil 1: El Huracán

Teil 2: Willkommen in der Bande

Teil 3: Lagrimas Negras

Teil 1

El Huracán

1 Die Regeln des Hauses

Dreizehn Männer saßen um den Tisch. Am Ende des Tages würde es einer weniger sein.

An der Decke drehten sich gemächlich zwei riesige Ventilatoren und bewegten träge die heiße, feuchte Luft. Kein Lüftchen drang durch die geöffneten Fenster herein, die einen Blick auf die strahlend blauen Gewässer der Karibik boten. Ein schwerer Sturm zog heran und die Atmosphäre war aufgeladen. Es war einer von den Tagen, an denen man Kopfschmerzen bekommt.

Die Männer sahen aus, als wären sie am liebsten weit weg. Ein paar von ihnen waren an die Hitze gewöhnt, aber die meisten schwitzten und fühlten sich unwohl. Sie zupften am Kragen, fächelten sich Luft zu und zogen an den Hemden, die an ihrer nassen Haut klebten.

Nur der Mann, der am Kopfende des Tisches saß, schien von alledem unbeeindruckt und völlig entspannt zu sein. Er saß reglos da und beobachtete die anderen schweigend. Neben seinem Ellbogen stand unberührt ein Glas eisgekühlter Sherry fino. Er war sehr gut gekleidet, wie ein mexikanischer Aristokrat, mit einem bestickten Samtanzug und einem cremefarbenen Rüschenhalstuch, das von einer perlenbesetzten Brosche gehalten wurde.

Er hatte eine flache Nase und sein dunkelbraunes Gesicht sah aus, als wäre es aus altem, hartem Holz geschnitzt. Sein dichtes Haar war schneeweiß, genauso wie sein akkurat geschnittenes Van-Dyke-Bärtchen. Er mochte vierzig sein, vielleicht auch achtzig, es war unmöglich, sein wahres Alter zu schätzen. Seine Au-

gen blickten so, als wären sie schon tausend Jahre alt und als gäbe es nichts, was sie nicht schon gesehen hätten.
Schließlich ergriff er das Wort; er sprach Englisch, aber mit einem starken spanischen Akzent.
»Gentlemen«, sagte er, »wir haben ein Problem.«
»Was für ein Problem, El Huracán?«, fragte ein schlanker, gut aussehender Mann, um dessen Mund ein spöttisches Dauerlächeln spielte. Er hieß Robert King und war ein Ganove aus Chicago, der eine reiche Witwe, Erbin eines Diamantenvermögens geheiratet und sie dann mitten im Atlantik von ihrer Jacht ins Meer gestoßen hatte. Er hatte die Mannschaft bestochen, damit sie den Mund hielt, und das gesamte Vermögen seiner Frau geerbt, aber der Skipper war ein Trunkenbold und nach einem Whisky zu viel hatte er die üble Geschichte in einer Bar in Nantucket ausgeplaudert. Am nächsten Tag war die Polizei hinter King her.
King floh außer Landes, aber vorher besuchte er seinen Ex-Skipper in einer billigen Absteige und schlitzte ihm lautlos mit einem Rasiermesser die Kehle auf. King war hierhergekommen, um unterzutauchen, die Taschen vollgestopft mit Banknoten und Diamanten.
»Man kann es leicht aus der Welt schaffen«, sprach El Huracán weiter. »Aber es ist gleichwohl ein ernstes Problem.« Er redete leise und es klang beinahe gelangweilt.
»Wie ernst?«, fragte King und goss eisgekühltes Wasser in sein Glas.
El Huracán stand auf und ging zum nächsten Fenster. Er tat, als habe er die Frage überhört, und sah stattdessen den Wellen zu, die sich in der Ferne an einem Riff brachen.
»Sagen Sie mir«, fragte er schließlich, »ist es nicht wunderschön hier auf dieser Insel?«
Von allen Seiten des Tisches hörte man zustimmendes Gemurmel, begleitet von müdem Kopfnicken.

»Ist das nicht das Paradies?«
Wieder murmelten die Männer zustimmend.
El Huracán wandte sich vom Fenster ab und schaute der Reihe nach in die kantigen Gesichter. »Welchen Grund also könnte jemand haben, von hier weggehen zu wollen?«
Die Männer gaben undeutliche Laute von sich, aber keiner sagte ein Wort.
»Hier auf Lagrimas Negras haben wir das erlesenste Essen«, fuhr El Huracán fort und deutete auf den Tisch, der sich unter der Last der Speisen bog: saftige Steaks, Hühnchen, gebratener Fisch und Hummer, Süßkartoffeln, Reis und tropische Früchte. »Es ist immer warm hier. Es gibt keine Krankheiten. Man hat alles, was man will. Habe ich nicht recht?«
»Sehr recht sogar, El Huracán . . .«, antwortete ein dicker, sonnenverbrannter Mann mit gelben Schweinchenaugen, dessen einstmals weißes Hemd von Schweißflecken grau verfärbt war. Er hieß Dum-Dum White. Er war auf Raubüberfälle spezialisiert und hatte eine Reihe von Banken im amerikanischen Mittelwesten ausgeraubt – mit einer Tommy-Maschinenpistole, die mit Dumdum-Geschossen geladen war. Schließlich war er nach Süden über die Grenze entwischt, nachdem die restlichen Mitglieder seiner Bande von FBI-Leuten in Tucson erschossen worden waren.
»Hier sind Sie alle in Sicherheit«, sagte El Huracán. »Sie und die hundert anderen Männer und Frauen, die auf meine Insel gekommen sind.«
»Das stimmt«, antwortete Dum-Dum, der vor Hitze fast zerfloss.
»Ich weiß, Leute wie Sie hassen Autorität jeder Art.« Der braunhäutige Mann lachte leise vor sich hin. »Sie leben außerhalb der Gesetze. Aber selbst Sie sollten einsehen, dass es ein paar Regeln geben muss.«
»Ja.«

»Sehen Sie das wirklich ein?«

»Sicher. Ohne Regeln würde alles drunter und drüber gehen«, sagte ein anderer Amerikaner, der Chunks Duhaine hieß. Chunks war ein Auftragskiller, der seinen Spitznamen Chunks seiner speziellen Arbeitsweise verdankte: Er ließ seine Opfer für gewöhnlich als blutigen Haufen zurück.

»Sie alle sind noch nicht sehr lange hier«, sagte El Huracán, setzte sich wieder und nippte an seinem Sherry. »Aber meine Regeln sollten Sie inzwischen kennen. Wie lauten sie noch gleich?«

»Regel eins: Sie sind der Boss«, sagte ein Mann mit einem breiten, fast orientalisch geschnittenen Gesicht und einem dünnen Oberlippenbärtchen. »Was Sie sagen, wird gemacht.« Der Mann, Abrillo Chacon, war ein chilenischer Sprengstoffexperte, der sich darauf spezialisiert hatte, nachts Banken aufzusprengen. Bei seinem letzten Job in Concepción hatten zwölf Polizisten auf ihn gewartet, aber Chacon hatte so viel Sprengstoff benutzt, dass das gesamte Dach der Bank eingestürzt war und die Polizisten unter sich zermalmt hatte.

»Richtig«, antwortete El Huracán. »Jede Bande braucht einen Boss.«

»Kein Problem. Als Boss sind Sie echt in Ordnung. Prima Einrichtung, die Sie hier haben«, sagte Chunks.

»Danke«, erwiderte El Huracán. »Es ist immer schön, wenn man weiß, dass einen die Leute schätzen.« Er ließ seinen Blick über die Männer schweifen, ganz gemächlich, weidete sich an ihrem wachsenden Unbehagen. »Wie lauten die anderen Regeln?«, fragte er schließlich.

»Unser gesamtes Geld wird in Ihrer Bank verwahrt«, antwortete ein hagerer, pockennarbiger Mann. Er hieß Aurelio de la Uz. Aurelio war eines Nachts einem Mafia-Zocker gefolgt, der in einem Kasino in Havanna ein kleines Vermögen gewonnen hatte. Er

schoss ihm in den Hinterkopf, nahm den Gewinn an sich und setzte sich als reicher Mann aus Kuba ab.
»Ja«, sagte El Huracán mit einem leichten, eleganten Kopfnicken. »Wenn Sie nicht bei mir Zuflucht gefunden hätten, wären Sie alle entweder tot oder säßen im Gefängnis und Ihr Vermögen wäre in alle Winde verstreut. So aber sind Sie am Leben, glücklich und zufrieden, und das Geld ist gut angelegt.«
»Uns bleibt ja nichts anderes übrig«, sagte Chunks Duhaine und lachte freudlos.
»Verzeihen Sie, wenn ich das erwähne«, sagte El Huracán, »aber auf einer Insel, die nur von Verbrechern bewohnt ist, könnte man meinen, dass das Geld vielleicht nicht sicher ist. Allein in diesem Raum sitzen vier Bankräuber. Meine Bank wird allerdings von niemandem ausgeraubt, denn wer auch immer es wagte, hätte hundert der gnadenlosesten Killer am Hals.«
»Verdammt richtig«, sagte Dum-Dum. »Obwohl ich zugeben muss, dass Ihre Bank eine teuflische Versuchung ist.«
Alle lachten und El Huracán lachte mit, bevor er mit seiner Hand Schweigen gebot.
»Und wie heißt die nächste Regel?«
»Kein Kontakt zur Außenwelt.« Es war Eugene Hamilton, der das sagte, ein kleiner, stiller Mann mit Brille. Er hatte fast eine Million Dollar von einer Ölgesellschaft gestohlen, wirkte jedoch fehl am Platz unter all den Ganoven. Er sah aus wie ein Buchhalter und nicht wie ein bewaffneter Bankräuber. Das lag daran, dass er tatsächlich ein Buchhalter war.
»Das ist die wichtigste Regel überhaupt, Gentlemen«, sagte El Huracán. »Dies hier ist ein einmaliger Ort. Eine Insel, auf der sich gesuchte Verbrecher verstecken können, ohne fürchten zu müssen, jemals gefasst zu werden. Eine Insel, auf der es keine Rolle spielt, was sie verbrochen haben. Solange sie dafür bezahlen können, so lange können sie hier wie im Paradies leben, bis ans

Ende der Tage. Aber wir wollen nicht, dass die Welt dort draußen etwas von dem erfährt, was wir hier tun. Das ist das Allerwichtigste. Und wie heißt die letzte Regel?«

»Wer einmal da ist, kann die Insel nie wieder verlassen«, antwortete Luis Chavez, ein mexikanischer Gangster.

»Ich frage mich, wie viele von Ihnen wären wohl hierhergekommen, wenn sie diese letzte Regel gekannt hätten?«, fuhr El Huracán fort.

Niemand antwortete. El Huracán lachte.

»Dieser Ort muss ein Geheimnis bleiben, eine Legende, ein Traum«, sagte er. »Aber jemand in diesem Raum hat versucht, Briefe zu schreiben . . .«

El Huracán stand auf und begann, langsam um den Tisch herumzugehen, hinter den Rücken der sitzenden Männer entlang.

»Irgendjemand hat versucht, einen meiner Tagelöhner zu bestechen, damit er eine Botschaft mit nach draußen nimmt. Irgendjemand hier in diesem Raum will die Insel verlassen.«

El Huracán ging zur Tür und stieß sie auf. Zwei Männer kamen herein. Es waren mexikanische Indios, angeblich aus El Huracáns Dorf, tief im Regenwald von Chiapas im südlichen Mexiko. Sie trugen die gleiche schlichte weiße Kleidung, die schon ihre Vorfahren vor zweihundert Jahren getragen hatten, aber die Waffen, die sie bei sich hatten, waren alles andere als schlicht: deutsche MP28-Maschinenpistolen.

»Was soll das?«, fragte Robert King.

»Wir wollen keine Unannehmlichkeiten«, antwortete El Huracán. »Nach einem so angenehmen Mahl könnten sie zu Magenverstimmungen führen.« Dann sagte er leise ein paar Worte zu einem seiner Männer, woraufhin dieser ihm eine kleine Glasflasche, gefüllt mit einer klaren Flüssigkeit, gab.

»Was zum Teufel ist das?«, fragte Chunks Duhaine. »Was geht hier vor?«

»Das ist ein Gegengift«, erklärte El Huracán. »Sehen Sie, als ich davon hörte, dass einer von Ihnen mich hintergehen will, beschloss ich, das Problem schnell aus der Welt zu schaffen. Ich habe sein Essen vergiftet. Es wird nicht mehr lange dauern, dann wird er die Wirkung zu spüren bekommen. Ihm wird heiß und schwindelig werden. Seine Kehle wird wie zugeschnürt sein. Er wird fürchterlich zu schwitzen beginnen, er wird schlimme Krämpfe und Lähmungen in der Magengegend verspüren. Dann werden seine Blutgefäße platzen, es wird zu inneren Blutungen kommen, dunkle Flecken werden sich auf seiner Haut bilden. Es wird nur wenige Minuten dauern, bis er tot ist – es sei denn, er nimmt etwas von dem Gegengift ein. Ich habe zu dieser Maßnahme gegriffen, weil ich wusste, dass der Betreffende nicht freiwillig gestehen würde. Aber nun muss er sich zu erkennen geben, wenn er weiterleben will.«

El Huracán öffnete ein Holzkistchen und nahm eine Spritze heraus. Er stach die Nadel durch die Gummidichtung an der Flaschenöffnung und zog die Spritze ein klein wenig auf.

Einige Augenblicke lang sagte niemand ein Wort; die Stille im Raum war erdrückend. Dann plötzlich sprang Robert King auf, sein sonst so schönes Gesicht war schmerzverzerrt. Er presste die Hände gegen den Bauch. Sein Körper war schweißnass, sodass er aussah, als wäre er gerade aus dem Swimmingpool gestiegen.

»Du verdammte Schlange«, zischte er. »Gib mir das . . .«

»Das hier?«, fragte El Huracán mit Unschuldsmiene und hielt die Flasche samt Spritze in die Höhe. »Wozu?«

»Das Gegengift«, stieß King keuchend hervor. »Gib mir das Gegengift, du verfluchter Sohn einer –«

»Gegengift?«, fragte El Huracán, während er die Nadel in einen Pfirsich stieß und den Kolben der Spritze hinunterdrückte. »Welches Gegengift?«

Aus Kings Blick sprach das blanke Entsetzen. Sein Atem kam röchelnd, als er seine zitternden Finger dem Mann entgegenstreckte, der in aller Ruhe am Kopfende des Tisches saß. »Du hast mich umgebracht, du Schwein . . .«
»Ich habe nichts dergleichen getan, Mister King«, sagte El Huracán und biss ein Stück von dem Pfirsich ab. »Sie sind nur auf einen billigen und kindischen Trick hereingefallen. Nichts war vergiftet. Es ist lediglich Ihre eigene Angst, die Sie die Symptome spüren lässt.«
Dum-Dum ließ ein raues, prustendes Lachen hören und Luis Chavez sagte schnell etwas auf Spanisch.
King sah in die Runde, als suchte er jemanden, der sich auf seine Seite schlug. Aber alle wichen seinem flehenden Blick aus.
»Ich habe mir nichts zuschulden kommen lassen«, sagte er.
»Und warum, um Himmels willen, haben Sie dann geglaubt, Sie seien vergiftet worden?«, fragte El Huracán. »Niemand außer Ihnen ist aufgesprungen. Obwohl ich jeden Einzelnen in Verdacht hatte. Das ist auch der Grund, weshalb ich Sie zum Essen eingeladen habe. Wie erfreulich, dass nur einer von Ihnen so töricht ist.«
»Ich habe mir nichts zuschulden kommen lassen.«
»Sie haben gestanden, Mister King. Mehr wollte ich nicht.« El Huracán nickte seinen Wachen zu. »Nehmt ihn mit«, sagte er, »und bereitet die *Avenida de la Muerte* vor, damit alle sehen, was mit demjenigen geschieht, der sich nicht an meine Regeln hält.«
»Was ist die *Avenida de la Muerte?«,* fragte Eugene Hamilton.
»Die Straße des Todes«, antwortete Luis Chavez, der mexikanische Gangster.
»Mein ganz spezieller Hindernisparcours«, sagte El Huracán mit einem Grinsen.

2 La Avenida de la Muerte

Robert King saß auf einer Bank in einem fensterlosen steinernen Verließ. Die Wände waren übersät mit Sprüchen und unanständigen Schmierereien. Er war nicht der Erste, der hier gefangen gehalten wurde. Es gab nur diese Bank in der Zelle, deren eine Seite ganz von einem verbeulten Metalltor eingenommen wurde. Über sich hörte King dumpfes Lachen. Allem Anschein nach befand er sich unter der Erde. Es würde nicht mehr lange dauern, dann würde das Tor aufgehen und er würde hinaustreten und sich jeder Herausforderung stellen, die El Huracán für ihn vorbereitet hatte.

Er war bereit.

Er war der geborene Optimist.

Sein Leben lang war es ihm gelungen, ungeschoren davonzukommen. Er war aus dem Waisenhaus weggerannt, aus der Armee, er war seinen ersten beiden Frauen davongelaufen, er war der Polizei entwischt, nachdem er seine dritte Frau, die Diamantenerbin, umgebracht hatte . . .

Ich muss nur am Leben bleiben, dachte er sich. Alles, was ich tun muss, ist, das Ende dieses Hindernisparcours zu erreichen.

Er hörte ein Geräusch hinter sich. Als er sich umdrehte, sah er, wie drei Männer seine Zelle durch eine niedrige Tür betraten. Es waren mexikanische Indios, mit langer Nase, großem Mund und dichten, glatten schwarzen Haaren, die bis zu den Schultern reichten.

Jeder trug einen Speer, an dessen Ende eine schmale Klinge saß.

Sie redeten kein Wort. Sie starrten ihn nur an, ohne mit der Wimper zu zucken. Sie warteten ab. Geduldig.
King schluckte. Seine Kehle war ausgedörrt und die Spucke in seinem Mund war klebrig und zäh.
»Hört zu, Jungs«, sagte er. »Ich bin ein reicher Mann. Ich weiß nicht, was Huracán euch zahlt, aber ich bezahle mehr, viel mehr. Ich mache euch zu reichen Leuten. *Mucho dollar. Si?«* Er rieb Daumen und Zeigefinger aneinander. »Geht einfach zur Seite und lasst mich hier raus. Mehr müsst ihr nicht tun. Einfach zur Seite gehen.«
Die drei Indios starrten ihn weiter schweigend an.

Oberhalb der Zelle blickte El Huracán nach Nordosten, wo sich ein bedrohlicher schwarzer Streifen über den ansonsten strahlend blauen Himmel zog.
»Sieht nach einem schweren Sturm aus«, sagte er. »Einige Leute werden sehr nass werden.«
»Wir könnten Regen brauchen«, sagte Chunks Duhaine, der neben ihm stand. »Das Wetter macht mich nervös. Wir brauchen unbedingt frische Luft.«
»Ich dachte, ich hätte für saubere Luft gesorgt«, antwortete El Huracán mit einem durchtriebenen Lächeln.
Und in der Tat, die Atmosphäre, die zwischen den Männern herrschte, die sich oberhalb des Hindernisparcours versammelt hatten, war merklich entspannter als noch während des Mittagessens. Alle hatten gewusst, dass etwas in der Luft lag, und jetzt waren sie erleichtert, ungeschoren davongekommen zu sein.
Sie standen auf einem niedrigen, weitläufigen quadratischen Bauwerk aus weißem Stein. Es war eine der wenigen Kultstätten der Maya in diesem Teil von Lagrimas Negras, zu dem die Bewohner normalerweise keinen Zutritt hatten.

Eigentlich war es der Fuß einer Pyramide. Hier hatten vor Jahrhunderten die Maya ihre rituellen Opfer dargebracht. Aber die Pyramide war zerfallen und die meisten der riesigen Steinquader, aus denen sie bestand, hatte man weggeschafft, um damit neue Bauwerke zu errichten.

Als El Huracán auf die Insel gekommen war, hatte er den Fuß der Pyramide freigelegt und war auf ein ausgedehntes System von Gängen gestoßen, die miteinander verbunden waren. Er hatte sie ausgegraben und in die *Avenida de la Muerte,* seine Straße des Todes, verwandelt. Sie begann in den Überresten der Pyramide und schlängelte sich durch das Gelände bis hin zu einer Stelle, an der eine zweite, kleinere, aber besser erhaltene Pyramide stand.

»Worum geht es bei diesem Spiel?«, fragte Dum-Dum, der auf den schmalen Gang zu seinen Füßen hinunterschaute und sich mit einem Taschentuch über sein gerötetes fettes Genick wischte.

»Es ist ganz einfach«, antwortete El Huracán. »Wenn sich das Tor öffnet, wird Señor King versuchen, das andere Ende des Parcours zu erreichen. Wenn er nicht aufpasst oder Pech hat oder einfach nur zu langsam ist, wird er von einer meiner Fallen erledigt. Die Götter kennzeichnen die Stationen seines Wegs.« Er deutete auf Bilder von Maya-Gottheiten, die an verschiedenen Stellen an die Wände gemalt waren. »Sie müssen Wetten abschließen, wie weit er Ihrer Meinung nach kommen wird, bevor er stirbt. Also, wählen Sie Ihren Gott des Todes aus, Gentlemen.«

Die Männer blickten auf den Hindernisparcours und die düsteren Malereien hinunter.

»Hier ist Gucumatz«, erklärte El Huracán. »Und hier Kinich Kakmo. Weiter hinten ist Balam-Agab, der nächtliche Jaguar. Ixtab mit dem Seil um den Hals ist die Göttin des Selbstmords. Die Maya glaubten, wer Selbstmord begeht, kommt schneller in den

Himmel. Viele Männer waren der gleichen Meinung, als sie das Zeichen der Ixtab erreichten. Sie nahmen sich das Leben, um sich weitere Schmerzen zu ersparen. Señor King wird für uns einen Mythos der Maya wiederaufleben lassen: den Weg nach Xibalbá, in das Reich des Todes, entlang einer Straße, die voller heimtückischer Hindernisse ist.« Er zeigte auf die zweite Pyramide. »Wenn er so viel Glück hat und das Ende erreicht, wird er dem letzten Gott, Hun Came, begegnen. Wenn er an ihm vorbeikommt, ist er frei und kann gehen, wohin er will.«

»Wie viele Männer haben das jemals geschafft?«, fragte Dum-Dum.

El Huracán lachte. »Nur ihre Seelen sind an Hun Came vorbeigekommen«, antwortete er.

Die Spannung unter den Männern wuchs, sie schätzten die Gefahren ab, die sich in dem gewundenen Gang zu ihren Füßen verbargen, diskutierten über Kings Fitness und seinen Mut und gaben mit lauter Stimme ihre Wetten ab.

In der kahlen Zelle unter der Pyramide hörte Robert King, wie die fröhlichen Stimmen plötzlich von einem ächzenden Geräusch übertönt wurden, als das Metalltor sich öffnete und in einer Maueröffnung verschwand. Vor ihm lag eine lange Gasse, zum Himmel hin offen, aber von Wänden begrenzt, die sicherlich fünf Meter hoch waren. King wandte sich an die indianischen Wachen, die mit ausdruckslosem Gesicht vor ihm standen.

»Hört zu, Jungs . . .«, begann er, wurde jedoch jäh unterbrochen, als einer von ihnen mit seinem Speer nach ihm stieß. Es war ein gekonnter Stoß. Die Schneide hatte kaum die Haut geritzt, aber der Stich schmerzte höllisch und eine dünne Blutspur lief über seine Brust. Auch die beiden anderen hoben ihren Speer und King wich mit erhobenen Händen zurück.

»Okay, okay, ich habe schon verstanden«, sagte er.

Er trat hinaus ins Sonnenlicht. Die Indios folgten ihm, dann schloss sich das Tor hinter ihnen.
Als King vorsichtig die Gasse entlangging, fiel ihm auf, dass irgendwo Tiere sein mussten. Kot lag herum, Knochenreste und vertrocknete Fleischstücke. Ein widerlicher Geruch nach Ammoniak hatte sich zwischen den hohen Mauern festgesetzt.
Er erreichte eine Biegung und schaute vorsichtig um die Ecke; er wusste nicht, was ihn dahinter erwarten mochte.
Nichts bewegte sich. Der Weg fiel langsam ab bis zu einem Teich und King begriff, dass er, um weiterzukommen, unter einem niedrigen Mauerbogen durchschwimmen musste.
Auf dem Wasser lag ein schmutziger Schaum, es war dunkelgrün und stank entsetzlich. King konnte nur ein paar Zentimeter tief unter die Oberfläche der schlammigen Brühe sehen.
King zwang sich weiterzugehen, watete, bis ihm das Wasser bis an die Brust reichte. Bisher war nichts passiert. Er holte tief Luft und tauchte unter dem Mauerbogen hindurch.
Als er an der anderen Seite wieder auftauchte, hustend und spuckend, das ekelhafte Wasser noch in Nase und Ohren, riss er die Augen auf und schaute in sechs starre Augenpaare.
Sie sahen aus, als schwämmen sie auf der Wasseroberfläche. Rund und schwarz und irgendwie ledrig. Es war das Einzige, das von den Tieren zu sehen war. Langsam kamen sie auf ihn zu.
Er sah sich hastig um und stellte fest, dass er sich in einer Kammer befand, die zur Hälfte unter Wasser stand. Am gegenüberliegenden Ende war ein Lichtschein hinter einem weiteren Bogen zu sehen, der genauso aussah wie der, unter dem er eben hindurchgetaucht war. Er klatschte mit den Händen aufs Wasser, um das, was auch immer sich dort aufhalten mochte, zu verscheuchen, und tatsächlich: Die Augen verschwanden unter Wasser. Er spähte nach unten, aber in der schlammigen Brühe konnte er nichts erkennen.

Wohin waren sie verschwunden?
Etwas klammerte sich an seiner Achillessehne fest und ein plötzlicher scharfer Schmerz durchfuhr seinen Knöchel. Ein zweiter Schmerz durchfuhr ihn an der Seite, und als er seine Hand danach ausstreckte, spürte er, wie sich ein Tier in dem weichen Fleisch seiner Hüfte verbiss.
Er schrie laut auf.

»*Crocodylus moreletii*«, sagte El Huracán. »Das Beulenkrokodil, das hauptsächlich in Mexiko vorkommt. Sie sind noch klein, aber ihre Zähne sind nadelspitz. Sie mögen es nicht, wenn Fremde in ihrem Teich herumschwimmen.«
Man hörte noch einen zweiten Schrei. Wenig später kam King am anderen Ende der Kammer hervorgestolpert, an einer Seite hing ein kleines Krokodil, das sich mit den Zähnen in ihn verbissen hatte. Er schüttelte es ab und es platschte zurück ins Wasser, schlug mit dem Schwanz und schwamm weg.
King bot einen kläglichen Anblick, wie er mit zerrissenem Hemd und zerrissener Hose dastand. Das schlammige Wasser troff an ihm hinunter und an seiner Seite hatte sich ein hellroter Fleck gebildet, der schnell größer wurde.
»Bravo!«, rief El Huracán ihm zu und klatschte Beifall. »Sie haben die Prüfung im Zeichen des Chac, des Regengottes, überwunden. Nicht, dass ich geglaubt hätte, Sie würden schon am ersten Hindernis scheitern. Die Krokodile sollten dem Ganzen nur etwas Biss verleihen!«
Die Männer, die zusahen, lachten.
»Wollt ihr euch das gefallen lassen?«, rief King zu ihnen hoch. »Euch geht es genauso wie mir, das weiß ich. Ihr wollt alle hier weg. Sperrt endlich eure Augen auf. Wollt ihr, dass er so weitermacht wie bisher? Wir sind seine Gefangenen. Wir könnten genauso gut in Alcatraz oder in St. Quentin sitzen. Er lässt uns aus-

bluten. Er nimmt unser Geld und was kommt dann? Fragt ihn. Fragt ihn, was passiert, wenn euer Vermögen zur Neige geht. Na los, fragt ihn doch . . .«

»Machen Sie bitte weiter«, forderte ihn El Huracán auf. »Ich habe noch viele kleine Lieblinge, die voller Sehnsucht nach Ihnen schmachten.«

King spuckte auf den Boden, zum einen, um seine Verachtung für El Huracán zu zeigen, zum anderen, um das faulige Wasser in seinem Mund loszuwerden.

»Und wenn ich einfach hierbleibe?«, fragte er bitter. »Ich glaube nicht, dass Ihre drei Handlanger darauf versessen sind, mir zu folgen.«

»Bleiben Sie ruhig da, wenn es Ihnen gefällt«, antwortete El Huracán lachend. »Vielleicht kann ich es Ihnen ja noch bequemer machen.«

Stone, der immer noch knietief im Wasser stand, spürte plötzlich eine Bewegung unter seinen Füßen und irgendetwas schnellte aus dem Steinfußboden nach oben.

Er schrie auf und sprang zurück. Ein Stachel hatte sich durch die Sohle seines linken Schuhs gebohrt und steckte nun in seinem Fuß.

Er sprang hin und her, als überall aus dem Steinboden rostige Stacheln in die Höhe schossen. Der Boden war mit kleinen Löchern übersät und King konnte nicht wissen, wo der nächste Eisendorn auftauchen würde.

Die Schar der Männer, die zusah, wie er sich abkämpfte, fand die Vorstellung überaus unterhaltsam. Sie pfiffen und brüllten und kreischten vor Lachen und vergaßen dabei, dass er vor kaum mehr als einer Stunde noch einer der ihren gewesen war.

King musste weitergehen, sonst lief er Gefahr, aufgespießt zu werden. Er taumelte vorwärts und zog eine Spur aus Blut und Wasser hinter sich her.

Ein paar Verwünschungen murmelnd, versuchte er, den Stacheln auszuweichen und nicht auf die Schmerzen zu achten, die jedes Mal durch sein Bein schossen, wenn er mit seinem verletzten Fuß auftrat.

Ein Stachel schürfte seinen Knöchel auf, ein anderer verfing sich in seinem Hosenbein, ein dritter durchstach die Spitze seines linken Schuhs. Aber wie durch ein Wunder schoss er genau zwischen zwei Zehen hindurch und verletzte ihn nicht.

»Los, King, du schaffst es«, rief ihm jemand zu. »Du bist fast am Ziel.«

Von oben kamen weitere Anfeuerungsrufe. King machte sich nichts vor, er wusste, dass er den Männern völlig gleichgültig war; ihnen ging es nur um ihre Wetten. Wahrscheinlich hatte keiner darauf gesetzt, dass es schon so bald mit ihm vorbei sein würde. Wenn er jetzt stürzte, dann würden diese Stacheln seinen Tod bedeuten.

Er schaffte es, bis ans Ende dieses Wegabschnittes zu kommen, und nun stand er vor einer Steinmauer, die massiv und unüberwindlich zu sein schien. Gehetzt blickte er sich um, hörte, wie immer mehr Stacheln zwischen den Steinen emporschossen. Es klang, als ob man Messer schärfte.

Schließlich entdeckte er eine schmale Lücke an der Unterseite der Mauer, gerade groß genug, um sich hindurchzuquetschen. Er ließ sich zu Boden fallen und war darauf gefasst, jeden Augenblick von Stacheln durchbohrt zu werden.

Mühsam zwängte er sich voran, ohne zu sehen, was vor ihm lag. Da berührte er etwas mit der Hand, es fühlte sich an wie dürre Zweige, aber als er sie zur Seite schieben wollte, spürte er einen brennenden Stich am Handgelenk.

Von oben sahen die Zuschauer, dass er jetzt eine Kammer durchqueren musste, die voller Skorpione war. Er würde den ganzen Weg auf dem Bauch kriechen müssen, denn über ihm waren waa-

gerechte Stahlstreben eingezogen, die es ihm unmöglich machten, sich aufrecht zu bewegen.
Die Zuschauer beobachteten King, wie er weiterkroch; immer wenn ihn einer der Skorpione mit dem Schwanz erwischt hatte, zuckte er krampfartig zusammen und rollte sich zur Seite, bis er in die Reichweite eines anderen Tieres geriet. Wieder bäumte er sich auf und kroch in die entgegengesetzte Richtung.
»Das ist Ek Chuah«, sagte El Huracán, »der Skorpion-Gott der Maya.«
King schrie laut auf. Ein Tier hatte ihn an der Wange erwischt. Er spürte, wie sein Gesicht anschwoll, und kroch schneller vorwärts. Die widerlichen kleinen Biester huschten flink hin und her, er brüllte sie an, versuchte vergeblich, sich vor ihren Stichen zu schützen.
Der Ausgang war nur noch wenige Schritte entfernt. King richtete alle seine Gedanken darauf, versuchte, nicht an die entsetzlichen Schmerzen zu denken, die ihn peinigten.
Krokodile hatten ihn in die Ferse und in die Seite gebissen, seine Füße waren malträtiert und nun hatten ihn die Skorpione am ganzen Leib gestochen.
Was kam als Nächstes?
Er fand es schnell heraus. Am Ende der Skorpionkammer stieß er auf eine Öffnung. Er zögerte keinen Augenblick. Er wollte nur schnell weg. Entschlossen schwang er sich über den Rand und fiel etwa zwei Meter in die Tiefe. Erleichtert atmete er auf, als er auf etwas Weiches fiel.
Das Gefühl der Erleichterung währte jedoch nicht lange.
Es war schwer zu sagen, wer von beiden überraschter war: King oder die riesige schlafende Anakonda.
Sobald ihm klar wurde, wo er gelandet war, vergaß King alle Schmerzen und begann, von der Schlange wegzukrabbeln. Aber das Tier wickelte sich schon mit seinem fetten Leib um Kings

Bein. Es wusste nur, dass es angegriffen wurde, und es wehrte sich so, wie es seiner Art entsprach.

»Jetzt ist er bei dem Zeichen von Gucumatz, dem Schlangengott, angekommen«, sagte El Huracán, während King sich an der Mauer festkrallte und versuchte, sich nach oben zu ziehen. Aber die Anakonda, die sicherlich acht Meter lang war und bleischwer an ihm hing, zog ihn nach unten. Er trat um sich, denn die Schlange schien sein Bein zerquetschen zu wollen. Sie wand sich immer höher, glitt über das Schienbein, das Knie, den Oberschenkel hinauf bis zur Hüfte.

»Hau ab, du Miststück«, knurrte King und stieß das Tier gegen die Wand. Es gelang ihm, sich an der Mauer hochzuziehen, aber sein Unterkörper hing noch immer in der Schlangenhöhle.

Er zappelte wie wild mit dem Bein, spürte, wie die Umklammerung der Schlange ein wenig nachließ, und mit einer geradezu unmenschlichen Anstrengung gelang es ihm, das Tier abzuschütteln.

Die Anakonda musste sich mit seinem Schuh zufriedengeben, den sie mit ihrem Körper zermalmte. Es waren italienische Schuhe, handgefertigt, sie hatten mehr gekostet, als ein gewöhnlicher mexikanischer Bauer in einem Monat verdiente.

King kam mühsam auf die Beine, aber als er losgehen wollte, durchzuckte ihn ein heftiger Schmerz.

Als er sich aus dem Würgegriff der Schlange befreite, hatte er sich das Fußgelenk verrenkt. Jetzt konnte er beide Beine nicht mehr richtig gebrauchen.

Er bedachte El Huracán mit den übelsten Schimpfwörtern, die ihm gerade einfielen, doch der war damit beschäftigt, das Geld von denen einzusammeln, die ihre Wetten schon verloren hatten.

»Sie sollten sich lieber beeilen, das andere Ende zu erreichen, Señor King«, rief El Huracán ihm zu. »Denn wenn Sie erst sehen, was ich Ihnen als nächsten Gang vorbereitet habe, werden Sie keine Lust mehr haben, zum Essen zu bleiben.«

»Wovon redest du, du heimtückisches Monstrum?«

King schaute sich um, versuchte herauszufinden, woher der nächste Angriff drohte.

In diesem Abschnitt des Parcours bestand der Boden aus genieteten Eisenplatten. Die Sonne heizte sie auf. King spürte die Hitze durch seinen Strumpf.

Wenigstens schienen keine Tiere in der Nähe zu sein. Es war viel zu heiß, um hier zu laufen oder zu kriechen.

King humpelte weiter, der Boden schien mit jedem Schritt heißer zu werden.

Da entdeckte er an einer Seite des Weges eine Reihe von Lüftungsschächten. Rauch stieg aus ihnen auf.

Und dann begriff er.

Der Boden wurde gar nicht von der Sonne erwärmt.

Unter ihm brannte ein Feuer.

El Huracáns Leute hatten die Eisenplatten absichtlich aufgeheizt. Wenn er nicht schnell von hier wegkam, würden sie ihn braten wie Shrimps auf einem Grill.

Doch es war nicht so einfach, mit einem übel zerstochenen Fuß und einem verrenkten Gelenk zu laufen; er konnte nur schlurfen wie ein Kriegsinvalide.

Mit jedem Schritt wurde der Boden heißer. Bald war sein Strumpf durchgeschmort und nun war nichts mehr übrig, das die Haut an seinen Füßen hätte schützen können. Er versuchte zu rennen, aber er kam nur fünf Schritte weit, dann fiel er hin. Er steckte die Hände aus, um sich abzustützen, aber als sie das glühend rote Eisen berührten, schrie er gepeinigt auf. Als er versuchte, seine Hände wegzuziehen, klebten sie fest. Er biss die Zähne zusammen und zerrte mit aller Kraft, zurück blieben zwei graue Abdrücke mit verschmorter Haut.

Irgendwie schaffte er es, wieder auf die Füße zu kommen und weiterzutorkeln. Es roch nach verbranntem Fleisch.
Er fragte sich, welches wahnsinnige Hirn sich einen Ort wie diesen hatte ausdenken können. Welches Hirn sich an solchen Qualen und Leiden anderer ergötzen konnte? Dabei kannte er die Antwort genau. Es waren Hirne wie sein eigenes. Hirne, wie sie alle Menschen hatten, die auf dieser Insel lebten.
Mitleidlose, verbrecherische Hirne.
Er war fast besinnungslos vor Schmerzen, alles verschwamm vor seinen Augen, sein Puls raste, jeder Atemzug verstärkte das Brennen in seinen Lungen. Die Hitze war so groß, dass sie die Sohle des einen Schuhs, den er noch anhatte, mitsamt Strumpf verbrannte. Jetzt waren seine beiden Füße nackt und jeder Schritt verursachte unerträgliche Schmerzen.
Er schaffte es gerade noch, bis ans Ende der glühenden Platten zu kommen, ohne die Besinnung zu verlieren, und stürzte sich in einen wassergefüllten Graben, der diesen Abschnitt des Parcours vom nächsten trennte.
Das Wasser war wunderbar erfrischend und einen Augenblick lang war es ihm egal, welche Tiere darin lauern mochten.
»Glückwunsch, *Señor* King, Sie haben es bis zu Kinich Kakmo, dem Sonnengott, geschafft. Sie haben fast die Hälfte des Weges zurückgelegt. Aber an Ihrer Stelle würde ich nicht zu lange im Bad bleiben, denn das Wasser wimmelt nur so von Blutsaugern.«
King schwamm ungelenk durch den Graben und warf sich auf das andere Ufer. Er bemerkte den widerlichen schwarzen Blutegel, der sich in seiner Hand verbissen hatte, aber er achtete nicht weiter darauf. Im Vergleich zu dem, was er schon durchgestanden hatte, war ein Blutegel nichts, was ihn beunruhigen musste.
»Wer hat darauf gewettet, dass er es nur bis zu Balam-Agab, dem

nächtlichen Jaguar, schaffen würde?«, fragte El Huracán. Mehrere Männer nickten.
»Nur wenige sind bisher weiter gekommen«, sagte El Huracán und seine schwarzen Augen leuchteten.
In diesem Augenblick öffnete sich ein Tor in der Wand und aus einer dahinterliegenden Kammer drang das tiefe Gebrüll eines Tieres.
King stieß einen lang gezogenen hoffnungslosen Klagelaut aus. Irgendwie gelang es ihm aufzustehen. Seine Beine hingen wie bleierne Gewichte an ihm, aber er zwang sich, einen schmerzenden Fuß vor den anderen zu setzen, und so schlurfte er langsam wie ein Greis.
Er hörte, wie sich etwas bewegte, und schaute sich um. Und es war genau das, was er zu sehen erwartet hatte: eine große schwarze Katze, geschmeidig und mit hungrigem Blick. Ihre gelben Augen folgten jeder seiner Bewegungen. Sie duckte sich, zum Sprung bereit.
King schaute nach vorn, die Angst hatte seine Sinne geschärft. Die Tür am anderen Ende des Weges schien nicht allzu weit entfernt zu sein.
Aber wozu? Wozu, verdammt noch mal? Auf der anderen Seite der Tür würde etwas anderes, etwas noch Schlimmeres auf ihn warten.
Trotzdem, der Wille zum Leben ist grenzenlos. Egal, welcher Schrecken, welche neuen Qualen auch warten, solange auch nur die geringste Chance besteht, zu leben, zu entfliehen, werden die meisten Menschen danach greifen.
»Du schaffst es«, stieß King zwischen seinen aufgesprungenen Lippen hervor. »Du musst nur bis zum anderen Ende kommen, du schaffst es . . . los . . . lauf!«
Und wie durch ein Wunder konnte er laufen. Seine Füße trommelten über den harten Stein. Vielleicht war der Jaguar direkt

hinter ihm, vielleicht setzte er gerade zum Sprung an, bereit, die Zähne in seinen Nacken zu schlagen ...

Doch dann rannte er nicht mehr, bewegte sich nicht mehr, fühlte nichts mehr. Aller Schmerz war vergangen. Er hörte nur noch, wie das Blut tropfte.

Quer über den Weg waren dünne Stacheldrähte gespannt, mit Dornen, scharf wie Rasierklingen. Durch den Jaguar abgelenkt, war King geradewegs in sie hineingelaufen.

Ein Draht war auf Halshöhe gespannt, ein zweiter in Höhe seines Bauchs, der dritte hatte ihm den Oberschenkel aufgerissen. Er stand da, aufrecht gehalten von den Drähten, die sich tief in seinen Körper gegraben hatten; er zuckte noch einmal, als das Leben langsam aus ihm entwich.

Die Menschen oben sahen schweigend zu, bis King sich nicht mehr rührte. Sie hielten den Atem an, als der Jaguar zu ihm hinschlich, ihn mit den Klauen aus den Drähten zog und ihn in seine Höhle schleppte.

Es war vorbei. Im Grunde war der Tod schnell eingetreten, denn King hatte noch nicht einmal die Hälfte des Parcours geschafft.

Es waren harte Burschen, alle hatten schon schreckliche Dinge gesehen. Die meisten von ihnen hatten viel Blut vergossen und kannten seinen widerlichen süßlichen Geruch. Die meisten von ihnen waren Mörder.

Aber keiner hatte je zuvor ein solches Schauspiel mit angesehen und nun waren sie wie benommen, eingeschüchtert, verunsichert.

Was war aus ihnen geworden? Was hatte diese schöne Karibikinsel aus ihnen gemacht?

»Gentlemen ...« El Huracán klatschte gut gelaunt in die Hände. »Begleichen wir zuerst unsere Spielschulden, danach möchte ich Sie alle auf meine Terrasse einladen, um einen Cocktail zu genießen und den Sonnenuntergang zu betrachten.«

Eton College
Windsor
England

Mein lieber James,

das Wetter ist trostlos wie immer. Was sagst Du dazu? Ich bin schon zu lange in England. Ich bin ein richtiger Engländer geworden und kann nur noch übers Wetter reden. Aber, Teufel noch mal, der englische Winter ist etwas Scheußliches und ich glaube nicht, dass ich mich jemals daran gewöhnen werde. Ich kann Dir gar nicht sagen, wie sehr ich Dich beneide, dass Du in Mexiko bist. Nach unseren Abenteuern bin ich Weihnachten nach Hause gefahren. Es war schön, daheim in Indien – blauer Himmel, Sonnenschein und überall leuchtende Farben. Und etwas Anständiges zu essen gab es auch.

Nach all den Aufregungen im letzten Schulhalbjahr ist hier in Haus Codrose alles wieder beim Alten. Das Essen ist so grässlich wie immer und auch Codrose selbst ist so schlecht gelaunt, wie man ihn kennt. Genau genommen ist er seit dem Brand und dem Einbruch sogar noch schlechter gelaunt als sonst, falls das überhaupt möglich ist. Im ganzen Haus riecht es immer noch nach Rauch. Katey, das Hausmädchen, hat sich nie so richtig von dem Schrecken erholt, als sie damals mit dem Einbrecher zusammengestoßen ist. Sie hat gekündigt. Du kannst dich schon mal freuen, die Neue ist nicht wieder so ein altes Krokodil, sondern ein junges Mädchen aus Irland. Sie heißt Roan. Man munkelt, sie sei erst sechzehn Jahre alt. Alle sind in sie verliebt. Sogar ich. Wo ich mir doch früher gar nichts aus Mädchen gemacht habe. Aber man kann sich mit ihr wie mit einem richtigen Freund unterhalten. Ich bin sicher, Du wirst sie mögen.

Wenn ich sage, dass alles wieder beim Alten ist, so stimmt das eigentlich nicht. Die neuen Hausältesten sind eine Horde von Piraten. Es ist zu viel passiert im letzten halben Jahr, daher haben wir an-

fangs nicht wirklich darauf geachtet, aber jetzt, wo Du nicht mehr da bist und sich alles wieder beruhigt hat, zeigt sich, dass die Jungs, die jetzt in Codrose House das Sagen haben, noch grausamer und mitleidloser sind als alle ihre Vorgänger. Sie führen sich auf wie lauter kleine Mussolinis. Und der Schlimmste von allen ist Theo Bentinck. Mittlerweile hat er so viele von uns verprügelt, oft ohne jeden Grund, dass er den Spitznamen Bloody Bentinck bekommen hat (wobei es Schüler gibt, die noch Schlimmeres über ihn sagen). Er scheint wild entschlossen zu sein, uns das Leben zur Hölle zu machen. Ich glaube, wenn Du hier wärst und für uns Jüngere Partei ergreifen würdest, wäre alles anders, aber so wie es jetzt ist, haben wir schon vor unserem eigenen Schatten Angst. Wir bleiben im Zimmer und bemühen uns, keinen Lärm zu machen, damit keiner auf uns aufmerksam wird. Komm schnell zurück, bitte. Wir brauchen unseren James. Unsere sportlichen Erfolge waren in letzter Zeit ziemlich lausig. Obwohl Theo Bentinck gedroht hat, jeden zu verprügeln, der nicht gewinnt, waren die Jüngeren im Haus ohne Dich auf verlorenem Posten. Ohne Dich sind alle verloren. Neulich habe ich Deinen Freund Perry Mandeville getroffen und er hat mir erzählt, dass sogar die Gefährliche Gesellschaft keine Zusammenkünfte mehr abhält. Er hat allerdings auch gesagt, sie hätten damit angefangen, Deinen Bentley wiederherzurichten. Ich glaube, sie haben die verrückte Idee, bis zu Deiner Rückkehr damit fertig zu sein, aber da habe ich meine Zweifel. Perry redet lieber, als dass er etwas tut. Übrigens, er stolziert herum und prahlt mit der Fairburn-Geschichte. Die Rolle, die Du dabei gespielt hast, ist fast ganz unter den Tisch gefallen. (Aber wie ich Dich kenne, ist Dir das nur recht. Zu viel Aufmerksamkeit hast Du noch nie gemocht.)

Um es kurz zu machen, wir alle vermissen Dich und freuen uns, wenn Du wiederkommst. Ich fürchte, Du bist der Einzige, der es mit der Schülerbande aufnehmen kann, die jetzt in Haus Codrose ihr Unwesen treiben. Versuch also bitte, weiteren Abenteuern aus dem Weg zu

gehen, solange Du weg bist. Erhol Dich gut, denn wenn Du nach Eton kommst, musst Du fit und ausgeruht sein. Wir wollen Dich heil zurück, mit Armen, Beinen und ohne Augenklappe, nicht wie einst Lord Nelson!
Das nächste Mal werde ich Dir ausführlicher schreiben.

Viele Grüße,
Pritpal S. Nandra

3 Angel Corona

James steckte den Brief in die Tasche und lächelte. Er lehnte sich an die Kabinenwand des Fischerboots und spürte das Knattern des Dieselmotors. Eton kam ihm vor wie eine andere Welt, als gehörte es in ein anderes Leben. Er stellte sich vor, wie kalt und nass und grau es dort war. Grau wurde es allerdings auch hier. Der Tag hatte warm, freundlich und sonnig begonnen, geradezu vielversprechend, aber er hatte dieses Versprechen nicht gehalten und jetzt war es schon ziemlich düster.

Mit zusammengekniffenen Augen suchte James den Horizont ab. Im Osten türmten sich hohe Wolken auf, sie hingen dicht über der dunklen Wasserfläche, und es war unmöglich zu erkennen, wo der Himmel endete und das Meer begann. Er sah einen gelben Blitz und dann hörte er in der Ferne das Grollen des Donners.

Irgendwo weit draußen im Golf von Mexiko wütete ein Unwetter.

Aber hier war das Meer friedlich und still.

»Zu friedlich und zu still«, hatte Diego Garcia, der Skipper, gesagt. Und tatsächlich, der Tag schien wie gelähmt zu sein, als hätte jemand die Zeit angehalten. James beobachtete, wie Garcia sich über den Bootsrand beugte und die Hand ins Wasser tauchte.

Dann runzelte er die Stirn.

»Das Wasser ist viel zu warm für die Jahreszeit«, sagte er und leckte das Salz von den Fingern. »Es sind Strömungen aus Sü-

den.« Garcia war ein großer, starker, gut aussehender Mann, der immer freundlich lächelte.
Sie waren gemächlich von Tampico aus die Küste entlanggesegelt, und immer wenn Garcia Zeit fand, hatte er James in die Geheimnisse des Hochseeangelns eingeweiht. Aber heute hatten sie noch nichts gefangen.
»Deshalb gibt es keine Fische«, sagte Garcia, der zum ersten Mal, seit James ihn getroffen hatte, ernst dreinblickte. »Sonst sind sie immer da. Heute nicht. Das Wasser ist viel zu warm. Wir müssen uns beeilen. Es wird einen Sturm geben.«
Das Kreischen einer Seemöwe durchbrach die gespenstische Stille. Sie schauten nach oben und erspähten einen großen Schwarm, der das Boot umkreiste.
»Das ist schlecht«, sagte Garcia kopfschüttelnd. »Die Vögel sollten nicht hier sein. Sie sind ganz durcheinander.«
Er blinzelte zum Festland hinüber, das sich als dunstiger Streifen Grau im Westen abzeichnete.
»Wir sind eine Stunde von der Küste entfernt«, sagte er. »Es ist schwer, dem Sturm aus dem Weg zu gehen. Aber ich glaube, ich werde es schaffen.«
James spürte, wie das Boot von einer Woge in die Höhe gehoben wurde, als wäre das Meer plötzlich aus einem tiefen Schlaf erwacht. Ein kalter Windstoß peitschte über das Deck, gefolgt von einer Wolke aus eiskaltem Regen. Er begann zu zittern. Als Garcia seiner Mannschaft ein Kommando auf Spanisch gab, stand er auf.
Das Unheil verkündende schwarze Band im Osten breitete sich aus wie ein dunkles Laken, das jemand über den Himmel spannte.
Das Boot begann zu schlingern, als es von einer zweiten großen Welle erfasst wurde.
»Geh besser nach unten«, rief Garcia James zu. »Der Sturm kommt schnell.«
James kletterte unter Deck zu seiner Tante Charmian, die zusam-

men mit ihrem Führer Mendoza in ihrer winzigen Kabine saß und eine Landkarte studierte.
»Ich glaube, es wird ungemütlich«, sagte James.
»Garcia ist ein erfahrener Seemann«, entgegnete Charmian.
»Ich kann mir etwas Schöneres vorstellen, als mitten in einen Sturm zu geraten«, sagte James.
Mendoza zuckte mit den Schultern. »Das liegt alles in Gottes Hand.«
James musste lächeln. Seit Januar schon reiste er mit seiner Tante durch Mexiko und allmählich gewöhnte er sich daran, wie schicksalsergeben die Bewohner dieses Landes waren. In allem, was passierte, sahen sie Gott, Jesus oder die Heilige Jungfrau von Guadalupe am Werk oder irgendwelche weniger bedeutenden Götter, Dämonen, Heilige, Sünder und sonstige sonderbare Zauberwesen, an die sie glaubten.
Die erstaunlichen Sehenswürdigkeiten, die Geräusche und Gerüche dieses unbekannten Landes hatten alle Gedanken an England aus seinem Kopf verbannt, aber Pritpals Brief hatte ihn wieder an zu Hause erinnert und das, was er dort zurückgelassen hatte.
Das Weihnachtsfest war sehr ruhig verlaufen. Drei Tage vorher war James aus dem Krankenhaus entlassen worden, aber er hatte sich noch immer schwach und schläfrig gefühlt. Kurz vor Heiligabend war er noch durch Canterbury geeilt, um Geschenke für Charmian zu kaufen: ein Paar Lederhandschuhe, ein Buch über Vögel und eine hübsche Brosche, die er in einem Secondhandladen gesehen hatte.
Am ersten Weihnachtstag hatten sie gemeinsam eine schöne fette Gans gegessen und nach dem Essen die Geschenke ausgepackt. Charmian hatte James einen Fu-Manchu-Roman und ein Fernrohr geschenkt, sie selbst war sehr zufrieden mit dem, was er für sie ausgesucht hatte.
Den größten Teil des zweiten Weihnachtsfeiertages hatte James

verschlafen, am nächsten Tag weckte ihn ein Läuten an der Haustür. Draußen stand Mr Merriot aus Eton. Er unterrichtete James in Latein und war zudem sein Betreuungslehrer.
Merriot und Charmian hatten stundenlang im Wohnzimmer miteinander gesprochen, während James einen langen Spaziergang über die Felder unternommen hatte. Seinen Arm trug er in einer Schlinge, weil sein gebrochenes Schlüsselbein noch nicht wieder zusammengewachsen war, und die Wunde an seiner Schulter, die von einem großen Holzsplitter herrührte, tat noch immer recht weh. Er wusste, mit der Zeit würde alles wieder heilen, nur die Narben auf seiner Seele würden wohl etwas länger brauchen. Er hatte schreckliche Dinge mit ansehen müssen und Geist wie auch Körper verlangten nach Erholung.
Zum Tee kehrte James nach Hause zurück, wo die Erwachsenen schon auf ihn warteten.
»Wir glauben nicht, dass du schon wieder zur Schule gehen solltest«, begann Charmian. »Nicht, solange du nicht wieder ganz gesund bist. Alle werden wissen wollen, was mit Mr Fairburn passiert ist, wir halten es daher für das Beste, wenn erst etwas Gras über die Angelegenheit wächst.«
»Wenn das Leben in der Schule wieder seinen gewohnten Gang geht und du dich richtig erholt hast, kommst du natürlich zu uns zurück«, fügte Merriot hinzu.
»Ich werde darauf achten, dass du beim Lernstoff nicht allzu viel versäumst«, sagte Charmian. »Immerhin habe ich dich unterrichtet, bevor du nach Eton gegangen bist; es wird keinen großen Unterschied ausmachen.«
»Und was ist, wenn du verreist?«, fragte James. »Nach Mexiko?«
»Wir werden sehen, wie es dir dann geht«, antwortete Charmian. »Entweder du gehst nach Eton oder du begleitest mich. Die Seeluft während der Reise wird dir guttun und Mexiko ist ein Land, das deine Bildung erweitern wird.«

»Na, was sagst du dazu?«, fragte Merriot mit einem freundlichen Lächeln.

»Ich werde meine Freunde vermissen«, sagte James. »Aber ich glaube, ein paar Wochen Auszeit könnten nicht schaden. Ich fühle mich noch immer ein bisschen schwach.«

»Hör sich das einer an!«, stieß Merriot hervor. *»Ein bisschen schwach!* Und eine kleine Pause *könnte nicht schaden!* Hoffentlich, kann ich da nur sagen. Wir wollen nicht, dass du noch mehr Schrammen abbekommst, Junge. Wenn ich mich recht entsinne, hat der Direktor, als ich das letzte Mal mit ihm hier war, ziemlich genau dasselbe gesagt – pass auf, wo du hingehst, und steck deine Nase nicht überall hinein – und schau dir an, was passiert ist.« Er grinste James an. »Ich glaube, in Eton kehrt erst dann wieder Frieden ein, wenn du eine Zeit lang auf Tauchstation gehst.«

Jetzt, fünf Wochen später, waren nur noch ein dumpfer Schmerz und ein steifes Gefühl in seiner Schulter übrig geblieben, ansonsten fühlte James sich fit und gesund. Bei dem nahrhaften mexikanischen Essen, den vielen Bohnen, Maisfladen und dem scharfen Chili, war er wieder zu Kräften gekommen und hatte sich an den gemächlichen Trott gewöhnt, in dem das Leben hier verlief.

Sie waren mit dem Schiff bis nach Veracruz gefahren und hatten von dort den Zug nach Mexico City genommen, wo sich Charmian mehrere Tage lang mit einigen Universitätsprofessoren ausgetauscht hatte. Sie war Anthropologin und hoffte, bis zu einem alten Maya-Stamm vorzudringen, der noch genauso wie zu Zeiten der Konquistadoren im südlichen Regenwald lebte. Von Mexiko aus waren sie nach Tampico geflogen, weil dort sehr viele Indios wohnten. Sie hatten ihre Heimat und ihre Dörfer verlassen und waren hierhergekommen, um auf den Ölfeldern Arbeit zu finden. Charmian verbrachte mehrere Abende in den Bars und *Cantinas* und unterhielt sich mit den Indios, weil sie so viel wie möglich über die Orte und die Menschen erfahren wollte. In einer Bar hatte sie auch Mendoza kennengelernt. Er hatte als Scout für eine Ölgesellschaft gearbeitet und kannte sich aus in Mexiko. Deshalb hatte sie ihn als Führer ihrer Expedition ausgewählt.

Die Geschäfte und Händler in Tampico hatten sämtliche Ausrüstungsgegenstände und Vorräte, die man für so eine Reise brauchte. Charmian hatte Garcias Boot gemietet, es mit ihren Sachen beladen und dann waren sie nach Süden aufgebrochen. James würde sie allerdings nicht auf der ganzen Reise begleiten. Seine Tante hatte es so eingerichtet, dass er bei einer amerikanischen Familie in Tres Hermanas bleiben sollte, wenn sie in den Urwald aufbrach.

James setzte sich neben seine Tante und schaute auf die Karte. »Hier werden wir heute Abend sein, in Tres Hermanas«, sagte sie und deutete mit einem Bleistift auf ein kleines Städtchen an der Golfküste. »Von dort werde ich nach Carmen weiterreisen.« Sie fuhr mit dem Bleistift die Küste entlang. »Hier werde ich ein anderes Boot nehmen, das mich flussaufwärts bis nach Palenque bringt.« Sie fuhr mit dem Bleistift weiter ins Landesinnere und folgte einem gewundenen Flusslauf bis mitten in den Regenwald. »Hier werde ich die übrigen Teilnehmer der Expedition treffen.«

James musste sich anstrengen, um den winzigen Fleck auf der Landkarte, der Tres Hermanas sein sollte, zu erkennen. Es sah aus, als läge der Ort mitten im Nirgendwo. Mit Charmian herumzutuckern und ihr zu helfen, alles Notwendige zu beschaffen, was sie für ihre abenteuerliche Reise brauchte, das hatte ihm Spaß gemacht. Aber was konnte man wohl in einem verschlafenen Fischernest tun?

Garcia hielt Wort. Er schaffte es, dem Sturm davonzufahren. Aber der Himmel verdunkelte sich immer mehr, als sie in dem

geschäftigen Hafen anlegten und das Boot für die Nacht klarmachten.
Die Stadt war größer und es herrschte viel mehr Leben, als James erwartet hatte, denn die Einheimischen bereiteten sich gerade auf ein Fest am folgenden Tag vor. Scharen von Touristen waren da und Mexikaner aus den umliegenden Dörfern. Die Bewohner des Ortes waren damit beschäftigt, Festwagen zu schmücken. Auf dem Marktplatz hatten sie die Figur eines mürrisch blickenden Alten aufgebaut, der verbrannt werden sollte. Gegenüber war eine Tribüne errichtet worden und eine etwas heruntergekommen aussehende Blaskapelle probte unverdrossen. Überall auf den Straßen sah man Fahnen und Wimpel und bunte Figuren aus Pappmaschee, und über die Dächer eilten aufgeregt und lärmend Männer, die ein Feuerwerk vorbereiteten.
James und Charmian tranken einen Kaffee in einer kleinen *Cantina* auf dem Marktplatz, sahen dem Treiben der Menschen zu und warfen hin und wieder einen Blick zum Himmel, der sich verfinsterte.
Es herrschte eine bedrückende, angespannte Atmosphäre; die Menschen spürten, dass Unheil in der Luft lag, wie so oft, wenn ein Unwetter heraufzieht. Einige Einheimische stritten sich an der Bar, ob sie ihre mühevoll angebrachten Dekorationen wieder abnehmen oder riskieren sollten, dass sie beschädigt wurden.
Was ein Freudentaumel aus Musik, Farbe und Tanz hatte werden sollen, schien nun in einer Explosion von Donner, Blitz und Regen zu enden. Einige der Männer zuckten nur die Schultern und legten alles in die Hände des Schicksals. Wenn Gott wollte, dass es an ihrem Umzug regnete, dann war es eben so, und es gab nichts, das man dagegen hätte unternehmen können.
Charmian, die gut Spanisch sprach, lauschte ihrer Unterhaltung. »Wir sollten uns besser auf die Socken machen«, sagte sie und

trank ihren Kaffee aus. »Wenn Gott beschließt, seine Badewanne direkt über uns auszugießen, bin ich lieber sicher und wohlbehalten in meinen vier Wänden.«

Aber kaum waren sie auf den Marktplatz hinausgetreten, begann es auch schon zu regnen. Große, kalte Wassertropfen klatschten auf die Erde.

»Nun gut«, sagte Charmian und spannte einen eleganten Regenschirm auf. »Vielleicht verzieht sich das Unwetter schnell, dann ist es morgen wieder schön und klar. Es wäre schade, wenn ich diesen lustigen Spaß nicht miterleben könnte, aber das Wichtigste ist, dass ich rechtzeitig von hier aufbreche.«

Ein Mexikaner in einem auffälligen Anzug zwinkerte ihr zu und sagte irgendetwas. Charmian lächelte höflich, aber kühl zurück und wünschte ihm einen schönen Nachmittag.

James war es gewohnt, dass Männer Charmian anstarrten und Bemerkungen über sie machten. Als Frau, die allein reiste, war sie in deren Augen Freiwild. Noch dazu war sie attraktiv und das regte die Macho-Fantasien der Mexikaner zusätzlich an.

Die Bemerkungen waren jedoch meist harmlos, die Männer versuchten nur auf ihre Art, galant zu sein. Charmian war eine überaus erfahrene Weltenbummlerin, die schon in den entlegensten Gegenden gewesen war, und sie wusste von Anfang an, wie man mit den Mexikanern umgehen musste.

Sie bogen von der Hauptstraße ab und zwängten sich durch ein enges Sträßchen voller Menschen. James musste hinter seiner Tante hergehen.

Charmian trug eine große lederne Satteltasche bei sich, es war ihre Reisetasche, die sie immer dabeihatte, wenn sie unterwegs war. Ein argentinischer Gaucho hatte sie angefertigt und vom jahrelangen Gebrauch war sie verkratzt und abgenutzt. Aber sie war groß genug, um alles Nötige aufzunehmen: Geldbörse, Ausweise, Erste-Hilfe-Utensilien, Karten, Kompass, Feldstecher,

Wasserflaschen, Toilettenpapier und zahllose andere unentbehrliche Dinge.

Während sie sich durch die Straße kämpften, fiel James ein Junge auf, der etwa so alt war wie er selbst. Der Bursche drängte sich zwischen ihm und seiner Tante durch. James dachte sich nichts dabei, bis er eine fast unmerkliche flinke Bewegung wahrnahm. Es geschah alles so schnell und unerwartet, dass er sich zuerst nicht sicher war, was er gesehen hatte. War überhaupt etwas passiert?

Ja.

Der Junge hatte ein Messer hervorgeholt und die Schulterriemen von Charmians Tasche durchgeschnitten. Bevor sie bemerkte, was passiert war, hatte der Junge die Tasche schon an sich gerissen, kehrtgemacht und war losgerannt. Dabei hatte er James angerempelt.

Im ersten Augenblick war James zu verblüfft, um irgendetwas zu unternehmen. Er stand da wie angewurzelt und staunte über das unglaubliche Geschick des Jungen. Doch dann erwachte er aus seiner Starre. Alles, was für Charmian lebensnotwendig war, befand sich in dieser Tasche: ihr Geld, ihr Reisepass und all ihre anderen Papiere. Wenn sie es nicht zurückbekam, musste sie ihre Reise abbrechen.

»He!«, schrie er und lief, ohne lange nachzudenken, hinter dem Jungen her, der schon mehrere Meter vor ihm war.

James stieß die Leute vor sich weg. Er wusste, wenn er den Jungen aus den Augen verlor, sah er weder ihn noch die Tasche jemals wieder. Aber er war ein flinker Läufer und der flüchtige Dieb bahnte nicht nur sich, sondern auch James einen Weg durch das Menschengewühl.

James sah, wie er in eine kleine Gasse abbog.

James rannte hinterher.

Der Junge war wieselflink und nur ein Schatten in der Dunkel-

heit. Der Weg führte in einen kleinen, schmuddeligen Hinterhof, der von hohen Häusern umgeben war. In der Mitte stand ein Brunnen. Fliegen umschwirrten ihn. Überall war Wäsche zum Trocknen aufgehängt und die stickige Luft roch nach Essen.
James spurtete und bekam den Dieb an der Schulter zu fassen. Der Junge wirbelte herum und stach mit einem Messer nach ihm. James gelang es gerade noch, mit einem Sprung nach hinten auszuweichen.
Der Junge grinste und hielt James das Messer vors Gesicht.
James ließ seinen Blick schnell durch den Hinterhof schweifen. Es gab nur einen Weg nach draußen.
Er war in eine Falle getappt. Der Junge war nicht in den Hof gelaufen, um ihm zu entwischen. Er wollte ihn loswerden.
Zum ersten Mal betrachtete James ihn genauer.
Er trug ein kurzärmeliges Hemd und eine lockere, weite Hose. Sein Haar war schwarz und glänzte ölig und auf der Oberlippe wuchs dünner Flaum. Er war beinahe genauso groß wie James, und wenn man davon absah, dass er braune, James hingegen blaue Augen hatte, hätten die beiden Brüder sein können.
Der Junge hob sein Messer herausfordernd noch etwas höher.
James war unbewaffnet und er wusste, dass man sich niemals auf einen Kampf mit jemandem einlassen sollte, der ein Messer trug. Schon das kleinste Exemplar konnte böse Verletzungen hervorrufen.
»Gib mir die Tasche zurück«, sagte er ruhig.
Der Junge gab ihm eine freche Antwort auf Spanisch und reckte das Kinn.
»Die Tasche«, wiederholte James und deutete mit einem Kopfnicken darauf.
Der Junge hielt die Tasche in seiner freien Hand. Ohne die Schulterriemen war sie schwer und unhandlich.
»Americano?«, fragte er.

»Engländer«, antwortete James.
»Ich dich verletzen, Inglisch«, sagte der Junge. »Dann du nie vergessen Namen von Angel Corona.«
James antwortete nicht, aber er hielt Angels Blick stand, versuchte, weder ängstlich noch wütend zu wirken. Er wollte den Jungen auf keinen Fall provozieren.
Es half nichts, Angel stach mit dem Messer nach ihm und wieder musste James sich mit einem Sprung nach hinten in Sicherheit bringen.
Angel kam auf ihn zu.
»Ich dir den Bauch aufschneiden und die Därme ausreißen, eh?«, sagte er und grinste übers ganze Gesicht, sodass man seine makellosen weißen Zähne sehen konnte.
James hielt die Hände hoch, streckte sie dem Jungen entgegen und ging langsam rückwärts. Er wusste, noch ein paar Schritte, dann würde er mit dem Rücken zur Wand stehen, dann könnte er nirgendwohin mehr ausweichen.
»Du machst Fehler«, fuhr Angel fort, »wenn du mich jagen, Inglisch.«
James musste ihm recht geben. Er war losgelaufen, ohne nachzudenken.
Plötzlich spürte er eine Bewegung über seinem Kopf. Es war ein Betttuch, das von einer Wäscheleine herunterhing.
James kombinierte blitzschnell. Vielleicht war es die einzige Chance, die er hatte. Er streckte die Arme höher, wie um sich zu ergeben, und als er das Baumwolltuch mit den Fingerspitzen berührte, packte er es und riss es herunter. Das Tuch fiel auf Angel, und das genügte, um ihn für einen Augenblick abzulenken.
James trug ein Paar robuste englische Schuhe mit festen Ledersohlen und verstärkten Schuhspitzen und damit trat er von unten gegen Angels Handgelenk. Die Wucht des Angriffs ließ das Messer in hohem Bogen durch die Luft fliegen.

Wütend warf Angel das Bettlaken zur Seite und stürzte sich auf James.
Aber nun war James im Vorteil. Ohne Messer und durch das Gewicht der Tasche behindert, war Angel keine Gefahr mehr für ihn.
James rammte seinen Ellenbogen gegen Angels Kehle, als dieser auf ihn zusprang. Angel stieß einen erstickten Laut aus, fuhr sich mit der Hand an den Hals und taumelte zurück. Dabei ließ er die Tasche fallen. Laut fluchend stürzte er sich erneut auf James, doch der machte einen Schritt zur Seite, hob das Knie und stieß es dem Angreifer in den Magen. Angel krümmte sich und sofort packte James ihn am Genick, drehte ihm den Ellenbogen auf den Rücken, zerrte ihn zum Brunnen und drückte sein Gesicht unter Wasser.
Angel wehrte sich, schlug mit Armen und Beinen, aber erst als James fand, dass der Junge genug hatte, ließ er ihn los. Angel fiel auf das Kopfsteinpflaster. Hustend und spuckend schaute er halb ängstlich, halb hasserfüllt zu James auf.
»Kann sein, dass du den Namen James Bond nicht mehr vergisst«, sagte James. Dann nahm er Charmians Tasche an sich, hob das Messer auf und warf es in den Brunnen. *»Adios«,* sagte er und ging durch die schmale Gasse zurück zur Hauptstraße.
Charmian stand mitten auf der Straße und rief nach ihm. James winkte ihr zu und rief zurück.
»James, das war sehr leichtsinnig von dir«, sagte Charmian, als sie ihn entdeckte. »Der Junge hätte dich umbringen können.«
»Ich weiß«, antwortete James. »Ich habe nicht darüber nachgedacht. Immerhin habe ich deine Tasche wieder. Es ist noch alles da, aber du wirst neue Trageriemen brauchen.«
»Ich hätte besser darauf achtgeben sollen«, sagte Charmian. »Ich werde die Riemen durch dünne Ketten ersetzen, die kann man nicht so leicht durchschneiden.«

James bemerkte, wie Charmian erschrocken die Augen aufriss. Sie hatte etwas hinter ihm gesehen. Er drehte sich um und sah, wie Angel, sein Messer in der Hand, aus der kleinen Gasse kam. Verdammt. Er hätte besser aufpassen müssen. Der Brunnen war anscheinend doch nicht so tief gewesen, wie er gedacht hatte.
Plötzlich entstand ein Aufruhr, denn zwei vierschrötige Männer in Uniform tauchten auf und packten Angel. Beide hatten einen Oberlippenbart, einer von ihnen hielt eine Pistole in der Hand. Angel wollte wegrennen, aber der Mann drückte ihm die Pistole an den Kopf und schließlich gab er nach. Sie sagten etwas auf Spanisch zu ihm, aber sie redeten sehr schnell und alles, was James verstehen konnte, war der Name des Jungen.
Der zweite Mann nahm das Messer an sich und ließ die Handschellen klicken.
Die beiden Männer führten Angel ab und blieben kurz bei Charmian stehen. Der Mann mit der Pistole verbeugte sich.
»Guten Nachmittag, *Señora*«, sagte er. »Dieser bedauerliche Vorfall tut mir sehr leid. Der Junge ist uns gut bekannt. Wir versuchen schon seit Wochen, ihn auf frischer Tat zu ertappen. Wir werden ihn einsperren, *Señora.* Kommen Sie doch morgen auf die Polizeistation und machen Ihre Aussage, ja?«
»Ja natürlich«, antwortete Charmian, lächelte höflich und sah ihnen nach, wie sie den sich heftig wehrenden Jungen die Straße entlangzerrten. Sie kamen an einer Gruppe Touristen vorbei, vier Amerikaner und ein Japaner. Die Leute deuteten auf Angel.
»Zeig's ihnen, Junge«, rief einer von ihnen, ein Schrank von einem Mann, fast genauso breit wie hoch, mit großem, kantigem Schädel.
»Wasis?«, fragte ein anderer, der so dürr war wie sein Freund dick.
»Ich hab gesagt: Zeig's ihnen«, wiederholte der Vierschrötige etwas lauter.

»Genau«, sagte sein Freund und alle fingen an zu lachen.
Alle, außer der Frau, die bei ihnen war, eine hübsche Blondine. Sie trug einen Hut mit breiter Krempe.
»Komm mit«, sagte Charmian und zog James am Ellenbogen weiter. »Ich denke gar nicht daran, morgen früh eine Aussage zu Protokoll zu geben. Erstens will ich dann schon hundert Meilen weit weg sein und zweitens, je weniger wir mit der Polizei hier zu tun haben, desto besser. Ich weiß, der Junge wollte uns ausrauben und wahrscheinlich wollte er dich sogar töten, aber mir tut er trotzdem leid. Die Polizei hier hat keinen guten Ruf.«
In diesem Augenblick donnerte es laut und die Schleusen des Himmels öffneten sich. Sturzbäche ergossen sich auf die staubigen Straßen.
»Wir sollten uns beeilen«, rief Charmian. »Sonst werden wir noch ertrinken.«
James wollte so schnell wie möglich ins Trockene und vergaß Angel Corona und die fünf Touristen.
Er konnte ja nicht ahnen, welche Rolle sie noch in seinem Leben spielen würden.

4 Eine zerbrochene Puppe

Das Haus der Stones stand allein auf einer Anhöhe an der Westseite von Tres Hermanas. Über die Häuser und das hellrote Ziegeldach der Kirche Santa Maria hatte man einen freien Blick aufs Meer. Entworfen von einem eigens aus Frankreich herbeigeholten Architekten, war es für einen der örtlichen Adeligen erbaut worden, ein Palast im neoklassizistischen Stil mit Säulen und Balkonen und üppigen Steinverzierungen.

»Ich habe Jack Stone vor etwa zehn Jahren in Texas kennengelernt.« Charmian bemühte sich, das laute Prasseln des Regens zu übertönen. »Auf einer Flugschau. Damals war er ziemlich berühmt. Ein Kriegsheld. Kampfflieger. Ein schneidiger Kerl. Ich denke, du wirst ihn mögen.«

Ein Bediensteter erwartete James und Charmian an dem breiten schmiedeeisernen Tor und führte sie den Kiesweg hinauf zum Haus, vorbei an einem hohen Avocadobaum und einer kleinen Palmenoase inmitten eines gepflegten Rasens zwischen eleganten, geometrisch gestutzten Hecken.

Aber weder James noch Charmian blieben stehen und bewunderten die Außenanlagen, dazu regnete es viel zu heftig.

»Ich werde heute Nacht hierbleiben und alles für dich regeln«, sagte Charmian, während sie auf das Haus zugingen. »Leider muss ich morgen sehr zeitig los, wenn du noch tief und fest schläfst. Ich habe keine Ahnung, wie lange ich im Regenwald bleiben werde, aber falls ich nicht rechtzeitig zurück sein sollte, wird Mr Stone dich nach Veracruz zum Schiff bringen.«

Zwei imposante Steinlöwen kauerten auf beiden Seiten der Terrasse und bewachten den Hauseingang, Wasser plätscherte auf die Mähnen hinunter. Rosenstöcke in schweren Bleikübeln und zwei leuchtend rote Weihnachtssterne in großen Blumentöpfen ließen in dem Regenguss die Blätter hängen.

Ein weiterer Bediensteter – ein älterer Mexikaner mit weißem Haar und einer schlichten schwarzen Uniform – öffnete die Tür. Er bat sie einzutreten und nahm Charmian höflich Tasche und Regenschirm ab.

Die Eingangshalle mit dem polierten Marmorboden wirkte düster. In den Ecken standen Bronzestatuen, ein riesiger Kristallleuchter spendete ein gedämpftes flackerndes Licht. An einer Wand waren Porträts von mittlerweile in Vergessenheit geratenen mexikanischen Generälen aufgereiht und auf der gegenüberliegenden Seite hing ein riesengroßes Gemälde, das einen Luftkampf darstellte. Zwei Doppeldecker, ein amerikanischer und ein deutscher, beschossen sich gegenseitig. Der Künstler hatte die Maschinengewehre in allen Einzelheiten wiedergegeben. Aus den Läufen schossen hellrote Blitze und leere Patronenhülsen flogen durch die Luft. Aus dem Heck des deutschen Flugzeugs stiegen Feuer und weißer Rauch auf. Im Hintergrund war ein Schlachtfeld zu sehen, auf dem Männer sich von einem Graben aus in ein Niemandsland vorwagten.

James überlegte, ob der amerikanische Flieger Jack Stone war.

»Charmian, herzlich willkommen.«

James drehte sich um und sah Mr Stone die Treppen herunterkommen. Er trug eine lederne Fliegerjacke und hohe Stiefel. Mit dem schmalen Oberlippenbart und dem straff zurückgekämmten Haar sah er aus wie ein Fliegerass aus dem Weltkrieg.

»Jack«, begrüßte ihn Charmian. »Sie sehen keinen Tag älter aus. Darf ich Ihnen meinen Neffen James vorstellen?«

»Erfreut, dich kennenzulernen«, sagte Stone und schüttelte

James' Hand wie einen Pumpenschwengel. »Willkommen auf Tres Hermanas. Willkommen in meinem Heim.«

Bevor James etwas erwidern konnte, hatte Stone sich schon wieder Charmian zugewandt. Seine Miene war plötzlich ernst. Mit eindringlichem Blick sah er sie an und sagte in geschäftsmäßigem Ton: »Lassen Sie sich gar nicht erst häuslich nieder. Leider gibt es eine unvorhergesehene Änderung.«

»Oh«, stieß Charmian erschrocken hervor.

»Keine Sorge.« Stone lächelte und eine Reihe makelloser Zähne blitzte auf. »So schlimm ist es nun auch wieder nicht. Wie Sie sicher bemerkt haben dürften, braut sich über dem Golf ein Sturm zusammen.«

»Natürlich haben wir das bemerkt, wie auch nicht?«, erwiderte Charmian, die es geschafft hatte, trotz Regenschirm durchnässt zu sein.

»Wie es heißt, wird er auch nicht so schnell wieder abziehen und das bedeutet, dass die Schifffahrt eingestellt wird. Wenn Sie also heute Nacht nicht wegkommen, sitzen Sie vermutlich für die nächsten Tage hier fest.«

»Oh, aber das wäre ganz fürchterlich«, sagte Charmian. »Ich muss unter allen Umständen am Samstag in Palenque sein.«

»Tja, übers Meer werden Sie das wohl kaum schaffen. Und über Land erst recht nicht, so viel ist sicher. Die Straßen sind ohnehin nicht in allerbestem Zustand, und wenn es heftig regnet, werden sie einfach weggespült.«

»Was soll ich jetzt nur tun?«, fragte Charmian.

»Ich werde Sie im Flugzeug hinbringen«, antwortete Stone prompt mit einem breiten, selbstbewussten Grinsen. »Es gibt eine Landebahn im Dschungel, die einer Minengesellschaft gehört hat. Dort können wir aufsetzen und auf diese Weise erreichen Sie Ihr Ziel sogar noch früher als geplant.«

»Aber Jack, ich kann doch nicht . . .«

»Widerstand zwecklos, Ma'am«, unterbrach Stone sie. Er salutierte zackig und zwinkerte ihr zu. »Ich liebe das Fliegen, habe allerdings heutzutage kaum mehr Gelegenheit dazu. Sie liefern mir also nur einen willkommenen Grund. Ich fürchte allerdings, wir müssen uns beeilen. Wenn wir es nicht innerhalb der nächsten halben Stunde in die Luft schaffen, können wir die Sache vergessen.«

»Das ist sehr zuvorkommend von Ihnen«, sagte Charmian. »Aber was ist mit meinem Gepäck? Und mit der Ausrüstung?«

»Ich habe mir erlaubt, einige meiner Bediensten zum Hafen zu schicken«, sagte Stone. »Sie laden schon alles in mein Flugzeug um. Mendoza, Ihr Begleiter, beaufsichtigt sie dabei. Glauben Sie mir, es gibt keine andere Möglichkeit.«

Charmian seufzte und wandte sich an James. »Wie es aussieht, muss ich dich schon jetzt allein lassen, James. Aber gegen die Überzeugungskraft dieses Mannes kommt man einfach nicht an.«

»Mein Personal wird sich gut um dich kümmern, bis ich wieder hier bin«, versicherte Stone.

James lächelte seine Tante an. »Mach dir keine Sorgen um mich. Das Wichtigste ist doch, dass du deine Expedition nicht abblasen musst.«

Stone legte den Arm um James' Schultern.

»So ist's recht, mein Junge. Tja, und was sagst du *dazu?«*, fragte er und machte eine ausholende Handbewegung. »In dieser kleinen, bescheidenen Hütte wird es sich wohl die nächsten Monate aushalten lassen, was?«

»Es ist sehr beeindruckend«, sagte James, der das Haus hässlich und völlig überladen fand. Er fragte sich, wie man freiwillig so viel Zeug ansammeln konnte. Er selbst bevorzugte es schlicht und einfach.

»Nun«, sagte Stone, den Arm noch immer um James gelegt, »ich wette, du brennst schon darauf, nach oben zu gehen und mit meinen Kindern zu spielen.«

»Ja«, sagte James tapfer, obwohl er nicht die geringste Lust hatte, mit jemandem zu spielen.

»Deine Tante und ich haben noch die letzten Vorbereitungen zu treffen«, sagte Stone. »Dann werden wir kommen und uns verabschieden. Alonzo wird dir den Weg zeigen.«

Stone nickte dem ältlichen Bediensteten zu, der während des Gesprächs abwartend dagestanden hatte.

Alonzo führte James die Treppe hinauf, zuerst zu einem größeren Absatz, dann zu einem zweiten, schmaleren Podest. Schließlich standen sie vor einer wuchtigen, mit Schnitzereien geschmückten Holztür.

Das große Zimmer, das sie betraten, war vollgestopft mit allen nur erdenklichen Spielsachen. So viel verschiedenes Zeug war da, dass James im ersten Augenblick keine Einzelheiten ausmachen konnte, aber dann fielen ihm ein Puppenhaus auf und ein mannshohes Spielhaus, zwei Schaukelpferde, bergeweise Stofftiere, ein Klavier, Kegel, Spielzeugsoldaten, ein Tretauto, eine Ritterburg und eine Eisenbahn. Es war ein Paradies für Kinder, allerdings eines, das penibel aufgeräumt war. James fragte sich, ob die Kinder so ordentlich waren, doch dann bemerkte er ein Dienstmädchen, das auf dem Boden kniete und etwas aufwischte. Die junge Mexikanerin machte einen erschöpften, verängstigten Eindruck.

Plötzlich war eine Stimme zu hören. »Rühr ja nichts an . . .« Es war die Stimme eines Mädchens, hochmütig und mit einem übertrieben vornehmen Akzent. »Jungs sind so ungeschickt und zerbrechen immer alles.«

Jetzt sah James, wer zu der Stimme gehörte. Sie saß an einem großen Schminktisch und lackierte sich die Fingernägel.

Sie trug ein langes, elegantes goldfarbenes Kleid aus glänzendem Material, das dunkle Haar war modisch kurz und in kleine Wellen gelegt, mit denen sich jemand stundenlang abgemüht haben musste.

»Du bist also James«, sagte sie, ohne sich umzudrehen.

»Stimmt genau.«

»Ich heiße Precious«, stellte sie sich vor. »Und das ist Jack Junior. Du kannst ihn JJ nennen wie alle anderen auch.«

Ein Junge von etwa sieben Jahren in einem modischen Anzug kam hinter dem Puppenhaus hervor, in der Hand hielt er eine Puppe.

»Nett, dich kennenzulernen.«

»Spielst du mit mir?«, fragte JJ. »Ich hab sonst nie Jungs, mit denen ich spielen kann.«

»Ich sag's dir lieber gleich, wir wollten dich nämlich eigentlich gar nicht hier haben«, mischte Precious sich ein, bevor James antworten konnte. »Mir passt das nicht. Ich will nicht noch einen Jungen um mich haben.«

»Ja, ich weiß«, sagte James. »Wir sind ungeschickt und zerbrechen immer alles.«

Er ging ans Fenster. »Es ist stickig hier drin«, sagte er, stieß das Fenster weit auf und sah hinaus.

Das Spielzimmer befand sich im zweiten Stock, direkt darunter im Erdgeschoss lag eine kleine Terrasse. Es goss in Strömen und im Garten hatten sich schon große Pfützen gebildet.

»Weg da vom Fenster«, befahl Precious. »Du stehst mir im Licht.«

»Du bist ja die Freundlichkeit in Person«, gab James zurück.

»Und du bist Engländer, nicht wahr?«, sagte Precious und betrachtete ihn im Spiegel. »Engländer haben nicht die geringste Ahnung von Mode. Deine Kleidung ist schrecklich. Meine hingegen ist stets nach der Haute Couture geschneidert.«

James musste über diese gestelzte Formulierung lachen. Precious drehte sich endlich zu ihm um.

»Du machst wirklich nicht sehr viel her«, sagte sie abschätzig. »Du bist langweilig wie alle Jungs. Jungs sind schwerfällig und dumm. Sie interessieren sich weder für Mode noch für Bücher oder Filmstars. Verzieh dich und spiel mit JJ. Für solche Kindereien bin ich nämlich schon zu alt. Meine Puppen öden mich an. *Du* ödest mich an.«
Sie sagte das in einem so arroganten Ton, dass es James einen Augenblick lang die Sprache verschlug. Dieses Mädchen benahm sich, als wäre sie der Boss, obwohl sie ungefähr im gleichen Alter war wie er, vielleicht sogar ein wenig jünger. Sie hatte allerdings so viel Make-up aufgelegt, dass man es nicht genau sagen konnte. Vermutlich war sie unter all der Schminke sogar recht hübsch, denn sie hatte große dunkle Augen und einen apart geschwungenen Mund.
»Hör zu«, sagte James betont ruhig. »Ich werde für eine Weile hierbleiben, also sollten wir nicht besser versuchen, miteinander auszukommen?«
Precious achtete nicht auf ihn, sondern tat, als hätte er sich in Luft aufgelöst. Sie schien durch ihn hindurchzusehen, als sie ihren Bruder fragte: »Was hast du mit der Puppe vor? Bring sie her.«
»Das Bein ist kaputt«, sagte JJ. Er hielt die Puppe hoch und schüttelte sie.
Precious riss sie ihm aus der Hand und sah sich den Schaden an. Die Puppe hatte ein bemaltes Porzellangesicht, echtes Haar mit gelben Ringellocken und trug ein teuer aussehendes Seidenkleid.
»Früher war ich ganz vernarrt in diese Puppe«, sagte sie. »Aber jetzt bin ich natürlich schon zu alt dafür.«
Sie sprang auf, ging zum Fenster und ließ die Puppe auf dem Fenstersims tanzen. »Oh, seht mich an«, sang sie mit künstlich falscher Kinderstimme. »Ich bin die hübscheste Puppe auf der ganzen Welt. Seht ihr mein schönes Kleid und wie gut ich tanzen

kann? Oh, aber mein armes Bein ist ja gebrochen ... oh nein ... ich rutsche aus.«

Während sie das sagte, stieß Precious die Puppe aus dem Fenster und beobachtete lachend, wie sie auf den Pflastersteinen aufschlug.

»Ach, das arme Ding. Ich fürchte, sie ist tot.« Schlagartig verstummte ihr Lachen und sie drehte sich vom Fenster weg. Jetzt galt ihre Aufmerksamkeit dem mexikanischen Mädchen, das immer noch eifrig aufräumte.

»Dolores, meine Puppe ist aus dem Fenster gefallen. Geh und hol sie.«

Dolores nickte rasch, stand auf und ging hinaus, ihr Gesicht war sorgenvoll und verhärmt.

»Sie tun alles, was ich ihnen befehle«, sagte Precious, während sie an James vorbeiging und sich wieder vor den Spiegel setzte. JJ war inzwischen damit beschäftigt, durchs Zimmer zu rennen und alles wieder in Unordnung zu bringen.

»Muss das sein?«, fragte James.

»Du bist hier nur ein Gast und hast uns keine Vorschriften zu machen«, wies Precious ihn zurecht.

»Also, mir reicht's«, sagte James und ging in Richtung Tür.

»Warte«, sagte Precious und ihre Stimme klang unerwartet weich.

James blieb stehen.

»Es tut mir leid.«

James drehte sich zu ihr um. Sie machte ein trauriges, ja fast ängstliches Gesicht und sah mit einem Mal ganz anders aus, viel jünger.

»Ich bin nicht daran gewöhnt, andere Leute um mich zu haben«, sagte sie ruhig. »Normalerweise sind nur JJ und ich hier. Manchmal ist es sehr einsam. Ich schätze, da wird man ein bisschen seltsam. Mutter ist nie da.«

»Ist schon in Ordnung«, sagte James. »Es gibt keinen Grund, warum wir nicht Freunde sein sollten.«
»Ja«, sagte Precious und auf ihrem Gesicht zeigte sich ein zuckersüßes Lächeln. Mit ausgestreckten Armen ging sie auf James zu und schüttelte kurz seine Hand.
»Bleib da, ich will's auch wiedergutmachen«, sagte sie. »Lass uns mit JJ spielen.«
James zuckte mit den Schultern. Er konnte sich nicht daran erinnern, wann er das letzte Mal mit jemandem gespielt hatte.
»Was möchtest du spielen, JJ?«, fragte Precious aufgedreht.
»Blindekuh«, antwortete ihr Bruder sofort.
»Eine gute Idee«, lobte Precious und rannte zu ihrer Kostümtruhe. »Zuerst müssen wir James die Augen verbinden.« Sie zog einen Schal hervor und band ihn fest um James' Kopf. Dann drehten die beiden Kinder James im Kreis herum und sangen dazu ein paar kindische Verse. Schließlich hielten sie an.
»Und was jetzt?«, fragte James, der auf wackligen Beinen dastand.
»Und jetzt – *das«,* sagte Precious und versetzte ihm einen kräftigen Stoß. James taumelte rückwärts, stolperte über einen Gegenstand und landete schmerzhaft auf dem Hosenboden. Verärgert nahm er die Augenbinde ab und sah, wie JJ auf dem Boden kniete und sich vor Lachen nicht mehr halten konnte.
James war mit seiner Geduld am Ende. Er spürte, wie er rot vor Zorn wurde. Er war wütend, allerdings nicht, weil sie ihn ausgetrickst hatten, sondern weil es so lächerlich und kindisch war. Es war so dumm, so erbärmlich und trotzdem fanden es die beiden Kinder zum Schreien komisch.
James stand auf. »Du verwöhntes kleines . . .« Er riss sich gerade noch rechtzeitig zusammen, bevor er etwas sagte, dass er hinterher womöglich bereuen würde.
»Und weiter?«, fragte Precious aufreizend. »Was bin ich denn? Ein verwöhntes kleines – *was?«*

Bevor James etwas sagen konnte, kehrte Dolores mit der zerbrochenen Puppe zurück. Das Dienstmädchen machte einen erschöpften Eindruck, und als sie sah, in welchem Zustand das Zimmer war, schlug sie die Hände vors Gesicht und brach in Tränen aus.

»Ist schon gut«, versuchte James, sie zu trösten. »Ich werde beim Aufräumen helfen.«

Er machte Anstalten, die Spielsachen einzusammeln. Precious starrte ihn zornig an und sagte schnippisch: »Du siehst aus wie ein Diener.«

»Fahr zur Hölle«, knurrte James.

Zum Glück kam in diesem Moment Jack Stone herein. Er trug einen langen Ledermantel über seiner Fliegermontur und hatte einen Diplomatenkoffer aus Krokodilleder bei sich. Als er sah, dass das Zimmer nicht aufgeräumt war, blaffte er die junge Mexikanerin unfreundlich auf Spanisch an. Dolores nickte und verrichtete ihre Arbeit noch schneller. Ihre Tränen tropften auf den teuren Teppich. Mit einem breiten Lächeln ging Stone auf Precious und JJ zu und wie auf Kommando nahmen die beiden die artige, steife Haltung braver Kinder ein.

»Daddy«, nörgelte Precious weinerlich und ihre Stimme klang wie die einer Fünfjährigen. Als James sie ansah, stellte er verblüfft fest, dass sie tatsächlich feuchte Augen hatte, als wären ihre Tränen so echt wie die des Dienstmädchens. »James war richtig gemein zu uns«, schluchzte sie. »Er hat meine Puppe aus dem Fenster geworfen und dann ist sie zerbrochen. Ausgerechnet meine Lieblingspuppe!«

»Sei nicht traurig, mein Engel«, sagte Stone. »Ich kaufe dir eine neue.« Er sah James mit hochgezogenen Augenbrauen an. »Ich bin sehr enttäuscht, James«, sagte er. »Wenn du hier bei uns bleiben willst, musst du schon etwas mehr guten Willen zeigen und mit Precious und JJ auskommen.«

James biss sich auf die Lippe und sagte kein Wort.
Stone gab seinen beiden Kinder einen Kuss auf die Stirn.
»Ich komme so bald wie möglich zurück«, versprach er. »Und dann bringe ich euch eine ganze Flugzeugladung Geschenke mit.«
»Und neue Kleider?«, fragte Precious.
»Und neue Kleider für mein allerbestes Mädchen«, sagte er und küsste sie noch einmal.
Dann wandte er sich an James. »So, mein Junge, möchtest du mit nach unten gehen und dich von deiner Tante verabschieden?«
»Ja«, sagte James. Er wünschte sich in diesem Augenblick nichts sehnlicher, als Charmian begleiten zu können, anstatt bei diesen beiden kleinen Monstern bleiben zu müssen.

5 Vier Männer mit Pistolen

Die drei starken Motoren der Ford Trimotor *Tin Goose* röhrten laut, als sie in den windgepeitschten Himmel aufstieg. Die Propeller knirschten und jaulten, und immer wenn sie in Luftlöcher gerieten, schienen sie den Geist aufzugeben. Das Flugzeug bebte und wackelte, als sei es Teil eines Spielplatzkarussells. Heftiger Regen trommelte gegen die Fenster, die Scheibenwischer kamen kaum dagegen an.

Angeschnallt auf dem Navigatorsitz, direkt hinter Jack Stone und Beto, seinem mexikanischen Copiloten, saß Charmian. Ihre Zähne klapperten. Sie warf Mendoza, der sie begleitete, einen prüfenden Blick zu. Er war aschfahl vor Angst und sah aus, als würde ihm gleich übel werden. Dieser Flug war ganz sicher nicht dazu angetan, einem Freude am Fliegen zu vermitteln.

Stone schrie etwas ins Mikrofon, und obwohl sie die Kopfhörer ans Ohr presste, hatte Charmian Schwierigkeiten zu verstehen, was er über das Dröhnen der Motoren und den Wind und den lauten Regen hinweg sagte. Sie verstand nur das Wort »Haus« und blickte durchs Seitenfenster in die Richtung, in die Stone zeigte.

Wolkenfetzen verdeckten kurz die Sicht, dann hatte sie einen freien Blick auf die Anhöhe mit dem Haus der Stones, wie es Tres Hermanas überragte.

»Hoffentlich bringen sie rechtzeitig die Sturmverkleidungen an«, sagte Stone. »Andernfalls werden wohl einige Fenster zu Bruch gehen.«

»Machen Sie sich um die da unten keine Sorgen«, rief Charmian. »Sehen Sie lieber zu, wie Sie uns sicher von hier wegbringen.«
Das Haus wirkte solide und wehrhaft, sie hingegen fühlte sich schutzlos der Willkür des heranziehenden Sturms überlassen. Das Flugzeug war winzig und zerbrechlich, als könnte der Wind ihm jederzeit die Flügel ausreißen und es einfach vom Himmel wegwischen. Charmian gestand sich insgeheim ein, dass sie doch ein wenig nervös war.
Stone deutete wieder nach draußen, diesmal aufs Meer, und Charmian holte keuchend Luft, als sie die pechschwarze Wolkenbank erblickte, die sich da auftürmte.
»Sieht so aus, als wären wir gerade noch rechtzeitig losgekommen«, rief er.
Die dunkle Wand brodelte und wirbelte immer schneller, und was sich da über der Stadt zusammenbraute, erinnerte an eine große hungrige Bestie, die sich zum Angriff bereit machte.
»Wir haben zwar keine Hurrikan-Saison«, sagte Stone und seine Stimme klang im Kopfhörer dünn und rau. »Aber das da ist ein Sturm, wie er im Buche steht.«
Im dunklen Herzen des Sturms waren Blitze zu sehen. Charmian wischte die beschlagene Fensterscheibe frei. Gerade als sie nach draußen sehen wollte, wurde das Flugzeug von einer Bö erfasst. Es wurde zur Seite geschleudert und richtete sich steil auf.
»Ich halte mich landeinwärts«, rief Stone. »Vielleicht können wir den Sturm ja umgehen. Wenn wir erst einmal genug Höhe gewonnen haben, ist alles bestens, aber bis dahin wird es ein wenig ungemütlich sein.«
Die Motoren meldeten sich lautstark, als Stone noch mehr Gas gab. Charmian wurde in den Sitz gepresst, während das Flugzeug nach oben stieg.
Sie hörte, wie Mendoza sich in eine Plastiktüte erbrach.
Wie sie James beneidete, der es warm und gemütlich hatte.

James saß beim Abendessen, aber er hatte wenig Freude daran. Schuld war Precious. Sie war die rüdeste und eigensüchtigste Person, der er je begegnet war, und sie kommandierte die mexikanischen Bediensteten herum. Seit ihr Vater weg war, genoss sie es, sich als Herrin des Hauses aufzuspielen und sich, wie James vermutete, vor ihm in Szene zu setzen.

»Sei doch nicht so tollpatschig, Rita«, tadelte sie die stämmige Frau mittleren Alters, die gerade Kartoffeln servierte. »Du bist unaufmerksam. Fast hättest du sie mir auf den Schoß gekippt.«

Rita murmelte eine Entschuldigung, während Precious mit der Gabel in den Kartoffeln stocherte.

»Die esse ich nicht«, sagte sie. »Nimm sie weg. Sie sind nicht gar gekocht. Ich will sowieso keine Kartoffeln, bring mir Reis.«

Rita schlurfte mit dem Tablett hinaus und Precious schüttelte verärgert den Kopf.

»Diese Leute verstehen einfach nichts von gutem Essen, das ist das Problem«, sagte sie. »Sie selber essen eine so ungenießbare Pampe, dass es geradezu töricht ist zu glauben, sie wüssten, wie man ein halbwegs anständiges Essen für zivilisierte Leute wie uns auf den Tisch bringt. Ich habe Daddy gebeten, endlich einen Chefkoch aus Europa einfliegen zu lassen, am besten aus Frankreich und ganz sicher nicht aus England. Die Engländer haben keine Ahnung vom Kochen. Rita ist nur eine Bauersfrau, außer Reis und Bohnen kennt sie nichts. Diese Leute essen alles, was ihnen zwischen die Finger kommt, weißt du. Ich habe gehört, sie essen sogar Eidechsen. Igitt! Kannst du dir das vorstellen? Selbst wenn ich vor Hunger sterben müsste, würde ich keine Eidechsen essen. Na ja, sie kennen es halt nicht anders.«

Die drei – James, Precious und JJ – saßen an einem großen antiken Mahagonitisch. Es gab Kandelaber aus Silber, Platten aus Silber und Besteck aus Silber. Alles war sorgfältig gedeckt auf einem blütenweißen Spitzentischtuch.

An der Wand hinter Precious hing ein großes Gemälde, das sie und ihren Bruder steif und teuer gekleidet und in genauso steifer Pose zeigte. Es schien vom selben Künstler gemalt worden zu sein wie das Bild von dem Flugzeugnahkampf, das in der Eingangshalle hing. James fand, dass der Maler Flugzeuge besser malen konnte als Menschen. An der gegenüberliegenden Wand hing das Porträt einer Frau. Sie war schlank und schön und kalt und James nahm an, dass es sich dabei um Mrs Stone handelte, Precious' Mutter.
Er trank einen Schluck Wasser aus einem Kristallglas. Im Zimmer war es klamm und stickig und er schwitzte fürchterlich. Die feuchte Luft war unangenehm und der Regen, der monoton aufs Dach prasselte, trug nicht gerade dazu bei, die Atmosphäre zu entspannen. Vielleicht würde es ja besser werden, wenn der Sturm erst einmal da war. Bis jetzt war nur Donnergrollen in der Ferne zu hören, das jedoch immer näher kam.
Die große, reich verzierte Standuhr in der Ecke schlug fünf. Der Abend würde sehr lang werden.

Draußen mühte sich Alonzo mit dem Sturmschutz für die Fenster ab, denn der Wind blies inzwischen sehr heftig und die Windverkleidungen waren schwer. Eigentlich sollte Luis ihm helfen, aber Alonzo hatte ihn vor zehn Minuten weggeschickt, damit er Hammer und Nägel holte, und er war noch immer nicht zurückgekehrt. Luis war fünfzehn und der jüngste von Mr Stones Bediensteten. Wenn es nach Alonzo ging, brachte der Bursche allerdings mehr Scherereien als Nutzen. Er war faul, langsam und frech. So war das mit den jungen Leuten heutzutage. Sie hatten keinen Respekt mehr vor den älteren.
Alonzo fluchte. Er war zu alt für so etwas. Seine Arme schmerzten, ihm war kalt und er war durchnässt bis auf die Haut. Wenn Luis nicht bald zurückkam, würde er das mit den Schutzverklei-

dungen eben sein lassen. Das Haus stand nun schon zweihundert Jahre lang, ein kleiner Sturm würde es nicht gleich wegblasen.
In diesem Moment tauchte Luis wieder auf.
»Tut mir leid, Alonzo«, sagte er mit einem dümmlichen Grinsen. »Ich konnte nicht in den Lagerraum. Die Tür ist verzogen und klemmt.«
»Ich will keine lahmen Ausreden hören«, blaffte Alonzo ihn an. »Hilf mir endlich mit diesen verdammten Dingern hier!«

»Was soll das denn sein?« Wieder gefiel Precious sich darin, Rita auszuschimpfen, die geduldig mit einer Schüssel Gemüse neben ihr stand. »Das ist kein Gemüse, sondern Matsch. Muss ich erst selbst in die Küche kommen und eigenhändig kochen? Das ist ja der reinste Witz, Rita. Ich kann das nicht essen. Bring es weg.«
»Ich hätte sehr gerne etwas davon«, mischte sich James ein. Er war zwar überhaupt nicht hungrig, aber ihm taten die Hausangestellten leid, die sich redlich Mühe mit dem Essen gegeben hatten, das Precious verschmähte. Im Gegensatz zu seiner Schwester ließ JJ es sich schmecken. Er war pummelig und auf seinem runden Gesicht lag ein breites Dauergrinsen. Er verehrte seine Schwester abgöttisch und lachte bei jedem ihrer gehässigen Wutausbrüche.
Rita lächelte James dankbar zu, doch da packte Precious sie grob am Handgelenk.
»Kommt nicht infrage«, fauchte sie James an. »Davon wird dir bestimmt schlecht.«
»Für mich sieht das Gemüse ganz okay aus«, beharrte James.
Precious spuckte in die Schüssel. »Es taugt nicht mal als Schweinefutter.«
Rita resignierte. Mit einem tiefen Seufzer ging sie langsam hinaus.

»Manchmal habe ich den Verdacht, sie tun es mit Absicht«, sagte Precious. »Wenn ich es nicht esse, dann können sie sich in der Küche selbst darüber hermachen. Das Gemüse werden sie diesmal allerdings nicht gierig hinunterschlingen.«
JJ lachte und spuckte auf seinen Teller.
»Hör auf damit, JJ«, sagte Precious. »Das ist nicht lustig. Du verbringst zu viel Zeit mit diesen Bauerntölpeln und wirst langsam selber einer.«
JJ lachte und spuckte noch einmal auf seinen Teller. Diesmal konnte Precious ein boshaftes Kichern nicht unterdrücken.
»Jede Wette, dass die auf unser Essen spucken«, sagte sie. »Heimlich, wenn keiner hinschaut.«
Was ich ihnen nicht verübeln könnte, dachte James bei sich.
Precious schob ihren Teller zur Seite. Sie hatte keinen Bissen angerührt. Das Essen war inzwischen kalt und sah nun tatsächlich unappetitlich aus auf dem weißen Porzellangeschirr.
»Das ist ungenießbar«, sagte sie. »Ich krieg heute nichts runter. Ich halte die Hitze nicht mehr aus. Komm, JJ, lass uns nach oben gehen. Rita soll uns später Kuchen bringen.« Sie sah James an. »Du kannst mitkommen.«
»Ich bin müde«, log James. »Ich werde mich wohl besser in mein Zimmer zurückziehen.«
»Ganz wie du willst«, sagte Precious und stand auf. Auf dem Weg zur Tür blieb sie bei ihrem Bruder stehen und flüsterte ihm etwas ins Ohr, woraufhin er schuldbewusst zu James hinsah und dann losprustete.
Als sie gegangen waren, schob James den Stuhl zurück, streckte seine langen Beine aus und trank sein Glas Wasser leer. Er goss sich nach und trank noch ein paar Schlucke. Seit seiner Ankunft in Mexiko hatte er hin und wieder unter Magenbeschwerden gelitten, aber er ging davon aus, dass das Wasser bei den Stones sauber und genießbar war.

Mit der Serviette wischte er sich den Schweiß vom Nacken. Ihm war klar, dass das nicht gerade von guten Manieren zeugte, aber es war ja niemand mehr im Raum. Er wollte gerade aufstehen und das Speisezimmer verlassen, da kam Rita mit einer Schüssel Reis herein. Als sie sah, dass die beiden Kinder nicht mehr da waren, stellte sie die Schüssel müde auf dem Tisch ab.

»Sie sind schon nach oben gegangen«, sagte James.

Rita murmelte etwas auf Spanisch, seufzte laut und kehrte in die Küche zurück.

Erneut wischte James sich den Nacken. Er war schon wieder nass geschwitzt.

Dann trat er hinaus in die Eingangshalle. Im Vorbeigehen warf er einen Blick auf das Gemälde mit den beiden Flugzeugen und betrachtete die hässlichen Bronzestatuen. Schon jetzt hasste er dieses Haus. Er wusste genau, wenn er nicht etwas dagegen unternahm, würde er sich hier bald zu Tode langweilen.

Lustlos trottete James die Treppe hinauf in sein Zimmer. Oben stellte er fest, dass er vergessen hatte, das Fenster zu schließen. Die Fensterläden schlugen klappernd im Wind und der Regen ergoss sich auf den wertvollen Teppich.

»Verdammter Mist«, murmelte er. Das konnte ihn in Schwierigkeiten bringen.

Er eilte zum Fenster und wollte die Läden schließen, aber der Wind riss sie ihm aus der Hand. Er versuchte noch einmal, sie zu packen und festzuhalten, aber sosehr er sich auch bemühte, der Wind ließ nicht zu, dass er sie schloss.

Schon wieder wartete Alonzo auf Luis. Welche Ausrede würde der Junge diesmal auftischen? Es dauerte sicher nicht geschlagene zwanzig Minuten, eine einfache Leiter zu holen. Sie hatten erst vier Sturmverkleidungen angebracht und es gab noch viele Fenster, die abgedichtet werden mussten.

Alonzo ließ sein Werkzeug fallen und marschierte um das Haus herum zur Eingangstür. Sein Hut mit der breiten Krempe schützte nur das Gesicht vor dem Regen, ansonsten war er völlig durchnässt. Wenn er diese Arbeit erledigt hatte, würde er in die Küche gehen und sich am Ofen aufwärmen. Vielleicht würde er sich sogar ein Gläschen Wein gönnen. Oder etwas von dem Rum, den er im Schrank versteckt aufbewahrte. Das würde seine Lebensgeister wecken. Er malte sich gerade aus, wie er es sich gemütlich machen würde, als er eine Gestalt mitten auf dem Rasen bemerkte.
»Luis? Was ist los?« Verwundert ging er auf die reglose Person zu. Es war tatsächlich Luis. Er lag mit geschlossenen Augen da. Hinter dem Ohr sickerte Blut in sein Haar.
»Oh, *dio mio!*«, keuchte Alonzo und kniete sich neben ihn. Gottlob, er konnte einen schwachen Pulsschlag fühlen. Der Junge war noch am Leben. Was in aller Welt war mit ihm passiert? Dann hörte Alonzo ein Geräusch. Er blickte auf und sah zwei Männer quer durch den Garten auf sich zukommen. Der eine schien ein Japaner zu sein, der andere war klein und dicklich und sah aus wie ein Amerikaner.
»Steh gar nicht erst auf«, sagte der Amerikaner, und bevor Alonzo etwas sagen konnte, schlug ihm der Mann einen Totschläger über den Kopf.
Es war nur eine knappe Handbewegung, aber der Knüppel traf den alten Mann mit voller Wucht.
Alonzo sah einen grellen Blitz und verspürte einen grellen Schmerz, dann wurde ihm schwarz vor Augen.

James hatte alles von seinem Zimmer aus beobachtet. Er hatte sich mit den Fensterläden abgemüht, als er Alonzo plötzlich leblos zu Boden sinken sah.
Sofort war er aus dem Zimmer gerannt und hatte über die Balustrade gespäht. Genau in diesem Moment betraten zwei

weitere Männer und eine Frau das Haus. James erkannte die Touristengruppe wieder, die ihm in Tres Hermanas aufgefallen war.
Aber inzwischen sahen sie ganz und gar nicht mehr wie Touristen aus.
Die Pistolen der Männer sprachen eine andere Sprache.
Als auch noch Alonzos Angreifer auftauchten, duckte sich James rasch hinter das Geländer und schlich leise die Treppenstufen hinauf zum Spielzimmer.
Atemlos stieß er die Tür auf.
JJ sah ihn überrascht an. Er saß auf dem Fußboden und spielte mit seinen Spielzeugsoldaten.
»Wo ist deine Schwester?«, fragte James.
»Du solltest immer zuerst anklopfen«, sagte Precious hochnäsig. Sie saß wieder vor dem Spiegel und probierte Ohrringe an.
»Halt den Mund«, sagte James. »Es gibt Schwierigkeiten. Wir müssen uns verstecken.«
»Haha, sehr witzig«, erwiderte Precious ungerührt. »Glaubst du etwa, wir fallen darauf rein?«
»Ich meine es todernst«, sagte James. »Ich habe gerade gesehen, wie Alonzo angegriffen wurde. Er liegt draußen auf dem Rasen neben einem anderen Dienstboten. Beide sind bewusstlos.«
Precious lachte schrill. Auch JJ fing an zu lachen.
»Und wer, bitte, sind diese Angreifer?«, höhnte Precious. »Frankensteins Monster? King Kong?«
»Unten sind vier Männer. Sie haben Pistolen«, sagte James.
»Oh«, sagte Precious mit gespieltem Ernst. »Das sind bestimmt Staatsfeind Nummer eins, Staatsfeind Nummer zwei und Staatsfeind Nummer drei und vier.«
JJ hielt das für das Witzigste, was er je gehört hatte; er rollte sich auf dem Boden hin und her, strampelte vergnügt mit den Beinen und schnaubte vor Lachen.

Draußen hörte James laute Rufe und Schritte.
»Versteckt euch«, sagte er und kroch in das Spielhaus. Er postierte sich so, dass er durch die Vorhänge spähen konnte. Dann flog auch schon die Tür auf und ein junger, gut gekleideter Mann kam herein. Er hielt eine Pistole in der Hand.
Precious stieß einen schrillen Schrei aus und JJ fing an zu weinen.
»Glaubt ihr mir jetzt?«, flüsterte James, aber er empfand keinen Triumph. So wenig er die beiden Kinder auch leiden konnte, so sehr war ihm bewusst, dass ihm nichts anderes übrig blieb, als ihnen beizustehen.
Immer vorausgesetzt, man würde ihn nicht auch noch schnappen.

6 Im Auge des Sturms

James beobachtete, wie der junge Mann mit der Pistole herumfuchtelte.

»Wo ist euer Vater?«, schrie er. »Sagt es mir oder ich muss euch wehtun.«

»Er ist nicht hier«, heulte Precious. »Er ist in den Süden geflogen. Er wird erst wiederkommen, wenn der Sturm vorbei ist.«

Als Precious das Wort »Sturm« ausgesprochen hatte, passierten drei Dinge auf einmal. Es gab einen gewaltigen Donnerschlag, das ganze Haus erzitterte und die Lichter gingen aus.

Der Sturm war da.

Precious schrie auf. Der junge Mann schnauzte sie an, sie solle den Mund halten. Durch das Fenster fiel gerade so viel Licht, dass James erkennen konnte, wie er die beiden Kinder packte und aus dem Zimmer zerrte.

James rührte sich nicht, sein Atem ging schwer. Die Eindringlinge schienen nicht unvorbereitet gekommen zu sein, aber mit etwas Glück hatten sie keine Ahnung, dass er hier war.

Er wartete fünf Minuten im Spielhaus. Als er sicher sein konnte, dass der Mann nicht mehr zurückkommen würde, kroch er aus seinem Versteck und schlich auf Zehenspitzen zur Tür des Spielzimmers. Er brauchte sich keine Mühe zu geben, leise zu sein. Der Sturm, der um das Haus tobte, machte ein fürchterliches Getöse. Es war eine Kakofonie verschiedenster Geräusche: Krachen, Zischen, Brüllen, Kreischen, Poltern.

Als James in den Korridor hinaustrat, spürte er erst richtig, dass der Sturm das Haus mit voller Wucht traf. Der Boden unter seinen Füßen bewegte sich und die Wände bebten. Er blickte aus einem der Fenster, aber alles, was er sehen konnte, war ein Wirbel aus Wolken und Regen. Ein greller Blitz schlug ein, gefolgt von einem heftigen Donnerschlag und einer Windbö, die so heftig war, dass sie die Fenster eindrückte. Regen peitschte herein und ergoss sich durch den Gang. Die Wände waren auf der Stelle durchnässt, ein Bild fiel von der Wand.

Einen solchen Lärm hatte James noch nie im Leben gehört, es war, als stürzten Felsmassen zu Tal. Der Wind fing sich im Korridor und das Haus erzitterte, als würde es jeden Moment aus seiner Verankerung gerissen und weggeblasen.

James ging auf die Knie und kroch über den feuchten Teppich. Über ihm flogen irgendwelche Gegenstände durch die Luft. Er erreichte die Treppe und rutschte in der Dunkelheit rückwärts das Geländer hinunter. Er gelangte unverletzt bis zum unteren Treppenabsatz und schaute durch die Gitterstäbe hinunter in die Eingangshalle.

Zwei der Männer hatten die Dienerschaft ins Speisezimmer getrieben und bewachten sie dort. Sie hatten den Überfall offensichtlich generalstabsmäßig vorbereitet. James war der Einzige, der überhaupt in der Lage war, das Haus zu verlassen und Hilfe zu holen.

Er zog sich vom Geländer zurück, schlich gebückt in sein Schlafzimmer und machte die Tür hinter sich zu.

Einen Augenblick lang lehnte er sich mit dem Rücken gegen die Tür und holte tief Luft. Durch das offene Fenster strömte der Regen herein. Der Teppich war schon klitschnass und mitten im Zimmer hatte sich eine große Pfütze gebildet. James schwitzte. Aber es war kalter Schweiß und der rührte von seiner Angst und nicht von der Hitze. Innerhalb kurzer Zeit hatte es einen Temperatursturz gegeben.

Im Geist ging er die Möglichkeiten durch, die ihm verblieben waren, und stellte fest, dass er nur eine Chance hatte: aus dem Haus zu klettern und alles auf eine Karte zu setzen.

James erinnerte sich, dass er draußen einen kleinen Schmuckbalkon und dichtes Schlinggewächs gesehen hatte, das an der Hauswand entlangwuchs. Er ging zum Fenster, warf sich jedoch blitzschnell auf den Boden, weil ein Stück Holz von der Größe einer Tischplatte durch das Fenster krachte und die scharfkantigen Spreißel quer durchs Zimmer schossen. Es war einmal eine Tür gewesen. Der Wind hatte sie vermutlich von einem anderen Haus weggerissen und sie bis zum Haus der Stones vor sich hergetrieben.

Durch das Sturmgeheul hörte James, wie jemand laut rief und die Treppe heraufkam.

Schnell riss er die Decke vom Bett und versteckte sich darunter; nur einen schmalen Schlitz ließ er frei, durch den er hindurchsehen konnte.

Er hörte, wie die Tür aufging, sah jedoch nur zwei Beine.

»Es ist nur der Sturm«, rief der Mann. »Das Fenster ist kaputt. Da draußen wird es langsam verdammt ungemütlich.«

Die Beine verschwanden wieder und die Tür fiel ins Schloss.

James kroch unter dem Bettzeug hervor. Das Zimmer war übersät mit Holzsplittern und abgerissenem Laub. Er stieg darüber hinweg und trat ans Fenster.

Es war hoffnungslos. Keine fünf Minuten lang würde er es im Freien aushalten. Selbst wenn er es schaffte, bis in den Garten zu kommen, was wenig wahrscheinlich war, hatte er große Zweifel, dass er irgendjemanden fand, der ihm helfen konnte. Niemand würde seine sicheren vier Wände verlassen, um diesem Sturm zu trotzen.

Der Wind blies in jeden Winkel und trieb alle möglichen Gegenstände vor sich her. Die Palmen wurden zu Boden gedrückt, und

während James noch schaute, entwurzelte der Sturm einen großen Strauch und jagte ihn quer durch den Garten. Eine weitere, noch viel stärkere Bö riss das Tor aus den Angeln. Es wurde auf die Straße geschleudert und verschwand in der Nacht.
Allmählich änderte der Wind seine Richtung, die Wolken rissen auf und James konnte einen Blick auf Tres Hermanas erhaschen. Nirgends war Licht zu sehen. Die Häuser waren nur ein dunkles Wirrwarr. Der Strom musste überall ausgefallen sein.
James konnte sich von diesem Anblick kaum losreißen, die Gewalt des Sturms hatte ihn in ihren Bann geschlagen. Gartenmöbel rollten über den Rasen und krachten gegen eine Statue. Ein großer Baum neben der Straße, der sich vom Wind nicht beugen ließ, brach in der Mitte auseinander, stürzte auf die Gartenmauer und brachte sie zum Einsturz. Die Dachziegel eines Nebengebäudes wurden weggerissen und James konnte sich gerade noch ducken, bevor einige davon mit einem Klirren an der Hauswand zerschellten, als hätte ein schlecht gelaunter Riese sie weggeworfen.
Sein Gesicht war nass und die Augen brannten. Er hätte nicht sagen können, ob er es war, der zitterte, oder das Haus.
Vermutlich zitterten beide.
Einen Sturm wie diesen hatte er noch nie erlebt.
Es hatte keinen Sinn, länger hierzubleiben. Er raffte sich auf und lief geduckt zur Tür. Vorsichtig öffnete er sie und vergewisserte sich, dass die Luft rein war, dann schlich er aus dem Zimmer.
Er ging bis zur Treppe und schaute ein weiteres Mal nach unten. Es war fast dunkel in der Eingangshalle. Kein Mensch war zu sehen. Tastend ging er die Stufen hinunter. Als er unten angekommen war, hörte er Stimmen aus einem Raum auf der rechten Seite. Die Tür war nur angelehnt. Er bemühte sich, keine lauten Schritte auf dem Marmorfußboden zu machen, und spähte durch den schmalen Türschlitz.

Es handelte sich wohl um Mr Stones Arbeitszimmer, einen Raum, der nur von einigen Sturmlampen erhellt war. Der Geruch von brennendem Öl lag in der Luft.

Neben einem verschlossenen Wandtresor stand eine blonde Frau. Bei ihr waren der Japaner und der elegant gekleidete junge Mann, der die Kinder aus dem Spielzimmer geholt hatte.

Von seinem Platz aus konnte James weder Precious noch JJ sehen, aber er hörte sie schluchzen.

»Ich frage euch noch einmal«, sagte die Frau. »Wie lautet die Kombination des Safes?«

»Ich weiß es nicht«, sagte Precious. »Ich weiß es wirklich nicht. Daddy wollte uns das nie sagen.«

»Und wo bewahrt er die Kombination auf?«

»Er hat sie im Kopf.«

»Ich glaube, sie sagen die Wahrheit, Mrs Glass«, mischte sich der Japaner ein. Er war stämmig, hatte kleine Hände und Füße und war nach westlicher Mode gekleidet, wobei sein Anzug eine Spur zu eng saß. »Sie haben große Angst. Ich denke, wenn sie etwas wüssten, dann würden sie es uns sagen.«

Mrs Glass zündete sich eine Zigarette an, Rauchkringel hüllten ihr Gesicht ein. Sie hatte noch immer wetterfeste Kleidung an, einen wasserdichten Mantel und einen Hut mit breiter Krempe, der Schatten auf ihr Gesicht warf.

»Ich glaube, du hast recht, Sakata. Meinst du, du kannst ihn knacken?«

»Versuchen kann ich's, aber es ist ein ganz neues Modell. Sehr clever gemacht.«

»Was soll ich mit den Bälgern anfangen?«, fragte der junge Mann und spielte mit Daumen und Zeigefinger an seiner Unterlippe.

»Sperr sie irgendwo ein, wo sie nicht stören«, sagte Mrs Glass. »Wir nehmen sie mit. Es kann ganz nützlich sein, wenn wir ein paar Geiseln haben. Dieser Sturm hat alles komplizierter gemacht. Wenn wir sie nicht brauchen, verscharren wir sie irgendwo im Dschungel.«

»Klar, Chefin«, antwortete der junge Mann grinsend.

»Ach ja, Manny, und schau mal nach, ob du ein paar Werkzeuge findest. Vielleicht müssen wir dieses verdammte Ding aus der Wand reißen.«

»Klar«, sagte Manny und ging in jenen Teil des Zimmers, den James nicht einsehen konnte. »Na komm, junges Fräulein«, sagte er. »Und du, Kleiner, kommst auch mit.«

James zog sich zurück und hielt den Atem an.

Ein paar Augenblicke später kamen die Kinder aus dem Arbeitszimmer. Sie sahen sehr jung und sehr verängstigt aus. Manny ging hinter ihnen her, in der einen Hand lässig die Pistole, in der anderen eine Sturmlampe.

James rührte sich nicht vom Fleck und Manny schaute auch gar nicht in seine Richtung, stattdessen betrachtete er sich in einem großen Spiegel und strich sich mit der Hand, in der er die Pistole hielt, die Haare zurück. Er war ein gut aussehender junger Mann und er wusste das. Zufrieden wandte er sich wieder den Kindern zu.

»Die Treppe rauf«, brummte er. Die Kinder machten gehorsam, was er ihnen sagte.

James folgte ihnen. Er achtete darauf, nicht in den Lichtkegel zu geraten, sondern im Dunkeln zu bleiben. Er war froh, dass der Sturm jedes Geräusch übertönte.

Als sie am oberen Ende der Treppe waren, blieb Manny stehen. »Bleibt, wo ihr seid«, befahl er und sah sich um. Er stand vor einem hohen Fenster und gerade in diesem Moment zuckte ein greller Blitz auf, sodass nur noch seine Silhouette zu sehen war. Es war ein unheimlicher Anblick, diese Schattengestalt mit Pistole und Lampe. James drückte sich gegen die Wand, aber auch

diesmal sah Manny sich nicht um. Als der Donner einsetzte, schubste er die Kinder auf die Schlafzimmertür zu.
»Okay«, sagte er. »Rein mit euch.«
»Was haben Sie vor?«, fragte Precious.
»Ich mache, verdammt noch mal, was ich will«, sagte er hämisch und fuhr sich mit dem Korn der Pistole ratternd über die Zähne.
»Wir gehen da nicht hinein«, sagte Precious.
Also hat das Mädchen doch ein bisschen Kampfgeist in sich, dachte James.
»Wollen wir wetten?«, sagte Manny.
»Wir gehen nicht«, wiederholte Precious. »Sie können uns nicht zwingen. Und töten werden sie uns nicht. Die da unten hat es Ihnen verboten.«
»Ach ja?«, fragte Manny. »Ich sag euch was: Wenn ihr nicht sofort da reingeht, erschieße ich euch auf der Stelle.«
Er grinste und hob langsam die Pistole.
In diesem Augenblick brach die Hölle los.
Mit lautem Krachen sauste eine Palme durchs Fenster und warf Manny zu Boden. Die großen gezackten Blätter, schwarz und glänzend, lagen über dem Treppenabsatz verstreut, zusammen mit zersplittertem Holz und Glasscherben.
Precious packte ihren Bruder an der Hand.
»Lauf, JJ«, rief sie und beide rannten, so schnell sie konnten, den Gang entlang.
Manny war pitschnass. Er blutete aus einer Schnittwunde seitlich am Kopf, aber seine Verletzung war nicht schwer. Er kam wieder auf die Füße und feuerte mit der Pistole an die Decke. Sogar über das Heulen des Sturms hinweg, der durch das zersprungene Fenster tobte, war es ein erschreckendes Geräusch.
Die beiden Geschwister liefen schreiend in ein Schlafzimmer am anderen Ende des Korridors und verschlossen die Tür.
Fluchend humpelte Manny hinterher. Er rüttelte am Türgriff und

schrie: »Macht auf, ihr dummen Kröten. Ihr macht alles noch schlimmer.«
Er wartete einen Moment, dann trat er einen Schritt zurück und feuerte dreimal auf das Schloss.
In der Wand war noch ein Fenster und das brachte James auf eine Idee. Er hatte gesehen, wie leicht das Fenster an der Treppe zerbrochen war. Die Holzrahmen waren alt und von der feuchten Seeluft zerfressen.
Solange Manny abgelenkt war, rannte James blitzschnell die letzten Stufen hinauf, den Korridor entlang und warf sich mit einem Satz auf ihn. Manny wollte sich noch umdrehen, aber es war zu spät. James rammte ihn mit voller Wucht, sodass er der Länge nach gegen das Fenster krachte.
Der Erfolg war spektakulär. Der Holzrahmen gab nach, das Glas splitterte und Manny fiel aus dem Fenster. Eine Sekunde lang schien er in der Luft zu schweben und James sah den verblüfften Ausdruck in dessen Gesicht. Eine Laune der Naturgewalt hielt ihn in der Höhe, bevor ein großer herumwirbelnder Gegenstand ihn am Kopf traf und er nach unten wegkippte.
Der Sturm pfiff durch die zerborstenen Fenster und verwandelte den Korridor in einen Windkanal. James konnte sich nur mit Mühe auf den Beinen halten.
Er drückte die Tür zum Schlafzimmer auf. Das morsche Schloss fiel aus der Fassung.
Zunächst konnte er nichts erkennen, denn es war finster im Zimmer; die Sturmlampe war zusammen mit Manny in der dunklen Nacht verschwunden. Er stand da und wartete darauf, dass ein Blitz das Zimmer in helles Licht tauchte. Gerade wollte er leise nach Precious rufen, als jemand gegen ihn sprang und ihm einen so heftigen Stoß gegen die Brust versetzte, dass er nach hinten fiel.
Er rang nach Luft. Es war, als würde eine wilde Katze ihn angrei-

fen, aber ein Blitz, der aufzuckte, zeigte ihm, dass es kein Tier war, sondern Precious. Ihr Gesicht war kreidebleich vor Angst.

»Hör auf!«, keuchte er. »Ich bin's, James.«

»Wo ist der Kerl?«, fragte Precious.

»Er ist draußen, frische Luft schnappen«, antwortete James.

»Was sagst du?«

»Er ist weg. Ich habe ihn aus dem Fenster geworfen.«

Precious half ihm aufzustehen und sie gingen ins Zimmer, um sich vor dem Regen in Sicherheit zu bringen, der durch den Flur peitschte.

James sah, wie Precious in ihrem dünnen goldenen Kleid zitterte.

»Uns wird nichts passieren«, sagte er. »Wo ist JJ?«

»Hier«, antwortete ein dünnes Stimmchen. JJ stand mit weit aufgerissenen Augen vor ihm.

»Gibt es irgendeinen Platz, an dem wir uns verstecken können?«, fragte James. »Einen Ort, an dem sie uns bestimmt nicht suchen?«

»Was ist mit dem Dachboden?«, fragte Precious.

»Nein, dort würden sie als Erstes nachsehen.«

»Im Garten ist ein Eiskeller«, sagte JJ. »Manchmal spielen wir dort Verstecken.«

»Was ist ein Eiskeller?«

»Ein unterirdischer Raum«, erklärte der Junge. »Er wird nicht mehr benutzt. Dad hat ihn zugemauert, er meinte, es ist zu gefährlich dort. Aber im letzten Sommer haben wir einen Zugang gefunden.«

»Wie kommen wir dahin?«, fragte James. »Müssen wir dafür nach draußen gehen?«

»Ja.« JJ nickte betrübt.

»Wir können nicht ins Freie«, warf Precious ein.

»Wir müssen«, sagte James. »Selbst wenn wir nicht wegen der

Gangster nach draußen gehen, es ist im Freien sicherer als im Haus. Der Sturm reißt hier alles ein.«

»Ich werde *nicht* hinausgehen«, erwiderte Precious gereizt und war schon wieder ganz wie früher.

»Wir haben keine andere Wahl«, sagte James. »Sie werden jeden Augenblick kommen, um Manny zu suchen.« Er wandte sich an JJ. »Wie weit ist es bis zum Eiskeller?«

»Nicht weit. Nicht mal eine Minute.«

»Hast du Mut?«, fragte James.

»Ja«, antwortete JJ, obwohl James genau wusste, wie sehr der Junge sich fürchtete.

Dann schaute er Precious an. »Und du?«

»Das hat nichts mit Mut zu tun«, antwortete sie. »Das ist Dummheit.«

»Manchmal«, sagte James und zog sie in den Korridor hinaus, »ist da kein Unterschied.«

Die drei kämpften sich zur Treppe vor, die sich inzwischen in einen Wasserfall verwandelt hatte. Der Regen ergoss sich durch das Fenster ins Haus, stürzte die Treppe hinunter und verwandelte die Eingangshalle in einen flachen Teich.

»Es ist zu gefährlich, durch den Vordereingang zu gehen«, sagte James. »Wenn jemand aus dem Arbeitszimmer kommt, ist es aus mit uns.«

»Und was dann?«, fragte Precious.

»Wir klettern am Baum hinunter«, antwortete James.

Bevor sie ihn zurückhalten konnte, ging James zu der Stelle, wo der Baumwipfel durch das zerbrochene Fenster ragte. Er konnte nicht sehen, wie schlimm der Sturm wütete, denn draußen war es pechschwarz, aber das Heulen und Toben war lauter als je zuvor.

Benutz deinen Verstand. Rede nicht lange. Tu es einfach, sprach James sich Mut zu.

»Seid vorsichtig«, ermahnte er die Geschwister und bahnte sich den Weg durch das Blattwerk. »Da sind scharfe Stacheln und ...« Den Rest verschluckte der Wind.

Wie hätte James auch ahnen können, wie schrecklich es draußen tatsächlich war? Der Baumstamm, der schräg an der Hausmauer lehnte, war rau und rutschig zugleich und der Wind drosch auf James ein wie eine Horde Männer mit Besenstielen. Er klammerte sich mit all seiner Kraft am Stamm fest und rutschte langsam hinunter.

Ein Blitz schlug in einen Kamin ein und die Steine regneten an der Seite des Hauses zur Erde. In dem kurzen Moment der Helligkeit sah James, wie JJ sich über ihm abmühte, um nicht abzurutschen.

James rief ihm aufmunternde Worte zu, aber sie gingen im Sturm unter. Er musste achtgeben, dass er nicht selbst abstürzte, während er sich nach unten tastete, und als er das nächste Mal nach oben schaute, war von JJ nichts mehr zu sehen, aber zumindest war inzwischen auch Precious aus dem Fenster geklettert.

James sprang die letzten paar Meter vom Baum hinunter und fand JJ zusammengekauert hinter einer niedrigen Mauer. Wahrscheinlich war er vom Baum gefallen, aber der Boden war vom Regen so durchweicht, dass JJ offenbar unverletzt geblieben war. Schließlich kam auch Precious. Sie rang nach Atem, ihr hübsches Kleid war zerrissen. Die drei mussten sich aneinanderklammern, um nicht weggeweht zu werden. Überall wirbelten Gegenstände durch die Luft und irgendetwas schlug James ins Gesicht. Sofort verspürte er einen unangenehm stechenden Schmerz.

Er schrie JJ so laut er konnte ins Ohr: »Wohin jetzt?«

JJ deutete in die Richtung, in die sie gehen mussten. Eine Rasenfläche lag offen und ungeschützt vor ihnen.

Das war Irrsinn, es grenzte an Selbstmord. James wusste es. Er schloss die Augen. Das Getöse des Sturms war schrecklich. Der

Regen drang ihm in Nase und Mund, sogar in die Augen. Er hatte das Gefühl zu ertrinken.
Entschlossen nahm er JJ an die Hand und Precious tat es ihm gleich.
»Gehen wir«, sagte James.

7 Manchmal muss man einfach lachen

Auf allen vieren stemmten sie sich gegen den Wind. James und Precious hielten JJ fest und zogen ihn hinter sich her, während sich der Regen schmerzhaft in ihre Gesichter bohrte und ihnen die Sicht nahm.
James dachte, wenn sie den Wind und den Regen einfach ignorieren könnten und immer nur einen Fuß vor den anderen setzten, dann müssten sie es irgendwann schaffen. Aber sie hatten kaum ein paar Schritte gemacht, als der Sturm sie schon von den Füßen riss und wie welke Blätter über den Rasen wehte. Sie landeten kopfüber in einer Hecke, die allem zu trotzen schien, was die Elemente ihr entgegenschleuderten. Sie schlängelten sich hindurch auf die andere Seite und James überlegte, dass sie, wenn sie auf dem Bauch kriechen und ihren Kopf dicht über dem Boden halten würden, die Hecke als Windschutz nutzen konnten. Die Hecke zog sich quer durch eine kleine Mulde, in der sich das Regenwasser sammelte. Der Boden war aufgeweicht und die drei robbten auf Ellenbogen und Knien durch den Schlamm.
Aber die Hecke war bald zu Ende. James versuchte herauszufinden, wo genau sie sich befanden. Es regnete so stark, dass er sich vorkam wie unter Wasser. Außerdem war er mit blauen Flecken übersät.
JJ kroch neben ihn. Dem kleinen Jungen war es am schlimmsten von ihnen dreien ergangen. Er sah aus, als hätte ihn jemand durch die Mangel gedreht.
»Wohin müssen wir jetzt?«, schrie James.

JJ versuchte, sich zu orientieren. Ein Blitz, der den Garten einen Augenblick lang taghell erleuchtete, kam ihm dabei zu Hilfe.
»Dahin!«, schrie er. »Zu dem dunklen Fleck bei den Büschen.«
Der Hügel, auf dem die Büsche standen, war nicht einmal dreißig Fuß entfernt, aber es hätten genauso gut dreihundert sein können. Ohne Deckung würde man sie auf dem ganzen Weg beobachten können. James schaute sich um, ob es etwas gab, das ihnen Schutz gewährte. Er entdeckte einen weißen Pavillon, der bis vor Kurzem von wild wuchernden Rosen überwachsen war. Jetzt standen nur noch ein paar Überreste. Der Pavillon war hinter einer halbkreisförmigen Mauer errichtet worden, die hoch genug schien, um ihnen ein klein wenig Schutz zu bieten.
Allerdings lag sie nicht direkt am Weg, den sie einschlagen mussten. Sie würden einen Umweg in Kauf nehmen müssen und sich zuerst links halten, den Wind immer direkt von vorn, und dann ein Stück nach rechts zurückgehen. Dennoch war es sicherer, als quer über den Rasen zu laufen.
James gab den anderen Zeichen.
»Wartet, bis der Sturm einen Augenblick lang nachlässt«, rief er. »Dann rennen wir los.«
Aber der Wind änderte immer wieder seine Richtung. In den kurzen Augenblicken, wenn der Sturm unschlüssig schien, wohin er sich richten sollte, war es beinahe windstill, aber diese Ruhe dauerte höchstens Sekunden.
James lauschte, wartete darauf, dass das ohrenbetäubende Heulen einen Moment lang verstummte. Er spürte, wie sich die Hecke neben ihm bog und die Äste durch die Luft peitschten.
Unvermittelt ließ der Wind nach. Die Hecke bewegte sich nicht.
Jetzt.
»Lauft!«, rief James. Er sprang auf, packte JJ am Arm und rannte los in der Hoffnung, dass Precious ihm folgte.
Als sie die Hälfte des Weges zurückgelegt hatten, setzte der

Sturm wieder ein und James sah mit Entsetzen, wie er die Reste des Pavillons aus der Verankerung riss.

Das Gestell rollte auf sie zu. James warf sich auf den Boden, drückte JJ in den Schlamm und da flog die Gartenlaube auch schon über ihre Köpfe hinweg.

James hob den Kopf. Precious war neben ihm.

»Das war knapp«, schrie er und sie nickte. »Glaubst du, du schaffst es noch ein Stück weiter?« Sie nickte wieder.

James und Precious richteten sich auf und hielten JJ fest, aber der rutschte aus. Beinahe wäre er wie ein Papierdrachen in die Luft gehoben worden. »Lass nicht los«, rief James. Gemeinsam zogen er und Precious den armen verdreckten Jungen hinter sich her.

»Wir müssen wieder kriechen.«

Und so krochen sie.

Sie brauchten zehn Minuten. Zehn lange, mühevolle, schmerzhafte Minuten, während Regen und Schlamm in ihr Gesicht peitschten, Äste, Steine, zersplittertes Holz und zerbrochene Dachziegel ihnen um die Ohren sausten und sie manchmal sogar trafen. Schließlich erreichten sie das, was von dem Pavillon noch übrig war, und kauerten sich hinter die eingestürzte Mauer.

Der nächste Abschnitt würde einfacher werden. Diesmal würden sie den Wind im Rücken haben, aber sie mussten sich immer noch in Acht nehmen, damit sie nicht vom Sturm umgeworfen oder weggeweht würden.

James wagte nicht, die beiden Geschwister anzuschauen. Er wollte die Hoffnungslosigkeit und die Angst in ihren Augen nicht sehen. Stattdessen packte er JJs Hand noch etwas fester. Sie fühlte sich winzig an und kalt und zerbrechlich.

»Gehen wir«, sagte er und setzte sich in Bewegung.

Der Wind trieb sie vor sich her. Es war beinahe, als ob sie segelten oder einen Fluss mit reißender Strömung überquerten. Sie schienen zu fliegen, sprangen mit Riesenschritten über den Ra-

sen und landeten schließlich in dem Gebüsch. Precious folgte ihnen, ohne nach rechts und links zu schauen.
Bis hierher hatten sie es geschafft.
James folgte JJ, der zwischen den Büschen zu einem niedrigen Ziegelsteingemäuer kroch, das aussah wie ein Kamin. Ein großes Holzbrett mit Scharnieren verschloss die Öffnung. James öffnete es und JJ zwängte sich hinein. Erst als James sich davon überzeugt hatte, dass auch Precious durch die Öffnung gestiegen war, folgte er ihnen und schloss den Verschlag hinter sich. In das Erdreich waren Metallstufen eingelassen. James kletterte hinunter, bis er festen Boden unter den Füßen spürte.
Es war dunkel im Keller, still und überraschend trocken.
Nach ein paar Sekunden hörte man das kratzende Geräusch eines Streichholzes und dann breitete sich das Licht einer Öllampe im Raum aus.
Sie befanden sich etwa zwanzig Fuß unter der Erde in einer runden, fensterlosen Kammer mit gewölbter Decke. Die Wände bestanden aus eng aneinandergefügten Steinquadern.
»Was ist das für eine Kammer?«, fragte James.
»Als es noch keinen elektrischen Strom gab, hat man das Eis hier unten aufbewahrt«, erklärte JJ stolz. »Es blieb das ganze Jahr über kalt.«
»Und wo kam das Eis her?«
»Man hat es von den Bergen hergebracht. Es wurde aus gefrorenen Seen und Teichen herausgebrochen.«
James lächelte JJ an. »Gut gemacht«, sagte er. »Hier unten werden sie uns niemals finden. Wir können gefahrlos abwarten, bis der Sturm vorbei ist.«
»Wir haben uns ein Lager gebaut«, sagte JJ und zeigte James einen Haufen aus alten Matratzen, Decken und Kissen.
»Wunderbar«, sagte James.
JJ grinste breit.

»Wir hätten dort draußen sterben können«, sagte Precious.
»Ja«, sagte James, »aber wir sind nicht tot. Ist das nicht ein tolles Gefühl? Die Götter lächeln auf uns herab.«
»Lächeln auf uns herab?« Precious schnaubte empört. »Dann möchte ich lieber nicht wissen, was passiert, wenn sie wütend sind.«
»Wir hatten Glück«, sagte James. »Reicht das nicht?«
Precious schüttelte den Kopf. »Es ist furchtbar«, jammerte sie. »Ganz furchtbar. Sieh dir mein Kleid an, es ist total ruiniert. Erst vor einer Woche habe ich es bekommen. Es ist aus Paris, von Jean Patou.«
James konnte nicht anders, er musste lachen. Das Kleid sah aus wie ein Bündel nasser Lumpen.
»Vielleicht hättest du besser einen Badeanzug angezogen«, sagte er und JJ lachte.
Precious warf den beiden einen verächtlichen Blick zu. »Warum hat niemand versucht, uns zu helfen?«, fragte sie. »Was war mit den Dienern?«
»Was hätten sie tun können?«, fragte James. »Die Verbrecher waren schließlich bewaffnet. Vielleicht haben sie ja sogar versucht, dir zu helfen. Wer weiß? Was ist eigentlich im Safe deines Vaters?«
»Sein gesamtes Vermögen«, antwortete Precious. »Alles. Er traut den mexikanischen Banken nicht.«
James musste wieder lachen, aber er verstummte sofort, weil Precious ihm eine schallende Ohrfeige gab. »Wie kannst du dich über uns lustig machen?«
Dann brach sie in Tränen aus. »Es tut mir leid«, schluchzte sie. »Aber ich habe solche Angst. Ich weiß nicht, was los ist.«
»Mach dir keine Gedanken«, beruhigte James sie. »Ich habe auch Angst.«
Er wischte sich übers Gesicht. Seine Hand war blutverschmiert,

aber es war nicht sein Blut. Erst da fiel ihm auf, dass Precious' Hand blutete.
»Bist du okay?«, fragte er und deutete auf die Wunde. Sie hatte die Verletzung noch gar nicht bemerkt, aber nun weinte sie noch mehr und wurde kreidebleich im Gesicht. James sah an sich hinunter und stellte fest, dass auch er mit Kratzern und Schürfwunden übersät war, die er sich wahrscheinlich zugezogen hatte, als er die Palme hinuntergeklettert war. Gesicht und Brust waren zerkratzt und er fühlte sich wie zerschlagen.
»Ich glaube, ich bin auch verletzt«, sagte JJ mit dünner, leiser Stimme. Damit hatte er leider nur allzu recht, denn im Oberschenkel des kleinen Jungen klaffte eine hässliche Wunde.
»Gibt es hier unten irgendetwas, womit wir die Wunde säubern können?«, fragte James.
»Was zum Beispiel?«, fragte Precious zurück.
»Ich weiß nicht«, sagte James. »Ein Desinfektionsmittel, Alkohol, sauberes Wasser . . .«
»Nein, hier unten gibt es nichts.« JJ schüttelte niedergeschlagen den Kopf.
»Macht nichts.« James sah ihn aufmunternd an. »Das Regenwasser ist bestimmt sauber genug. Wenn der Sturm vorbei ist, kümmern wir uns darum, dass du versorgt wirst. Aber wir sollten die Wunde wenigstens verbinden, damit kein Schmutz hineinkommt. Precious, reiß einen Streifen Stoff von deinem Kleid ab.«
»Das kommt nicht infrage«, protestierte sie.
»Du hast selbst gesagt, dass das Kleid zerrissen ist«, sagte James. »Er ist doch dein Bruder, also hilf ihm gefälligst.«
»Dreh dich um.«
»Stell dich nicht so an«, sagte James. Er packte den Kleidersaum und riss dort, wo der Stoff sowieso schon eingerissen war, einen langen Streifen ab.

Precious sagte kein Wort, aber James wusste, wäre es nicht ihr Bruder gewesen, dem er helfen wollte, hätte er sich bestimmt eine zweite Ohrfeige eingehandelt.
Bald hatte er JJ verbunden. Schließlich riss Precious selbst noch einen Stoffstreifen von ihrem Kleid ab für ihre verletzte Hand.
JJ schwieg. Er hockte auf einem Stapel Kissen, mit dem Rücken an die Wand gelehnt, und sah sehr jung und sehr schutzbedürftig aus. Er hatte Angst und allmählich machte sich der Schock bemerkbar. James ahnte, wie verlassen er sich fühlte. Er legte ihm eine Decke um die Schultern und JJ blickte mit rührender Dankbarkeit zu ihm auf.
Es war kalt in dem Kellergewölbe, denn die Lampe spendete nur wenig Wärme. Die drei kauerten sich um sie, jeder in seine Gedanken verloren. Der Sturm war hier, von einer dicken Erdschicht gedämpft, nur noch als entferntes Poltern zu hören.
Mit der Zeit fiel James in einen unruhigen, fiebrigen Schlaf. Als er wieder erwachte, musste er husten. Alles tat ihm weh. Er stand auf, lief einige Schritte, dabei stampfte er immer wieder auf, um seine steifen Muskeln zu lockern. Erst nach einer Weile fiel ihm auf, dass alles still war.
Durch den Lüftungsschacht drang ein winziger Lichtstrahl in die Kammer.
Er schaute hinauf. Sonnenschein.
Er stieg über die Stufen nach oben und öffnete vorsichtig die Abdeckung.
Heller Sonnenschein.
Warmer Sonnenschein.
Er kletterte hinaus ins Freie.
Der Sturm war vorbei. Nie zuvor in seinem Leben hatte James sich mehr gefreut, einen klaren blauen Himmel zu sehen. Er bahnte sich einen Weg über entwurzelte Sträucher und blieb auf dem Rasen stehen.

Das Gesicht der Sonne zugewandt, nahm er ihre Kraft in sich auf und atmete tief die frische, saubere Luft ein.
Es war schön zu leben.
Er ging zurück zum Kellerschacht und rief die beiden anderen. Sie kamen schnell nach oben, blinzelten ins Tageslicht und Precious gelang sogar ein Lächeln.
Es erstarb jedoch sofort, als sie sah, was der Sturm angerichtet hatte. Der Garten sah aus wie ein Schlachtfeld und das Haus war schwer in Mitleidenschaft gezogen.
Drinnen sah es noch schlimmer aus. Wasser und Unrat waren bis in die kleinsten Winkel vorgedrungen und überall hatte sich ein muffiger Gestank ausgebreitet.
Abgesehen von drei Fröschen und einer Eidechse in der Eingangshalle war das Haus wie ausgestorben. Die Diener schienen verschwunden zu sein, auch die fünf Eindringlinge. Zurückgelassen hatten sie ein großes Loch in der Wand des Arbeitszimmers, dort, wo sich vorher der Safe befunden hatte.
Precious setzte sich auf die Treppe und fing an zu weinen.
»Was sollen wir jetzt machen?«, fragte sie.
»Auf keinen Fall werden wir hier herumsitzen und uns selbst bedauern«, sagte James. »So viel ist sicher. Wir gehen in die Stadt. Dort finden wir bestimmt jemanden, der uns helfen kann.«
»Wird Dad kommen und uns holen?«, fragte JJ.
»Wenn er die Möglichkeit dazu hat«, sagte James. »Wenn er einen Platz findet, an dem er landen kann. Wenn er nicht selbst in den Sturm geraten ist.«
»Wenn, wenn, wenn . . .«, fauchte Precious. »Du hast nicht die geringste Ahnung.«
James seufzte, sagte aber nichts. Stattdessen drehte er sich um und ging hinaus ins Freie.
Die beiden Geschwister folgten ihm. Precious war mürrisch und schlecht gelaunt, JJ wirkte ängstlich.

»Was liegt da auf dem Rasen?«, fragte er.
James schaute in die Richtung, in die JJ zeigte. »Vielleicht sind doch nicht alle Diener geflohen?«, murmelte er.
»Was meinst du?«, fragte Precious.
»Ich glaube, es ist Alonzo«, sagte James.
Sie gingen hinüber.
Tatsächlich, es war der alte Mann. Er lag auf der Wiese, halb verdeckt von einem Haufen aus Blättern und Ästen.
Entweder war er durch einen Schlag auf den Kopf gestorben oder er war ertrunken. James brachte es nicht fertig, genauer nachzuforschen. Glücklicherweise war das Gesicht des Alten nicht zu erkennen.
JJ starrte den Leichnam in einer Mischung aus Faszination und Entsetzen an. Er hatte noch nie einen Toten gesehen.
Es war nicht der einzige Tote, den sie an diesem Morgen zu Gesicht bekommen sollten.
Auf ihrem Weg in die Stadt kamen sie an mehreren eingestürzten Häusern vorbei. Weinende Menschen gruben in den Trümmern. Es war wie nach einem Krieg. Die Gebäude waren eingestürzt und zerstört. Die Menschen irrten benommen umher und wussten nicht, was sie tun sollten. Hier und da waren noch traurige Überbleibsel dessen zu sehen, was hier eigentlich hätte stattfinden sollen: Fahnen und Wimpeln, zerstörte Festwagen.
Am schlimmsten hatte es das Zentrum der Stadt getroffen, der größte Teil stand unter Wasser. Die Abwasserkanäle hatten den Wassermassen nicht standgehalten und das Meer hatte die Stadt überflutet und kaputte Boote an Land gespült. Es war, als hätte ein Riese die Stadt hochgehoben und kräftig durchgeschüttelt.
Zu allem Überfluss waren auch noch Feuer ausgebrochen. Gemeinsam versuchten die Einheimischen, sie zu löschen, aber niemand schien die Arbeiten zu leiten.

James und die beiden Kinder irrten ziellos durch die überfluteten Straßen.
»Wir müssen mit eurem Vater Kontakt aufnehmen«, sagte James nach einer Weile. »Vielleicht finden wir irgendwo ein Funkgerät.«
»Wir könnten es auf der Polizeistation versuchen«, schlug Precious vor.
»Gute Idee«, antwortete James.
Aber die Hoffnung, dort Hilfe zu finden, erfüllte sich nicht. Stattdessen bot sich ihnen ein bizarrer Anblick.
Aus der Vorderseite des Gebäudes ragte ein großer Fischkutter. Es war in Wirklichkeit nicht mehr als ein großer Trümmerhaufen. Polizisten standen diskutierend und gestikulierend vor den Ruinen.
Es dauerte ein wenig, bis James begriff, dass er genau mit diesem Boot von Tampico hierhergekommen war. Und da, ein paar Schritte abseits, stand auch der Skipper und sprach ruhig mit einem Polizisten. Es handelte sich um einen der Männer, die den Taschendieb verhaftet hatten, allerdings trug er jetzt Zivil.
James und die Geschwister gingen zu ihnen.
»Garcia«, rief James, »was ist passiert?«
»Es ist sehr schlimm«, sagte Garcia und deutete mit einem traurigen Kopfnicken auf sein Boot.
»Alles ist sehr schlimm«, sagte der Polizist. Er musterte die Kinder von Kopf bis Fuß.
»Wir brauchen Hilfe«, sagte Precious.
Der Polizist fing an zu lachen. »Stellt euch hinten an«, sagte er. »Jeder in Tres Hermanas braucht Hilfe. Glaubt ihr, etwas Besonderes zu sein?«
»Ich bin Precious Stone, mein Vater ist –«
»Geht nach Hause«, sagte der Polizist kurz angebunden.
»So einfach ist das nicht«, mischte sich James ein.

»Doch, so einfach ist es«, antwortete der Polizist. »Es gibt nichts, was ich für euch tun könnte. Vielleicht in ein paar Wochen, wenn hier wieder normale Zustände herrschen, vielleicht in ein paar Monaten, vielleicht auch erst in ein paar Jahren. Dann könnt ihr wiederkommen.«
»Bitte«, flehte Precious, aber der Polizist schnauzte sie wütend an. »Verschwindet. Lasst mich in Ruhe«, bellte er. »Ich muss eine ganze Meute von entlaufenen Sträflingen wieder einfangen.« Zornig stapfte er davon.
James schaute Garcia an, der zuckte nur mit den Schultern.
»Ich weiß nicht, was ich machen soll«, sagte er. »Mein Boot hat mir alles bedeutet. Es war mein ganzer Besitz und nun ... sieh es dir an.«
James schaute auf das Boot. »Es tut mir leid«, sagte er. Trotz allem war ihm nach Lachen zumute. Das Boot sah so komisch aus, wie es aus dem Haus herausragte. Er presste sich die Hand vor den Mund, konnte ein lautes Prusten jedoch nicht verhindern. Plötzlich musste auch Garcia grinsen.
»Es ist wirklich ein komischer Anblick«, sagte er und beide brachen in schallendes Gelächter aus.
Precious verzog das Gesicht. »Freut mich, dass ihr etwas zu lachen habt«, sagte sie patzig, woraufhin die beiden nur umso lauter lachten.
»Manchmal«, sagte Garcia, als er sich wieder gefasst hatte, »muss man einfach lachen, wenn Gott einen Witz macht.«
James machte Garcia mit JJ und Precious bekannt und berichtete dem Mexikaner, was in der vergangenen Nacht vorgefallen war.
»Sie sehen also, in was für einer verzweifelten Lage wir sind«, sagte Precious, als James fertig war. »Gibt es denn niemanden, der uns weiterhelfen kann?«
»Alle Leitungen sind zerstört«, sagte Garcia. »In der ganzen Stadt gibt es keinen Strom. Es ist unmöglich, zur Außenwelt Kontakt

aufzunehmen. Entlang der Küste wird es kaum anders aussehen. Vielleicht kann ich das Funkgerät aus dem Boot retten. Es hat eine Batterie – immer vorausgesetzt, es funktioniert noch. Wir könnten es gut gebrauchen. An eurer Stelle würde ich aber versuchen, das Landesinnere zu erreichen.«

»Wir können die Stadt nicht verlassen«, wandte Precious ein. »Was, wenn Daddy uns sucht?«

»Wie soll er denn hierherkommen?«, fragte Garcia. »Die Straßen sind unpassierbar, die Boote gesunken, die Häfen zerstört, alles ist überschwemmt. Er wird nirgends landen können.«

»Wir bleiben«, beharrte Precious.

»Nein, ihr müsst weg«, sagte Garcia. »Es gibt keinen elektrischen Strom, kein Essen, kein Trinkwasser. Die Abwasserleitungen sind kaputt. Bald werden Krankheiten und Seuchen ausbrechen. Der Junge ist verletzt, ihr müsst zu einem Arzt. Hier gibt es niemanden, der euch helfen kann. In Puente Nuevo, in der Missionsstation auf der anderen Seite des Flusses, sind Krankenschwestern. Sie werden sich um euch kümmern. Nehmt so viel mit, wie ihr tragen könnt, und geht dort hinauf. Es gibt noch eine Straße, die frei ist. Wenn der Fluss über die Ufer tritt, ist auch sie unpassierbar. Falls ich das Funkgerät in Gang bringe, werde ich versuchen, euren Vater zu erreichen, und ihm sagen, wohin ihr gegangen seid. Er hat ja ein Funkgerät in seinem Flugzeug. Geht los, solange ihr noch könnt.«

»Ich glaube nicht, dass es so weit kommen wird«, sagte Precious.

James schaute sie an.

»Hat dein Vater ein Auto?«

»Drei sogar. Aber was sollen die uns nützen?«

8 Es ist ein Duesie

Die Garagentore waren halb aus den Angeln gerissen. James stieß sie auf. Das Dach hatte der Sturm weggerissen und das Innere der Garage war voll von Blättern und Wasser, aber wie durch ein Wunder hatten die drei Autos so gut wie nichts abbekommen.
Den Ehrenplatz nahm ein großer silberfarbener Duesenberg ein. Das Auto war sehr lang und niedrig und sah beeindruckend aus mit der großen, eckigen Motorhaube, dem glänzenden Kühlergrill und den riesigen Zwillingsscheinwerfern. James ließ seine Hand bewundernd über die schnittige Karosserie gleiten.
»Gefällt er dir?«, fragte JJ stolz.
»Der Wagen ist wundervoll«, antwortete James.
»Das ist ein Duesie«, sagte JJ.
»Ich weiß«, antwortete James. »Ich habe Bilder davon in Zeitschriften gesehen, aber noch nie einen in Wirklichkeit.«
Vier Auspuffrohre schlängelten sich vor dem seitlich montierten Ersatzrad aus der Motorhaube und verschwanden unter dem ausladenden Trittbrett.
James pfiff durch die Zähne. Es war das allerneueste Modell, ein SJ, mit einem Kompressor, der vor dem Motor angebracht war. Damit brachte er es auf 320 PS und auf die unglaubliche Höchstgeschwindigkeit von 135 Meilen in der Stunde. Es gab nur wenige Exemplare dieser Autos und alle gehörten Filmstars, Mitgliedern von Königshäusern und reichen Verbrechern.
Der Sturm hatte das Verdeck beschädigt, deshalb klappte James es zurück.

»Was schlägst du vor, was sollen wir jetzt machen?«, fragte Precious. »Sollen wir etwa selber fahren?«
»Auf Anhieb richtig geraten«, antwortete James.
»Nein«, widersprach Precious. »Oh nein. Daddy würde das niemals erlauben.«
»Ich glaube, du bist ihm wichtiger als dieses verdammte Auto«, sagte James. »Wenn ich die Wahl hätte, würde ich mich allerdings für das Auto entscheiden.«
JJ verzog das Gesicht und James lächelte ihn an. »Schon gut«, sagte er. »War nur ein Scherz.«
JJs Miene hellte sich auf. »Kannst du fahren?«, fragte er.
»Ja«, sagte James.
»Aber du bist noch zu jung«, protestierte Precious. »Das lasse ich nicht zu.«
»In Ordnung«, entgegnete James. »Dann bleiben wir eben hier und verrotten.«
Precious kniff die Augen zusammen und dachte über ihre Lage nach. Dann schaute sie JJ an. Er war ganz blass und seine Hose war blutdurchtränkt. Schließlich nickte sie.
»Gut«, sagte James. »Packt alles zusammen, was ihr für die Reise brauchen könnt.«

James ging in sein verwüstetes Zimmer und fand seinen völlig durchweichten Koffer. Gestern Abend hatte er keine Gelegenheit gehabt, ihn auszupacken. Alles war nass. Dennoch, er musste sich umziehen – die Sachen, die er anhatte, waren schmutzig und zerrissen. Er sah sich im Haus um, bis er die Gesinderäume fand, die unter dem Dach lagen. Zum Glück stand in einem der Zimmer ein Kleiderschrank, der heil und dessen Inhalt trocken geblieben war. James zog ein weites, kurzärmeliges Hemd und eine locker sitzende Hose an. Dann betrachtete er sich im Spiegel. Er war braun gebrannt in den wenigen Wochen, die er schon

hier verbrachte hatte. Man konnte ihn leicht für einen Mexikaner halten.
Er nahm trockene Decken und einen Mantel mit, dann ging er in die Küche hinunter, um sämtliches Essen, das nicht verdorben war, zusammenzupacken. Dort fand er auch zwei große Kanister mit Trinkwasser.
Er lud gerade alles in den Duesenberg, als die beiden Kinder kamen, jedes schleppte einen großen Koffer. Precious hatte sich umgezogen. Sie trug jetzt ein genauso unpassendes Kleid wie vorher, darüber hinaus hatte sie ihre besten Sachen mitgenommen. JJ hatte sein Spielzeug eingepackt.
James war zu müde, um mit ihnen zu streiten. Er belud den Kofferraum und einen der kleinen hinteren Sitze. Dann suchte er ein Seil und band die Koffer der Kinder an der Außenseite des Wagens fest.
Sie stiegen ein: Precious setzte sich neben James auf den Beifahrersitz, JJ quetschte sich auf die Rückbank neben das Gepäck.
James machte sich mit den Schalthebeln und Armaturen vertraut, dann fuhr er vorsichtig aus der Garage. Fünf Minuten später steuerten sie den Hügel hinunter, weg von Tres Hermanas, auf die weite Ebene zu, die sich landeinwärts hinter der Stadt erstreckte.
Das Auto war wie ein wildes Tier, erschreckend unbändig. James musste sich große Mühe geben, um es unter Kontrolle zu halten. Wenn er nur einen Augenblick lang unachtsam war, dann heulte der vier Fuß lange Motor auf und das Auto jagte los wie ein wilder Stier.
Als sie am Fuß der Anhöhe angekommen waren, versperrte eine Gruppe von Männern die Straße; sie hatten sich Schals und Taschentücher vors Gesicht gebunden. Einen Augenblick lang fürchtete James, es wären Banditen, aber dann bemerkte er, dass sie etwas aus dem Abflusskanal neben der Straße herauszogen.

Die Taschentücher dienten als Schutz vor dem schrecklichen Gestank.
James bremste vorsichtig und hielt an.
Die aufgeblähten Kadaver von mehreren Hunden und einer Ziege lagen im Schmutz. Und unter schmutzigen Tüchern verborgen zeichneten sich die Umrisse dreier Menschen ab.
Die Männer zogen gerade einen weiteren leblosen Körper aus dem Kanal und James erkannte mit Entsetzen, um wen es sich handelte.
Der Tote war Angel Corona. Er musste aus dem Gefängnis entkommen sein, als Garcias Boot die Mauern durchbrochen hatte, doch nur, um in einem Abwasserkanal eingezwängt zu ertrinken.
James stieg aus und ging zu den Männern.
Sie legten Angel auf den Boden. Er lag wie schlafend da. Nirgends die geringste Spur einer Verletzung. Wie schon bei ihrer ersten Begegnung war James verblüfft, wie ähnlich sie sich waren. Genauso gut hätte er selbst es sein können, der hier lag. Der Tod war in der letzten Nacht durch Tres Hermanas gegangen und er war nicht wählerisch gewesen, wen er mit sich nahm.
Die Männer hatten den letzten Leichnam geborgen und gaben die Straße wieder frei. James ging zurück ins Auto.
»Lass uns verschwinden«, sagte Precious und hielt sich die Nase zu.
James legte den Gang ein und fuhr los. Er brannte darauf, das Auto auf freier Strecke ein wenig ausfahren zu können, aber bald zeigte sich, dass es keine freien Straßen gab. Die Hauptstraße, die aus der Stadt hinausführte, war völlig verstopft.
Eine endlose Schlange schweigender, zerlumpter Gestalten floh aus Tres Hermanas. Männer, Frauen, Alte, Kinder, manche saßen auf Karren und Fuhrwerken, manche ritten auf Eseln oder Pferden, die meisten aber gingen zu Fuß, trugen Bündel auf dem Rücken

oder zogen Handwagen, die mit Kleidung, Wertsachen, Hühnern und kleinen Kindern beladen waren, hinter sich her. Ein paar Autos bahnten sich langsam und hupend einen Weg durch die Menge. Ein alter Autobus voller Menschen ratterte die Straße entlang und zog schwarze Qualmwolken hinter sich her. Viele Flüchtende klammerten sich außen an die Gepäckhalter auf dem Dach.
Die Straße, die etwas erhöht auf einer Böschung verlief, wand sich durch überschwemmte Felder auf die Berge der Sierra Madre Oriental zu, die sich in der Ferne erhoben. Die Verwüstungen, die der Sturm angerichtet hatte, schienen kein Ende zu nehmen. Wind und Regen hatten das Land zerstört, die Felder überschwemmt, die Ernte vernichtet und die Bäume entwurzelt. Überall schwammen tote Kühe im Wasser, deren Körper sich in der Hitze blähten.
James schloss sich der Karawane an, die Sonne brannte unbarmherzig auf sie herunter. Sie kamen nur im Schritttempo voran und mussten immer wieder stehen bleiben. James schaltete regelmäßig den Motor aus, damit er nicht überhitzte. Am Nachmittag waren sie erst wenige Kilometer vorangekommen. Alle drei schwitzten, waren mürrisch und enttäuscht. Precious hatte den ganzen Tag lang nur gejammert. Entweder hatte sie sich darüber beschwert, dass sie Tres Hermanas verlassen hatten, oder sie schimpfte über die Art und Weise, wie James fuhr. Sie hatte sich über die vielen anderen Menschen beschwert, die auf der Straße unterwegs waren, und darüber, dass ihre verletzte Hand wehtat, sie hatte sich beschwert, wenn JJ sich beschwerte, dass sein verletztes Bein schmerzte. Auch über ihre Diener hatte sie sich beschwert.
»Wahrscheinlich haben sie und die Frau das alles geplant«, sagte sie. »Ich wette, sie wollten uns schon immer ausrauben. Man kann den Mexikanern nicht trauen. Mit dem Polizisten war es genau das Gleiche. Es hat ihn nicht im Mindesten gestört, dass wir

in Schwierigkeiten sind. Sie hassen uns. Sie hassen uns, weil wir Amerikaner sind und weil wir reich sind . . .«

Anfangs hatte James noch versucht, sie zu verstehen. Sie war müde, sie hatte Angst, sie vermisste ihren Vater. Während des Sturms war sie mutig gewesen, aber allmählich raubte sie ihm den letzten Nerv, und sosehr er sich auch bemühte, nicht auf sie zu achten, ihre Stimme wimmerte und winselte weiter und erinnerte ihn an eine Fliege, die in einem Marmeladenglas eingeschlossen war.

Als die Sonne unterging und es dunkel wurde, sahen sie die Stadt Puente Nuevo vor sich liegen, aber sie kamen keinen Schritt mehr vorwärts. Die Menschen vor ihnen drängten sich immer dichter.

Schließlich fand James ein trockenes Fleckchen und er lenkte das Auto an den Straßenrand.

Die Nacht war sternenklar und kalt. Das große schwarze Gewölbe des Himmels war übersät von Tausenden funkelnder Sterne. Der Vollmond leuchtete auf sie herunter und spiegelte sich silbern auf den überschwemmten Feldern. James staunte, dass dieser todbringende heftige Regen eine solch verzauberte Landschaft erschaffen konnte.

Er saß da und sah dem endlosen Strom von Menschen zu, die schweigend die Straße entlangtrotteten.

Als es kälter wurde, hüllten sie sich in die Decken, die James aus dem Haus mitgenommen hatte, und versuchten, ein wenig zu schlafen.

Bei Sonnenaufgang waren die meisten Leute aus Tres Hermanas an ihnen vorbeigezogen. Nur ein paar Nachzügler waren noch unterwegs.

»Heute dürften wir schneller vorwärtskommen«, sagte James zu Precious, als sie aufgewacht war.

»Das will ich hoffen«, antwortete sie und betrachtete sich prüfend in einem kleinen Make-up-Spiegel.

Sie war ganz und gar nicht zufrieden mit dem, was sie sah.

»Ich sehe schrecklich aus«, stöhnte sie. »Meine Frisur ist ruiniert. Ich habe einen Sonnenbrand im Gesicht. Das ist eine Katastrophe.«

James achtete nicht auf sie, sondern bereitete ein Frühstück aus altem Brot und Käse zu. Sie tranken etwas von ihrem kostbaren Wasser, dann steuerte James den Duesenberg flott auf Puente Nuevo zu und sie ließen sich den frischen Wind um die Nase wehen.

Sie kamen an mehreren liegen gebliebenen Fahrzeugen vorbei: an einem uralten Lastwagen, neben dem ungefähr zwanzig Mexikaner geduldig im Schatten warteten, während der Fahrer versuchte, den Motor zu reparieren, an einem staubigen Ford mit einem platten Reifen. Dann trafen sie auf eine Gruppe Nonnen, die auf Maultieren in die entgegengesetzte Richtung ritten. James vermutete, sie wollten sich in Tres Hermanas umschauen, ob sie dort Hilfe leisten könnten.

Als James langsam an ihnen vorbeifuhr, zeigten die Nonnen zurück nach Puente Nuevo und redeten ängstlich durcheinander.

»Was haben sie gesagt?«, fragte Precious.

»Ich weiß es nicht«, erwiderte James. »So gut ist mein Spanisch nicht.«

»Sie haben von einem Fluss gesprochen«, sagte JJ.

Vor ihnen entdeckte James noch einen liegen gebliebenen Lastwagen. Als er ihn beiläufig musterte, bemerkte er überrascht, dass ein Safe auf der Ladefläche stand. Er kniff die Augen zusammen und blinzelte in die grelle Sonne.

Neben dem Fahrzeug standen drei Männer.

Ohne Zweifel gehörten sie zu der Bande, die das Haus der Stones überfallen hatte.

»Legt euch flach auf den Boden und deckt euch mit den Decken zu«, zischte er.

»Warum?«, fragte Precious.

»Frag nicht so viel«, flüsterte James. »Und macht schnell. Da vorne sind ein paar Leute, denen ihr sicher nicht begegnen wollt. Dieses Auto fällt sofort auf, sie werden bestimmt zu uns herüberschauen.«

Precious und JJ gehorchten, und sobald die Prozession der Nonnen vorübergezogen war, legte James den Gang ein und gab Gas. Der Motor heulte knatternd auf und James wurde nach hinten in seinen Sitz gedrückt, als das Auto davonschoss. Als sie an dem Lastwagen vorbeikamen, war die Geschwindigkeit schon so hoch, dass die drei Männer zu gesichtslosen Konturen verwischten. James nahm den Fuß nicht vom Gaspedal und hielt das Lenkrad fest umklammert, als er auf der holprigen Straße dahinraste. Einen Augenblick lang vergaß er alle Sorgen. Es war wie ein Rausch. Am liebsten hätte er laut geschrien und wäre unbekümmert immer weiter gefahren. Aber da waren sie auch schon in Puente Nuevo angekommen, einer Ansammlung von Häusern, die sich dicht an beiden Ufern eines breiten Flusses entlangzogen.

Die Stadt war voller Flüchtlinge und James musste langsamer fahren und vorsichtig durch die engen, verwinkelten Gassen steuern, um niemanden zu verletzen.

Puente Nuevo war erbaut worden, lange bevor es Autos gab, und wegen der Länge des Duesenbergs war es immer wieder schwierig, durch die engen Kurven zu fahren. Als sie durch einen baufälligen Torbogen mussten, schrammte James mit der Seite des Wagens an der Mauer entlang.

»Pass doch auf, du Idiot!«, schrie Precious.

»Möchtest du lieber ans Steuer?«, fragte James.

Precious antwortete nicht und sie fuhren schweigend weiter, bis sie das Ende eines Verkehrsstaus erreichten. Ein Bus und mehre-

re Autos steckten fest und nirgends war ein Platz zum Wenden. Die Schatten der Häuser auf beiden Seiten tauchten die Straße in ein bläuliches Dunkel.
»Du hast gesagt, heute würden wir besser vorwärtskommen«, murrte Precious.
»Ich habe mich geirrt«, gab James zu.
»Kannst du eigentlich gar nichts richtig machen?«
»Anscheinend nicht.«
»Wir sollten lieber allein weitergehen. Du machst alles nur noch schlimmer, wenn du uns weiter durch die Gegend schleppst.«
James stellte den Motor ab. »In Ordnung«, sagte er. »Das wär's. Macht, was ihr wollt.« Er stieg aus und schlug die Wagentür zu.
»Bleib bei uns«, jammerte JJ.
»Schon gut«, sagte Precious. »Er meint das nicht so. Er blufft doch nur.«
»Tatsächlich?«
JJ fing an zu weinen.
»Benimm dich nicht wie ein kleines Kind«, schimpfte Precious. »Wenn dieser ungehobelte Junge aus England uns verlassen will, dann soll er doch gehen. Ich habe genug von ihm.«
»Ich mag ihn aber«, entgegnete JJ. »Er hat uns gerettet.«
»Du magst ihn *nicht«,* befahl Precious. »Ich verbiete es dir. Du bist mein Bruder und du wirst tun, was ich dir sage.«
James lehnte sich gegen das Auto und starrte das Mädchen zornig an.
»Hör zu«, sagte er. »Ich werde jetzt gehen und nachsehen, was der Grund für den Stau ist. Es ist mir egal, ob ihr noch hier seid oder nicht, wenn ich zurückkomme. Ihr habt die Wahl. Wenn ihr gehen und jemand anderen suchen wollt, der euch hilft, habe ich nichts dagegen. Aber wenn ihr noch hier sein solltet, dann müsst ihr euch mit mir abfinden. Kapiert? Dann wirst du aufhören, dich ständig zu beschweren, und machen, was ich dir sage.«

»Aha, endlich zeigst du uns dein wahres Gesicht, James Bond. Geh nur, wenn du möchtest, aber ich sage dir schon jetzt, dass wir nicht mehr hier sein werden, wenn du zurückkommst.«

»In Ordnung«, sagte James, drehte sich um und ging weg.

Die Straße mündete in einen kleinen Platz. Auf der gegenüberliegenden Seite war eine Brücke, die von Autos und Fußgängern völlig verstopft war. Es war wohl der einzige Weg, der über den Fluss führte. Alles war zum Stillstand gekommen, seit in der Nacht zahllose Menschen in die Stadt geströmt waren.

Garcia hatte von einer Missionsstation auf der anderen Seite des Flusses gesprochen, wo Krankenschwestern ihnen weiterhelfen würden. Nun sah es so aus, als würde es noch eine Weile dauern, bis sie hinübergelangen konnten. James überlegte, ob er irgendwo etwas Frisches zu essen kaufen konnte, um die Wartezeit zu überbrücken, aber er sah nirgends ein Geschäft oder einen Verkaufsstand.

Am Ufer entdeckte er eine Schar aufgeregter Menschen und erst jetzt bemerkte James, dass sie Sandsäcke, Fels- und Steinbrocken schleppten. Er ging näher heran, um zu sehen, was sie vorhatten, und erschrak.

Der Fluss führte Hochwasser und die Einheimischen versuchten, die Uferböschungen zu erhöhen.

James schaute zur Brücke zurück. Die Menschen, die unterwegs waren, wirkten angespannt. Und die Menschen, die darauf warteten, auf die Brücke zu gelangen, wirkten noch angespannter.

Wenn der Fluss über die Ufer trat, würde hier das Chaos ausbrechen.

Schon jetzt sickerte ein dünnes Rinnsal aus den Steinplatten am Ufer hervor. Vier Männer mit Schaufeln und einer Schubkarre eilten hinzu. Wie besessen schaufelten sie Sand und Kies in den Spalt.

Es war vergebens. Immer wenn sie eine Lücke geschlossen hatten, brach eine andere auf, und bald waren es schon drei oder vier kleine Bäche.

Als kleiner Junge hatte James viele vergnügliche Stunden am Strand zugebracht und Dämme gebaut. Am meisten Spaß hatte es ihm gemacht, wenn er beobachtete, wie die Dämme wieder brachen, wenn sich hinter ihnen zu viel Wasser aufgestaut hatte. Er erinnerte sich gut, wie ein kleines Rinnsal, das über die Dammkrone sickerte, ganz schnell zu einem Sturzbach werden konnte, der alles mit sich riss, was sich ihm in den Weg stellte.

Er wandte sich um und rannte zu der Straße zurück, in der er den Duesenberg abgestellt hatte. Er zwängte sich an den abgestellten Autos vorbei, bis er vor Precious und JJ stand, die auf ihn warteten.

»Ich wollte gehen, aber JJ hat darauf bestanden, dass wir bleiben«, sagte Precious.

»Wir sind in Gefahr«, rief James und schwang sich über die Tür auf den Fahrersitz.

»Wieso?«, fragte Precious.

»Wir müssen schnellstens von hier verschwinden.«

James legte den Rückwärtsgang ein. Zum Glück war niemand hinter ihnen. »Der Fluss tritt über die Ufer«, erklärte er. »Das war es wohl, was die Nonnen uns sagen wollten.«

Er drehte sich auf seinem Sitz um und steuerte das Auto langsam rückwärts.

»Seht doch nur«, rief JJ.

James blickte nach vorn. Das Wasser strömte schon über die Straße. Ein junges Mädchen und eine Frau mit einem Baby drängten sich angstvoll rufend an ihnen vorbei.

»Zum Teufel«, fluchte James. »Es kommt noch schneller, als ich befürchtet hatte.«

Er trat aufs Gaspedal und fuhr so schnell rückwärts, wie er konnte, dabei streifte er immer wieder an den Mauerwänden entlang.

Precious rief ihm zu, er solle vorsichtig sein, aber im selben Moment war ein donnerndes Rauschen zu hören und sie schrie entsetzt auf.
James riskierte einen Blick dorthin, woher sie gekommen waren. Eine Wand aus Wasser brandete die Straße entlang und riss alles mit sich.
James hatte nur eine Chance. Er musste versuchen, schneller zu sein als die Flut.

9 Die Rückkehr des Angel Corona

Angeschwollen von den ungeheueren Regenmassen, die auf das Land niedergegangen waren, führte der Fluss doppelt so viel Wasser wie sonst. Auf seiner ganzen Länge war er über die Ufer getreten und strömte über das Land, ohne großen Schaden anzurichten, aber hier in Puente Nuevo, wo er sich durch die Stadt zwängen musste, war seine aufgestaute Kraft eine tödliche Gefahr.

Und jetzt war diese Kraft entfesselt, sie wütete ungehindert wie ein Geist aus der Flasche. Wasser flutete durch die engen Straßen und alles, was im Weg stand, wurde weggerissen und mitgeschleudert.

James konnte das Auto nirgendwo wenden, ihm blieb nichts anderes übrig, als rückwärts durch die Straßen zu fahren. Der kraftvolle Motor des Duesenbergs jaulte gequält auf.

Mit knapper Not gelang es ihm, vor der Flutwelle herzufahren, aber im Rückwärtsgang war das Auto nicht sehr schnell, und so kam das Wasser immer näher.

»Schneller«, rief Precious ihm zu.

»Das geht nicht«, protestierte James.

Sie gelangten zu dem Torbogen, an dem das Auto schon auf der Herfahrt hängen geblieben war. James fluchte. Es war schon schwierig genug gewesen, die enge Stelle im Vorwärtsgang zu passieren, aber mit hoher Geschwindigkeit rückwärtszufahren war ein Ding der Unmöglichkeit.

Wie James befürchtet hatte, traf der Wagen im falschen Winkel auf die Einfahrt. Er rammte gegen die Mauer und blieb stehen, James, Precious und JJ wurden in ihre Sitze geschleudert.

Sie saßen im Torbogen fest, es ging weder vor noch zurück. Sie hatten das Rennen verloren. Noch ehe sie sich von dem Aufprall erholen konnten, hatte das Wasser sie auch schon eingeholt, es drückte gegen den Kühler des Wagens und gurgelte über die Motorhaube.

Die Flut konnte durch den Torbogen nicht abfließen, deshalb stieg das Wasser höher und höher. Schon strömte es über die Türkanten ins Wageninnere.

»Wir können hier nicht bleiben«, sagte James. »Wir müssen raus.«

»Und meine Sachen?«, jammerte Precious.

»Lass sie zurück«, sagte James. »Oder willst du ertrinken?«

Es war ein verzweifelter Kampf, aber die drei schafften es schließlich, hinten vom Wagen herunterzuklettern, der den Torbogen wie ein riesiger Korken verstopfte. Ein bisschen Wasser floss zwar unter dem Wagen durch, der Großteil jedoch staute sich vor dem Tor.

James und die beiden Geschwister flohen die Straße entlang. Das schlammige Wasser reichte ihnen bis zu den Knöcheln. JJ humpelte.

»Vielleicht hält das Auto das Wasser für eine Weile auf«, hoffte James. »Kann sein, wir haben Glück.«

Im selben Augenblick hörten sie hinter sich ein Ächzen. James drehte sich um und sah, wie ein Teil des Torbogens den Wassermassen nachgab und auf die Straße stürzte. Er nahm JJ bei der Hand und zog ihn hinter sich her.

Da brach auch der Rest des Torbogens in sich zusammen und das Auto schwamm davon wie eine große Gondel aus Stahl. Es kam direkt auf sie zu, angetrieben von der Gewalt des Wassers, das sich hinter ihm aufgestaut hatte.

Precious schrie laut auf.
James versuchte, schneller zu laufen, aber es war sehr schwierig, in den steigenden Fluten vorwärtszukommen. Nie und nimmer würden sie es bis zur nächsten Seitenstraße schaffen. James sah sich verzweifelt nach einem Fenster oder einer Tür um, die offen stand, aber die Häuser waren seit dem Sturm verschlossen. Dann bemerkte er nicht weit entfernt eine Treppe, die auf ein Hausdach führte.
»Wenn wir es bis zu dieser Treppe schaffen, sind wir in Sicherheit«, sagte er und hob JJ hoch. Precious überholte die beiden. In ihrem Kleid konnte sie erstaunlich schnell laufen.
Hinter sich hörten sie das Gurgeln und Brausen des Wassers. Und das Knirschen des Autos, das an Hauswände krachte.
»Halte durch«, rief James JJ atemlos zu. Seine Beine zitterten schon und er hoffte, dass er noch genügend Kraft aufbringen würde, um bis zu den Stufen zu gelangen.
Precious erreichte die Treppe und stieg so schnell sie konnte aufs Dach. James war ihr dicht auf den Fersen, aber das Auto kam immer näher. Es prallte gegen ihn und er stürzte zu Boden. Dann traf ihn irgendein Gegenstand und JJ wurde weggerissen.
James fiel vornüber auf die Stufen und das Wasser spülte über ihn hinweg. Hustend und prustend kam er wieder auf die Beine und zog sich hinauf auf das Dach.
»Wo ist JJ?«, keuchte er verärgert, weil er den Jungen verloren hatte, als sie schon fast in Sicherheit gewesen waren. »Kannst du ihn sehen?«
Precious zeigte auf die Straße, vor Angst brachte sie kein Wort heraus.
Da war JJ, er trieb im Wasser und klammerte sich an die Kühlerhaube des Wagens.
»Wir müssen ihm helfen«, schrie Precious aufgeregt.
James ließ seinen Blick über die Dächer schweifen, um sich zu

orientieren. Von hier aus konnte er die ganze Stadt überblicken. Auf dieser Seite des Flusses stand das Wasser in allen Straßen. Er sah, welche Richtung das Auto in den Fluten nehmen würde, und legte sich im Kopf einen Weg über die Dächer zurecht.

»Was können wir nur tun?«, rief Precious.

James rannte über das Dach und sprang auf das nächste Haus, dann auf das übernächste. Er blieb immer auf gleicher Höhe mit JJ. Vielleicht konnte er eine Abkürzung nehmen und schneller sein als das Auto. Während er rannte, überlegte er sich immer wieder den nächsten Schritt. Glücklicherweise waren die Häuser dicht aneinandergebaut, trotzdem hatte er einige beängstigend breite Lücken zu überwinden.

Er blieb nicht stehen, um zu überlegen. Solch eine halsbrecherische Jagd war nicht neu für ihn, er rannte, so schnell er konnte, seine Sprünge waren genau abgeschätzt. Die erste große Lücke überwand er mit einem beherzten Sprung, bei der zweiten landete er am Rand des Daches auf dem Bauch, und obwohl er völlig außer Atem war, rappelte er sich auf und lief weiter.

Seine Überlegungen waren richtig gewesen. Es dauerte nicht lange und er hatte die Flutwelle überholt. Er rannte weiter, bis er eine günstige Stelle erreicht hatte, und sprang genau in dem Moment, als das Auto unter ihm vorbeischwamm, vom Dach.

Er landete auf dem Vordersitz. Das Auto schaukelte von einer Seite auf die andere, aber James hielt sich fest. Der Duesenberg war halb voll Wasser, aber er schwamm noch. Und JJ klammerte sich noch immer mit aller Kraft an der Kühlerhaube fest.

James streckte über die Windschutzscheibe hinweg die Hand nach ihm aus.

»Hab keine Angst«, beruhigte er ihn. »Alles wird gut. Du musst nur Ruhe bewahren.«

JJ schaute ihn an und nickte.

»Kannst du meine Hand fassen?«, fragte James.

JJ antwortete nicht. Er nahm all seinen Mut zusammen, dann ließ er los und streckte James zitternd eine Hand entgegen. James ergriff sie und zerrte den Jungen in das Auto.

»Das war lustig«, sagte JJ, aber James spürte, wie der Junge am ganzen Körper bebte.

»Es ist noch nicht vorbei«, sagte James.

»Du passt auf mich auf, nicht wahr?«, bat JJ.

»Natürlich.«

»Du bleibst doch bei uns, oder? Egal, was Precious sagt.«

»Ja. Jetzt wird alles wieder gut.«

Aber James hatte übersehen, dass direkt vor ihnen drei Straßen aufeinandertrafen. Durch alle drei strömte das Wasser und vereinigte sich auf der Kreuzung zu einem schäumenden Strudel aus schlammig gelben Fluten.

Und mitten hinein schoss das Auto. Es tauchte ruckartig mit der Nase unter und James und JJ wurden herausgeschleudert.

James wirbelte herum, bis er nicht mehr wusste, wo oben oder unten war. Zuerst prallte er gegen eine Hauswand, dann wurde er die Straße entlanggeschleift, zuletzt spuckte ihn der Strudel aus und er fand sich auf einem Fenstersims wieder.

Er spie das Wasser aus, das ihm in den Mund gedrungen war, und sah sich suchend nach JJ um.

Zwei Leichen trieben an ihm vorbei, aber JJ war zum Glück nicht dabei. Und dann sah James etwas Schwarzes in den Fluten tanzen. Ein dunkler Haarschopf. Es war JJ.

Es war unmöglich, zu ihm zu gelangen. Ins Wasser zurückzugehen, hätte Selbstmord bedeutet.

Vielleicht würde JJ ja weiter auf dem Wasser treiben. Die Flutwelle konnte ja nicht endlos weitergehen, früher oder später musste sie irgendwo auslaufen.

Aber der Junge war erst sieben Jahre alt und James wusste nicht einmal, ob er überhaupt schwimmen konnte.

»Gib nicht auf, JJ«, sagte er bitter und kämpfte um Fassung. »Gib nicht auf . . .«

James kam sich furchtbar nutzlos vor. Zwei Mal hatte er den Jungen nun schon verloren. Er hatte JJ schrecklich enttäuscht und er schwor sich, sollte JJ am Leben bleiben, nicht zu schlafen, nicht zu essen, nicht an sich selbst zu denken, bevor er JJ und seine Schwester nicht in Sicherheit gebracht hatte.

Aber würde JJ am Leben bleiben? James musste mit ansehen, wie der kleine Jungen immer weiter abtrieb. Jedes Mal, wenn JJ untertauchte, hielt James den Atem an, bis er wieder an die Oberfläche kam, und jedes Mal dauerte es ein wenig länger.

Dann sah James, wie jemand sich mitten in die Flut stellte, obwohl sie ihm bis fast an die Brust reichte.

Es war Garcia.

Er stand da, stemmte sich gegen das Wasser, das ihn wegspülen wollte, und fischte JJ heraus. Er hatte sich ein Seil um die Hüfte gebunden, an dem er sich zurückhangelte und JJ in Sicherheit brachte.

James traten Tränen in die Augen, so erleichtert war er.

Eine halbe Stunde lang blieb James auf dem Fensterbrett sitzen. Das Wasser ging allmählich zurück. Dann hörte er, wie jemand durch den Matsch auf ihn zuwatete – es war Precious und sie sah erbärmlich aus.

James sprang von seinem Fenstersitz hinunter. Es floss zwar noch immer Wasser durch die Straße, aber er konnte nun sicher stehen, ohne dass er fürchten musste, weggeschwemmt zu werden.

»Wo ist er?«, fragte Precious. Vor Angst versagte ihr fast die Stimme.

»Er ist gerettet«, erwiderte James.

»Gott sei Dank.« Precious brach in Tränen aus und James musste sie stützen.

»Es geht ihm gut«, versicherte James. »Wir werden ihn wiederfinden.«
Precious war wie betäubt. James berichtete ihr, was passiert war, und ging mit ihr zu der Stelle, an der Garcia JJ aus dem Wasser gezogen hatte.
Sie fanden beide auf einem Balkon. Garcia strich dem Jungen über die Stirn. Sie saßen in der Sonne, damit JJs Kleidung schneller trocknete. JJ war bei Bewusstsein, aber sehr schwach. Precious umarmte und küsste ihn und plapperte unentwegt, wie sehr sie sich um ihn gesorgt hätte. Schließlich setzte er sich auf, lächelte und fantasierte von den Abenteuern, die er »auf dem Boot« erlebt hatte.
Den Stoffstreifen, mit dem sein Bein verbunden war, hatte das Wasser weggerissen und die Wunde lag frei.
Sie war rot. Und sie hatte sich entzündet. Garcia untersuchte sie, sein braun gebranntes, freundliches Gesicht war ernst.
»Sei tapfer«, sagte er zu JJ. »Du musst durchhalten. Alles wird wieder gut. Mein Funkgerät ist repariert. Ich habe euch gesucht, um euch eine gute Nachricht zu überbringen.«
»Eine gute Nachricht?«, fragte Precious.
»Euer Vater ist gesund und munter«, sagte Garcia mit einem aufmunternden Lächeln. »Er ist wohlbehalten im Dschungel in der Nähe von Palenque gelandet, aber sein Flugzeug ist beschädigt. Er sitzt fest.«
»Hast du mit ihm gesprochen?«, fragte Precious.
Garcia schüttelte den Kopf. »Er hat Kontakt mit den Hafenbehörden in Veracruz aufgenommen. Ich habe dort eine Nachricht für euren Vater hinterlassen. Sie sollen ihm ausrichten, dass ihr in Puente Nuevo seid. So«, sagte er und stand auf, »jetzt müssen wir etwas suchen, womit wir die Wunde reinigen können. James, komm mit, mal sehen, was wir finden.«
James folgte Garcia hinaus auf die Straße.

Garcia legte ihm die Hand auf den Arm. Er war auf einmal sehr ernst.

»Dem Jungen geht es nicht gut«, begann er. »Sein Bein hat sich entzündet und er hat sehr viel schmutziges Wasser geschluckt. Der Weg zur Missionsstation ist abgeschnitten. Bestimmt hat die Flut die Brücke weggerissen. Wir müssen Arznei und sauberes Wasser auf dieser Seite des Flusses auftreiben.«

»Ich sehe nach, was mit dem Auto passiert ist«, schlug James vor. »Vielleicht kann ich noch etwas retten.«

»Gut«, sagte Garcia. »Wir treffen uns wieder hier.«

James fand das Auto am Stadtrand keine hundert Yard entfernt. Es lag auf der Seite und war nur noch ein Schrotthaufen. Es tat ihm leid, dass etwas so Schönes zerstört worden war. Von den Koffern fehlte jede Spur. Das Wasser hatte sie weggespült. Das Essen war nicht mehr zu gebrauchen, aber im Kofferraum lag noch ein Wasserkanister. James schraubte den Verschluss ab und trank einen Schluck. Das Wasser war warm und schmeckte grauenhaft, aber er wusste, es würde ihm guttun.

Dann schaute er im Handschuhfach nach und fand eine Sonnenbrille und eine durchweichte Landkarte. Er steckte die Karte in die Tasche und setzte die Sonnenbrille auf. Die Sonne brannte an diesem Morgen unbarmherzig vom Himmel und er spürte, dass er Kopfschmerzen bekam.

James schleppte den Kanister zurück zu dem Haus mit dem Balkon, aber als er dort ankam, waren Precious und JJ verschwunden. Er rief nach ihnen und schaute sich um, aber von den Geschwistern war keine Spur zu sehen. James überlegte, ob Garcia vor ihm zurückgekommen war und sie in Sicherheit gebracht hatte, aber kurze Zeit später tauchte der Mexikaner auf. Er hatte eine Flasche reinen Alkohol und sauberes Verbandsmaterial aufgetrieben. Er hatte keine Ahnung, wo sie geblieben waren.

Dann entdeckte Garcia auf dem Boden des Balkons eine glimmende Zigarettenkippe.
»Die lag vorher noch nicht da«, sagte er. »Irgendjemand muss hier gewesen sein.«
»Vielleicht jemand, der ihnen hilft«, meinte James hoffnungsvoll. Tatsächlich aber spürte er ein kaltes, ungutes Gefühl im Magen.
»Glaubst du, das Mädchen könnte mit ihrem Bruder weggegangen sein, ohne etwas zu sagen?«, fragte Garcia.
»Möglich wär's«, erwiderte James. »Ich kann nicht behaupten, dass wir besonders gut miteinander auskommen.«
»Wir müssen sie suchen«, sagte Garcia.
James nickte. »Sie können noch nicht lange weg sein. Wir sollten uns aufteilen. Sie haben die Stadt nicht auf der Hauptstraße verlassen, sonst hätte ich sie gesehen.«
»Und in der Ortsmitte sind sie auch nicht gewesen«, sagte Garcia. »Sie müssen einen anderen Weg eingeschlagen haben.«
Sie kehrten zur Kreuzung zurück und jeder ging eine Straße entlang.
James schaute in allen Seitenstraßen nach. Allmählich kamen immer mehr Leute aus ihren Häusern und betrachteten den Schaden, den das Wasser angerichtet hatte. James blieb stehen und mit seinen paar Brocken Spanisch und heftig gestikulierend fragte er einige von ihnen, ob sie ein amerikanisches Mädchen mit einem kleinen Jungen gesehen hätten. Der Dritte, den er fragte, ein alter Bauer, zeigte in die Richtung, die James ohnehin schon eingeschlagen hatte.
Also ging er weiter und erreichte hinter einer Kurve einen kleinen Platz. Seitlich wurde er von Arkaden begrenzt und in der Mitte standen ein paar zerzauste Bäume. James sah Precious und JJ im Schatten eines Baums sitzen und wollte gerade nach ihnen rufen, als sein sechster Sinn ihm eingab, still zu sein.
Er schaute genauer hin.

In der Nähe stand ein Lastwagen. James erkannte ihn wieder. Die Motorhaube war hochgeklappt. Auf der Ladefläche befand sich der Safe von Mr Stone und um den Wagen herum standen die amerikanischen Gangster und sahen den Motor an.

James verbarg sich im Schatten. Er zuckte erschrocken zusammen, als jemand ihm auf die Schulter klopfte.

Er wirbelte herum, bereit zu kämpfen, aber es war nur Garcia.

»Das sind sie«, flüsterte James und legte einen Finger auf die Lippen. »Die Leute, die in das Haus der Stones eingedrungen sind.«

»Kennen sie dich?«, fragte Garcia.

James schüttelte den Kopf.

»Keiner von denen hat mich in der Nacht gesehen«, sagte er. »Höchstens der Mann, den ich aus dem Fenster geworfen habe. Manny hieß er, glaube ich. Er könnte mich womöglich gesehen haben. Aber er scheint nicht dabei zu sein.«

»Gut.«

»Was sollen wir jetzt tun?«, fragte James.

Garcia musterte ihn von Kopf bis Fuß und strich ihm das Haar aus dem Gesicht.

»Wir tun so, als würden wir zusammengehören«, sagte er. »Lass uns bluffen und ihnen etwas vorspielen. Wir können die Kinder doch nicht diesen Kerlen überlassen.«

Garcia schlenderte auf den Platz, dicht gefolgt von James. Der Mexikaner setzte ein breites, dümmliches Grinsen auf.

»Hola«, rief er mit übertriebenem Akzent. »Habt ihr ein Problem? Motor kaputt, eh?«

Die drei Männer und die Frau richteten sich auf und drehten sich misstrauisch um.

»Kennst du dich mit Motoren aus?«, fragte der kleine Dicke barsch. Seine Stimme klang rau und er war übel zugerichtet, wie jemand, der eine Schlägerei zu viel hinter sich hat.

»*Si*«, antwortete Garcia fröhlich. »Ich kenne mich aus mit Motor. Soll ich reparieren?«
»Vielleicht«, antwortete der Mann. Er schielte leicht, man konnte schwer sagen, wen genau er ansah. Jetzt schien er James zum ersten Mal wahrzunehmen. James lächelte ihn an. Der Mann runzelte die Stirn und fixierte ihn erst mit dem einen, dann mit dem anderen Auge.
»Kenne ich dich?«, fragte er nach einer Weile.
»Ich glaube, nicht«, sagte Garcia. »Er ist mein Vetter.«
Auch einer der anderen Männer sah zu ihnen herüber. Es war der Dünne mit den großen Ohren.
»Wasis?«, fragte er. Sein riesiger Adamsapfel tanzte in seinem sehnigen Hals auf und ab. »Was sagt du, Strabo?«
»Ich kenne den jungen Burschen von irgendwoher«, antwortete der Kleine laut, er schrie fast.
»Klar kennst du ihn«, sagte sein dünner Freund. »Das ist der Bursche, den die Bullen neulich in Tres Hermanas geschnappt haben.«
»Ja, stimmt genau«, sagte Strabo.
»Ich heiße Angel Corona«, sagte James und versuchte, mit mexikanischem Akzent zu sprechen. Für ihn klang es alles andere als mexikanisch, aber er hoffte inständig, dass sich die Amerikaner täuschen ließen.
»Was ist mit dir passiert?«, fragte Strabo, der die Geschichte offensichtlich für bare Münze nahm. »Haben sie dich etwa laufen lassen?«
»Ich bin während des Sturms geflohen«, sagte James, der sich immer sicherer fühlte. »Das Gefängnis ist nur noch eine Ruine.«
»Davon hab ich gehört«, sagte Strabo und lachte. »Glück gehabt, Junge, da hast du den Schlafmützen ganz schön eins ausgewischt.«
James lachte und Garcia lachte mit.

Precious und JJ beobachteten die beiden fassungslos. James nahm kurz seine Sonnenbrille ab und zwinkerte ihnen zu. Die Gangster würden es sicher für das übliche Macho-Gehabe halten. Vor allem aber hoffte er, dass Precious das Zeichen verstehen und wenigstens ein Mal ihren Mund halten würde.

»Also, was ist los mit dem Motor?«, fragte Garcia.

»Das verdammte Ding hat uns im Stich gelassen«, sagte Strabo. »Bring ihn wieder zum Laufen, wir bezahlen dich gut. Wenn du uns zeigst, wie wir aus diesem Drecksloch wegkommen, zahlen wir dir sogar noch mehr.«

»Das höre ich gern«, sagte Garcia und setzte ein noch breiteres Grinsen auf. »Angel wird mir helfen.«

»Von mir aus«, sagte Strabo. »Schließlich ist er einer von uns.«

»Wohin wollt ihr?«, fragte Garcia.

»Zurück in die Zivilisation.«

»Kein Problem«, antwortete Garcia.

Strabo warf einen Blick auf den Safe, der auf der Ladefläche stand.

»Wir haben da eine ziemlich wertvolle Fracht«, sagte er.

»Kein Problem«, wiederholte Garcia und ging zum Lastwagen, um sich den Motor anzusehen.

Die blonde Frau, Mrs Glass, hatte die ganze Zeit über schweigend zugesehen und geraucht. Ihr Gesicht war unter der breiten Krempe ihres Huts verborgen.

»Können wir ihnen trauen?«, fragte sie schließlich.

»Alle Mexikaner sind auf Dollars scharf«, sagte Strabo mit seiner rauen Stimme. »Solange wir bezahlen, sind diese Idioten zufrieden.«

»Wir wollen nicht mit dem Gesetz in Konflikt kommen«, sagte Mrs Glass.

»Wer will das schon?«, fragte Garcia und sah vom Motor auf.

Mrs Glass rümpfte die Nase.

»Wenn ihr Ärger macht«, sagte sie zu Garcia und James, »werde ich euch persönlich die Augen aus dem Kopf schießen und mit euren Köpfen kegeln spielen. *Comprende?«*
»Klar«, sagte James und setzte das gleiche dümmliche Grinsen auf wie Garcia. »Ihr seid harte Burschen, he? Peng, peng.«
»Die allerhärtesten«, sagte Strabo und legte James den Arm um die Schultern. »Du gefällst mir, Junge. Wir beide werden gut miteinander auskommen. Willkommen in der Bande.«

Regent's Park
London
England

Lieber James,

beste Grüße von der Gefährlichen Gesellschaft. Leider ist dies der letzte Brief, den Du von unserem Klub bekommen wirst. Uns gibt es nämlich nicht mehr! Und wie Du an meiner Adresse siehst, habe ich Eton verlassen und lebe jetzt wieder zu Hause in Mandeville Mansion im Regent's Park. Aber ich greife vor, wie üblich. Wie Du weißt, gehört das Briefeschreiben nicht zu meinen Stärken, aber ich muss Dir die Geschichte erzählen. Und wenn ich Dir schreibe, brauchst Du wenigstens nicht mein vermaledeites Gestottere anzuhören.
Genau genommen weiß ich nicht einmal, ob Du diesen Brief überhaupt erhalten wirst. Ich nehme nicht an, dass die Post in Mexiko besonders zuverlässig ist. Ich kann mir gar nicht vorstellen, wie es bei Dir so zugeht. Stimmt es, dass Du einen großen Sombrero auf dem Kopf hast, auf einem Esel reitest und auf einer Gitarre herumklimperst? Wenn ich mich recht erinnere, bist Du nicht sehr musikalisch, deshalb bin ich froh, dass ich nicht bei Dir bin und Deinen künstlerischen Bemühungen zuhören muss.
In Eton hat es viel Aufregung gegeben und Du wirst Dich sonst wohin treten, weil Du nicht dabei warst. Wenn ich ganz ehrlich bin, war's wohl am besten für Dich, dass Du mit der Sache nichts zu tun hattest, alter Knabe. Ich hör Dich schon, wie Du sagst: Also los, Perry, raus mit der Sprache.
Ach ja, bevor ich aus Eton weggegangen bin, habe ich Deinen Tischgenossen Pritpal getroffen (er hat mir auch die Adresse gegeben, un-

ter der Du erreichbar bist). Er humpelte und hielt sich den Rücken. Ein gewalttätiger Bursche namens Bentinck scheint in Eurem Hause eine Schreckensherrschaft errichtet zu haben. Ob Du's glaubst oder nicht, er hat Pritpal zweimal geschlagen. Einmal hat er ihn mit einem Gummischlauch so verprügelt, dass der gute Pritpal, wie man hört, zwei Tage danach immer noch geblutet hat. Und was für ein abscheuliches Verbrechen hat er sich zuschulden kommen lassen? Er war beim Frühstück zu laut und hat in der High Street gegessen – wobei das mit der High Street völlig an den Haaren herbeigezogen ist. Ich kenne keinen, der sich strenger an die Regeln hält als Pritpal. Ich bin sicher, auf Deinen Reisen in Mexiko wirst Du niemandem begegnen, der so durch und durch widerlich und brutal ist wie dieser Theo Bentinck.

Aber zurück zu dem, was ich Dir eigentlich schreiben wollte. Wie schon gesagt, die Gefährliche Gesellschaft gibt es nicht mehr. Alles hat damit angefangen, dass ich ein neues Mitglied, Alistair Seaton, aufgenommen habe. Er hat das ganze erste Schulhalbjahr darum gebettelt und ich Dummkopf habe schließlich nachgegeben. Und was soll ich Dir sagen, der Bursche prahlte damit während eines verlängerten Wochenendes vor seinem Bruder und der Bruder petzte bei den Eltern. Sie waren entsetzt, als sie hörten, dass ihr kleiner Liebling, der keiner Fliege etwas zuleide tun könne und so weiter und so weiter, Mitglied einer geheimen Gesellschaft ist, die nichts anderes im Sinn hat, als Gefahren und Abenteuer zu bestehen und Gesetze zu brechen. Sie gingen zum Direktor, der wutschnaubend herumlief und mächtig viel Stunk machte. Er hat mich und die anderen zu sich zitiert und uns weichgekocht. Ich hab selbstverständlich dichtgehalten, aus mir hat er nichts rausgekriegt.

Das Ende vom Lied war, dass ich beschlossen habe, die ganze Sache einzustellen, damit wir nicht doch noch auffliegen – allerdings nicht, ohne vorher eine letzte mutige Heldentat zu begehen. Einen kühnen Racheakt sozusagen!

Leider bin ich ein ausgemachter Idiot, James. Wenn Du da gewesen wärst, da bin ich mir sicher, hättest Du mir das ausgeredet und mich zur Vernunft gebracht.
Die ganze Chose verlief folgendermaßen: Zuerst haben wir eine Herde Schafe von einem Feld in der Nähe von Eton Wick entführt. Hast Du schon mal Schafe entführt? Oder sollte ich besser sagen, gestohlen? Egal, wir haben uns jedenfalls ein paar Schafe ausgeborgt. Und es war auch keine Herde, es sei denn, fünf Schafe sind schon eine Herde. Ich bin kein Bauer, woher soll ich das also wissen? Nun ja, wir haben die Schafe in die Schule getrieben und sie dann im Schutz der Dunkelheit im Zimmer des Direktors versteckt, als der in der Kapelle war. (Gordon Latimer hatte von irgendwoher einen Schlüssel gezaubert.)
Nachdem wir also die Schafe in sein Zimmer gepfercht hatten, haben wir sämtliche Glühbirnen rausgeschraubt und sind wieder verschwunden.
Stell Dir die Situation vor, als der Direktor aus dem Gottesdienst nach Hause kommt, müde und frierend. Er geht ins Zimmer. Kein Licht . . . Aber was ist das für ein Geräusch? Himmel noch mal! Irgendein fürchterliches Tier ist hier! Nein, Hunderte!
Er war bestimmt ganz schön erschrocken. Und natürlich ganz schön wütend, auch weil die Schafe in der Zwischenzeit ein paar wertvolle Möbelstücke angeknabbert hatten.
Unglücklicherweise hatte ich die Sache nicht zu Ende gedacht. »Wer«, so fragte sich der Direktor nämlich, »ist dumm genug, so ein Ding zu drehen?«
Antwort: Perry Mandeville.
Die Lehrer haben mich in meinem Zimmer ausgerechnet dabei geschnappt, wie ich die Schafwolle von meinem Mantel gezupft habe. Sie drohten damit, alle Mitglieder der Gefährlichen Gesellschaft von der Schule zu verweisen, wenn ich nicht beichten würde.
Deshalb habe ich alle Schuld auf mich genommen, um die anderen zu schützen und ihnen eine Strafe zu ersparen.

Das war das Ende meiner ruhmvollen Laufbahn in Eton. Mein Vater schickt mich jetzt so weit weg, wie's nur geht, nach Fettes, in ein gottverlassenes Nest in Schottland.
Mach's gut dann. Denk ab und zu an Deinen alten Freund Perry, aber wein mir nicht nach. Du weißt doch, ich lass mich nicht unterkriegen.
Adios, amigo!
Perry

Teil 2

Willkommen in der Bande

10 Der Pranger

El Huracán stand auf seinem Balkon, blickte über den großen Platz von Lagrimas Negras und zündete sich eine Zigarre an. Eine Havanna, El Rey del Mundo – Der König der Welt. Er sog den Rauch ein, genoss den Geschmack von Gewürzen und Schokolade, von Wald und Nüssen im Mund. Er lächelte. So schmeckte Erfolg.

Der König der Welt? Er war ganz sicher der König in seiner Welt. Von unten drang leises Stimmengewirr herauf; die Männer schlenderten in der lauen Abendluft umher und unterhielten sich mit Freunden. Alle trugen teure Maßanzüge und einige hatten eine Frau am Arm. Die Frauen waren jung und hübsch – ihre Kleider schimmerten im sanften Schein der Kerzen, die in bunten Glaskugeln rings um den Platz brannten. Auch in den Bäumen, zwischen den Bougainvillea-Zweigen, in den Weinstöcken und im Jasmin, die an den Sandsteinwänden emporrankten, flackerten Kerzen.

Vor den drei Bars im Freien saßen die Menschen und nahmen vor dem Abendessen einen Aperitif unter dem Sternenhimmel. Bald würden sie sich zum Essen in eines der Restaurants begeben. Dort waren die Kellner in ihren blütenweißen Hemden schon damit beschäftigt, die Tische zu decken, die Gläser zu polieren, die silbernen Bestecke auszulegen und die Champagnerflaschen in die Eiskühler zu stellen.

Eine Mariachi-Band spielte »La Adelita«, eines der Lieblingslieder von El Huracán. Er summte mit, blies eine Wolke Zigarrenrauch in die Luft und strich sich über den gestutzten weißen Bart.

Er setzte sich in einen ausladenden Korbstuhl, nahm sein Glas mit Sherry fino, das neben ihm auf einem marmornen Beistelltisch stand, und nippte daran. Sein Blick fiel auf das Tablett mit *Antojitos,* den leckeren Vorspeisen, die man für ihn angerichtet hatte: *Tostadas, Sopes, Empanaditas* und *Guacamole con totopos.* Er naschte von der *Guacamole.* Eigentlich hatte er gar keinen Hunger. Er war in diesen Tagen nur selten hungrig und hatte wenig Appetit. Es hatte allerdings Zeiten in seinem Leben gegeben, da war er so hungrig gewesen, dass er Ratten und Käfer gegessen hatte, um zu überleben.

Von einer der Bars hörte er Korken knallen und Gelächter.

Der große Platz war ein Ort, an dem man sich vergnügte und entspannte. Die Männer, die sich dort unten amüsierten, waren Bankräuber, Erpresser, Entführer ... Hier konnten sie sich sicher fühlen und alles tun, wonach ihnen der Sinn stand. Sie hatten weder von Polizisten noch von Regierungen etwas zu befürchten, auch nicht von ehrbaren Bürgern. Es gab nämlich keine ehrbaren Bürger hier. Lagrimas Negras war das perfekte Versteck für Verbrecher, eine richtige Mördergrube.

In der trägen, sorglosen Atmosphäre von Lagrimas Negras vergaßen die Männer ihre Gewalttaten und freuten sich nur noch auf die Abende, an denen sie ihre teure Kleidung vorführen und die erlesenen Speisen und Getränke genießen konnten, die ihnen El Huracán vorsetzte.

Auf einer Art Podest in der Mitte des Platzes stand eine kleine Steinsäule; auf halber Höhe war rechts und links je ein Eisenring angebracht. Sie passte so gar nicht in diese elegante und romantische Umgebung. El Huracán war überzeugt davon, dass jeder, der davor stehen blieb, sich fragte, wozu die Säule gut war und weshalb El Huracán sie nicht durch etwas Hübscheres ersetzt hatte – durch eine Statue oder einen Brunnen vielleicht.

Aber El Huracán würde diese Säule niemals entfernen. Sie erin-

nerte ihn an düstere Tage und daran, was dieser Ort einmal gewesen war.
Die Säule war ein Pranger gewesen. Früher hatte man die Gefangenen daran gefesselt und mit einer Peitsche oder einem Rohrstock verprügelt. Manchmal wurden sie auch erschossen und man ließ sie gefesselt an der Säule hängen und als abschreckendes Beispiel in der Sonne verwesen. Die Steinplatten um die Säule herum waren stumpf, so oft hatte man sie schon abgeschrubbt. So viel Blut war schon in den Rinnstein gewaschen worden.
So viel Blut.
Das stattliche Haus, am oberen Ende des Platzes, in dem El Huracán jetzt wohnte, war früher ein Verwaltungsgebäude gewesen. Hier hatte der Gefängnisdirektor gewohnt und gearbeitet. In den Gebäuden, die rings um den Platz standen und die heute Geschäfte und Restaurants beherbergten, waren damals Wachräume und Kerkerzellen untergebracht.
Lagrimas Negras lag zwischen der mexikanischen Halbinsel Yucatán und den Kaiman-Inseln und gehörte zu dem Band der karibischen Inseln, das sich von Kuba über Jamaika, Haiti, Puerto Rico und Dutzende kleine Inseln bis nach Trinidad vor der Küste Venezuelas hinzog.
Die Maya waren die Ersten, die sich hier niedergelassen hatten. Niemand wusste genau, wann das gewesen war, aber irgendwann im zehnten Jahrhundert hatten sie mehrere monumentale Bauwerke errichtet, unter anderem Tempel, Grabstätten, zwei Pyramiden, einen Ballspielplatz und ein Observatorium. Nur wenige dieser ursprünglichen Bauten waren erhalten geblieben. Spätere Bewohner ohne jedes geschichtliche Interesse hatten sie geschliffen und aus den Steinen neue Bauwerke errichtet, manchmal hatten sie auch einfach direkt auf die alten Ruinen gebaut.

Im siebzehnten Jahrhundert war Lagrimas Negras zu einem bedeutenden Stützpunkt für den Sklavenhandel geworden, da die Lage der Insel in der Karibik zwischen Mittelamerika und den amerikanischen Südstaaten überaus günstig war. Aus einem Sklavenmarkt wurde später eine Strafkolonie für entlaufene Unruhestifter, Ausbrecher und Sklaven, die sich geweigert hatten, auf den Plantagen zu arbeiten.
Die Maya hatten die Insel dem Gott Hurakan geweiht, der die Welt einst mit einer großen Sintflut überschwemmte, nachdem die ersten Menschen die Götter erzürnt hatten. Danach hatte er die Welt neu erschaffen, indem er sie wieder aus den Wasserfluten emporsteigen ließ. Der Name, den die Maya dieser Insel gegeben hatten, war mit der Zeit in Vergessenheit geraten und so kam es, dass sie als Lagrimas Negras – Schwarze Tränen – bekannt wurde.
Lagrimas Negras war der Schrecken aller Sklaven. Wenn es etwas Schlimmeres gab, als in die Sklaverei geschickt zu werden, dann war es, nach Lagrimas Negras verbannt zu werden.
Im Jahr 1830 gab es jedoch einen Aufstand der Gefangenen. Sie überwältigten ihre Bewacher und erklärten Lagrimas Negras zu einem unabhängigen, freien Staat. Auf dem Festland gab es entlang der Küste bereits viele Siedlungen von entlaufenen Sklaven, sie hatten Dörfer, ja sogar ganze Städte gebaut. Lagrimas Negras war nur eine weitere Sklavensiedlung.
Sie hätten dort in aller Ruhe leben können, hätte nicht Präsident Santa Anna im Jahre 1846 den Vereinigten Staaten den Krieg erklärt. Die Amerikaner brauchten einen Flottenstützpunkt in jener Gegend und schickten Kanonenboote nach Lagrimas Negras, weil sie die strategische Bedeutung der Insel erkannt hatten. Es gab eine kurze und blutige Schlacht. Die ehemaligen Gefangenen, kaum bewaffnet und zahlenmäßig hoffnungslos unterlegen, hatten keine Chance.

Nur einer konnte entkommen – Gaspar, El Huracáns Vater.
Er stahl ein Schiff und segelte nach Südwesten, nach Britisch Honduras. Dort zog er sich ins Landesinnere zurück, in den tiefsten Regenwald, und ließ sich beim Stamm der Lacandonen nieder. Als er im Alter von siebenundneunzig Jahren starb, hatte er zehn Kinder und achtunddreißig Enkelkinder.
Sein jüngster Sohn hieß Hurakan, er war nach dem Gott benannt, der Gaspar beschützt hatte. Als Kind sah er nur selten das Sonnenlicht und mit zwölf Jahren wusste er, wie man allein im erbarmungslosen Dschungel überlebt. Aber er war tatendurstig und von seinem Vater hatte er erfahren, dass es eine Welt außerhalb des Urwalds gab. Er wollte das Meer und die großen Städte kennenlernen. Er wollte Felder, Pferde, Schafe und den grenzenlosen Himmel sehen.
Er ging von zu Hause weg.
Das war fünfzig Jahre her.
Seitdem hatte er viel mehr gesehen, als er sich damals hatte ausmalen können.
Er hatte als Führer für die Holzarbeiter im Urwald gearbeitet. Er war Matrose gewesen. Er hatte auf einer Zuckerrohrplantage auf Kuba gearbeitet. Er hatte während des spanisch-amerikanischen Krieges an der Seite der Kubaner gegen die Amerikaner gekämpft. Dann war er nach Mexiko zurückgekehrt und hatte mit *Los Dorados,* der berittenen Elitetruppe des Pancho Villa, für die Sache der Revolution gestritten. In jener Zeit hatte er seinen neuen spanischen Namen bekommen: El Huracán, der Hurrikan, weil er mit seinen Reitern wie ein Wirbelsturm aus den Bergen hervorbrach und alles zerstörte, was sich ihnen in den Weg stellte.
Zwischendurch war er noch Eisenbahnräuber, Lexikonverkäufer, Bankier, Waffen- und Alkoholschmuggler, Bauer und Ladenbesitzer gewesen. Er hatte nach Öl gebohrt und nach Gold gegraben.

Eine Zeit lang war er auch Politiker gewesen, aber er hatte beschlossen, dass ihm ehrliche Gauner lieber waren als jene, die in der Regierung saßen. Er kannte die wichtigsten Leute in ganz Mexiko, von den Adeligen und Herrschenden bis zu den Bauernführern, von den Verbrecherbossen bis zu den Chefs von Polizei und Armee, und er war ein sehr wohlhabender Mann geworden.
Er hatte viermal geheiratet und alle Ehefrauen überlebt. Die erste war im Kindbett gestorben, die zweite an Windpocken, die dritte Frau war von einem der Soldaten Präsident Carranzas erschossen worden und die vierte war bei einem Reitunfall verunglückt.
Im Jahr 1918 hatte er schließlich die Insel Lagrimas Negras besucht, um zu sehen, woher sein Vater gekommen war. Die Insel war menschenleer. Der befestigte Hafen war versandet. Die Gebäude lagen verlassen da, nur Schlangen und Skorpione hausten dort.
El Huracán wusste genau, was man aus diesem einsamen Ort machen könnte.
Die Amerikaner beanspruchten das Land noch immer, aber sie hatten es schon vor langer Zeit verlassen, weil sie eine größere und schlagkräftigere Marinebasis auf Kuba errichtet hatten. Sie waren froh, dass sie Lagrimas Negras loswurden, und verkauften die Insel für fünfunddreißigtausend Dollar an El Huracán.
Er brachte seine Anhänger, die ihm bedingungslos ergeben waren, auf die Insel, zumeist mexikanische Indios aus Chiapas, aber auch ein paar entlaufene Sklaven und Exrevolutionäre, mit denen er gemeinsam gekämpft hatte.
Er richtete die Häuser wieder her, baggerte den Hafen aus. Er sorgte für elektrischen Strom, baute Abwasserkanäle und Trinkwasserleitungen. Er legte prachtvolle Straßen an und baute neue Villen. Aus einem Munitionsdepot machte er eine Bank. Als er damit fertig war, hatte er Lagrimas Negras in einen luxuriösen

Ferienort verwandelt. Aber die Gäste sollten keine normalen Urlauber sein.

Er setzte einen Slogan in Umlauf: Wer immer auf der Flucht ist, wer immer in Schwierigkeiten steckt, wer immer einen Ort sucht, an dem er sich verstecken kann, der soll nach Lagrimas Negras kommen und hier unbehelligt leben – vorausgesetzt, er kann zahlen.

Nach und nach kamen die Verbrecher. Hatten sie Geld genug, durften sie bleiben. Wenn nicht, nahm El Huracán sie gefangen und übergab sie der mexikanischen Polizei, den Amerikanern, den Brasilianern oder den Behörden des Landes, aus dem sie gekommen waren.

Sein Plan funktionierte. Die Insel war voller Desperados. Seine Bank war voller Geld.

Er war der König der Welt.

11 Eine alte japanische Kampfkunst

Los, Corona, stech ihn ab«, schrie Strabo mit einer Stimme, die so rau und heiser klang, als müsste er sich ständig räuspern. »Stech ihn in seinen fetten Japsen-Bauch.«

»Wasis?«, fragte sein dünner, halb tauber Freund. Und weil er das so oft fragte, nannten ihn die anderen kurzerhand nur noch Wasis.

James fragte sich, ob Wasis das wusste.

»Ich habe dem Jungen gesagt, er soll ihn aufspießen«, schrie Strabo ihm ins Ohr.

James hielt ein Jagdmesser in der Hand. Ein großes, böse aussehendes Ding mit einer acht Zoll langen Klinge, die an einer Seite gezackt war. Sakata, der Japaner, war unbewaffnet. Er stand gelassen im Schein des Feuers, ein leichtes Lächeln spielte um seine Lippen. Er war ein Hüne, schwergewichtig und aufgedunsen, aber gleichzeitig war er sehr wendig auf seinen kleinen Füßen. Er bewegte sich graziös und anmutig wie ein Tänzer. Er redete wenig und blieb meist für sich allein.

James wusste nicht, was er tun sollte. Er spielte immer noch den zähen mexikanischen Straßenjungen. Den Taschendieb. Geschickt im Umgang mit dem Messer. Die Männer scherzten nur, aber aus dem Geplänkel konnte schnell Ernst werden. James wusste, wenn er nicht auffliegen wollte, musste er so tun, als sei er einer von ihnen. Es musste zumindest so aussehen, als wollte er den großen Japaner erstechen.

Es war beeindruckend, wie gelassen Sakata war. Denn er musste ja davon ausgehen, dass James versuchen würde, ihn zu töten.

Sie waren auf einer Waldlichtung. Es war mitten in der Nacht und ein Feuer brannte. Die beiden Amerikaner waren betrunken. Mrs Glass saß abseits und beachtete sie nicht. Sie rauchte schweigend eine Zigarette und starrte in die Dunkelheit.

Garcia saß bei Precious und JJ, beide waren bleich, müde und schmutzig. JJ war in eine Decke gehüllt, er zitterte und schwitzte. Garcia hatte getan, was er konnte, aber die Wunde am Bein des kleinen Jungen hatte sich trotzdem entzündet.

Mrs Glass und die anderen nahmen keine Notiz davon und auch James musste so tun, als interessierte ihn das nicht. Aber JJ war ernstlich krank. Selbst wenn es ihnen gelänge, ihn in den nächsten Tagen in ein Krankenhaus zu bringen, fürchtete James, dass JJs Chancen zu überleben nicht groß waren. Er war noch klein und er war schwach, das alles war zu viel für den schmächtigen Jungen. Wenn sich die Entzündung ausbreitete, würde ihm keine Medizin auf der ganzen Welt mehr helfen. Er konnte sein Bein verlieren. Er konnte sein Leben verlieren.

Die vergangenen Tage, in denen sie versucht hatten, aus dem vom Sturm verwüsteten Landstrich wegzukommen, waren für Mrs Glass und ihre Bande schlecht gelaufen. Viele Gebiete standen meterhoch unter Wasser und der Fluss war immer noch breit und reißend, sodass man nicht wagen konnte, ihn zu überqueren. Sie mussten immer tiefer ins Landesinnere fahren, auf Straßen, die kaum besser waren als Schlammpfade.

James hatte sich geschworen, JJ und Precious zu helfen, und er wünschte, er hätte einen Plan, wie sie der Bande entwischen könnten, wenn sich eine günstige Gelegenheit ergab. Im Augenblick schien es vernünftiger zu bleiben, bis sie in die Nähe einer größeren Stadt kamen, wo sie Hilfe finden konnten. Immerhin hatten sie zu essen und mussten nicht laufen. Allerdings wurde

der Lastwagen jeden Tag langsamer. Garcia versuchte alles, um ihn am Laufen zu halten, aber es war fast nichts mehr zu machen. Es gab kaum noch einen Teil des Motors, der nicht notdürftig repariert worden war.
Garcia fuhr den Wagen, vorne bei ihm saßen Mrs Glass und Sakata. James und die beiden Stone-Kinder waren mit den anderen Männern auf der Ladefläche, wo sie jedes Schlagloch und jede Bodenwelle spürten. Strabo stichelte unablässig. Er warf Wasis vor, dass er kein zuverlässigeres Fahrzeug aufgetrieben hatte. Wasis entgegnete mürrisch, es sei nicht seine Schuld, schließlich hätten sie beide den Lastwagen gemeinsam ausgesucht.
James hatte genügend Zeit, seine Reisegefährten zu studieren, und je besser er sie kennenlernte, desto weniger mochte er sie. Strabo, klein und dick, war am ganzen Körper so behaart, wie James es noch nie bei einem Menschen gesehen hatte. Er hatte Haare im Nacken. Er hatte Haare auf den Handrücken. Haare kräuselten sich in seinem Hemdkragen und zwischen den Hemdknöpfen. Wenn er sich morgens rasiert hatte, dann lag schon fünf Minuten später wieder ein bläulicher Schatten auf seiner Haut. Fast konnte man seinen Bart wachsen sehen.
Im Gegensatz dazu war Wasis dürr und derb. Mit seinen kurz rasierten Haaren sah er aus wie ein Soldat oder ein Bauer. Er schien sich in seiner Haut nicht wohlzufühlen. Von der Hitze hatte er Hautausschläge, deshalb kratzte er sich andauernd. Er war kribbelig, reizbar und überaus jähzornig. Wegen seiner Schwerhörigkeit war er auf die ganze Welt wütend und oft verlor er die Geduld und schrie die Kinder ohne ersichtlichen Grund an.
James wollte es sich mit keinem von beiden verscherzen und versuchte, sie bei Laune zu halten. Er lachte über ihre rohen Witze. Er hörte sich ihre Geschichten an, die immer nur von Kämpfen handelten oder wie sie jemanden zu Brei geschlagen hatten.

Abends trank er mit ihnen und spielte Karten, wobei die beiden ständig miteinander stritten. Und immer horchte er sie unauffällig aus, stellte ihnen Fragen. Dabei erfuhr er, dass sie Manny während des Sturms aus den Augen verloren hatten und in der Eile, mit der sie den Safe wegschaffen mussten, auch nicht weiter nach ihm gesucht hatten.

Das dünne mexikanische Bier, das sie aus einer der verwüsteten Bars in Tres Hermanas hatten mitgehen lassen, rührte er kaum an. Er trank einen kleinen Schluck, und wenn sie nicht hinsahen, schüttete er das meiste davon weg. Er musste einen klaren Kopf behalten, denn jeden Tag, jeden Augenblick suchte er nach Mitteln und Wegen, um zu fliehen.

Auch an diesem Abend war das nicht anders. Das heisere Gelächter von Strabo und Wasis dröhnte durch die Nacht. Sie hatten keine Lust mehr, sich im Armdrücken zu messen oder sich immer fantasievollere Schimpfnamen auszudenken, und so hatten sie James zu einem Kampf gegen Sakata angestachelt. James hatte gezögert, aber schließlich hatte ihm Strabo mit einem auffordernden Kopfnicken sein Messer in die Hand gedrückt.

»Jetzt stehen die Chancen fifty-fifty«, hatte er gekrächzt, als Wasis James hochgezerrt und in Sakatas Richtung geschubst hatte.

Sakata war leichtfüßig aufgesprungen und wartete ab, was James machen würde.

Nun standen sie da und starrten sich gegenseitig im Schein des Feuers an.

»Los, Bursche, zeig uns, wie sein Blut aussieht«, kreischte Wasis. »Er ist nur ein lausiger Japse.«

James blickte Sakata fest in die Augen und versuchte herauszubekommen, was er vorhatte. Aber es war unmöglich. Der Japaner verzog keine Miene. Er stand ungerührt da, regungslos wie ein Fels.

»Ich bring ihn um«, rief James, der mittlerweile perfekt mit mexikanischem Akzent sprach. Die Männer waren überzeugt, dass er ein Einheimischer war.

»Wasis?«, fragte Wasis. »Was hat er gesagt?«

»Ich hab gesagt, ich bring ihn um«, schrie James.

»Das kannst du vergessen, Kleiner«, sagte Strabo und rülpste. »Du wirst nicht mal in seine Nähe kommen.«

Sakata grinste breit. »Keine Angst«, meinte er ruhig. »Ich warte auf dich. Greif mich so schnell und heftig an, wie du willst.«

»Okay.« James schüttelte den Kopf und lachte, dann stieß er einen Schrei aus und rannte mit gezücktem Messer auf Sakata los. Natürlich wollte er Sakata nicht töten, aber wenn etwas Blut floss, würden sich die Männer vielleicht zufriedengeben.

Was dann passierte, konnte James selbst nicht genau sagen. Sakata schien sich kaum zu bewegen, aber irgendwie bekam er James an Arm und Hemdkragen zu fassen, ließ sich dann geschickt auf den Rücken fallen, streckte ein Bein aus und schleuderte James in die Luft. Gerade erst war James auf Sakata zugerannt, jetzt flog er schon mit dem Kopf voraus auf das Feuer zu. Er landete gefährlich nahe an den Flammen, wirbelte Äste und heiße Asche auf und rollte sich gerade noch rechtzeitig weg, bevor er sich verbrannte.

Strabo und Wasis krümmten sich vor Lachen. James stand hustend auf und klopfte sich den Schmutz von der Kleidung. Sie war angesengt, sein Gesicht war mit Ruß und Asche verschmiert, aber er hatte sich nicht verletzt. Er drehte sich zu Sakata um, der schon wieder auf den Beinen war und so ruhig und beherrscht aussah wie immer.

»Noch einen Versuch?«, fragte der Japaner.

James hob das Messer auf, balancierte es in der Hand und nickte grinsend. Diesmal würde er sich mehr in Acht nehmen. Vorsichtig ging er auf Sakata zu, verlagerte sein Gewicht von einer Seite auf die andere und bewegte das Messer hin und her. Sakata

stand geduckt und bewegte sich nicht, die Arme leicht vorgestreckt, die Hände geöffnet.
Er ließ James keinen Moment lang aus den Augen.
James machte einen Satz.
Und wieder war Sakata darauf vorbereitet. Schnell wie eine Katze packte er James' Handgelenk und drehte ihm den Arm auf den Rücken. James verspürte einen unerträglichen Schmerz im Ellenbogen. Er ließ das Messer fallen und dann lag er auch schon flach auf dem Boden. Sakata stand über ihm und hielt seinen Arm mit eisernem Griff fest.
Diesmal half Sakata ihm aufzustehen. »Hast du jetzt genug?«
James schüttelte den Kopf.
Sakata gab ihm das Messer wieder. »Nur keine falsche Scheu«, sagte er.
»Die hab ich nicht«, antwortete James.
Sakata lächelte. James wirbelte blitzschnell herum, weil er hoffte, ihn überraschen zu können. Mit einer schwungvollen Armbewegung stach er zu in Richtung des Japaners, aber Sakata wich ihm mühelos aus. Wieder versuchte James, ihn zu erwischen, doch Sakata war zu schnell für ihn und in einem Wirbel knapper Bewegungen drückte er James kopfüber zu Boden und drehte ihm den Arm mit dem Messer auf den Rücken.
»Hast du jetzt genug?«, fragte Sakata.
James konnte sich nicht rühren, sein ganzer Arm brannte wie Feuer. Er stieß ein leises »Ja« hervor, woraufhin Sakata ihn losließ.
»Wie machst du das?«, wollte James wissen.
»Das ist Jiu-Jitsu«, erklärte Sakata. »Es ist eine alte japanische Kampfkunst. Die Samuraikrieger haben sich darin geübt.«
»Kannst du mir das beibringen?«, fragte James.
»Vielleicht«, antwortete Sakata.
James bemerkte, dass Blut durch Sakatas Hemdsärmel sickerte. Sakata sah es auch. Erstaunt zog er eine Augenbraue hoch.

»Sieht aus, als hättest du mir doch einen Kratzer verpasst«, sagte er anerkennend. »Ja, ich glaube, aus dir würde ein guter Samurai werden. Du bist mutig und du hast keine Angst davor zu kämpfen. Ich werde dich unterrichten.«

Beinahe mochte James den großen Japaner. Er strahlte etwas Würdevolles aus, das den anderen beiden Männern fehlte. Trotzdem durfte er nie vergessen, dass Sakata ein Verbrecher war. Er war mit von der Partie gewesen, als das Haus der Stones ausgeraubt wurde. Ein Mann war dabei umgebracht worden, aber das schien niemanden zu stören.

Es gab viele Fragen, auf die James keine Antwort fand. Die Bande war hinter etwas her, aber er wusste nicht, was es war und warum sie es wollten. Warum waren sie nach Mexiko gekommen? Um jemanden auszurauben? Was war in Stones Safe? Was war so wertvoll? Warum hatten Sie JJ und Precious als Geiseln genommen? Wer war Mrs Glass?

Er musste Antworten auf diese Fragen finden. Je mehr er über die Gangster in Erfahrung bringen konnte, desto besser war er vorbereitet, wenn die Zeit zum Handeln gekommen war.

Sakata zeigte James ein paar einfache Griffe. James lernte schnell und Sakata war beeindruckt.

»Du musst deinen Feind entweder zu Boden werfen oder ihn so festhalten, dass er sich nicht mehr bewegen kann«, schärfte er James ein. »Du musst die Schwachpunkte des menschlichen Körpers kennen.«

James nickte. Er wusste schon eine Menge über die Schwachpunkte des menschlichen Körpers.

»Du musst leichtfüßig und locker sein, biegsam wie ein junger Bambus, du musst deinen Gegner festhalten, sodass er seine Muskelkraft nicht gegen dich einsetzen kann. Auf diese Weise kannst du einen Feind besiegen, der viel stärker ist als du selbst.«

Eine Stunde später war James erschöpft, er hatte blaue Flecken und war schweißgebadet. Sakata hingegen war noch genauso entspannt und locker wie am Anfang.

Müde humpelte James zu Precious und Garcia. Er nahm einen Schluck Wasser aus einer Feldflasche und setzte sich auf einen Baumstamm.

JJ schlief, den Kopf hatte er in den Schoß seiner Schwester gebettet.

»Du scheinst dich gut mit ihnen zu verstehen«, sagte Precious.

»Sei nicht albern«, entgegnete James, jetzt wieder ohne mexikanischen Akzent. »Du weißt genau, wir haben nur eine Chance, wenn sie glauben, dass ich auf ihrer Seite bin. Mir wird was einfallen. Wir werden hier bestimmt wegkommen.«

»Wir müssen abwarten«, wandte Garcia ein. »Wenn die Gelegenheit da ist, werden wir sie erkennen.«

James war froh, dass Garcia bei ihnen war. Mit ihm waren sie vier gegen vier.

Er wandte sich an Precious. »Der größte Trumpf, den wir haben, ist der Safe. Sie haben darauf vertraut, dass dein Vater ihn für sie öffnet, deshalb hatten sie auch keine schweren Werkzeuge oder Dynamit dabei. Für sie hängt nun alles davon ab, dass sie bald einen besseren Lastwagen finden. Andernfalls müssen sie ihren Plan aufgeben.«

»Das werden sie nicht tun«, wandte Garcia ein. »Sie sind so weit gereist, um an das zu kommen, was im Safe ist. Sie werden nicht aufgeben.«

James verscheuchte einen Moskito und kratzte sich im Nacken. »Wenn der Lastwagen endgültig stehen bliebe, hätten wir eine Chance«, überlegte er. »Sie werden ja wohl kaum hinter uns herrennen, vielleicht ist es ihnen auch egal und sie verfolgen uns gar nicht.«

»Und wie sollen wir dann weiterkommen?«, fragte Precious. Ihre Augen blitzten im Schein des Feuers.

»Irgendwie«, antwortete James. »Wenn's nicht anders geht, zu Fuß. Oder bist du dir zu fein zum Laufen?«

»Wenn's sein muss, laufe ich bis zum Südpol und zurück«, fauchte Precious. »Aber wie weit, glaubst du, würde es JJ schaffen?« Ihr Ton war hart, aber nur, das wusste James inzwischen, weil sie sich sehr um ihren Bruder sorgte.

»Tut mir leid«, sagte er.

»Ich halte mehr aus, als du glaubst«, redete sie weiter.

»Ich habe doch schon gesagt, dass es mir leidtut.«

»Ich weiß, du kannst mich nicht leiden«, fuhr das Mädchen leise fort und blickte zur Seite, »und vielleicht war ich auch gemein zu dir, aber jetzt müssen wir zusammenhalten. Und ich werde JJ nicht allein zurücklassen.«

»Ich auch nicht«, versicherte James.

»Ich könnte ihn tragen«, schlug Garcia vor. »Ich bin stark.«

Precious wandte sich ab, damit man die Tränen in ihren Augen nicht sah.

»Es ist hoffnungslos«, sagte sie leise.

James verspürte den Wunsch, sie in den Arm zu nehmen und zu trösten, aber er wusste auch, dass er vor den Gangstern, die auf der anderen Seite des Feuers saßen und sich unterhielten, keinerlei Gefühle zeigen durfte.

»Mach dir keine Sorgen«, flüsterte er. »Ich habe versprochen, euch hier rauszuholen, und das werde ich auch tun.«

»Warum lassen die uns nicht einfach gehen?«, fragte Precious. »Sie sind doch hinter dem Safe her, wozu brauchen sie uns?«

»Gute Frage.«

James und Precious schauten auf. Vor ihnen stand Mrs Glass. Wie lange war sie schon hier? Wie viel hatte sie gehört?

Sie stand einen Augenblick lang da, dann warf sie ihre Zigarette auf den Boden und trat sie aus. Elf Uhr war schon vorbei und noch immer trug sie ihren Hut. Sie nahm ihn nur ab, wenn sie schlafen ging, aber dann hatte sie einen Schal um den Kopf gewickelt. Die breite Krempe beschattete ihre Augen oder verdeckte sie ganz. Aber jetzt, wo das Licht des Feuers von unten auf sie fiel, sah James ihr Gesicht klar und deutlich.

Mit ihrer makellosen milchig weißen Haut, den hellblauen Augen und den glänzenden blonden Locken, die unter ihrem Hut hervorschauten, sah sie aus wie eine Leinwandheldin. Aber es lag eine eisige Kälte in diesen Augen und die ließ sie schön, aber auch hart erscheinen.

»Du bist unsere Rückversicherung, Schätzchen«, sagte sie. »Solange wir nicht haben, was wir wollen, lassen wir euch nicht gehen.«

»Aber Sie haben es doch«, erwiderte Precious. »Sie haben doch den Safe.«

»Aber was ist, wenn wir ihn öffnen, und er ist leer? Hm? Was dann?«

»Dann haben Sie Ihre Zeit vergeudet, nicht wahr?«, antwortete Precious bissig.

»Es ist gut möglich, dass dein Vater das, was wir suchen, mitgenommen hat. Oder es ganz woanders versteckt hat. Und ich wette, er wird es gegen euch eintauschen.«

»Wovon reden Sie?«, fragte Precious. »Er bewahrt sein ganzes Geld im Safe auf.«

»Wer behauptet denn, dass wir an seinem Geld interessiert sind, Kleine«, sagte Mrs Glass und zündete sich die nächste Zigarette an.

»Wenn es nicht um Geld geht, was wollen Sie dann?«, fragte James, nun wieder mit mexikanischem Tonfall.

Mrs Glass blies ihm eine Rauchwolke ins Gesicht. »Du bist ein interessanter Bursche, Corona«, sagte sie. »Der einzige Mexikaner mit blauen Augen, den ich je getroffen habe.«

»Meine Mutter war nicht von hier«, sagte James. »Sie kam aus der Schweiz.«

»Ach, aus der Schweiz?«
»Ja«, antwortete James. Bis jetzt hatte er nicht gelogen.
Aber jetzt fing er damit an.
»Sie war Krankenschwester. Sie arbeitete hier. Mein Vater hat sich in sie verliebt.«
»Alle seine Geschwister haben blaue Augen«, bestätigte Garcia.
»Tatsächlich?«
»Sicher. Sie sind in ganz Tres Hermanas bekannt.«
Mrs Glass hockte sich hin und starrte James wortlos an. James erwiderte ihren Blick so ausdruckslos wie möglich.
Schließlich war es Precious, die das Schweigen brach.
»Wenn das alles vorbei ist, wird mein Daddy Sie zur Strecke bringen«, sagte sie. »Er wird Sie verfolgen, Sie erwischen und nicht eher ruhen, bis man Sie aufhängt.«
»Du solltest dir nicht so viele Illusionen über deinen Vater machen, Schätzchen«, antwortete Mrs Glass.
»Sie kennen ihn ja gar nicht.«
»Glaubst du das wirklich?«
»Er ist ein Held.«
»Er *war* ein Held«, sagte Mrs Glass. »Im Krieg hat er mit seinem Flugzeug viele Deutsche abgeschossen. Wie viele hat er eigentlich umgebracht?«
»Hören Sie auf.«
»Das mit den Helden ist so eine Sache, Schätzchen, denn als der Krieg zu Ende war, begriffen sie plötzlich, dass ihr Land sie nicht mehr brauchte. Wenn du deinen Daddy besser kennen würdest, wüsstest du, dass er und ich im gleichen Stück spielen.«
»Halten Sie den Mund, halten Sie endlich den Mund«, rief Precious wütend.
Wieder blies Mrs Glass eine Rauchwolke direkt zu James.
»Und was ist mit deiner Mutter passiert, Mexikaner mit den blauen Augen?«, fragte sie.

»Sie ist gestorben«, antwortete James, diesmal wieder wahrheitsgemäß.
Garcia legte James den Arm um die Schultern und schüttelte ihn derb.
»Als sie starb, hat er angefangen zu spinnen«, sagte er. »Er kam in schlechte Gesellschaft, wie man so sagt.«
»Schlechte Gesellschaft, ja?«
»Und Sie?«, fragte James. »Was hat Sie hierher verschlagen?«
Mrs Glass zog eine Augenbraue hoch. »Vielleicht erzähle ich es dir irgendwann.«
»Es würde mich interessieren«, sagte James.
»Das ist keine sehr schöne Geschichte«, erwiderte Mrs Glass und richtete sich auf.
»Geht sie gut aus?«, fragte James, als sie sich zum Gehen wandte.
»Wir werden sehen«, rief sie zurück.
»Ich hasse sie«, zischte Precious, als die Frau außer Hörweite war. »Ich würde sie am liebsten umbringen.«
»Wenn ich du wäre, würde ich das nicht versuchen«, entgegnete James. »Diese Frau frisst dich mit Haut und Haaren.«
Plötzlich trat ein Leuchten in Precious' Augen. Eine seltsame Wandlung schien in ihr vorzugehen. So hatte James sie noch nie erlebt. Mit einem Mal sah sie viel älter und sehr wild aus. Ihr Blick jagte ihm einen Schauer über den Rücken.
»Ich schwöre es«, sagte sie. »Ich werde diese Frau töten. Ich werde sie alle töten für das, was sie uns angetan haben.«

12 Die Fanfaren des Todes

Tags darauf kamen sie besser voran. Es ging bergauf, hinaus aus den Wäldern auf die Vorgebirge der Sierra Madre Oriental zu. Nach und nach ließen sie die üppige Vegetation hinter sich, die Luft wurde kühler und es war nicht mehr so schwül. Von der Ladefläche des Lastwagens aus konnte James die Berge sehen, die sich gegen den klaren blauen Himmel abhoben.

Einmal hörten sie ein Flugzeug und suchten den Horizont danach ab.

»Vielleicht ist es Dad«, sagte JJ matt und hielt eine Hand über die Augen, um sich vor dem gleißenden Sonnenlicht zu schützen. »Vielleicht hat er sein Flugzeug repariert und sucht uns jetzt.« Mühsam versuchte er, sich aufzusetzen. Precious half ihm dabei, sie freute sich, dass der Junge noch am Leben war.

Aber als sie den Flieger endlich ausmachten, war es nur ein schweres Frachtflugzeug, das in nordwestlicher Richtung unterwegs war.

»Er wird uns niemals finden«, sagte JJ leise und begann zu weinen.

Precious legte den Arm um ihn und flüsterte beruhigend auf ihn ein, bis er eingeschlafen war.

Der Wagen quälte sich auf der steilen Straße bergauf. Der notdürftig instand gesetzte Motor jaulte. Zweimal musste James von der Ladefläche springen und den anderen beim Schieben helfen. Aber allmählich wurde das Gelände flacher und der Weg mündete in eine richtige Straße, die offenbar die Hauptverbindung zwischen dem Norden und dem Süden des Landes bildete. Nach Norden, in Richtung Vereinigte Staaten, war die Straße gesperrt. Der Regen hatte einen Felssturz verursacht. Eine Gruppe von Männern war dabei, die Straße zu räumen, aber das konnte noch Tage dauern.

»Wir müssen nach Süden fahren. Uns bleibt nichts anderes übrig«, sagte Garcia, nachdem er mit den Einheimischen gesprochen hatte. »Das ist die einzige befahrbare Straße. Aber das macht nichts. Wir werden uns nach Mexiko City durchschlagen. Von dort aus können Sie ein Flugzeug oder auch die Straße nach Norden nehmen.«

»Und was ist mit Veracruz?«, fragte Mrs Glass. »Können wir da ein Schiff bekommen?«

»Es kommt darauf an, wie schlimm der Sturm dort gewütet hat«, sagte Garcia.

»Glaubst du, du kannst uns hinbringen?«

»Ich kann's zumindest versuchen.«

»Gut«, sagte Mrs Glass. »Wir müssen so weit wie möglich kommen, bevor der Wagen seinen Geist endgültig aufgibt.«

Sie fuhren weiter, der Auspuff knatterte und spuckte. Unterwegs war weit und breit kein anderes Fahrzeug zu sehen. Es wurde dunkel und die Nacht brach herein. Nirgends war eine Spur von Leben zu entdecken, nirgends waren Lichter, nirgends eine Stadt oder ein Dorf. James hatte das Gefühl, als wären sie ganz allein auf der Welt. Er versuchte zu schlafen, aber es war viel zu unbequem. Die Straße war stellenweise nicht befestigt und wies tiefe Löcher und Spurrillen auf, außerdem hatte der Lastwagen keine Federung. James lag auf dem Boden, sein Kopf berührte immer wieder den Safe und er schaute in den Sternenhimmel. Er musste daran denken, wie weit weg diese Sterne waren und wie klein dagegen dieser Planet zu sein schien.

Kurz vor Mitternacht hörte er einen ohrenbetäubenden Knall,

dann ein Zischen und schließlich starb der Motor ab. Der Lastwagen rollte am Straßenrand aus. Strabo fluchte.
»Das hört sich nicht gut an«, sagte er und stand auf. »Sieht aus, als ob wir zu Fuß weiter müssen.«
Garcia stieg aus dem Führerhaus und klappte die Motorhaube hoch. Eine Dampfwolke schlug ihm entgegen.
James kletterte mit steifen Gliedern von der Ladefläche, streckte die Beine und genoss einen Moment lang die Ruhe nach dem endlosen quälenden Stottern und Heulen des Motors. Er ging zu Garcia, der ein Streichholz angezündet hatte, um den Schaden zu untersuchen.
»Der ist hin«, sagte er und raufte sich die Haare. »Ich kann nichts mehr machen.«
Strabo stellte sich zu ihnen.
»Verdammter mexikanischer Lastwagen«, knurrte er.
»Genau genommen, *Señor* Strabo«, sagte Garcia und richtete sich auf, »ist es ein amerikanischer Lastwagen. Wenn ich Ersatzteile hätte, könnte ich ihn reparieren. Aber so . . .« Er zuckte mit den Schultern.
Strabo trat wütend gegen ein Rad, bevor er zu Mrs Glass ging, um ihr die schlechte Nachricht zu überbringen.
»Wir werden hier schlafen und morgen entscheiden, was wir tun«, erklärte sie. Entschlossen öffnete sie die Wagentür und sprang heraus.
Sie richteten ein Lager her, und während sie darauf warteten, dass Wasis das Essen zubereitete, weihte Sakata James wieder in die Techniken des Jiu-Jitsu ein. Es war schon sehr spät, als alle sich schlafen legten.

Sie wurden von Motorengeräusch geweckt. James hatte das Gefühl, als wäre er gerade erst eingenickt. Er fühlte sich zerschlagen und schwerfällig, weil er auf dem steinigen Boden gelegen hatte. Noch im Halbschlaf wunderte er sich, wie Garcia es wohl geschafft hatte, dem alten Truck wieder Leben einzuhauchen. Er zwang sich, die Augen aufzumachen, und blinzelte in das grelle Licht des frühen Morgens. Da bemerkte er, dass es nicht der Motor ihres Wagens war, den er hörte. Ein fremdes Fahrzeug näherte sich. Es war ein mexikanischer Armeelastwagen mit offener Ladefläche.

Mrs Glass, Sakata und Strabo waren schon wach, sie standen an der Straße und warteten.

Wasis schnarchte laut. Augenscheinlich hatte er das Motorengeräusch nicht gehört. Strabo versetzte ihm einen Tritt. Wasis murmelte etwas. Ein Zittern überlief ihn und er setzte sich auf.

Auf dem hinteren Teil des Armeefahrzeugs saßen sechs Soldaten in abgewetzten Uniformen. Sie sahen müde und gelangweilt aus. Neben dem Fahrer saß ein Offizier. Als der Wagen anhielt, setzte er seine Uniformmütze auf und stieg aus. An der Seite trug er eine Pistole, die in einem blitzblank polierten braunen Lederholster steckte.

»*Buenos dias*«, sagte er und musterte sie. Es war ein dünner, knochiger kleiner Mann mit großen Zähnen und einem schmalen Oberlippenbärtchen. Zwei Soldaten traten an seine Seite. Auf ihrem Rücken hingen Gewehre. Sie schienen kaum älter zu sein als James und einer von ihnen war barfuß.

»*Buenos dias*«, grüßte Mrs Glass den Offizier, der daraufhin breit grinste.

»Americanos?«, fragte er. Mrs Glass nickte.

»Ich wünsche Ihnen einen guten Morgen, *Señora*«, sagte er mit hartem, schwerfälligem Akzent. »Ist das Ihr Truck?«

»Ja«, antwortete Mrs Glass. »Ist etwas nicht in Ordnung?«

»Alles bestens«, antwortete der Mexikaner. »Wohin fahren Sie?«

»Nach Süden. Nach Veracruz.«

»Nach Veracruz?«

»Wahrscheinlich. Ist es noch weit?«
»Nicht weit«, antwortete der Offizier. »Vielleicht einen Tag, vielleicht auch zwei. Aber es ist sehr schade, dass Sie nach Veracruz fahren.«
»Warum?«
»Wir brauchen Trucks wie Ihren. Wir sind unterwegs zur Küste. Der Sturm hat großen Schaden angerichtet. Wir fahren dorthin, um zu helfen. So ein Lastwagen wäre eine große Hilfe für uns.«
»Das glaube ich kaum«, antwortete Mrs Glass. »Er ist kaputt. Nicht mehr zu reparieren, fürchte ich.«
»Kaputt, he?« Der Offizier ging langsam zu dem Lastwagen. Als er den Safe auf der Ladefläche stehen sah, pfiff er durch die Zähne. »Was haben Sie denn da?«, fragte er.
»Wonach sieht es denn aus?«
»Sieht aus wie ein Safe. Sie bringen ihn nach Veracruz, ja?«
»Ganz recht. Hat der Sturm dort auch gewütet?«
»*Si.* Aber nicht so schlimm wie im Norden. Natürlich gab's Schäden. Einige kleine Boote sind gesunken.«
Zwei weitere Soldaten stiegen vom Fahrzeug und hockten sich in den Schatten. Die Gewehre über die Knie gelegt, starrten sie die Amerikaner mit unverhohlener Neugier an. Der Motor brummte eintönig weiter.
Der Offizier kam jetzt zu Precious und JJ, die, in Decken eingehüllt, am Boden saßen. Er lächelte Wasis zu.
»Ihre Kinder?«, fragte er.
»Wasis?«, fragte Wasis.
»Ich habe gefragt: Sind das Ihre Kinder?«
»Wie? Was ist los?«
»Sind Sie taub?«
»Ob ich taub bin?«
»*Si.*«
»Kann schon sein. Hast du ein Problem damit?«

»Ganz und gar nicht.« Der Offizier lächelte immer noch.

»Du glaubst, das ist lustig?«, fragte Wasis. »Du glaubst, das ist lustig, wenn ich schlecht höre?« Er stand auf und packte den Offizier an der Uniformjacke. »Ich höre ein Klingeln in meinen Ohren, okay? Immer, Tag und Nacht. Als ob eine Alarmglocke in meinem Kopf schrillt. Drrrrrrrrrrr! Glaubst du, das ist lustig? Lachst du mich deshalb aus?«

»Ich habe nie gesagt, dass das lustig ist, *Señor.«*

»Du grinst wie ein Idiot.«

»Wie haben Sie mich genannt?«

»Lass das, Wasis«, sagte Strabo und legte eine Hand beruhigend auf den Arm seines Freundes.

Wasis schüttelte sie ab.

»Dieser Bohnenfresser macht sich über mich lustig.«

»Er wollte nur nett sein«, sagte Strabo. »Er hat sich nur nach den Kindern erkundigt.«

»Wasis? Wasis? Ich mag nicht, wie er sich aufführt.«

Strabo stieß einen Seufzer aus und wandte sich kopfschüttelnd an den mexikanischen Offizier.

»Ja, das sind unsere Kinder«, sagte er. »Wir sind eine große, glückliche Familie. Wir sind auf dem Weg nach Veracruz, um einen Safe abzuliefern.«

Der mexikanische Offizier stand da, fuhr sich mit der Zunge über seine vorstehenden Zähne und dachte nach.

Erst jetzt nahm James die Umgebung richtig wahr. Sie standen an einem Hang. Die Straße schlängelte sich zwischen Kaktusfeigen, Agaven und dürrem Gebüsch hindurch. Auf der rechten Seite entdeckte er steile Felsen, dahinter hoben sich die Berge empor, auf der anderen Seite setzte sich der Hang fort. Er war mit Steinbrocken übersät und endete in einem Kiefernwäldchen.

Der kleine mexikanische Offizier hatte inzwischen seine Entscheidung getroffen. Seine Miene wurde ernst.

»Kann ich Ihre Papiere sehen?«, fragte er.
»Wasis? Was hat er gesagt?«, fragte Wasis stirnrunzelnd.
»Ihre Papiere. Zeigen Sie mir Ihre Papiere.«
»Welche Papiere?«
»Alle«, rief der mexikanische Offizier laut. »Die Papiere für den Safe. Die Papiere der Kinder. Haben Sie Pässe? He? Verstehen Sie? Hören Sie, was ich sage?«
»Jaja«, knurrte Wasis und ging zum Lastwagen. »Ich werde sie dir zeigen.« Er griff ins Führerhaus und murmelte etwas vor sich hin.
Der Offizier stand in der Sonne. Er hatte den Kopf schräg gelegt und lächelte Mrs Glass zu.
Plötzlich begann Wasis zu schreien. »Du willst meine Papiere? Hier, lies das!«
Mit schnellen Schritten ging er auf die Soldaten zu, in jeder Hand hielt er eine Maschinenpistole.
James warf sich blitzschnell auf den Boden. Kurz hintereinander knallten vier Schüsse.
Der Offizier war nicht so schnell. Er verschwendete kostbare Zeit damit, seine Pistole aus dem Halfter zu ziehen, und als er es endlich geschafft hatte, hatten schon vier Kugeln seine Brust durchbohrt. Mit einem unterdrückten Aufschrei fiel er zu Boden.
Gleichzeitig kam Strabo mit seiner Pistole hinter der anderen Seite des Trucks hervor und feuerte auf die beiden Soldaten, die noch auf dem Armeelastwagen saßen.
Mrs Glass hatte von irgendwoher auch eine Pistole und schoss auf die vier Männer, die schon heruntergestiegen waren.
Die überrumpelten Soldaten hatten keine Zeit mehr, sich zu wehren, und gerieten in Panik. Ihre Gewehre waren zu groß und zu unhandlich, um auf so kurze Entfernung etwas ausrichten zu können.
Ein paar Augenblicke lang hörte man ein schreckliches Durcheinander von Schüssen und Schreien. Es war eine kurze Fanfare

des Todes. Dann war es still. Totenstill. Nicht einmal das Surren von Insekten war zu hören. Es dauerte ein paar Sekunden, bis James die Fliegen summen hörte, die gierig dem Geruch nach Blut folgten.

Er stand auf. Er konnte den Anblick der Leichen kaum ertragen.

Da schrie Wasis: »Sie hauen ab!«

Der Fahrer und zwei Soldaten rannten den Abhang hinunter, dass die Steine nur so aufspritzten.

Strabo riss einem der getöteten Soldaten das Gewehr aus den Händen. Er warf einen kurzen Blick darauf, dann lud er nach.

»Sie sind zu weit weg«, sagte Wasis.

»Halt die Klappe«, antwortete Strabo, drückte ein Auge zu und stützte den Kolben mit der Schulter ab. Er zog den Hahn zurück, zielte und schoss.

Ein lauter Knall hallte von den Bergwänden wider, aber der Schuss ging daneben. James sah, wie eine Kaktusfeige zerplatzte. Strabo fluchte, lud nach und schoss noch einmal. Diesmal warf der Fahrer, ein gedrungener älterer Mann, der nicht sehr flink war, die Arme in die Luft und stürzte kopfüber den Abhang hinunter.

»Guter Schuss«, sagte Wasis anerkennend und Strabo lachte.

»Diesen fetten Idioten kann man ja kaum verfehlen.«

»Wetten, dass du die anderen beiden nicht so leicht triffst?«

»Meinst du?«

Wieder knallte es und einer der Soldaten war getroffen. Er stolperte, lief aber noch weiter. Strabos nächster Schuss stoppte ihn endgültig.

»Wo ist der andere Bursche?«, fragte Wasis. »Es waren doch drei.«

»Verdammt«, sagte Strabo. Er ließ das Gewehr sinken und spähte angestrengt den Hang hinunter. »Sieht aus, als hätte er es bis zu den Bäumen geschafft.«

»Geht runter und sucht ihn«, befahl Mrs Glass. »Wir können keine Zeugen gebrauchen.«
Strabo und Wasis schlitterten unbeholfen den Berg hinunter.
Garcia ging zu Mrs Glass. Er schäumte vor Wut. »Sind Sie verrückt?«, fragte er.
»Hast du ein Problem, Garcia?«, fragte sie zurück und zündete sich eine Zigarette an.
»Allerdings. Sie haben gerade sieben Menschen kaltblütig erschossen.«
»Das waren nur Mexikaner.«
»Ich bin auch Mexikaner.«
»Das war eine typisch mexikanische Razzia«, sagte Mrs Glass geringschätzig. »Was hätte ich tun sollen, Garcia? Hätte ich zusehen sollen, wie sie uns berauben oder einsperren oder erschießen oder sonst was? Außerdem brauchen wir ihren Lastwagen. Jetzt steh nicht rum, sondern hilf mir, die Leichen von der Straße zu schaffen.«
Garcia hob einen der toten Soldaten hoch und legte ihn behutsam neben den Safe. Er sagte ein paar Worte, dann bekreuzigte er sich und drückte dem Mann die Augen zu.
James entdeckte den Revolver des Mannes, der halb unter dessen Körper versteckt lag, und während Mrs Glass noch abgelenkt war, hob er ihn auf und steckte ihn in seinen Hosenbund unter sein Hemd. Dann ging er zu Precious und JJ hinüber, die weinend dasaßen, um sie zu trösten. Sakata war bei ihnen. James wunderte sich, dass der Japaner sich nicht an der Schießerei beteiligt hatte.
»Sie sind okay«, sagte Sakata ohne erkennbare Gefühlsregung. Dann ging er, um Garcia zu helfen.
Precious hörte auf zu weinen. Sie wischte sich die Tränen aus dem Gesicht und schrie Mrs Glass an: »Ist es das, was Sie mit uns vorhaben? Wenn Sie uns nicht mehr brauchen? Knallen Sie uns dann einfach auf der Straße ab wie einen Hund?«

»Ich habe noch nie jemanden getötet, wenn es nicht sein musste«, sagte Mrs Glass schroff.
»Und was ist mit JJ?«, fragte Precious. »Sie töten ihn auch. Er braucht Medizin.«
»Das liegt in Gottes Hand«, sagte Mrs Glass.
»Gott?«, höhnte Precious. »Was wissen Sie von Gott?«
»Gute Frage«, sagte Mrs Glass und ging lachend weg.
Zwanzig Minuten später kamen Strabo und Wasis zurück; von dem gesuchten Soldaten hatten sie keine Spur entdeckt.
»Das ist schlecht«, sagte Mrs Glass.
»Was kann er schon machen?«, krächzte Strabo. »Wir sind meilenweit von der nächsten Stadt entfernt. Er ist zu Fuß. Bevor er jemandem erzählen kann, was passiert ist, sind wir schon längst in Veracruz.«
»Das gefällt mir nicht«, sagte Mrs Glass. »Vielleicht sind noch andere Patrouillen unterwegs. Sie könnten ihn finden und mitnehmen. Wir müssen den Armeelastwagen nehmen und der ist auffällig wie ein bunter Hund. Und dann noch der verdammte Safe.« Sie warf ihre Zigarette auf den Boden und trat sie wütend mit dem Absatz aus.
»Wie wäre es, wenn wir –«
Strabo wollte etwas sagen, aber Mrs Glass fiel ihm ins Wort. »Halt die Klappe, ich denke nach.«
Strabo schwieg. James war beeindruckt von der Autorität der Frau. Diese harten Burschen waren zufrieden damit, von ihr herumkommandiert zu werden, und es schien ganz normal für sie zu sein, dass sie der Boss war. Er hatte gesehen, wie sie mit den Soldaten umgegangen war, und ihm war klar geworden, dass sie ein skrupelloser Profikiller war. Je besser er die Frau kennenlernte, desto größere Angst jagte sie ihm ein.
»Wir müssen den Safe knacken und ihn dann schleunigst verschwinden lassen«, sagte sie. »Dann müssen wir den Lastwa-

gen loswerden und uns ein unauffälligeres Fahrzeug suchen.« Sie wandte sich an Garcia. »Kennst du dich hier in der Gegend aus?«
»Ein bisschen.«
»Gibt es hier einen Ort, an dem sich etwas auftreiben lässt, womit wir den Safe öffnen können?«
Garcia rieb sich über den Mund. »Hier irgendwo abseits der Straße ist, glaube ich, ein altes Ölfeld. Mein Bruder hat dort gearbeitet. Es ist inzwischen verlassen, aber möglicherweise sind noch einige Werkzeuge da, Bohrer vielleicht. Oder Dynamit.«
»Wie weit ist es weg?«
»Ich bin mir nicht sicher.« Garcia blickte sich um, dann zeigte er auf einen schneebedeckten Gipfel, der in der Ferne über die braunen Berge ragte. »Das ist der Pico de Orizaba. Wenn wir in diese Richtung fahren, stoßen wir, glaube ich, direkt auf die Straße, die zum Ölfeld führt.«
»Okay«, sagte Mrs Glass. »An die Arbeit.«
Sie wuchteten den Safe auf den Armeelastwagen. Dann kletterte Wasis in das Führerhaus des alten Trucks und löste die Handbremse. Der Lastwagen rollte langsam an und Wasis steuerte ihn auf den Straßenrand zu.
Im letzten Moment, als der Wagen sich schon gefährlich nah an der Kante des Abhangs befand, sprang Wasis heraus und sah zu, wie das Fahrzeug das abschüssige Gelände hinunterrollte und immer schneller wurde. Die Männer johlten, als es gegen einen Baum prallte, dann verschwand und nur eine Staubwolke hinterließ.
»Ein Glück, dass wir die Schrottkiste los sind«, sagte Strabo und spuckte auf den Boden.
»Alles aufsteigen«, befahl Mrs Glass. »Wir verschwinden.«
Precious schaute James an. »Ich halte das nicht länger aus«, sagte sie traurig.

»Mach dir keine Sorgen«, sagte James. »Wenn wir zu dem Ölfeld kommen, dann sind wir am Zug. JJ wird nichts passieren.«
Er wünschte nur, dass er überzeugter wirkte, als er tatsächlich war.

13 Der Schweiß des Teufels

Das Metallschild war verrostet und sah aus, als hätte es jemand als Zielscheibe benutzt, denn es war mit Löchern und Dellen übersät. Aber die Aufschrift war noch lesbar:

MEXICOIL
Servicios de la exploración y el perforar
Pozo número 23. Localización Verde De Las Colinas.
CARACTERÍSTICA PRIVADA

Darunter war ein neueres Schild angebracht. Ein Warnschild mit Totenkopf und zwei gekreuzten Knochen darunter. Mit krakeliger Handschrift hatte jemand daraufgeschrieben:

MANTIENE DEL PELIGRO HACIA FUERA. INSEGURO.
CERRADO.

Der Lastwagen bog von der Hauptstraße ab und holperte über einen unebenen Feldweg zwischen hohen Felswänden. Der Regen hatte tiefe Pfützen hinterlassen, die in dem schweren Lehmboden nicht versickerten. Immer wieder blieb der Wagen stecken und die durchdrehenden Räder spritzten schmutziges Wasser in hohen Fontänen nach hinten.
Der Weg schien kein Ende zu nehmen, und weil er so schwierig und kurvenreich war, kamen sie nur sehr langsam vorwärts. Die Luft hier war kühler und nicht so feucht wie unten am Meer. Es

war noch früh im Jahr und es wurde noch nicht richtig heiß, aber während der Mittagsstunden hatte die Sonne schon sehr viel Kraft und James und Precious taten ihr Bestes, um JJ zu schützen. Seine Lippen waren trocken und rissig und seine Augen waren so gerötet, als hätte er geweint.

Schließlich öffnete sich die Landschaft vor ihnen und sie fanden sich am Rande einer großen Fläche wieder, die aus dem Berghang geschlagen worden war und aussah wie eine Untertasse. Früher musste dies ein üppig grüner Landstrich mit Bäumen, Sträuchern und Blumen gewesen sein, aber durch die Ölbohrungen war der fruchtbare Boden abgetragen worden und zurück blieb eine verdorrte braune Narbe in der Landschaft. Hier und da wuchsen ein paar dürre Gräser, aber größtenteils war es eine trostlose Ebene aus Schlamm und Steinen. Ein kleiner Bach schlängelte sich zwischen großen Tümpeln hindurch, in denen das Wasser in allen erdenklichen Farben schimmerte. Einige Lachen waren grün von den Algen, andere waren von Abwässern und Rost gelbrot gefärbt, die meisten aber hatten einen hässlichen rotbraunen Grundton, der von dem ausgelaufenen Öl in allen Regenbogenfarben schimmerte. Etwas weiter entfernt standen ein hoher hölzerner Drehkran und ein paar verlassene Gebäude.

Es war ein hässliches Zeugnis für Mexikos Wettlauf um Öl und Reichtum. Die Ölquellen waren inzwischen versiegt und die Förderanlagen verfielen.

Aber der Ort schien nicht völlig verlassen zu sein. Über die Straße war eine Kette gespannt, an der ein Warnschild hing, und rechts neben der Straße stand eine Hütte, neben der eine zerbeulte dunkelgrüne Chevrolet-Limousine parkte. Als der Lastwagen dort anhielt, kamen zwei Männer aus der Hütte. Sie schienen überrascht zu sein, hier Fremde zu sehen. Der eine war groß und kräftig und trug Anzug und Hut, der zweite hatte eine Uni-

formjacke und eine weite weiße Hose an. Er war barfuß. Als er ins Sonnenlicht trat, setzte er eine Mütze auf, die ihn als Wachmann auswies, und sagte ein paar Worte auf Spanisch.
Ein dritter, der auch die Mütze eines Wachmanns trug, schaute aus dem Fenster. Er war alt und hatte keine Zähne mehr.
Strabo und Wasis sprangen von der Ladefläche des Lastwagens und gingen zu der Hütte. Sie stellten sich als Amerikaner vor.
»Haben Sie sich verfahren?«, fragte der Mann im Anzug auf Englisch.
»Wir wollen uns das Ölfeld ansehen«, erwiderte Strabo.
»Die Anlage ist geschlossen«, sagte der Mann. »Sie ist baufällig. Hier gibt es nichts zu sehen.« Er wollte sie wegscheuchen, aber Strabo und Wasis rührten sich nicht von der Stelle.
»Wir sind von einer amerikanischen Bohrfirma aus Texas«, sagte Strabo. »Kann sein, dass wir das Ölfeld kaufen.«
»Das Ölfeld ist nicht zu verkaufen. Es ist geschlossen. Hier gibt es kein Öl mehr.«
»Da sind wir anderer Meinung.«
»Nein, *Señor,* ich versichere Ihnen, hier ist nichts zu finden.«
»Dürfen wir uns wenigstens mal umsehen?«, fragte Strabo. »Wir haben einen weiten Weg hinter uns.«
»Tut mir leid, *Señor*. Ich fürchte, Sie sind vergeblich gekommen.«
»Was ist in den Gebäuden da?«
»Werkzeuge und Ausrüstung. Deshalb wird das Gelände bewacht. Ich arbeite für einen Schrotthändler. Wir werden hier demnächst alles wegräumen.«
»Und Sie behaupten, hier gäbe es nichts?«, sagte Strabo. Er boxte scherzhaft gegen den Arm des Mannes und grinste breit.
Aber der Mann fand das nicht lustig. »Verschwinden Sie einfach«, sagte er mit finsterer Miene.
»Wasis? Was haben Sie gesagt? Was sollen wir tun?«, fragte Wa-

sis. »Ich werde nirgendwohin gehen, bevor ich mich nicht selbst davon überzeugt habe, was in dieser Hütte ist.«

»Señor!«, rief der Mann im Anzug und legte seine Hand auf Wasis' Arm.

Aber Wasis ließ sich nicht abhalten. Er ging in die Hütte und die beiden Mexikaner folgten ihm schimpfend.

James hörte, wie sie drinnen stritten, dann gab es ein lautes Krachen und der Mann im Anzug flog in einem Hagel aus Splittern und Scherben durchs Fenster. Er rollte einen Abhang hinunter und blieb liegen. Wenig später kamen die beiden anderen Wachen mit erhobenen Händen heraus, Wasis stieß sie mit seiner Pistole vor sich her.

»Sie haben es endlich kapiert«, sagte er. »Wir können uns hier überall umsehen.«

Strabo schaute nach dem Mann im Anzug. Er hatte sich das Genick gebrochen. Strabo rollte ihn unter ein paar Büsche, um ihn zu verstecken, dann machte er die Kette los, die über die Straße gespannt war. Die beiden verängstigten Wachleute kletterten hinten auf den Lastwagen und setzten sich zu den Kindern, die Hände hinter den Kopf gelegt.

Sie fuhren los, die Zufahrtsstraße entlang, immer im Zickzack zwischen Wasserpfützen und Haufen von ausgehobener Erde und Steinen, die man aufgeschüttet hatte, als das Gelände planiert worden war. Schließlich überquerten sie den Bach auf einer wackeligen Holzbrücke und erreichten den Drehkran und die langen, flachen Schuppen, deren Holzwände verrotteten und zum Teil eingestürzt waren. Eine trostlose Stimmung lag über dem Ort. Verrostete Maschinen standen verlassen da, leere Ölfässer stapelten sich und an der Stelle, wo etwas verbrannt worden war, lagen ein großer Haufen Asche und verkohltes Holz.

Als James vom Lastwagen hinuntersprang, trat er in eine Pfütze

und blieb tief im Schlamm stecken. Nur mit Mühe konnte er den Fuß wieder herausziehen. Es gab ein glucksendes, schmatzendes Geräusch. Sein Schuh war mit stinkendem graugelbem Schlamm überzogen.
Er streifte den Schlamm am Hinterrad des Wagens ab, während Strabo das Vorhängeschloss eines Schuppens wegschoss und die Flügeltüren aufbrach. Wasis, Sakata und Mrs Glass erkundeten die anderen Hütten und Strabo winkte sie zu sich.
Es war früher ein Lagerraum gewesen. Ein paar Farbeimer standen noch herum und alte Säcke, deren Inhalt auf den Betonboden rieselte. Sie enthielten Kalk und Zement, vermutlich waren damit die Fundamente für die Gebäude und den Drehkran gegossen worden. Überall roch es nach Chemikalien; James spürte ein Würgen in der Kehle, aber hier war es immer noch besser als in der prallen Sonne.
Strabo fand eine Rolle Draht und band die beiden Wachen an einem hölzernen Stützbalken fest. Sie schienen sich in ihr Schicksal ergeben zu haben. Sie saßen in sich gesunken am Boden, Niedergeschlagenheit spiegelte sich in ihren dunklen Gesichtern.
Strabo nahm die Farbkanister unter die Lupe, dann klopfte er James auf den Rücken.
»Ihr jungen Leute könnt den Lastwagen anstreichen, damit er uns nicht gleich verrät.« Er zog sein Jagdmesser aus dem Gürtel und gab es James. »Nur für alle Fälle«, krächzte er und zwinkerte ihm zu. »Schätze nicht, dass sie versuchen abzuhauen, aber besser, man ist vorbereitet.«
James grinste und nickte, er spielte den harten Burschen.
Wasis rief von draußen nach ihnen und Strabo und Garcia gingen hinaus. James folgte ihnen bis zur Tür und beobachtete, wie die Bande den Lastwagen im Rückwärtsgang zu einem anderen Schuppen fuhr und den Safe von der Ladefläche ins Innere wuch-

tete. Ein paar Minuten später hörte er, wie sie hämmerten und bohrten.
James und Precious sorgten dafür, dass JJ es bequem hatte, dann schleppten sie die Farbkanister zum Lastwagen.
»Warum helfen wir denen?«, fragte Precious. »Weshalb schütten wir nicht einfach die verdammte Farbe in den Benzintank?«
»Wir dürfen sie nicht reizen«, sagte James. »Nicht, solange wir nicht fliehen können.«
Die Farbe war schwarz und dickflüssig, ursprünglich dafür gedacht, Metall vor der Witterung zu schützen. Sie hinterließ dicke Tropfen und Klumpen auf dem Lastwagen, aber sie überdeckte die Armeeabzeichen und die ursprüngliche olivgrüne Farbe.
Sie arbeiteten den ganzen Nachmittag, begleitet von dumpfen dröhnenden Hammerschlägen aus dem anderen Schuppen. Als es zu dunkel wurde und sie nichts mehr sahen, hörten sie auf und bald danach kamen auch Wasis und Strabo aus dem Schuppen. Hände und Gesicht waren dreckverschmiert.
»Wer auch immer diesen Safe gebaut hat, er war ein sadistischer Hundesohn«, schimpfte Strabo.
»Ach, diese Werkzeuge taugen nichts«, sagte Wasis. »Mit ein bisschen Sprengstoff hätte ich das elende Ding in fünf Minuten offen.«
»Ich sehe mich morgen noch mal um«, sagte Strabo. »Jetzt lass uns erst mal essen.«
Wasis machte Feuer an und bereitete das Essen zu. Garcia und Precious saßen bei JJ. Sakata vertrieb sich die Zeit und brachte James ein paar Jiu-Jitsu-Techniken bei. Strabo betrank sich. Mrs Glass saß abseits und rauchte. Der Mond schien herab wie in jeder anderen Nacht auch. Das Quaken und Zirpen der Frösche und Insekten erfüllte die Luft.

Der nächste Morgen zog trüb und bedeckt herauf. Der Himmel war bleigrau, soweit man sehen konnte. Kein Lüftchen regte sich und die Stille, die über allem lag, war bedrückend. James war noch vor den anderen aufgestanden, er suchte das Gelände ab, in der Hoffnung, etwas Brauchbares zu finden. Die Bewegung machte den Kopf frei und allmählich formten sich Einzelheiten zu einem Plan.

Hinter einem Erdhügel, in der Flanke des Berges, entdeckte er einen Betonbunker. An der Tür, die mit schweren Ketten und einem Vorhängeschloss gesichert war, hingen zwei Warntafeln, auf einer war eine Explosion abgebildet.

Als Wasis das Frühstück machte, erzählte James ihm davon in allen Einzelheiten. Er redete sehr laut, damit alle ihn verstanden, und er wiederholte sich oft.

»Hört sich an, als wär das ein Sprengstoffbunker«, sagte Wasis mit einem hinterhältigen Grinsen. »Genau das, was wir gesucht haben, Junge.«

James zeigte Strabo und Wasis den Bunker. Die Männer schlugen das Schloss und die Kette kaputt und öffneten vorsichtig die Tür. Tatsächlich, im Innern befanden sich Kisten voller Dynamit. Wasis schickte die anderen weg und ging allein in den Bunker, um die Kisten zu untersuchen. Kurze Zeit später kam er wieder heraus, er bebte vor Nervosität und Anspannung.

»Wir müssen vorsichtig sein«, sagte er und kratzte sich in seinem geröteten Nacken. »Das Zeug steht schon eine ganze Weile da. Das Dynamit ist instabil. Es schwitzt. Aus diesem Grund haben sie es wahrscheinlich auch zurückgelassen. Wenn wir versuchen, es zu benutzen, riskieren wir, dass wir bis in die Hölle fliegen und wieder zurück.«

»Was können wir machen?«, fragte Strabo.

»Wasis?«

»Ich hab gefragt, was wir machen können«, schrie Strabo.

»Wir kochen es.«
»Ich gehe nicht in die Nähe von diesem Zeug«, sagte Strabo und wich mit erhobenen Händen zurück. »Ich weiß, was passieren kann.«
»Der Junge kann das machen«, sagte Wasis.

Strabo und Sakata hängten ein altes Ölfass über dem Feuer auf, weit genug weg von den Gebäuden. Zur Hälfte war es gefüllt mit Wasser aus dem Bach. Wasis blieb mit James beim Bunker und wies ihn ein.
»Drei Stäbe sollten genügen«, erklärte er. »Hol sie nacheinander raus. Das Zeug, das aus ihnen raustropft, ist Nitroglyzerin. Das ist der Schweiß des Teufels, Corona, viel gefährlicher, als du dir vorstellen kannst. Du musst nur dran klopfen und schon geht es hoch. Ein Ausrutscher und – Peng! – du bist Hackfleisch. Deshalb hat man auch das Dynamit erfunden. Damit man den Sprengstoff sicherer handhaben kann. Man vermengt ihn mit Kieselmehl und formt Stäbe daraus. Aber wenn man sie zu lange herumliegen lässt, fängt das Nitro an rauszusickern. Also, sei nett zu dem Zeug.«
Er schob James in den Bunker und zog sich selbst an einen sicheren Ort zurück.
James ging zur ersten offenen Kiste, sein Pulsschlag dröhnte in seinen Ohren. Ungefähr zwanzig Stäbe lagen drin, matt rotbraun und klebrig, mit einer Kruste aus weißen Kristallen. Sie sahen verrottet aus, böse und todbringend. Wenn irgendwas schiefging, würde nicht mehr viel von ihm übrig bleiben, das man beerdigen könnte.
Am besten gar nicht daran denken. Bewahre einen kühlen Kopf. Konzentrier dich.
Seine Hände zitterten.
Er wischte sich die Schweißtropfen aus den Augen, holte tief Luft und nahm einen der Stäbe in die Hand.

Nichts passierte.
Er ging hinaus ins grelle Sonnenlicht und hielt das schreckliche Ding am ausgestreckten Arm von sich weg.
»Bring es rüber zum Feuer und leg es in das Fass«, schrie Wasis ihm zu.
James setzte vorsichtig einen Fuß vor den anderen. Ihm fiel auf, dass Strabo und Sakata sich hinter einem Felsen versteckt hatten. Er schaffte es bis zum Feuer und legte das Dynamit ins kochende Wasser.
Schon etwas zuversichtlicher machte er sich auf, um die zweite Rolle zu holen, und bald schwammen alle drei im Wasser.
Wasis kam zu ihm und starrte auf das kochende Dynamit.
»Das Wasser wäscht den Rest vom Nitro aus«, sagte er. »Dann können wir es von der Oberfläche abschöpfen. Aber werd nicht übermütig. Das Zeug kann immer noch jeden Moment in die Luft fliegen. Hab ich alles in der Armee gelernt, im Krieg, in Europa. Ich war bei den Pionieren. Wir haben meistens Brücken in die Luft gesprengt. Für mich gibt's nichts Schöneres als eine richtige Explosion.«
»Hast du dabei dein Gehör verloren?«, fragte James, der sich kaum noch Mühe gab, mit mexikanischem Akzent zu sprechen.
»Wasis? Nein. Das war später. Nach dem Krieg hab ich mich darauf verlegt, Safes aufzusprengen. Einmal, in Iowa, hab ich den Zünder falsch an das Dynamit gehalten. War zu nah dran, als es losging. Seitdem klingelt es immer in meinen Ohren. Das macht mich verrückt.«
Während sie weiterarbeiteten, erzählte Wasis James alles über Dynamit. Wie viel man davon braucht. Wie es hergestellt wird. Wie es funktioniert. Wie man einen Zünder anbringt. Und währenddessen schöpfte Wasis vorsichtig das Nitroglyzerin von der Wasseroberfläche und schüttete es in ein Glasgefäß.
»Wenn wir genug haben, dann kommt es in die Löcher, die wir

rund um das Safeschloss gebohrt haben. Wie gesagt, Nitro explodiert bei der kleinsten Erschütterung. Das heißt, man muss draufschlagen, damit es hochgeht. Wahrscheinlich werde ich mit einem der Gewehre, die wir den Soldaten abgenommen haben, drauf schießen.«
»Wie lange dauert es noch, bis es so weit ist?«, fragte James.
»Ungefähr eine Stunde, wenn man vorsichtig ist. Und dann eine Sekunde, um das Schloss aufzusprengen.«

Beim Mittagessen saß James allein mit Garcia zusammen. »Wenn sie den Safe erst einmal geöffnet haben, wer weiß, was sie dann machen«, sagte er. »Wenn sie finden, wonach sie suchen, brauchen sie uns womöglich nicht mehr.«
Garcia nickte. »Wir dürfen nicht länger warten.«
»Wir müssen abhauen, solange sie im Schuppen sind und sich mit dem Safe beschäftigen«, sagte James. »Wir müssen JJ und Precious nur bis zu dem alten Chevrolet neben dem Wachhäuschen bringen.«
»Es ist weit bis dahin«, sagte Garcia. »JJ wird es nicht schaffen.«
»Wir können ihn tragen«, schlug James vor. »Die beiden Wachen können uns helfen. Zusammen schaffen wir es.«
»Es tut mir weh, wenn ich sehe, wie krank er ist«, sagte Garcia.
»In Veracruz ist ein Krankenhaus. Mit dem Auto können wir bald da sein.«
Bei der nächsten Gelegenheit erzählte James Precious von seinem Plan und Garcia sprach mit den Wachen, die sich offensichtlich freuten, dass sie befreit werden sollten.
Nach dem Mittagessen gingen Mrs Glass und ihre Männer in den Schuppen, um den Safe für die Sprengung vorzubreiten. James und Garcia wollten gerade ihren Plan in die Tat umsetzen, als Strabo zurückkam.
»Wir brauchen deine Hilfe, Garcia«, sagte er in seinem rauen,

krächzenden Tonfall. »Wir müssen den Safe ein Stück wegtragen.«
»Klar doch«, antwortete Garcia. »Ich trinke nur meinen Kaffee aus, dann komme ich.«
»Ja, aber beeil dich. Ich weiß doch, wie faul ihr Bohnenfresser seid.«
Strabo ging zurück und James stellte sich neben Garcia.
»Was jetzt?«, fragte er.
»Vielleicht ist es so besser«, sagte Garcia. »Ich werde versuchen, sie hier festzuhalten, damit sie euch nicht verfolgen.«
»Wir schaffen das nicht ohne dich«, wandte James ein.
»Bestimmt schafft ihr das«, beruhigte Garcia ihn. »Du schaffst das, James. Du bist ein mutiger Bursche. Die Wachen können dich nach Veracruz bringen. Wir treffen uns da, wenn alles vorbei ist.«
James drückte Garcia schnell die Hand.
»Danke«, sagte er.
»Schon in Ordnung«, sagte Garcia und ging langsam zum Schuppen.
James beeilte sich. Mit Strabos Messer schnitt er den Draht durch, mit dem die Wachen festgebunden waren.
Sie umarmten ihn, dankten ihm und redeten auf Spanisch auf ihn ein, bis James ihnen sagte, sie sollten still sein.
Precious zitterte am ganzen Körper, aber sie wirkte entschlossen. Sie bekämpfte ihre Angst, weil sie ihrem kleinen Bruder helfen wollte. JJ schwitzte und fieberte. Er schien nicht mitzubekommen, was mit ihm geschah. James hob ihn auf den Rücken des jüngeren Wachmanns. JJ schrie leise auf, als er einen Stoß an seinem verwundeten Bein spürte, aber Precious tröstete ihn, bis er sich wieder beruhigt hatte und ihm die Augen zufielen.
Als alle bereit waren, ging James zur Tür, um nachzusehen, ob die Luft rein war.

Aber da war Wasis. Er ging zum Lastwagen. James bedeutete den anderen, sich nicht vom Fleck zu rühren, und ging auf den schwerhörigen Mann zu.

»Wie geht's voran?«, fragte er.

»Wasis?«

»Wie die Arbeit vorangeht?«

»Langsam. Man kann Nitro nicht einfach . . . Hey, was ist das?«

»Was?« James drehte sich um und sah entsetzt, wie der ältere der beiden Wachleute seinen Kopf aus der Tür streckte. Er zog ihn zwar schnell wieder zurück, aber Wasis hatte ihn schon entdeckt.

»Du solltest doch auf diese Burschen aufpassen«, raunzte er und schubste James aus dem Weg, dann stapfte er durch den Schlamm auf den Schuppen zu.

James hob einen großen Steinbrocken auf und hastete hinter Wasis her. Er hasste das, was er jetzt tun musste, aber er holte aus und schlug Wasis den Brocken auf den Schädel. Der stürzte um wie ein gefällter Baum. James zögerte keine Sekunde und rannte an ihm vorbei, zurück in den Schuppen.

Der Mexikaner stammelte eine Entschuldigung. James befahl ihm, den Mund zu halten und loszurennen, aber da stand Wasis schon in der Tür und fuchtelte mit seiner Pistole.

James hatte ihn nicht außer Gefecht gesetzt, Wasis war nur benommen gewesen.

Er schaute sich wütend um.

»Das hättest du nicht tun sollen, Corona«, sagte er. »Ich weiß nicht, was für ein Spiel du spielst, aber ich werde es beenden – und zwar für immer.«

14 Ein Fünkchen Hoffnung in der Hölle

Er hatte keine Zeit, um sich den Kopf zu zerbrechen. Keine Zeit zum Nachdenken. James musste handeln.

Er nahm eine Handvoll Kalk, und bevor Wasis seine Waffe benutzen konnte, warf er ihm den Kalk ins Gesicht. Wasis schrie auf und presste die Hand gegen die Augen, der Kalk brannte sich in seine Haut.

»Lauft!«, rief James, als Wasis begann, blind draufloszuschießen. Die Kugeln schlugen durch das dünne, morsche Holz des Schuppens und rissen Löcher in die Wände.

James und Precious warfen sich zu Boden, die beiden Wachen mit JJ rannten blitzschnell nach draußen.

Tränen liefen über Wasis' Gesicht, seine Augen waren feuerrot. Er brüllte vor Schmerz und Wut. James rappelte sich auf und zog die verängstigte Precious hinter sich her. Sie stießen Wasis um und liefen hinaus ins Freie.

Wild um sich schießend, stolperte Wasis hinterher.

Hand in Hand rannten James und Precious im Zickzack, um den Kugeln und den Tümpeln mit öligem Wasser auszuweichen.

Mit einem Klatschen schlug eine Kugel direkt neben ihnen in den Boden. James ließ Precious' Hand los und sie rannten getrennt weiter.

James war nur ein paar Meter weitergelaufen, als eine Kugel gefährlich nah an seinem Ohr vorbeipfiff. Er ließ sich auf die Knie fallen, in den klebrigen, nassen Lehm, und verlor Precious aus den Augen.

Wasis' Schießerei hatte die anderen aufgeschreckt. Strabo stürmte aus dem Schuppen heraus, dicht gefolgt von Sakata.

»Pass auf, wo du hinläufst, Wasis!«, schrie Strabo.

»Wasis? Wer ruft?«

Halb verrückt vor Schmerz, unfähig, richtig zu sehen und zu hören, drehte Wasis sich um und feuerte in die Richtung, aus der Strabos Stimme kam.

Strabo warf sich zu Boden und Sakata suchte Deckung hinter einem Steinhaufen.

»Ich bin's, du Idiot. Strabo! Ich bin Strabo. Bleib stehen und hör auf zu schießen. Überlass sie mir.«

»Wasis? Wasis?«

James versuchte aufzustehen, aber er rutschte in dem zähen Matsch aus. Wasis schoss das Magazin seiner Maschinenpistole leer. Ein Kugelhagel peitschte durch die Luft, als Wasis im Kreis herumtorkelte.

Schließlich hörte die Knallerei auf, Wasis hatte das Magazin leer geschossen. Er fingerte in seiner Tasche nach neuer Munition und stolperte dabei weiter.

Strabo sprang auf die Füße und rannte hinter ihm her.

»Beweg dich nicht!«, schrie er. »Bleib, wo du bist –«

Aber es war zu spät. Als Wasis das Magazin in die Waffe schob, kam er ins Straucheln, direkt am Rand eines Tümpels. Hilflos mit den Armen wedelnd, fiel er mit lautem Klatschen kopfüber ins Wasser. Er hob den Kopf, spuckte und fluchte, konnte sich aber nicht aus der klebrigen Umarmung des zähen Schlamms unter der Oberfläche des ölverschmierten Wassers befreien.

»Wasis?«, schrie er. »Was ist los?« Er wischte sich über die Augen, verschmierte sie jedoch nur noch mehr mit Dreck.

»Halt still«, rief Strabo. »Schlag nicht um dich, du machst alles nur noch schlimmer.«

Wasis hörte ihn nicht. Panik hatte ihn ergriffen, und je mehr er

sich wand und um sich schlug, desto tiefer versank er in dem stinkenden Schlamm.
»Beweg dich nicht, verdammt noch mal!«
Mrs Glass war aus dem Schuppen gekommen und eilte mit Sakata zu ihnen.
James steckte inzwischen auch fest, er war bis zur Hüfte in den Schlamm eingesunken, in den er hineingestolpert war. Er konnte seinen Blick nicht von dem schaurigen Schauspiel abwenden.
»Hol ein Seil«, schrie Strabo. »Irgendwas.«
Sakata fand ein Brett und tastete sich damit vorsichtig bis an den Rand des Tümpels vor.
Inzwischen schauten nur noch Wasis' Kopf und Schultern aus dem Morast heraus, seine Hände wühlten in dem schlammigen Dreck.
»Halt dich daran fest«, sagte Sakata.
»Wasis?«
Sakata gelang es, das Brett dicht an Wasis heranzuschieben, doch der schlug es in Panik weg.
»Helft mir, oh Gott, helft mir doch«, kreischte er. »Holt mich raus.«
»Ich versuche es«, rief Sakata. »Du musst dich festhalten.«
»Wasis? Red lauter, ich hör dich nicht. Ich kann dich nicht sehen.«
Wasis feuerte seine Pistole ab und es war unmöglich zu sagen, ob es Absicht war oder nicht. Aus Angst, getroffen zu werden, wich Sakata zurück und schaute seine Gefährten verzweifelt an.
James bemerkte, dass Mrs Glass überhaupt keine Reaktion zeigte; beinahe fasziniert sah sie zu, wie Wasis unterging.
Sein Kinn war schon untergetaucht. Er hustete und spuckte und wollte schreien, aber der Schlamm lief in seinen Mund und er brachte keinen Ton mehr heraus, nur eine große Blase stieg auf, dann eine kleinere, dann viele kleine Bläschen, als auch seine Na-

se versank. Jetzt waren nur noch seine Augen zu sehen, rot und weit aufgerissen starrten sie in die Hölle.
Dann waren auch sie verschwunden.
Nur noch die linke Hand, die seine Waffe umklammerte, ragte aus dem Morast hervor. Die Pistole, mit der er so viele Menschen getötet hatte. Die Pistole, die ein Leben so einfach auslöschen konnte, die aber völlig nutzlos war, wenn es darum ging, ein Leben zu retten.
Wasis drückte ab, schoss in den Himmel. Peng, peng, peng . . .
Dann versank auch die Waffe.
Es war totenstill. Nichts bewegte sich.
Strabo und Sakata gingen vorsichtig bis an den Rand des Tümpels und schauten hinein. Von ihrem Kameraden war nichts zu sehen.
»Armer Teufel«, sagte Strabo. »Was für ein Abgang.«
»Was ist hier passiert?«, fragte Mrs Glass und starrte James durchdringend an. Dann fiel ihr etwas auf.
»Sie sind weg«, sagte sie. »Die Kinder sind weg.«
Plötzlich geriet alles in Bewegung. Mrs Glass rief ein paar Befehle, dann sprang sie mit Strabo in den Lastwagen und sie brausten davon. Der Wagen donnerte über die unebene Zufahrtsstraße und überquerte die Holzbrücke mit so einem Tempo, dass James sicher war, sie würde zusammenbrechen.
Aber da war der Wagen auch schon verschwunden. Ein unerträgliches Schweigen legte sich über das Camp. Garcia zog James aus dem Morast und dann standen sie neben Sakata und starrten in die Ferne. James wagte nicht, Garcia in die Augen zu sehen, er hatte Angst vor dem, was er darin lesen würde. Hoffnungslosigkeit? Verzweiflung?
Sie warteten in der bleiernen Stille, in einer grauen Landschaft, unter einem bleigrauen Himmel. Das Einzige, das sich bewegte, waren die Fliegen. James achtete kaum darauf, wie sie um sein

Gesicht herumschwirrten und über seine Haut krabbelten. Er hielt den Atem an, lauschte angestrengt auf jedes Geräusch. Seine ganze Aufmerksamkeit konzentrierte sich darauf, was jenseits dieser Hügel aus Erde und Stein geschah, die ihnen die Sicht auf den Eingang zu dem Gelände versperrten.
Gab es für Precious, JJ und die beiden Wächter auch nur ein winziges Fünkchen Hoffnung, dass ihnen die Flucht gelang?
Wie viel Vorsprung mochten sie wohl haben? Würden sie es bis zum Auto schaffen, bevor der Lastwagen sie einholte?
Wenn er doch nur einem der Wächter die Pistole hätte geben können, die noch in seinem Hosenbund steckte, dann hätten sie vielleicht eine Chance gehabt.
Schließlich hörte er etwas. Einen Knall, dann einen zweiten. Zwei Schüsse, nicht mehr, nicht weniger. Die Wachen waren unbewaffnet. Das konnte nur eines heißen.
Es sei denn . . .
Es sei denn, sie hatten Waffen in der Hütte am Eingang versteckt. Oder in ihrem Wagen? Vielleicht hatten sie sich in einen Hinterhalt gelegt? Dort gewartet, bis der Truck auftauchte . . .
James drehte sich um und sah Sakata an. Doch der wich James' Blick beschämt aus.
Gleich darauf hörte man das Brummen eines Motors und der Lastwagen tauchte wieder auf. Es schien eine Ewigkeit zu dauern, so langsam kam er auf sie zugerollt.
James wünschte sich, er würde nie ankommen, und gleichzeitig wünschte er sich, er wäre schon da.
Als der Lastwagen anhielt, sah er, dass Strabo auf der Ladefläche hockte und Mrs Glass vorne auf dem Fahrersitz saß, neben ihr Precious. Von JJ und den beiden Wachen fehlte jede Spur.
Mrs Glass stieg aus und ging langsam auf James und Garcia zu.
»Was zum Teufel ist hier passiert?«, fragte sie.
»Einer der Wachleute hatte ein Messer versteckt«, antwortete

James. »In der Nacht muss er den Draht durchschnitten haben. Sie haben mich überwältigt.«
»Wirklich? Nun, das war ein Fehler. Wir hätten sie auf der Stelle erschießen sollen, anstatt sie gefangen zu nehmen. Nun ja, jetzt sind sie tot.«
James versuchte, sich nichts anmerken zu lassen. Er schaute zu Precious hinüber, die gerade aus dem Lastwagen stieg. Sie war niedergeschlagen, aber sie weinte nicht. Vielleicht hatte sie keine Tränen mehr.
Mrs Glass packte James am Oberarm.
»Du hast die Sache vermasselt, Corona«, sagte sie. »Wenn das noch mal passiert, reiße ich dir die Eingeweide aus dem Leib.«
»Tut mir leid«, antwortete James.
»Wirklich? Davon wird Charlie auch nicht wieder lebendig.«
»Charlie?«, fragte James verwundert.
»So hieß er«, sagte Mrs Glass und schaute zu dem Schlammloch hinüber. »Charlie Moore.«
Strabo hob etwas vom Boden der Ladefläche hoch und kletterte herunter. Es war JJ. Er schien bewusstlos zu sein. Strabo trug ihn zu Precious und legte ihn neben sie.
»Da hast du ihn, Kleine«, krächzte er. »Beim nächsten Mal werden wir nicht so viel Rücksicht auf euch beide nehmen.«
»Beim nächsten Mal?«, schrie Garcia wütend. »Es wird kein nächstes Mal geben. Der Junge ist so gut wie tot.«
»Nicht mein Problem, *Muchacho«,* antwortete Strabo und lachte in sich hinein.
Garcia ging auf ihn los, packte ihn an der Schulter und drehte ihn zu sich.
»Du Abschaum«, stieß er hervor, »du dreckiges Schwein. Rühr diesen Jungen nie wieder an.«
»Pass auf, mit wem du redest, du elender Mexikaner«, sagte Strabo. Er lachte immer noch.

Garcia zögerte nicht. Er schlug Strabo mit dem Handrücken ins Gesicht. Der Schlag war so stark, dass Strabo der Länge nach hinfiel. Er lag benommen am Boden, mit weit aufgerissenen Augen, als könne er nicht glauben, was passiert war.

Garcia spuckte ihm mitten ins Gesicht. Das schien Strabo aufzuwecken. Er sprang auf die Füße und zog seinen Colt aus dem Halfter. Aber Garcia war darauf gefasst. Er packte Strabo so fest am Handgelenk, dass dieser die Pistole fallen ließ. Sie schlitterte über den Boden und versank in einem Schlammloch.

»So ist's richtig. Zieh nur deine Pistole. Das ist alles, was du kannst. Schießen und töten. Du bist kein Mann. Du bist ein Stück Dreck«, sagte Garcia und schlug mit beiden Fäusten abwechselnd gegen Strabos riesigen Schädel, sodass er hin und her flog.

Garcia hatte sein ganzes Leben lang hart gearbeitet, Fischernetze an Bord gezogen und schwere Kisten mit Fisch geschleppt. Er hatte außerordentlich kräftige Arme. Strabo konnte sich nicht gegen ihn wehren. Getroffen von den erbarmungslosen Schlägen, taumelte er rückwärts.

James schaute zu Mrs Glass, er fragte sich, was sie wohl tun würde.

Sie sah nur zu, genau so, wie sie nur zugesehen hatte, wie Wasis starb, unbeteiligt, vielleicht sogar ein bisschen belustigt. Sie würde nichts unternehmen, um Garcia zu stoppen, so viel war klar.

Strabo sank auf die Knie, benommen und verwirrt. Garcia packte ihn an seiner Jacke und zog ihn zu einer Lache mit einer schmierig grünen Brühe. Er drückte dessen Kopf ein paar Sekunden lang unter Wasser, bevor er ihn wieder losließ.

Strabo tauchte auf, würgte und spuckte, triefend vor Schlamm. Er kam wieder auf die Knie und erbrach sich über seine Kleider.

»Steh auf, *Cabron*«, befahl Garcia und Strabo zwang sich aufzustehen.

Garcia versetzte ihm noch einen Schlag. Und noch einen. Seine

Knöchel waren schon blutig. Strabos Gesicht war rot und geschwollen, aber zum ersten Mal in seinem Leben schielte er nicht mehr.

Garcia prügelte so lange auf Strabo ein, bis er nicht mehr konnte. Dann stieß er ihn zur Seite, wo er liegen blieb wie ein lebloser Haufen.

Garcia ging zu JJ, kniete sich neben ihn und strich ihm über das Gesicht.

»Alles wird gut«, sagte er. »Ich lasse nicht zu, dass man dir etwas zuleide tut, *mi nino.* Ich werde dich zu einem Arzt bringen.«

Behutsam nahm er den Jungen in seine kräftigen Arme und stand auf.

Dann ging er zu Mrs Glass und stellte sich vor sie hin.

»Ich werde den Jungen jetzt zum Auto tragen«, sagte er. »Versuchen Sie nicht, mich davon abzuhalten, oder ich erwürge Sie mit meinen bloßen Händen.«

Mrs Glass sagte nichts, aber sie wich Garcias Blick nicht aus.

Garcia drehte sich um und ging die Straße hinunter zur Einfahrt.

Mrs Glass zündete sich eine Zigarette an und sah ihm nach.

Er wurde kleiner und kleiner.

James spürte, wie ein warmer Schauer der Erleichterung ihn durchströmte. Er wünschte, er wäre genauso mutig wie Garcia, doch er selbst hatte nichts getan für den Jungen.

Gleich darauf erstarrte er. Und dann brach für ihn eine Welt zusammen.

Ein Schuss zerriss die Luft. Garcia stürzte zu Boden.

Strabo stand da, mit einem Gewehr in der Hand, sein Gesicht war eine blutige Fratze. Aber er lächelte.

Precious schrie auf. Sie und James rannten zu Garcia.

Er war noch nicht tot. Er nahm James' Hand.

»Jetzt liegt es an dir«, keuchte er. »Jetzt musst du *valiente* sein. Kümmere dich an meiner Stelle um JJ.«

Dann schloss Garcia die Augen.
Precious nahm seinen Kopf in ihre Hände.
»Nein, nein, nein, nein, nein ...«, murmelte sie. »Bitte nicht ...«
Sie bemerkte nicht einmal, wie Strabo den wimmernden JJ hochnahm und zur Lagerhütte trug.

Precious beerdigte Garcia ganz allein. Sie ließ nicht zu, dass ihr irgendjemand dabei half. James sah ihr zu, wie sie einen Graben aushob und den toten Garcia dorthin zog. Sie rollte den Leichnam vorsichtig hinein und bedeckte ihn mit Erde. Dann saß sie ganz allein da, während die Nacht hereinbrach.
James nahm den Schuss und die leichte Explosion kaum wahr, die aus dem Schuppen drangen, als Mrs Glass und Strabo schließlich den Safe öffneten. Gleich darauf kamen sie heraus und gesellten sich zu James, der Sakata dabei half, ein Feuer zu machen. Die beiden Amerikaner wirkten müde und nicht allzu glücklich. Strabos Gesicht sah schlimm aus, es war aufgedunsen und übersät mit Beulen und blauen Flecken, sein rechtes Auge war zugeschwollen. Er zog eine Flasche Whisky aus einer Tasche und trank lange und geräuschvoll. Mrs Glass schob ihren Hut zurecht und starrte in die Flammen.
»Ich hoffe, es hat sich gelohnt.«
Alle drehten sich um und sahen Precious, die Mrs Glass anstarrte.
»Redest du mit mir?«, fragte Mrs Glass und nahm Strabos Flasche.
»Ja, ich rede mit Ihnen«, antwortete Precious. »Ich möchte wissen, ob das Geld in dem Safe all die Menschenleben wert war, die Sie zerstört haben. Wie viele sind es eigentlich? Zwölf? Dreizehn?«
»Ich zähle nicht mit«, sagte Mrs Glass.
»Ich schon«, antwortete Precious. »Und ich werde dafür sorgen, dass Sie für jedes einzelne bezahlen.«

»Nett gesagt, Kindchen«, sagte Mrs Glass. »Aber mehr auch nicht. Was hast du vor, hm? Glaubst du denn im Ernst, du könntest was tun, Schwester?«

»Sie haben meine Frage nicht beantwortet«, sagte Precious.

»Ob es das alles wert war?«, wiederholte Mrs Glass. »Gute Frage. Die Männer, die hier gearbeitet haben. Die sich achtzehn Stunden am Tag zu Tode geschuftet haben, nur weil man ihnen Reichtum versprochen hat. Hat es für die gelohnt? Die Generäle damals im Krieg, die Tausende junger Männer in den Tod geschickt haben. Haben die sich gefragt, ob es das wert ist? Und Gott, dort oben im Himmel. Als er den Sturm geschickt hat, der Tres Hermanas auslöschte –«

»Ich habe nicht Gott gefragt«, sagte Precious. »Ich habe *Sie* gefragt. Ist das Geld im Safe das Blut wert, das Sie vergossen haben?«

»Mit einem Wort, meine Liebe, nein.«

»Warum haben Sie es dann getan?«, fragte Precious.

»Die Sache ist die«, sagte Mrs Glass und rieb sich die müden Augen, »wir sind gar nicht davon ausgegangen, dass wir in dem Safe viel Geld finden.«

»Wie? Wollen Sie damit sagen, in dem Safe ist gar kein Geld?«

»Oh, ein bisschen Kleingeld, aber das ist es nicht, was wir suchen.«

»Sie haben es also einfach weggeworfen?«

»Natürlich nicht. Wir geben es aus, wir amüsieren uns damit. Das haben wir uns nach der ganzen Aufregung auch redlich verdient. Aber es wird nicht lange reichen. Dein Daddy hatte nicht sehr viel Geld.«

»Er ist reich«, sagte Precious.

Mrs Glass lachte leise. »Oh ja, sicher, dein Daddy tut gerne so, als wäre er reich. Er lebt in einem schicken Haus mit all den schicken Sachen. Er muss den Schein wahren. Der große amerikanische Kriegsheld, ausgezeichnet von seinem Land. Aber das Haus ist gemietet, genauso wie das Mobiliar. Seine Autos sind auf Pump gekauft.«

»Das stimmt nicht«, antwortete Precious. »Wir leben im vornehmsten Haus von ganz Tres Hemanas.«

»Und du meinst, er könnte sich die vielen Diener leisten, wenn er in Amerika wohnen würde? Warum, glaubst du, ist er hierher gezogen?«

»Wegen des Ölbooms. Er arbeitet für die großen Ölgesellschaften. Er sucht neue Ölvorkommen.«

»Das stimmt. Und dabei kann er fliegen, wohin er will. Über ganz Mexiko, in die Staaten, aus den Staaten wieder heraus, nach Südamerika, in die Karibik. Der gute alte Jack Stone, das Fliegerass, der Kriegsheld – fliegt, wohin er will, und niemand stellt ihm Fragen.«

»Wovon reden Sie?«, fragte Precious.

»Ich glaube, ich kenne deinen Daddy besser als du«, sagte Mrs Glass. »Vielleicht, weil er einer von uns ist.«

»Das ist er nicht!«, schrie Precious. »Er ist ein Held! Er hat im Krieg drei Orden bekommen. Er hat mit dem Präsidenten zu Mittag gegessen.«

»Viele Gangster haben mit dem Präsidenten zu Mittag gegessen«, sagte Mrs Glass.

»Sie auch?«, fragte Precious voller Verachtung.

Mrs Glass lächelte.

»In der Tat, ich habe mit ihm gegessen.«

»Halten Sie den Mund«, sagte Precious. »Ich glaube Ihnen kein Wort.«

»Das kannst du halten, wie du willst«, antwortete Mrs Glass. »Es interessiert mich nicht.«

»Warum?«, schrie Precious. »Warum haben Sie einen Safe geraubt, in dem gar kein Geld war? Antworten Sie!«

»Es gibt Dinge, die sind wertvoller als Banknoten und Münzen.«

»Daddy besitzt keine Juwelen, wenn Sie das meinen, und auch kein Gold.«
»Ich habe nie behauptet, dass er so etwas besitzt, Schätzchen. Das habe ich nie behauptet. Aber es gibt ein paar Sachen, die viel mehr wert sind als Gold.«
»Zum Beispiel?«
»Geheimnisse.«

15 Der Samariter

Ich will dir eine Geschichte erzählen«, sagte Mrs Glass und wärmte sich die Hände am Feuer. »Über einen Kriegshelden. Ein berühmtes Fliegerass. Über einen Kerl, der die ganze Welt bereist hat, Könige und Königinnen traf und Filmstars, ein wandelndes Werbeplakat für die Vereinigten Staaten von Amerika. Über einen Mann, der erkannt hatte, dass ein Land keine Helden mehr braucht, wenn der Kampf erst einmal vorbei ist. Dann braucht man Geschäftsleute und Arbeiter und Bauern. Die Welt ist ständig im Wandel, Schätzchen, und die Menschen verändern sich mit ihr. Die Zeit steht nicht still und manchmal tun Menschen die verzweifeltsten Dinge, um das, was sie besitzen, auch zu behalten. Die Begeisterung für Flugshows mit tollkühnen Männern in ihren fliegenden Kisten erlosch. Flugzeuge sind eine teure Angelegenheit. Dein Vater geriet in Geldnot. Also bot er seine Dienste als erstklassiger Flieger an, und zwar jedem, der bereit war, ihn zu bezahlen, und als der Ölboom in Mexiko ausbrach, machte er sich wie so viele andere Glücksritter, die auf schnell verdientes Geld aus waren, nach Süden auf.

Er verkaufte alles und kam mit seiner Familie hierher, nach El Dorado, in der Hoffnung, das schwarze Gold würde ihn reich machen. Doch er fand bald heraus, dass das gar nicht so einfach war. Natürlich gab es Leute, die ein Vermögen machten, aber das waren die Besitzer der Ölgesellschaften. Alle anderen gingen wie üblich leer aus. Er übernahm jeden Job. Er arbeitete als Aufpasser, als Scout, als Taxifahrer für die reichen Leute von der Ölgesellschaft. Aber als Taxifahrer wird man nicht reich. Seine Träume zerplatzten wie Luftblasen. Doch er war immer noch Jack Stone. Er musste so tun, als wäre er ein toller Hecht. Er hatte ja schließlich ein großes Haus, das unterhalten werden musste. Da waren Bedienstete, die bezahlt werden mussten, und eine Ehefrau, die er bei Laune zu halten hatte. Es war eine einzige große Lüge.«

»War es nicht«, widersprach Precious. »Das alles stimmt nicht.«

»Ach komm, meine Süße«, sagte Mrs Glass. »Willst du etwa behaupten, du hättest nichts gemerkt? Hast du dich nie gefragt, warum deine Mutter weggegangen ist?«

Precious drehte sich weg, damit Mrs Glass nicht sehen konnte, was sie gerade dachte.

»Dein Vater mag ein guter Schauspieler sein, trotzdem musst du Verdacht geschöpft haben«, fuhr Mrs Glass fort. »Hast du denn nicht bemerkt, wie unruhig dein Vater immer war? Ist dir nie etwas aufgefallen? Geheime Treffen mit seltsamen Männern?«

»Reden Sie weiter«, sagte Precious mit ausdrucksloser Stimme.

»Dein Vater hat einen Weg gefunden, viel Geld zu verdienen. Schmuggel. Er hatte ja die perfekte Tarnung. Er war der amerikanische Held mit der sauberen Weste und konnte fliegen, wohin er wollte, ohne Misstrauen zu erregen. Anfangs haben sie nur kleine Dinger gedreht. Ein Mann hatte ihn in einer Bar angesprochen und gefragt, ob er nicht etwas für ihn über die Grenze transportieren könnte. Der Mann hatte einen Freund. Und der Freund hatte auch einen Freund. Es sprach sich rasch herum und bald steckte dein Vater mittendrin in einem groß angelegten Schmuggel. Er baute einen doppelten Boden in sein Flugzeug ein. Geheimfächer, um heiße Ware darin zu verstecken.

Einige der besonders wertvollen Sachen, die er transportierte, waren alte Kunstwerke. Die Inkas, die Maya und die Azteken ließen riesige Schätze zurück, Gegenstände aus purem Gold, verschwenderisch mit Juwelen geschmückt. Sie lagen in den Regenwäldern des Dschungels verborgen. Dein Vater spürte diese verlorenen Schätze wieder auf. Er brachte Leute dorthin, legte Tempel frei, Gräber und Schatzhäuser und raubte alles, was ihm in die Finger kam. Dann flog er die kostbare Fracht dahin, wo das Geld wartete. Zu Sammlern in Brasilien und Amerika und auf die Westindischen Inseln. Ich gehe davon aus, dass er tatsächlich geglaubt hat, er tut nichts Schlimmes. Niemand kam dabei zu Schaden. Bei seinen Unternehmungen lernte er verschiedene Leute kennen, einige waren äußerst zwielichtige Gestalten und sie erzählten ihm von einem Riesenschatz. Nicht aus Gold, Silber oder Jade. Es waren Wörter auf Papier. Ein amerikanischer Marineoffizier hatte Geheimdokumente gestohlen. Irgendwie war er an wichtige Unterlagen über die amerikanische Pazifikflotte gekommen. Einzelheiten über die Schiffe, ihren Routen, ihre Bauweise und Bewaffnung, ja sogar über die geheimen Funkcodes.

Aber das war noch nicht alles. Es gab Pläne für neue Schiffe. Alles stand in den gestohlenen Papieren. Der Offizier wusste genau um ihren Wert und er floh über die Grenze nach Mexiko und löste damit eine Kettenreaktion aus Gier und Betrug aus. Er hörte sich um und eines Tages stand er vor der Tür deines Vaters. Sie wurden handelseinig. Für eine beachtliche Geldsumme sollte dein Vater den Offizier nach Argentinien fliegen, wo ein Kaufinteressent wartete.

Auf dem Flug nach Süden täuschte dein Vater jedoch einen Motorschaden vor und behauptete, er müsse landen, um das Flugzeug reparieren zu lassen. Er landete auf einem geheimen Platz mitten im Regenwald, den nur er kannte, meilenweit von jeder Behausung entfernt. Er trickste den Offizier aus, ließ ihn im Dschungel zurück und kehrte mit den Unterlagen nach Hause zurück. Der arme Kerl wurde seither nicht mehr gesehen.«

»Sie lügen«, sagte Precious. »Woher wollen Sie das alles so genau wissen?«
»Es ist mein Job, Bescheid zu wissen«, sagte Mrs Glass.
»Wenn mein Vater diese Dokumente an sich genommen hat, dann nur, um sie dem rechtmäßigen Besitzer zu übergeben«, sagte Precious. »Er ist kein Verräter.«
»Gold macht aus uns allen Verräter, meine Süße«, erwiderte Mrs Glass. »Dein Vater wollte herausfinden, wer den höchsten Preis dafür zahlt, aber er hat sich auf ein Spiel eingelassen, das für ihn eine Nummer zu groß ist. Seine Gier hat ihn dazu getrieben, mit dem Feuer zu spielen. Er hat den Preis immer weiter in die Höhe getrieben. Er handelte etwas aus, nur um gleich wieder einen Rückzieher zu machen. Schließlich riss einem der Kaufinteressenten der Geduldsfaden.«
»Und wer war das?«, fragte Precious.
»Wer brennt wohl darauf, den Pazifik zu beherrschen? Wer würde wohl fast jeden Preis für Geheimnisse der amerikanischen Marine zahlen?«
James sah Sakata an. »Die Japaner«, sagte er.
»Volltreffer«, sagte Mrs Glass. »Die Erzrivalen der Amerikaner im Pazifik. Sie hatten Angst, dass ihnen die Unterlagen durch die Lappen gehen würden, deshalb haben sie einen Mann losgeschickt.«
»Sakata«, sagte James.
»Sakata«, bestätigte Mrs Glass und nickte.
»Meine Leute hatten von Mrs Glass gehört«, erklärte Sakata. »Sie sagten mir, wo ich sie finden würde.«
»Sakata suchte mich auf und fragte, ob ich bereit wäre, die Dokumente zu stehlen. Die Japsen waren bereit, viel Geld dafür zu zahlen. Ich stellte ein Team zusammen. Es schien fast ein Kinderspiel zu sein. Wir mussten nur Stone dazu bringen, den Safe zu öffnen, mehr nicht. Sakata hätte die Unterlagen nach Tokio ge-

bracht. Was hätte dein Vater dagegen tun können? Zur Polizei gehen jedenfalls nicht. Er konnte nicht riskieren, es jemandem zu erzählen. Wie ich schon sagte, es schien uns kinderleicht zu sein. Aber die Sache lief von Anfang an nicht wie geplant. Denn Stone war gar nicht da und niemand sonst kannte die Safekombination. Dann machte uns auch noch der Sturm einen Strich durch die Rechnung. Und jetzt . . .«

Mrs Glass sah James an und dann Precious.

»Die Unterlagen waren gar nicht im Safe, stimmt's?«, fragte James.

»Stimmt genau«, sagte Mrs Glass. »Was bedeutet, dass Jack Stone sie bei sich hat.«

Sie starrte Precious an und zündete sich mit einem glühenden Holzscheit eine Zigarette an. »Mit anderen Worten, es ist noch nicht ausgestanden, Kleine.«

»Was soll das heißen?«

»Das soll heißen, dass dein Daddy uns die Papiere aushändigen wird, im Gegenzug für deine Freilassung.«

»Und was ist mit JJ?«, fragte Precious. »Er muss dringend zum Arzt, sonst stirbt er.«

»Ich brauche nur einen von euch«, sagte Mrs Glass.

»Aber Sie können ihn doch nicht einfach seinem Schicksal überlassen«, wimmerte Precious.

»Warum denn nicht? Vielleicht macht es deinem Daddy die Entscheidung leichter«, sagte Mrs Glass. »Ein totes Kind wird ihn zwingen, kein Risiko mehr einzugehen, wenn er das Leben seines anderen Kindes nicht gefährden will, meinst du nicht auch? Aber eine Sache muss ich noch wissen.«

»Und das wäre?«

»Wo ist dein Daddy?«

»Glauben Sie wirklich, ich würde Ihnen das verraten?«

Mrs Glass nickte Strabo zu, woraufhin dieser in die Lagerhütte

ging und kurz darauf mit JJ auf dem Arm zurückkehrte. Er legte den Jungen auf den Boden neben das Feuer.
Mrs Glass stand auf und zog ihre Pistole aus dem Gürtel. Sie zielte auf das schlafende Kind.
»Wo ist dein Daddy?«, wiederholte sie ruhig.
»Das können Sie nicht machen«, sagte Sakata.
»Wo ist dein Daddy?«
»Hören Sie auf! Hören Sie sofort auf!«, schrie Precious. »Er ist in der Gegend von Palenque. Sein Flugzeug ist beschädigt. Dort gibt es eine Landebahn.«
»Na also«, sagte Mrs Glass und steckte die Waffe weg. »Das war doch gar nicht so schwer, oder? Morgen früh brechen wir auf. Corona, du bringst uns nach Palenque, wo immer das auch ist.«

An diesem Abend brachte James keinen Bissen herunter. Er saß allein im Freien unter dem Sternenhimmel und dachte über das nach, was passiert war. Über die Geschichte, die Mrs Glass ihnen erzählt hatte. Über den Tod von Wasis. Und über den Tod von Garcia. Heute hatte er einen Freund verloren. Zwar hatte er Garcia nur kurze Zeit gekannt, aber lange genug, um zu erkennen, dass er ein aufrichtiger und anständiger Mann gewesen war. Ein guter Mensch. Aber James hatte genug von der Welt gesehen und wusste, dass gute Menschen genauso leicht ums Leben kommen wie böse.
Er nahm sich fest vor, die Hoffnung nicht aufzugeben. Tief in seinem Innern war etwas, das ihn nicht verzweifeln ließ, das ihn drängte weiterzumachen. Und direkt daneben fühlte er etwas anderes, etwas Kaltes, Dunkles.
Rache.
In der Kapelle von Eton hatte er oft genug gehört, dass von einem guten Christen erwartet wurde, auch die andere Wange hinzuhalten. Dass Vergebung besser war als Rache. Na gut, das

mochte für die anderen Jungs gelten, aber nicht für ihn. Vielleicht würde er nach seinem Tod nicht in den Himmel kommen, aber wenn er die Gelegenheit hätte, ein paar von diesen Verbrechern mit in die Hölle zu nehmen, dann würde er es tun.

Allmählich kehrte Ruhe im Camp ein, bis schließlich nur noch James wach war. Er wollte auch gar nicht einschlafen. Schlaf heilte alle Wunden. Aber James wollte seine Wunden spüren. Er wollte zornig sein. Er wollte sich nicht mit Träumen trösten. Träume würden ihn nur belügen, sie würden ihn einlullen. Sie würden ihn nach Hause bringen, zurück nach Eton oder in Tante Charmians gemütliches kleines Häuschen in Kent.

Manchmal träumte er, dass seine Mutter und sein Vater noch am Leben waren.

Aber Träume halfen nicht weiter.

Plötzlich hörte James ein Geräusch und dann sah er, wie jemand aus dem Schuppen kam und sich langsam entfernte.

Es war ein Mann. Strabo konnte es nicht sein, der war kleiner. Also war es Sakata.

James beobachtete, wie der Japaner unruhig auf und ab ging.

»Was machen Sie da?«, fragte er und Sakata blieb unvermittelt stehen.

»Ich wusste nicht, dass du hier draußen bist.«

»Kann nicht schlafen«, sagte James knapp.

Sakata kam zu ihm. Er sah besorgt aus.

»Es tut mir leid wegen Garcia.«

»Das macht ihn auch nicht wieder lebendig«, sagte James.

»Ich möchte nicht, dass du glaubst, ich bin genauso wie die beiden anderen«, sagte Sakata leise.

»Sind Sie das etwa nicht?«, fragte James. »Mir scheint, Sie kommen ganz gut mit denen aus.«

»Bis vor einem Monat kannte ich sie nicht mal«, sagte Sakata. »Ich wurde hergeschickt, weil ich gut Englisch spreche. Ich hatte keine Ahnung, was das für Leute sind. Sie besitzen kein Fünkchen Ehre. Sie hinterlassen eine Spur der Gewalt und nehmen in Kauf, dass Menschen sterben. Ich will gar nicht so tun, als wäre ich ein guter Mensch. Auch ich bin ein Gangster. Ein Mitglied der Yakuza. Aber für Mrș Glass und Strabo ist Loyalität ein Fremdwort, sie fühlen sich niemandem verpflichtet. Sie folgen keinen Regeln –«

»Bitte«, unterbrach ihn James. »Ich bin nicht sicher, ob ich es ertrage, zuzuhören, wie ein Mörder sich über seine Spießgesellen stellt, nur weil er selbst höflicher ist, wenn er Menschen umbringt. Sie sind um keinen Deut besser als die anderen.«

»Vielleicht hast du recht.« Sakata seufzte. »Aber vielleicht kann ich die Dinge ja ändern?«

»Dafür ist es ein bisschen zu spät, meinen Sie nicht?«, entgegnete James. »Sie haben schon genug Schaden angerichtet.«

»Abwarten«, sagte Sakata. »Ich habe jedenfalls genug von der ganzen Sache. Die Kinder können nichts dafür. Sie sind unschuldig.«

»Heißt das, Sie wollen Precious und JJ helfen?«, fragte James. »Wenn ja, dann schaffen Sie JJ möglichst schnell nach Veracruz ins Krankenhaus. Andernfalls halten Sie besser den Mund und lassen mich allein. Ich habe Sie und Ihresgleichen nämlich gründlich satt.«

Am darauffolgenden Morgen war Sakata verschwunden. Und er hatte nicht nur den Chevrolet, sondern auch JJ mitgenommen. Strabo schäumte vor Wut. Er stampfte durch das Camp, schrie Obszönitäten und trat nach allem, was ihm in den Weg kam. Der Zorn ließ sein Gesicht dunkelrot glühen. Irgendwann war er ganz heiser von seinem Gebrüll und brachte kaum noch ein Wort heraus. Die derben Beschimpfungen, mit denen er Sakata bedachte, waren schlimmer als alles, was James je gehört hatte.

Mrs Glass hingegen blieb ruhig. James bemerkte, dass auch sie wütend war, wütender noch als Strabo, aber sie bemühte sich, es nicht zu zeigen. Stattdessen wirkte sie in sich gekehrt und hüllte sich in übellauniges Schweigen. Sie setzte sich auf einen großen Stein neben dem Lastwagen, zündete sich eine Zigarette an und beobachtete, wie graue Rauchkringel in die windstille Luft stiegen. Sie strahlte eine Aura gezügelter, tödlicher Bedrohung aus. James fiel auf, dass selbst Strabo ihre Nähe mied.
Precious und er standen abwartend neben dem Lastwagen und beobachteten die beiden. James war nicht entgangen, wie verwirrt Precious war. Sie konnte sich keinen Reim darauf machen, dass ihr Bruder so plötzlich verschwunden war, und sie kämpfte mit so widersprüchlichen Gefühlen wie Hoffnung, Verzweiflung, Freude, Angst und Wut.
Sie legte eine Hand auf James' Arm.
»Was, glaubst du, wohin hat Sakata ihn gebracht?«, fragte sie. »Wo ist JJ jetzt?«
»Mir scheint, Sakata hat plötzlich Gewissensbisse bekommen«, sagte James. »Er ist, wenn du so willst, die japanische Ausgabe des guten Samariters.«
»Heißt das, JJ ist gut bei ihm aufgehoben?«
»Davon gehe ich aus. Sakata wird ihn vermutlich nach Veracruz bringen. Er wollte nicht tatenlos zusehen, wie dein Bruder stirbt.«
James berichtete Precious von seinem nächtlichen Gespräch mit dem Japaner, woraufhin sie zu weinen anfing. Und wieder konnte James ihre Gefühle nicht genau deuten. Waren es Tränen der Freude, der Erleichterung oder der Sorge?
Sie weinte lange, doch dann trocknete sie die Tränen und schnäuzte sich.
»Ich werde nie wieder heulen«, sagte sie entschlossen. »Diese Genugtuung gönne ich ihnen nicht.«

James lächelte sie an. »Unsere Chancen stehen jetzt viel besser«, sagte er. »Jetzt heißt es zwei gegen zwei.«
Nach einer Weile hatte Strabo sich beruhigt. Mrs Glass schnippte ihre Zigarette in eine Schlammpfütze. Mit dieser Geste schien ihre Entschlusskraft zurückzukehren. Sie rückte ihren Hut zurecht und ging auf James zu.
»Strabo, pack die Sachen zusammen und lade sie auf den Wagen«, befahl sie. »Und du, Corona, zeigst mir, welchen Weg wir einschlagen müssen.«
Sie kramte eine alte Landkarte aus ihrer Jackentasche hervor und faltete sie auf der Kühlerhaube des Lastwagens auseinander.
»Soweit ich weiß, sind wir irgendwo hier«, sagte sie und zeigte auf eine Stelle nordwestlich von Santa Cruz.
James versuchte, sich daran zu erinnern, wie seine Tante Charmian ihm alles auf der Landkarte gezeigt hatte, damals, als sie gemeinsam auf Garcias Boot waren.
»Sie müssen weiter nach Süden«, sagte er und fuhr mit dem Finger über die Karte. »Palenque ist mitten im Dschungel, hier, nahe der Grenze zu Guatemala. Es ist eine alte Maya-Siedlung.«
»Das ist ja dreihundert, vielleicht sogar vierhundert Meilen weg«, sagte Strabo, der inzwischen bei ihnen stand. »Und noch dazu in die falsche Richtung. Ich würde lieber umkehren und nach Hause fahren.«
»Nach Hause?«, fragte Mrs Glass.
»In die Staaten«, sagte Strabo.
»Die sind schon lange nicht mehr unser Zuhause«, sagte Mrs Glass. »Wir sind keine Amerikaner mehr, Strabo. Und jetzt, wo Sakata abgehauen ist, können wir ungehindert tun und lassen, was wir wollen. Wir brauchen die Geheimpläne nicht an die Japaner zu verscherbeln, sondern können sie dem Meistbietenden verkaufen.«
Ein Lächeln huschte über Strabos Gesicht.

»Langsam begreife ich, worauf Sie hinauswollen«, sagte er. »Also, wohin soll's denn gehen? Nach Südamerika? Oder vielleicht über den Ozean nach Europa?«

»Nicht ganz so weit«, sagte Mrs Glass. »Ich weiß, wo wir einen guten Preis bekommen und uns nicht mit irgendwelchen Gesetzeshütern rumschlagen müssen.«

»Und wo soll das sein?«

»Lagrimas Negras«, sagte sie und deutete auf eine Insel nahe der Küste von Yucatán.

»Ist das Ihr Ernst?«, fragte Strabo. »Ich dachte, diese Insel gibt es gar nicht. So wie die Big Rock Candy Mountains, das Paradies auf Erden oder das sagenumwobene El Dorado.«

»Oh doch, diese Insel gibt es tatsächlich.«

»Also, ich weiß nicht –«

»Strabo, mein Freund«, unterbrach ihn Mrs Glass. »Wir sind von einem Ort zum andern gehetzt, haben Kopf und Kragen riskiert. Meinst du nicht, wir hätten endlich eine kleine Ruhepause verdient? Hast du keine Lust, mal für eine Weile die Füße hochzulegen und die angenehmen Seiten des Lebens zu genießen?«

»Doch, schon. Das klingt nicht schlecht. Cocktails, dicke Steaks und lange Abende, an denen wir unser vieles Geld zählen.«

»Dann lass uns dem Land, wo Milch und Honig fließen, einen Besuch abstatten«, sagte Mrs Glass. »Wir verkaufen unsere Beute an den alten Bock, dem die Insel gehört, und gönnen uns einen ausgedehnten Urlaub.«

»Das nenne ich einen wirklich guten Plan«, stimmte Strabo ihr zu.

»Vorher müssen wir allerdings bei der erstbesten Gelegenheit den Lastwagen loswerden und uns ein anständiges Fahrzeug beschaffen«, sagte Mrs Glass und faltete die Karte zusammen. »Trotz der neuen Farbe laufen wir Gefahr, dass man uns erkennt. Es ist ein paar Tage her, seit wir die Soldaten umgelegt haben, und der Vorfall hat sich wahrscheinlich in der Zwischenzeit herumgesprochen.«

»Wenn mir bloß nicht dieser verfluchte Mexikaner entwischt wäre«, sagte Strabo und spuckte auf den Boden.

»Was passiert ist, ist passiert«, sagte Mrs Glass. »Also pack unsere Sachen und lass uns von hier verschwinden. Mir tut's jedenfalls nicht leid, dass wir von hier abhauen.« Sie öffnete die Beifahrertür und forderte Precious und James mit einem Kopfnicken auf einzusteigen.

»Ich werde mich nicht neben Sie setzen«, sagte Precious. »Sie können mich nicht dazu zwingen. Ich werde laut schreien und mich mit Händen und Füßen wehren.«

»Ich bin zu müde für solche Spielchen«, sagte Mrs Glass. »Steig ein oder ich –«

»Oder was?«, schnitt Precious ihr das Wort ab. Sie stand da, die Hände in die Seite gestemmt, den Kopf schief gelegt. »Erschießen können Sie mich nicht, denn Sie brauchen mich noch. Ohne mich haben Sie nichts mehr in der Hand.«

Mrs Glass seufzte.

»Schaff sie hinten auf den Wagen und fessle sie an die Sitzbank«, sagte sie zu Strabo, der sich sofort ein Seil schnappte und Precious auf die Ladefläche stieß. »Dann setzt du dich zu ihr, damit sie nicht auf dumme Gedanken kommt.«

»Ob das so eine gute Idee ist?«, fragte James.

Mrs Glass sah ihn unter der breiten Krempe ihres Hutes an.

»Hast du eine bessere?«, fragte sie.

»*Ich* sollte neben ihr sitzen.«

»Du?«

»Geben Sie mir noch eine Chance«, sagte James. »Strabo könnte Aufmerksamkeit erregen. Man wird nach erwachsenen Männern Ausschau halten, nicht nach jungen Leuten.«

»Da ist was dran«, sagte Mrs Glass. Sie legte James die Hand auf

die Schulter. Mit ihren eisblauen Augen sah sie ihn durchdringend an. »Du hast noch einen anderen Grund, warum du mit ihr zusammen hinten auf dem Wagen sein willst, stimmt's?«
James versuchte, so naiv wie möglich auszusehen. Er zuckte mit den Schultern. »Ich weiß nicht, was Sie meinen.«
»Ich habe dich beobachtet, Corona. Mir kannst du nichts vormachen. Ich weiß, was du im Schilde führst.«
James setzte ein dümmliches Grinsen auf. »Ich führe nichts im Schilde, *Señora«,* sagte er.
»Oh doch, das tust du«, entgegnete sie. »Du bist nicht einfach nur ein Dieb, nicht wahr Corona?«
»Glauben Sie mir, ich –«
»Du bist auch ein Schürzenjäger, nicht wahr, mein Kleiner?«
James errötete.
Mrs Glass lachte.
»Du hast ein Auge auf die Kleine geworfen, oder? Meinst du etwa, ich hätte nicht bemerkt, wie ihr die Köpfe zusammensteckt? Ich kann es dir nicht einmal verdenken, sie ist ein hübsches kleines Ding. Ich möchte dir nicht das Herz brechen, Blauauge, aber ich fürchte, so eine wie sie würde einen *Mexicano* wie dich kein zweites Mal ansehen, wenn die Dinge anders lägen und sie daheim in ihrem pompösen Haus mit all ihren schicken Kleidern und ihren Dienern wäre.«
»Sie ist in Ordnung«, sagte James. »Sie hat nur eine spitze Zunge.«
»Was du nicht sagst«, erwiderte Mrs Glass und gab ihm eine Wasserflasche. »Also schön. Du steigst mit der Kleinen hinten auf den Lastwagen. Lass dich von ihr aber nicht einwickeln und zu irgendwelchen Dummheiten verleiten, verstanden?«
»Sie können mir vertrauen.«
»Kann ich das? Ich habe dir vertraut, als es darum ging, auf die Wachen aufzupassen.«

»Das wird nicht wieder vorkommen.«

»Worauf du, verdammt noch mal, wetten kannst.« Sie wandte sich ab. »Ich mag dich, Corona«, sagte sie über die Schulter hinweg. »Was mich aber nicht daran hindert, dich notfalls zu töten.«

16 Jetzt oder nie

Der Lastwagen rollte langsam über das Ölfeld, vorbei an den verlassenen Wachhäuschen am Eingang und über den Feldweg bis zur Straße. James saß mit Precious hinten auf der Ladefläche. Sie war an die Bank gefesselt, machte aber einen merkwürdig zufriedenen Eindruck. Sie grinste übers ganze Gesicht.

»Du siehst mich an, als hätte ich einen fertigen Fluchtplan in der Tasche«, sagte James.

»Es wird alles gut werden«, entgegnete Precious. »Wir werden fliehen und dann helfen wir Daddy.«

»Willst du das wirklich?«, fragte James. »Nach allem, was er getan hat?«

»Ach, begreifst du es denn nicht?«, sagte sie.

»Was soll ich begreifen?«

»Erkennst du nicht den Grund, warum er die Geheimpläne nicht verkauft hat? Warum er sich nie auf einen Handel eingelassen hat?«

»Er war zu habgierig und hat nie genug bekommen«, sagte James.

»Nein«, sagte Precious, als spräche sie mit einem ahnungslosen Kind. »Er wollte die Dokumente von Anfang an nicht verkaufen. Es ist sonnenklar. Er hat sie von dem Marineoffizier gestohlen, um sie der amerikanischen Regierung zurückzugeben.«

»Mag sein«, sagte James, der sich nicht mit ihr streiten wollte. Wenn sie unbedingt diese Version der Geschichte glauben wollte, dann würde er sie nicht davon abbringen.

»Daddy würde niemals sein Vaterland verraten«, sagte Precious. »Nie und nimmer.«

»Nein ...«, murmelte James. Er konnte es ihr nicht verdenken, dass sie so unerschütterlich daran festhielt. Es musste schmerzvoll sein zu erfahren, dass ihr Vater, den sie wie einen Helden verehrt hatte, genau die gleichen Schwächen hatte wie alle anderen Menschen auch. »Es tut mir leid«, fügte er hinzu.

»Was tut dir leid?«

»Ich wusste nicht ... das von dir und deinem Vater und so weiter. Ich wusste nicht, dass eure Mutter euch verlassen hat.«

»Das war noch eine Lüge«, sagte Precious scharf. »Sie reist sehr oft nach Amerika. Das ist alles. Sie hat Verwandte dort. Ihr gefallen die schönen Geschäfte. Es ist zu heiß für sie in Mexiko ...«

James nickte und wandte sich ab. Die Menschen waren manchmal sehr kompliziert.

»Auch wenn *du* keinen Fluchtplan hast«, fuhr Precious fort. *»Ich* habe einen.«

»Ach, tatsächlich?«

»Ja. Wir springen vom Lastwagen runter, halten ein Auto an und holen Hilfe.«

James sah sie an. Ihre Augen glänzten vor Aufregung.

»Einverstanden«, sagte er. »Dein Plan ist so gut oder so schlecht wie jeder andere auch. Die Sache ist nur – wenn er schiefgeht und sie uns schnappen, werden sie mich vermutlich töten.«

»Hast du etwa Angst?«

»Nein«, log James. »Und du?«

»Nicht mehr.«

»Gut«, sagte James. Er zog Strabos Jagdmesser aus dem Gürtel. »Wir gehen folgendermaßen vor ...«

Es waren keine anderen Fahrzeuge auf der Straße zu sehen. Ab und zu kamen sie an Leuten vorbei, die zu Fuß unterwegs waren: Bauern und Landarbeiter und auch einmal eine Familie mit einem Lastesel. Wenn ihnen die Flucht gelänge, würden sie nicht so bald auf Hilfe hoffen können. Aber James beschloss, sich zunächst einmal darauf zu konzentrieren, von dem Lastwagen runterzukommen. Nachdem er die Fesseln des Mädchens durchgeschnitten hatte, richteten sie sich vorsichtig auf und hielten sich an der Rückwand des Führerhauses fest.

Sie schauten nach vorn auf die Straße und warteten auf eine günstige Gelegenheit.

Eine Weile tat sich nichts, doch dann erreichten sie ein Waldstück, wo die Äste der großen Bäume weit über die Straße ragten.

»Halte dich bereit«, sagte James und konzentrierte sich. »Du zuerst. Versuch, so leise wie möglich zu sein. Ich werde dir helfen.«

Precious sagte kein Wort, sondern nickte nur angespannt.

Die ersten Bäume eigneten sich nicht, die Äste waren viel zu dünn oder zu hoch oben, dann wiederum fuhr der Lastwagen zu schnell.

Schließlich kam eine scharfe Kurve. Der Lastwagen bremste ab und da endlich entdeckte James das, wonach er die ganze Zeit über Ausschau gehalten hatte: einen Baum, der wie geschaffen war für seine Zwecke.

»Der da«, sagte James.

Precious begriff sofort, was er meinte.

James wartete bis zum allerletzten Augenblick, bevor er das Mädchen hochhob. Precious umklammerte einen dicken Ast, stemmte sich behände hoch und legte sich flach hin, damit sie nicht im Rückspiegel gesehen werden konnte. James drehte sich auf der Ladefläche nach ihr um, aber da war sie schon nicht mehr zu sehen.

Jetzt war er an der Reihe. Es würde schwierig werden. Die Lücken zwischen den Bäumen wurden immer größer und der Last-

wagen fuhr wieder schneller. James musste sich beeilen. Aber nirgendwo erspähte er den passenden Baum.
Zum Teufel. Er durfte keine Zeit mehr verlieren. Ihm blieb nichts anderes übrig, als das Risiko einzugehen. Er hängte sich die Wasserflasche vor die Brust und zog den Riemen fest. Dann kletterte er auf die Seitenklappe des Lastwagens und balancierte unsicher darauf. Ein Ast kam direkt auf ihn zu. Der Lastwagen fuhr jetzt viel schneller als vorher. James spürte, wie Strabo einen höheren Gang einlegte und aufs Gaspedal trat.
Jetzt oder nie.
James sprang hoch. Der Ast prallte gegen seine Brust wie die Keule eines Riesen. Irgendwie gelang es ihm, sich festzuhalten, und ohne lange darüber nachzudenken, schwang er die Beine hoch und umklammerte den Ast. Ihm war schwindlig, in seinem Kopf drehte sich alles, und vor seinen Augen tanzten schwarze Punkte. Er bekam keine Luft. Nur undeutlich nahm er wahr, wie der Lastwagen weiterfuhr und Staub hinter sich aufwirbelte. James wartete, bis er um die nächste Kurve gebogen war, bevor er losließ. Dann wurde er ohnmächtig.

Er wurde wach, als ein Schwall Wasser sein Gesicht traf. Er schlug die Augen auf und erblickte Precious, die neben ihm kniete.
»Das ist Verschwendung«, krächzte er.
»Ist das der Dank?«, gab sie zurück.
»Tut mir leid«, sagte James und setzte sich auf. Er nahm einen Schluck aus der Flasche, die inzwischen fast leer war. »Danke.«
»Bist du verletzt?«
»Ich glaube nicht. Zumindest habe ich mir nichts gebrochen.« James kam mühsam auf die Beine. »Wir müssen schleunigst von der Straße weg«, sagte er und stöhnte. Seine Brust brannte wie Feuer und er hatte Mühe zu atmen. Precious stützte ihn. Sie leg-

te den Arm um ihn und gemeinsam stolperten sie zurück an den Straßenrand.

James schaute sich um. Auf der gegenüberliegenden Straßenseite lag offenes Buschland. Wenn sie diesen Weg einschlugen, könnte man sie leicht entdecken. Auf ihrer Seite ging das waldige Gelände in eine steile, felsige Anhöhe über.

»Wir müssen schleunigst von hier weg«, sagte er, obwohl ihm das Sprechen wehtat. »Es ist nur eine Frage der Zeit, bis sie merken, dass wir geflohen sind. Sie werden umkehren und uns suchen. Wir müssen diesen Hügel hinauf.«

»Meinst du, du schaffst das?«

»Ja«, blaffte James. »Mach dir um mich keine Gedanken. Los jetzt.«

Anfangs war der Aufstieg noch recht leicht, zwischen den Bäumen war es angenehm kühl und schattig, und der Boden war weich. Aber je höher sie kamen, desto spärlicher wuchsen die Bäume und schließlich gab es nichts mehr außer Felsen und Kakteen. Dann erreichten sie freies Gelände, das in der Mittagssonne glühte. Das Gestein war hart und hatte scharfe Kanten und von einem richtigen Pfad konnte keine Rede mehr sein. Sie bemühten sich, immer wieder Schatten zu suchen, und James achtete darauf, dass man sie von der Straße aus nicht sehen konnte. Es ging nur sehr zäh voran. Es war heiß und der Weg war beschwerlich. James fühlte sich schrecklich. Er hatte das Gefühl, sich jeden Moment übergeben zu müssen. Hoffentlich hatte er sich keine inneren Verletzungen zugezogen.

»Wie lange sollen wir noch so weitergehen?«, jammerte Precious.

»So lange wir können«, knurrte James. »Je weiter wir von der Straße weg sind, desto schwieriger wird es für sie, uns aufzuspüren.«

»Ich kann mir nicht vorstellen, dass sie tatsächlich umdrehen«, sagte Precious. »Sie haben es viel zu eilig, nach Palenque zu kommen. Das wäre die reinste Zeitverschwendung.«

»Red nicht so viel«, sagte James. Plötzlich packte er sie und zog sie hinter einen großen Felsbrocken.
»Was soll das?«, fragte Precious atemlos.
James hielt ihr den Mund zu. »Hör doch«, raunte er.
Motorengeräusch drang zu ihnen herauf. Der Lastwagen bog um die Kurve und fuhr in die Richtung, aus der sie gekommen waren. Ein paar Minuten später kehrte er jedoch wieder um und hielt am Straßenrand an.
»Rühr dich nicht vom Fleck«, flüsterte James, bevor er Precious losließ.
Zitternd vor Angst kauerte sie regungslos hinter dem Felsen. »Wenn ich eine Pistole hätte, würde ich da runtergehen und sie erschießen«, murmelte sie.
James spürte die Pistole, die dem mexikanischen Polizisten gehört hatte und die nun, unter dem weiten Hemd verborgen, hinten in seinem Hosenbund steckte. Er hielt es für das Beste, Precious nichts von der Waffe zu sagen. Eine Schießerei zwischen ihnen und der Frau und Strabo, da war sich James sicher, würden sie bestimmt nicht überleben. Er hatte in den vergangenen Tagen genug Tote gesehen, um zu wissen, wie gefährlich diese Verbrecher waren.
»Allein können wir es nicht mit denen aufnehmen«, sagte er.
»Ich will sie hängen sehen für das, was sie Garcia angetan haben«, sagte Precious.
James nickte. »Ich kann immer noch nicht glauben, dass er tot ist.«
»Der arme Mann«, sagte Precious. »Er war immer so freundlich zu mir und JJ. Dabei hätte er das gar nicht nötig gehabt. Er hat JJ aus den Fluten gezogen und später wollte er ihn in Sicherheit bringen. Das hat er mit seinem Leben bezahlt. Und *ich* werde dafür sorgen, dass *sie* dafür bezahlen.«
»Ich hasse die beiden genauso wie du«, sagte James leise. »Aber

im Augenblick können wir nichts tun. Wir müssen versuchen zu überleben, mehr nicht. Also sei still und rühr dich nicht.«

Sie warteten fast eine Stunde lang, erst dann hörten sie wieder Motorengeräusch und der Lastwagen fuhr weg. James war so müde, dass sein Kopf auf die Brust sank und er eindöste. Precious weckte ihn.

»Und was jetzt?«, fragte sie. »Glaubst du, sie sind endgültig weg?«

»Ich denke, schon.«

»Heißt das, wir klettern den Abhang wieder runter?«

»Zu gefährlich«, sagte James.

»Sollen wir hier vielleicht übernachten?«

»Nein, wir brauchen einen Unterschlupf und Wasser. Der kümmerliche Rest in der Flasche ist bald aufgebraucht.«

»Schon gut, das brauchst du mir nicht extra unter die Nase zu reiben. Ich wollte dir nur helfen. Oder hätte ich dich etwa auf der Straße liegen lassen sollen?«

»Nein, natürlich nicht«, erwiderte James. »Ich habe das ohne Hintergedanken gesagt. Warum musst du immer so kratzbürstig sein?«

»Mir ist heiß und ich bin müde und hungrig«, sagte Precious niedergeschlagen.

»Ich auch«, entgegnete James. »Lass uns warten, bis es kühler wird, dann suchen wir uns einen Schlafplatz für die Nacht.«

So saßen sie da und warteten, während die Sonne langsam hinter der Sierra Madre verschwand und den Hang in ein purpurnes Licht tauchte. Sie beobachteten, wie die Schatten den Hügel hinunterkrochen und über die flache grüne Ebene glitten, bis hin zu dem silbernen Band des Ozeans in der Ferne.

Es kühlte rasch ab. James fühlte sich wie zerschlagen.

»Los jetzt«, sagte er. »Lass uns gehen.«

Es war eine Qual, aufzustehen und einen Fuß vor den anderen zu setzen, aber irgendwie gelang es ihnen doch. Precious trottete murrend hinter James her und so folgten sie einer Felsrinne hügelaufwärts, wo sie das Plätschern von Wasser hörten. Schließlich stiegen sie auf einen Felsgrat, hinter dem sich ein großer Krater befand. Ein grüner Pflanzenteppich polsterte das Gestein und ein dünner, silbrig glitzernder Wasserfall ergoss sich in einen kleinen See.

Precious lachte erleichtert. Sie hasteten darauf zu, ließen sich auf den Bauch fallen und tranken in großen Schlucken das erfrischende Wasser.

»Hier schlagen wir unser Nachtlager auf«, sagte James. Er drehte sich auf den Rücken und betrachtete den Himmel, über den sich bereits die Schatten der Abenddämmerung legten. »Der Platz ist genau richtig.«

»James?«, fragte Precious.

»Was ist?«

»Ich muss immer an JJ denken. Ich mache mir Sorgen um ihn. Glaubst du, es geht ihm gut?«

»Ganz bestimmt«, sagte James, obwohl er genauso beunruhigt war wie sie. »Bestimmt sitzt er gerade gemütlich in einem Krankenhausbett und isst ein Eis.«

Precious lachte. »JJ liebt Eis. Erdbeer und Schokolade.«

»Morgen früh halten wir ein Auto an und lassen uns nach Veracruz mitnehmen«, sagte James. »Dann hast du deinen Bruder wieder und wir können deinem Vater einen Funkspruch schicken. Wir müssen ihn vor Mrs Glass warnen.«

»Ja . . .«, sagte Precious und schwieg dann. Sie wagte kaum zu hoffen, dass James recht behalten könnte.

Vor Einbruch der Dunkelheit sammelten sie Farne, Blätter und Moos für ihr Nachtlager. Sie waren beide erschöpft und bestimmt würden ihnen sofort die Augen zufallen, trotzdem blieb James noch eine Weile sitzen und wachte über Precious, bis er sicher war, dass sie eingeschlafen war. Erst dann legte er sich hin und schloss die Augen. Er war viel zu müde, um an morgen zu denken, und so dauerte es nicht lange, bis er tief und fest schlief.

Aber Precious hatte nur so getan, als schliefe sie. Als sie James' gleichmäßige Atemzüge hörte, öffnete sie die Augen und betrachtete ihn.

Das schimmernde Mondlicht lag auf seiner Haut. Sie strich die Haarsträhne aus seinem Gesicht und wünschte ihm leise Gute Nacht.

Precious wachte auf, weil es nach Rauch und verbranntem Holz roch. Sie fror erbärmlich.

James war schon aufgestanden und hatte Feuer gemacht. Sein Haar war feucht und klebte am Kopf. Er war eine Runde in dem kleinen Bergsee geschwommen. Er stand nur in Unterhose da, die restliche Kleidung hatte er zum Trocknen über Äste gehängt. Sein Brustkorb war zerschrammt und die Blutergüsse schillerten bläulich braun.

»Hast du gut geschlafen?«, fragte er.

»Danke ja«, sagte Precious. Ihr Magen gab ein langes, lautes Grummeln von sich. Beide lachten.

»Ich habe einen Bärenhunger«, sagte sie. »Ich glaube, ich kann heute keinen Schritt gehen.«

»Wir müssen wieder auf die Straße zurück«, sagte James.

Precious stöhnte. Der Hunger nagte an ihrer guten Laune. Sie blickte auf ihren zerfetzten Kleidersaum, dann auf ihre schmutzigen Hände. Sie erinnerte sich daran, dass sie sich fest vorgenommen hatte, nicht mehr zu weinen, deshalb ballte sie die Fäuste und schlug auf die Erde.

»Oh, ich hasse das«, rief sie zornig. »Ich brauche was Anständiges zu essen, ein heißes Bad und frische Kleidung.«

»Na ja«, sagte James. »Ein heißes Bad kann ich leider nicht bieten, aber gleich hier um die Ecke ist eine ganz passable kalte Dusche. Und im Teich kannst du dein Kleid auswaschen.«

Precious sprang auf und war sofort besser gelaunt.

»Aber du darf nicht zuschauen.«

»Das werde ich ganz bestimmt nicht«, sagte James und sammelte seine Kleidungsstücke wieder ein. »Mal sehen, ob ich in der Zwischenzeit etwas Essbares auftreiben kann.«

Precious ging zu dem kleinen See, zog ihre Kleidung aus und tauchte unter. Es war eisig kalt und kristallklar und für einen kurzen Moment vergaß sie alles und nahm nur noch das Wasser auf ihrer Haut und das Rauschen in ihren Ohren wahr.

Als sie wieder auftauchte, strahlte sie übers ganze Gesicht. Sie schwamm zu dem Wasserfall und ließ sich das kühle Wasser auf Kopf, Nacken und Schultern platschen; es war die beste Massage, die man sich vorstellen konnte. Sie fing an, die Knoten in ihrem Haar zu entwirren. Das Wasser schwemmte nicht nur den Schmutz, sondern auch ihren Kummer weg.

Währenddessen war James einer Tierfährte gefolgt, die auf die andere Seite des Kraters mitten zwischen die Felsen führte. Er hielt die Pistole in der Hand. Ob er tatsächlich ein essbares Wildtier aufspüren würde, wusste er nicht, aber er wollte zumindest darauf vorbereitet sein.

Ein kleiner brauner Vogel flog auf in den Himmel. Abgesehen von den Insekten, war er das einzige Lebewesen, das James in den nächsten Minuten zu sehen bekam.

Ihm fielen ein paar große Kakteen auf, die man unter dem Namen Feigenkaktus kannte. Sie würden erst später im Jahr Früchte tragen, aber in Tampico hatte James einen Verkäufer am Straßenrand gesehen, der die gekochten Kakteen als *Nopalitos* angeboten hatte. Er schnitt einige der flachen, aber fleischigen Triebe ab, wobei er darauf achtete, sich nicht zu stechen, und setzte sich auf einen Felsen, um die großen Stacheln und den unappetitlichen Haarflaum mit Strabos Messer abzuschaben. Es war ein wohltuendes Gefühl, sich von der Sonne wärmen zu lassen, denn die feuchte Kleidung klebte an seiner Haut und fühlte sich unangenehm kalt an.

Während er in die Arbeit vertieft dasaß, bemerkte er, dass er nicht mehr allein war. Noch jemand war gekommen, um den Sonnenschein zu genießen. Ein große, hässliche Echse. Ein Leguan. Er sah aus wie ein urzeitliches Tier. Als Kaltblüter war er darauf angewiesen, dass die Sonne sein Blut erwärmte, deshalb hockte er da und ließ seine faltige, wulstige Haut bescheinen.

Der Schwanz des Tiers war etwa zwei Fuß lang und der Körper hatte die Größe einer ausgewachsenen Katze. Als James es genauer betrachten wollte, fielen ihm zwei weitere Leguane auf, die in einiger Entfernung zwischen den Felsen in der Sonne kauerten; sie hatten den Kopf in die Höhe gereckt, von seinem Erscheinen aufs Höchste alarmiert.

So langsam wie möglich und ohne den großen Leguan in seiner Nähe auch nur eine Sekunde aus den Augen zu lassen, griff James nach der Pistole. Vorsichtig spannte er die Waffe, damit kein lautes Klicken die Tiere aufschreckte, und zielte auf den großen Leguan.

Er hielt die schwere Pistole so ruhig er konnte, kniff ein Auge zu und wollte abdrücken. Aber der Abzug klemmte. Es erforderte mehr Kraft, als James vermutet hatte. Er drückte fester . . . und fester . . .

Der Knall war unbeschreiblich laut und die Hand, in der James die Pistole hielt, bekam einen Schlag nach oben. Einen Augenblick lang war er wie erstarrt, seine Ohren dröhnten und seine Armmuskeln kribbelten.

Von den drei Leguanen war nichts zu sehen. Er hatte sein Ziel verfehlt.

James stand auf und ging zu der Stelle, wo vor Kurzem noch der Leguan gesessen hatte.
Hinter dem Felsen lag der schwarzgrau gefleckte Körper des Tiers. Der Kopf fehlte, und obwohl James sich danach umsah, fand er ihn nirgends.
Er hob das tote Tier auf. Es fühlte sich warm an. Die Haut war trocken und die Beine zuckten leicht.
James schätzte, dass Precious sich schrecklich anstellen würde, so etwas zu essen. Er wollte es ihr nicht unnötig schwer machen, daher zog er sein Messer hervor, schlitzte den Bauch auf und nahm das Tier aus. Dann schnitt er die Beine mit den Klauenfüßen ab und auch den größten Teil des Schwanzes.
Precious kam auf ihn zugerannt, gerade als er das Tier auf einen langen Stock spießte.
»Was ist los?«, fragte sie. »Ich habe einen Schuss gehört.«
»Alles in Ordnung«, antwortete James. »Ich war es, der geschossen hat. Ich habe ein Frühstück für uns.«
Beim Anblick des Leguans machte Precious ein entsetztes Gesicht.
»Ich hoffe, du erwartest nicht, dass ich das esse«, sagte sie und wich zurück. Angewidert presste sie die Hand vor den Mund.
»Ganz wie du willst«, erwiderte James ruhig. Er nahm den Leguan und die Feigenkakteen und marschierte zum Lager zurück.
Nach ihrem Bad im See hatte Precious Holz auf die Feuerstelle geschichtet und die Flammen angefacht, damit ihre Kleidung schneller trocknete, und inzwischen glühten die Scheite.
James setzte sich hin und hielt, ohne auf den lauten Protest des Mädchens zu achten, den aufgespießten Leguan über die Flammen. In der Gluthitze fing die Haut an, Blasen zu werfen, sie wellte sich und wurde dunkel. James musste den Stock immer wieder drehen, damit der Leguan auf allen Seiten gleichmäßig braun wurde.

Bald stieg ein verführerischer Duft nach gebratenem Fleisch zwischen den Kraterwänden auf. James lief schon das Wasser im Mund zusammen und er bemerkte, wie Precious ihn mit hungrigem Blick beobachtete. Sie kam näher und setzte sich schließlich neben ihn.

Als der Leguan fertig war, entfernte James mit dem Messer die geröstete Haut und schnitt das Fleisch in Stücke. Jetzt sah es aus wie ein gewöhnlicher Braten, und als James davon kostete, schmeckte es wie zähes Hühnerfleisch. Es tat gut, endlich etwas Warmes zu essen.

Irgendwann hielt Precious es nicht länger aus. Mit spitzen Fingern nahm sie ein kleines Stück Fleisch, schob es in den Mund, kniff die Augen zu und fing an zu kauen. Gleich darauf entspannte sie sich. Ohne zu zögern, nahm sie eine größere Portion und ließ es sich schmecken.

Sie aß gierig, der Saft des Fleischs tropfte von ihrem Kinn. Wie sie so dasaß und auf dem Leguanfleisch herumkaute, sah sie aus wie ein wildes Tier. Ihre kunstvolle Lockenfrisur war dahin, von ihrem sorgfältigen Make-up waren auch die letzten Spuren fortgewaschen.

James musste unwillkürlich lächeln. Precious veränderte sich, sie wurde härter, erwachsener. Sie begriff langsam, dass viele Dinge, die für sie eine große Bedeutung gehabt hatten, gar nicht wichtig waren.

Nach kurzer Zeit war das Fleisch aufgegessen, nur ein Häufchen kleiner Knochen und verbrannter Haut blieb übrig. James röstete die *Nopalitos* über der heißen Glut und schnitt sie dann in Scheiben. Sie waren ein bisschen glitschig, schmeckten aber recht gut.

Danach legten sie sich zufrieden ins Gras, um sich auszuruhen und für eine Weile ihre Sorgen zu vergessen.

Aber dieser Moment ging viel zu schnell vorbei. Eine dunkle Wolke legte sich über den Felskrater. Precious zitterte.

»Wir sollten besser aufbrechen«, sagte sie, als sie daran dachte, was sie alles vorhatten und dass sie ja nach Veracruz zu JJ wollten.

»Du hast recht«, sagte James. Er leckte sich die fettigen Finger ab, rollte zur Seite und stand auf.

Sie erstickten das Feuer, füllten die Feldflasche mit frischem Wasser und machten sich an den langen, mühevollen Abstieg.

Eine Stunde später saßen sie am Straßenrand unter einem Baum und warteten darauf, dass ein Fahrzeug vorbeikam, das sie anhalten konnten.

Die Zeit verrann. Ein Mann auf einem Esel trottete langsam an ihnen vorbei, Mensch und Tier sahen erhitzt und gelangweilt aus. Dann hörten sie Motorengeräusche, aber das Fahrzeug fuhr in die falsche Richtung, nach Norden, und hinterließ nur eine Staub- und Rauchwolke. Das nächste Auto fuhr zwar in die richtige Richtung und sie sprangen auf und winkten, aber der Fahrer bremste nicht ab und starrte nur geradeaus auf die Straße.

Precious rief hinter ihm her, aber es nützte nichts. Enttäuscht kehrten sie zu ihrem Rastplatz unter dem Baum zurück und warteten in düsterem Schweigen.

»Wenn das so weitergeht, sitzen wir hier noch tagelang herum«, murrte Precious. »Und währenddessen entwischt uns Mrs Glass. Wir müssen Daddy warnen. Und dazu brauchen wir Hilfe.«

»Ich weiß«, sagte James. »Wir müssen einfach Geduld haben. Irgendwann kommt bestimmt jemand vorbei und nimmt uns mit.«

Noch während er das sagte, hörten sie wieder Motorengeräusche. Ein Auto. Es kam von Norden.

Sie sprangen auf und starrten die Straße entlang, als könnten sie das Auto herbeizaubern. Als es schließlich in der Ferne auftauchte, sahen sie, dass es eine schwarze Limousine war, ein Dodge Sedan, der sehr schnell fuhr.

Diesmal würden sie den Fahrer zum Anhalten zwingen. Sie stellten sich mitten auf die Straße und winkten wie verrückt.
»Er wird langsamer«, sagte Precious. »Ich glaube, er hält an.«
In der Tat kam der Dodge unmittelbar vor ihnen zum Stehen.
»Scheint, als wären unsere Gebete erhört worden«, sagte James.
Er ging auf das Fahrzeug zu und setzte ein möglichst freundliches Lächeln auf.
Doch als der Fahrer ausstieg, gefror James das Lächeln auf den Lippen.
Er hatte den Mann zuletzt in Tres Hermanas gesehen, als dieser durch das Fenster stürzte und der Sturm einen Augenblick lang sein Spiel mit ihm trieb. Damals hatten sich ihre Blicke getroffen – und auch jetzt starrten sie sich an.
Es war Manny – das jüngste Mitglied von Mrs Glass' Bande.
Manny, den James aus dem Fenster gestoßen hatte.
Und er hielt eine Pistole in der Hand.
Niemand bewegte sich.

17 Manny das Mädchen

Manny schwitzte stark, in seinen rot geränderten Augen lag ein wilder Blick, der hin und her irrte, als verfolgte er eine besonders dreiste Fliege, die ihn umschwirrte.
Er sah James stirnrunzelnd an. Dann betrachtete er Precious und seine Stirn legte sich noch stärker in Falten. Ganz offensichtlich versuchte er, sich einen Reim darauf zu machen, wieso die beiden vor ihm standen. Er blinzelte und wischte sich über den Mund.
»Ha!«, rief er schließlich und schlug sich aufs Bein. »Ich kenne dich.«
»Das kann ich mir nicht vorstellen«, erwiderte James. »Wie sollte das möglich sein?«
»Ich kenne dich«, wiederholte Manny und schüttelte langsam den Kopf. »Und ich kenne das Mädchen.«
Mit zittrigen Händen richtete er seine Pistole auf James.
»Sie ist die kleine Stone«, fuhr er fort. »Ja, ich kenne sie. Das kleine Mädchen von Jack Stone. Und *du* . . .« Er schielte zu James. »Ich hab dein Gesicht schon mal gesehen. Damals, im Sturm. Das warst du. Ja. Du hast mich aus dem Fenster gestoßen, stimmt's?«
»Nein«, sagte James. »Sie irren sich.«
»Nein, nein, nein, nein . . .«, sagte Manny und grinste. »Oh, jetzt hab ich's. Ja, ich erinnere mich genau. Wo ist der andere? Der kleine Junge?«
»Lassen Sie uns in Ruhe«, sagte Precious.
»Ich sollte euch umbringen«, sagte Manny. »Ich sollte euch auf

der Stelle erschießen.« Er stöhnte und griff sich an den Kopf. »Verdammt«, sagte er. »Ich habe solche Kopfschmerzen.« Er schloss ganz fest die Augen und vergaß James und Precious einen Augenblick lang. Als er die Augen wieder aufschlug, war er ruhig und entspannt, der Schmerz war aus seinem Gesicht gewichen. Er schaute aufs Meer hinaus, dann wieder zu James, aber er erkannte ihn nicht.

»Hier war ein anderer«, sagte er. »Ich habe mit einem anderen gesprochen . . .«

James starrte ihn mit offenem Mund an. Als Manny den Kopf abgewandt hatte, war James aufgefallen, wie schwer verletzt Manny war. Ein Stück seiner Schädeldecke über seinem rechten Ohr war aufgebrochen und hing herunter, nur noch von einem haarbedeckten Stück Haut festgehalten. Wenn er sich bewegte, klappte das kleine Stück vor und zurück, wie eine Tür, die nur angelehnt ist. Und wenn sie sich öffnete, dann sah man etwas von der schimmernden rötlich grauen Gehirnmasse hinter einer elastischen Membranschicht.

Sein Hemdkragen war blutdurchtränkt, aber die Wunde hatte aufgehört zu bluten und die Ränder waren schwarz und verschorft. James fand das klaffende Stück Schädel abstoßend und faszinierend zugleich.

Manny betrachtete die Pistole, die er in der Hand hielt, als könne er sich nicht mehr daran erinnern, wie sie dorthin gekommen war. Er steckte sie in seine Tasche.

»Ich will nach Veracruz«, sagte er dann. »Ist dies der richtige Weg?«

»Ja«, antwortete James.

»Wenigstens einer, der amerikanisch spricht«, sagte Manny. »Ich bin die Straße rauf- und runtergefahren. Es ist die einzige, die passierbar ist.«

»Wenn Sie nach Veracruz wollen, dann müssen Sie hier entlang«, erklärte James und zeigte in die Richtung.

»Es ist richtig gut, hier draußen einen Freund zu finden«, stellte Manny fest.

James warf Precious einen fragenden Blick zu.

»Wir können Ihnen den Weg zeigen«, bot sie an.

»Wirklich?«, sagte Manny. »Dann steigt ein.«

Als Precious an James vorbei zum Auto ging, sah er sie forschend an.

»Es ist zumindest eine Mitfahrgelegenheit«, murmelte sie. Und sie hatte recht – es *war* eine Gelegenheit wegzukommen, auch wenn der Fahrer ganz offensichtlich ein zermatschtes Gehirn hatte. Es war gefährlich, sehr gefährlich sogar, aber vielleicht war es ihre einzige Chance, nach Veracruz zu gelangen.

Als Precious Mannys Wunde von Nahem sah, presste sie die Hand auf den Mund und musste würgen. Entsetzt wich sie zurück.

Manny starrte beide an, der Wahnsinn trat wieder in seine Augen.

»Steigt ein«, bellte er und sie gehorchten.

James setzte sich vorne neben Manny, Precious stieg hinten ein. Bevor sie losfuhren, fing Manny wieder mit der alten Tour an.

»Ich kenne dich von irgendwoher«, sagte er, legte die Pistole in den Schoß und löste die Handbremse.

»Wo sind Ihre Freunde?«, fragte James. »Erinnern Sie sich?«

»Klar doch«, antwortete Manny und lächelte glücklich. »Wir alle sind Freunde. Wir sind eine Familie. Ja. Mama wird sich sehr freuen, wenn sie uns sieht. Ich werde ihr erzählen, was passiert ist. Sie wird lachen. Sie lacht immer. Sie macht alles wieder gut. Mann, das war ein Sturm damals, nicht wahr? Du hättest mich sehen sollen. Ich glaube, ich habe meinen Kopf irgendwie böse verletzt. Ich kann mich fast gar nicht mehr daran erinnern. Bin im Gebüsch wieder aufgewacht. Wusste nicht mehr, wo ich war. Sie haben mich nicht mitgenommen. Ist das zu glauben? Die Hexe

hat mich einfach liegen lassen, damit ich abkratze. Aber so leicht gebe ich nicht auf. Ich bin gelaufen und gelaufen. Bis ich nicht mehr konnte. Dann habe ich mir ein Auto geborgt.«
James bemerkte, dass in der Windschutzscheibe ein kleines Loch war. Er fuhr mit dem Finger darüber.
»Ja«, sagte Manny und lachte. Es war ein hohes, schrilles Kreischen, fast wie ein Schrei. »Das hab ich gemacht. Mamas kleiner Junge. Hab ein Loch durch die Windschutzscheibe geschossen. Peng! Der Fahrer wollte nicht anhalten. Findest du nicht auch, dass das rücksichtslos von ihm war? Ich brauche ein Auto und er will nicht anhalten. Aber dann hat er doch gehalten. Ha, ha, ha, ha, ha, ha. Noch ein toter Mexikaner.«
Plötzlich trat Manny auf die Bremse, nahm die Pistole und hielt sie James an den Kopf. »Ich kenne dich«, sagte er und entsicherte die Waffe. »Du bist die Ratte, die mich aus dem Fenster gestoßen hat. Oh, Mama. Du wirst dir noch wünschen, du hättest das nie getan . . .«
James sah die Verwirrung in seinem Blick. Es waren die Augen eines Tiers, in die er schaute, nicht die eines Menschen, und er begriff, dass er Manny behandeln musste wie einen bissigen Hund.
»Ich werde dir das Gehirn wegblasen«, sagte Manny und drückte den Lauf so fest an James' Stirn, dass es wehtat.
»Nein«, erwiderte James ruhig und bestimmt.
Manny zog die Stirn in Falten.
»Nimm die Pistole weg, Manny.« James redete beruhigend auf ihn ein. »Du brauchst mich nicht zu erschießen. Ich bin dein Freund, weißt du nicht mehr? Du brauchst mich nicht zu erschießen.«
Manny versuchte, seine Gedanken zu ordnen. Tränen traten in seine Augen.
»Ich bin so durcheinander«, jammerte er. »Da ist wer in meinem Kopf, der flüstert und flüstert, und manchmal schreit er, er

schreit so laut, dass ich nicht mehr denken kann. Verdammt, du kannst dir nicht vorstellen, wie das ist.«

»Nicht mich willst du erschießen«, redete James auf ihn ein. »Es ist Mrs Glass, erinnerst du dich an sie? Sie hat dich zurückgelassen. Ihr war es egal, ob du stirbst oder nicht.«

»Mrs Glass?« Manny verlor sich in Gedanken, er drehte und wendete den Namen in seinem kaputten Hirn. Schließlich seufzte er erleichtert auf und wischte sich die Träne ab, die über seine Wange kullerte. »Ja«, sagte er. »Mrs Glass. Genau. Wir werden sie finden. Keine Angst.«

»Fahren wir weiter«, forderte James ihn auf. »Es ist schon spät.«

»Ja . . .« Manny gab Gas und sie fuhren weiter.

James fiel auf, dass sich Manny, solange er fuhr, konzentrieren und seine Gedanken beisammenhalten konnte. Deshalb brachte ihn James dazu, dass er von sich erzählte, um ihn daran zu hindern, über seine Mitfahrer nachzudenken, wer sie waren und was im Hause der Stones passiert war.

Es sprudelte nur so aus ihm heraus, seine Erinnerungen sprangen von einem Ereignis zum nächsten, aber James gelang es trotzdem, sich ein grobes Bild von Mannys trostlosem Leben zu machen. Sein Vater war ein kleiner Gelegenheitsdieb in New York gewesen. Während Manny klein war, hatte er die meiste Zeit im Gefängnis gesessen. Schließlich war er an einer Blutvergiftung gestorben, von einer entzündeten Stichwunde, die er bei einer Straßenschlägerei abgekriegt hatte, als Manny zehn Jahre alt war. Manny war in die Fußstapfen seines Vaters getreten. Er hatte sich als Taschendieb und Eintreiber von Wettschulden durchgeschlagen, hatte Schmiere gestanden für Banden, war Einbrecher geworden und dann, als er alt genug war, hatte er sich zum Alkoholschmuggler hochgearbeitet und, mit einem Gewehr bewaffnet, Bier aus Kanada eingeschmuggelt.

»Aber ich wollte mehr«, erklärte er. »Ich wollte meine eigene Ban-

de. Ich wollte, dass man sich an mich erinnert. Ich wollte mir einen Namen machen. Das ging nicht in New York. Die Stadt war unter den großen Banden und den korrupten Politikern aufgeteilt. Da war kein Platz für ein neues Gesicht. Aber außerhalb der Stadt, im Mittleren Westen, in Kansas und in Nebraska, Michigan und Ohio, da ging die Post ab. Die Burschen wurden berühmte Bankräuber, Machine Gun Kelly, Pretty Boy Floyd, Baby Face Nelson, John Dillinger, Bonnie and Clyde. Und nicht nur die Männer, auch die Frauen, wie zum Beispiel Ma Barker. Da musste man sein und genau dahin bin ich gegangen. Du hast sicher von mir gehört, von Manny dem Mädchen!«
Manny lachte und sah zu James hinüber. »Manny das Mädchen. So haben sie mich genannt. Weil ich mich wie ein Mädchen angezogen habe, wenn ich meine Dinger in der Bank gedreht habe. Ich bin übrigens ein sehr hübsches Mädchen . . .«
James betrachtete Mannys weiches, wenig markantes Gesicht. Er konnte sich vorstellen, wie Manny aussah, wenn er als Mädchen verkleidet war, aber es war kein schönes Bild.
»Ich mache es nämlich so«, fuhr Manny fort. »Ich gehe in eine Bank, schmachte den dämlichen Schalterangestellten mit großem Wimpernaufschlag an, um ihn zu überrumpeln, ziehe die Pistole aus der Tasche und räume ab. Das funktioniert immer. Im Auto wechsle ich die Kleider und die blöden Bullen reißen sich den Arsch auf, weil sie nach einer Frau suchen. Die Zeitungen sind ganz verrückt nach mir. Sie nennen mich die Schwarze Witwe, Belladonna oder das Blonde Gift. Vor Kurzem ist es aufgeflogen, dass ich in Wahrheit ein Kerl bin, aber jetzt kennen alle meinen Namen: Manny das Mädchen. Es wird immer schwieriger. Die Banken halten Ausschau nach mir. Jede Frau, die eine Bank betritt, ist verdächtig. Deshalb hilft mir jetzt mein Bruder Louis.«
Während er erzählte, wurde Manny immer aufgeregter und er achtete immer weniger darauf, wie er fuhr. Der Wagen schlinger-

te hin und her, fuhr im Zickzack, mal auf der rechten, dann wieder auf der linken Straßenseite.

»Fahr langsamer, Manny«, bat James. »Wir haben es nicht so eilig.«

»Ja«, sagte Manny und lachte. »Einen Augenblick lang habe ich geglaubt, wir sind auf der Flucht nach einem Bankraub. Dachte schon, die Bullen sitzen uns im Nacken. Hab schon die Sirenen und alles gehört.«

James fiel auf, dass überall im Auto Geldscheine lagen. Er wusste nicht, woher Manny das viele Geld hatte, aber er nahm an, dass er es irgendwo unterwegs gestohlen hatte. Er bezweifelte allerdings, dass Manny sich daran erinnern konnte. Sein Kurzzeitgedächtnis funktionierte nicht mehr, aber an längst vergangene Ereignisse schien er sich klar und deutlich zu erinnern, als wären sie erst gestern passiert.

»Und was ist mit Mrs Glass?«, fragte James. »Wie lange bist du mit ihr zusammen gewesen?«

»Ich arbeite zum ersten Mal mit ihr«, erzählte Manny. »Strabo ist der Einzige von uns, der sie von früher kennt. Wir waren in Texas, ich und Louis. Wir hatten eine Bank in San Antone ausgenommen, aber dann lief alles schief. Es gab eine Riesenschießerei. Ich habe mich über die Grenze nach Monterrey abgesetzt. Trieb mich da rum, bis Gras über die Sache gewachsen war, und hab mich überall umgehört. Traf einen Safeknacker, der fast taub war. Sie nannten ihn Wasis. Er hat mir von so einer Tante erzählt, die 'nen kräftigen Kerl suchte. Weiß nicht mehr genau, ob sie uns getroffen hat oder wir sie. Plötzlich war sie da, mit einem Japaner und einem Zwerg, redete von mächtig viel Kohle und einem leichten Job unten an der Golfküste. Kann immer noch nicht glauben, dass sie und Wasis einfach abgehauen sind. Sind einfach verschwunden und haben mich in Tres Hermanas liegen gelassen, damit ich verrecke. Ich werde nicht eher Ruhe geben, bis ich sie gefunden habe, und dann, juhu, dann kannst du mal ein Feuerwerk sehen, Kleiner! Wenn sie glaubt, dass sie mich um meinen Anteil betrügen kann, hat sie sich geschnitten. Wenn sie glaubt ... wenn sie glaubt ... Zur Hölle mit ihr. Wo ist sie eigentlich?«

James fürchtete, dass Manny wieder einen seiner Anfälle bekommen würde, wenn es ihm nicht gelang, ihn auf andere Gedanken zu bringen.

»Alles in Ordnung, Manny«, sagte er. »Wo würdest du an ihrer Stelle hingehen?«

»Da gibt's nur einen Ort«, sagte Manny. »Veracruz. Dort würde ich ein Boot nehmen und aus diesem verdammten Land abhauen.«

»Genau«, antwortete James. »Da wirst du sie auch finden. Dahin fahren wir. Erinnerst du dich? Wir müssen einfach nur nach Veracruz fahren. Wir brauchen unsere Pläne gar nicht zu ändern.«

»Ja«, antwortete Manny und grinste. »Ich hab es schon immer gewusst. Siehst du, sie kann mich nicht zum Narren halten. Manny das Mädchen schaut nicht tatenlos zu. Ja, Manny das Mädchen haben sie mich genannt, wegen meiner Verkleidung ...«

Jetzt war er in Gedanken wieder ganz woanders. Er hatte die Geschichten aus seinem Leben mindestens schon drei Mal erzählt und James kannte sie in- und auswendig.

Rechts von ihnen erhob sich der mächtige Gipfel des Pico de Orizaba mit seiner weißen Kappe aus Schnee. Je näher sie den bewohnten Gebieten kamen, desto besser wurden die Straßen. Allmählich tauchten Häuser und Menschen auf. Sie fuhren durch kleine Dörfer, dann durch größere Städte und näherten sich unaufhaltsam Veracruz.

Gott sei Dank. Bald waren sie am Ziel.

Dann mussten sie nur noch bei der erstbesten Gelegenheit Man-

ny loswerden, was kein großes Problem sein durfte, so verwirrt wie er war, und dann hatten sie es geschafft.
Es wurde auch langsam Zeit. Manny schwitzte stark, im Innern des Wagens war es feucht und eng wie in einem Kerker. Fliegen waren hereingeschwirrt und krochen auf seiner Wunde herum, die anfing zu riechen.
Am späten Nachmittag, gerade als sie an der Küste eine Siedlung mit weißen Häusern vor sich sahen, begann der Dodge zu stottern.
»Das Benzin ist gleich alle«, erklärte Manny. »Wir müssen tanken.«
»Wir sind bald da«, sagte James. »Es sind nur noch ein paar Meilen.«
Jetzt waren sie so weit gekommen. Nicht auszudenken, wenn im letzten Moment der Wagen stehen blieb.
Bergab ging es ohne Schwierigkeiten. Manny konnte den Motor ausschalten und im Leerlauf fahren, aber wenn sie den Motor an flacheren Stellen wieder starten mussten, stockte und ruckelte er. Zum Glück führte die Straße meist bergab.
»Komm schon, Baby, du schaffst es«, sagte Manny.
Schließlich entdeckte James an einer Kreuzung einen kleinen Schuppen, wo man Gemüse, Obst und Benzin kaufen konnte.
»Wir sind gerettet«, sagte er und Manny kreischte erleichtert.
Sie hielten direkt neben der Zapfsäule an. Alles war ruhig. Niemand schien in der Nähe zu sein.
»Warum ist in diesem verdammten Land immer alles geschlossen?«, fragte Manny. »Wie soll man da seine Arbeit machen?«
Er stieß die Wagentür auf und stieg aus, dann reckte er sich und lockerte seine Muskeln, die vom langen Fahren angespannt waren. Er bewegte den Hals und grunzte, als es knackte.
»Hola!«, rief er. »Bewegt euch. Kundschaft.«
Eine Schwingtür öffnete sich und eine müde Mexikanerin kam heraus.

»Na endlich!«, brummte Manny. »Volltanken. *Entiendes?«*
»Voll?«, fragte die Frau zurück.
»Du hast's kapiert«, raunzte Manny und schaute die Straße entlang. Als er den Kopf zur Seite drehte, fiel der Blick der Frau auf seine Wunde. Sie schnappte nach Luft und murmelte etwas vor sich hin, das sich wie ein Gebet anhörte.
»Wasnlosmitdir?«, fragte Manny. »Weshalb starrst du mich so an?« Die Frau schüttelte den Kopf und wich zurück, dabei murmelte sie weiter vor sich hin.
»Ich hab gefragt, was mit dir los ist?«, fragte Manny und ging auf sie zu. »Du siehst aus, als hättest du ein Gespenst gesehen.«
James stieg aus dem Wagen aus.
»Was hat sie?«, fragte Manny.
»Geh ins Auto zurück«, sagte James. »Ich mach das schon.«
»Behandle mich nicht wie ein kleines Kind, Louis«, sagte Manny und rieb sich die Schläfe.
»Ich bin nicht Louis«, sagte James. »Ich bin nicht dein Bruder.«
Manny lachte. »Natürlich bist du mein Bruder. Versuch nicht, mich auf den Arm zu nehmen, Louis. Du warst schon immer ein Spaßvogel. Oh, ich hab Kopfschmerzen.« Sein Stöhnen ging in ein lautes Brüllen über.
Die Frau verschwand hinter ihrer Tür und James hörte, wie der Riegel vorgeschoben wurde.
»Komm auf der Stelle wieder raus«, schrie Manny. »Hörst du? Ich brauche Benzin. *Gasolina.«*
Er zog seine Pistole und feuerte auf den Schuppen, dabei lachte er wie irre. James duckte sich hinter das Auto.
»Was machen wir jetzt?«, fragte Precious.
»Wir müssen irgendwie nach Veracruz«, sagte James.
»Sollen wir einfach weglaufen?«
»Das ist zu gefährlich«, antwortete James. »Er würde bestimmt versuchen, uns zu erschießen.«

»Ich halte das nicht länger aus«, jammerte Precious. »Hier in dem Wagen mit ihm eingesperrt zu sein. Mir wird übel, wenn ich dieses Loch in seinem Kopf sehe.«
»Halte durch«, sagte James. »Wir haben es bald geschafft.«
Manny ging zum Auto, legte die Pistole auf das Wagendach und schraubte den Tankverschluss auf. Dann nahm er den Schlauch von der Zapfsäule und füllte den Tank.
Er beugte sich durch das Fenster. »Warum hat sie mich angestarrt, Louis?«, fragte er. »Ich mag es nicht, wenn mich die Leute so anstarren.«
James hörte ein Geräusch und sah sich um. Ein Polizeiauto kam auf sie zu. Zwei Polizisten saßen drin, vermutlich waren sie durch die Schüsse aufmerksam geworden. Sie hielten am Straßenrand an, stiegen aus, sprachen kurz miteinander und gingen vorsichtig auf Manny zu, der ihnen den Rücken zuwandte und sie noch nicht bemerkt hatte.
»Manny«, sagte James, »ich glaube, wir sollten besser verschwinden.«
Endlich hörte auch Manny etwas und drehte sich um. Er sah, wie die beiden Polizisten auf ihn zukamen.
»Buenos dias«, sagte er mit einem Grinsen. »Wir tanken nur die alte Karre auf.«
Einer der Polizisten sprach ihn auf Spanisch an.
»No entiendo«, erwiderte Manny. *»No hablo espanol.«*
Der Polizist griff zur Waffe, die an seinem Gürtel hing, aber Manny war schneller. Er ließ den Schlauch fallen, schnappte die Pistole vom Wagendach und schoss. Der Polizist ließ sich blitzschnell zu Boden fallen und die Kugel verfehlte ihn. Auch sein Kollege ging in Deckung. Manny feuerte noch ein paar Schüsse ab, dann sprang er in den Wagen.
»Lasst uns von hier verschwinden«, sagte er.
Mit quietschenden Reifen fuhren sie auf die Straße. Manny schal-

tete hoch, dass das Getriebe nur so krachte, und holte das Letzte aus dem Dodge heraus. Hinter ihnen heulte eine Sirene auf. Im Rückspiegel sah James, dass auch das Polizeiauto zurück auf die Straße fuhr.

Manny hielt noch immer die Pistole in der Hand.

»Nimm du das Steuer«, sagte er, und ohne den Fuß vom Gas zu nehmen, beugte er sich aus dem Fenster, drehte sich um und feuerte eine Salve ab.

Es gab einen dumpfen Knall, gefolgt von einem grellen Blitz. Manny hatte die Zapfsäule getroffen. Ein schwarz-oranger Feuerball stieg hinter ihnen in den Himmel auf.

18 Ein Plan wird geändert

Eine dicke purpurrote, in der Mitte orange flackernde Rauchwolke legte sich über die Straße. Und aus dieser Wolke raste das Polizeiauto mit heulender Sirene hervor wie eine Fledermaus aus der Hölle.

»Hui!«, schrie Manny und nahm das Lenkrad wieder selbst in die Hand. »Das ist ganz nach meinem Geschmack, Louis.«

Jetzt schoss einer der Polizisten auf sie, aber sie fuhren viel zu schnell, sodass er nicht genau zielen konnte und sie mehrmals verfehlte. James wusste, wenn es ihnen nicht gelang, dem Polizeiauto davonzufahren, war es nur eine Frage der Zeit, bis der Schütze mehr Glück hatte. Er drückte sich tief in seinen Sitz und versuchte, sich ganz klein zu machen. Am Armaturenbrett hing eine kleine Figur der Heiligen Jungfrau von Guadalupe und er überlegte ernsthaft, ob er ein Stoßgebet zu ihr schicken sollte.

Manny war ein guter Fahrer und er hatte sehr viel Erfahrung, wenn es darum ging, der Polizei zu entwischen. Sie rasten die Straße entlang, spürten jedes Schlagloch und jede Querrille, schleuderten auf dem Schotter, aber das Polizeiauto blieb immer weiter zurück, bis es schließlich außer Sichtweite war.

»Sieht so aus, als hätten wir alle Brücken hinter uns abgebrochen«, sagte Manny. »In Veracruz werden wir sicher nicht mit offenen Armen empfangen.«

James war außer sich vor Wut. Veracruz hätte Sicherheit für sie bedeutet. Sie hätten JJ aufgespürt und dieses Martyrium hätte ein Ende gehabt. Stattdessen rasten sie die Küstenstraße entlang nach Süden, ohne Ziel und ohne Hoffnung auf Rettung. An dieser Straße lagen einige größere Städte. Sie konnten versuchen, Manny in die nächste Stadt zu lotsen, aber falls einer der beiden mexikanischen Polizisten dort schon angerufen hatte, würde man sie sicher mit Schüssen willkommen heißen. Er spürte die Pistole in seinem Hosenbund. Würde er es schaffen, sie unbemerkt zu ziehen? Sollte er Manny einfach erschießen? Nein. Nicht, wenn sie so schnell fuhren. Außerdem lag Mannys Waffe noch immer in seinem Schoß.

Und es war eine einfache Wahrheit: Manny war daran gewöhnt, Menschen zu erschießen, James nicht.

Sie fuhren durch eine fruchtbare grüne Ebene, direkt an der Küste entlang. Auch hier konnte man sehen, wie der Sturm gewütet hatte, allerdings bei Weitem nicht so schlimm wie im Norden. Alles war überschwemmt, was die Menschen aber nicht daran hinderte, ihr gewohntes Leben zu führen. Als es Abend wurde, begegneten ihnen Bauern, die von den Feldern kamen und die Straßen mit ihren Eseln und Maultierkarren verstopften.

Schließlich musste Manny sogar anhalten, weil eine Schafherde die Straße überquerte.

»Verdammt«, schimpfte er und fuhr sich übers Gesicht. »Ich wünschte, ich würde mich hier besser auskennen.«

»Wo fahren wir hin?«, fragte Precious vom Rücksitz aus mit kläglicher Stimme. Manny wirkte verblüfft, als hätte er sie ganz vergessen. Er drehte sich um.

»Was hast du gesagt?«, fragte er.

»Ich habe gefragt, wo wir hinfahren«, wiederholte Precious.

»Wo wir hinfahren?«, überlegte Manny. »Ich werde dir sagen, wo wir hinfahren ... wir fahren nach ...« In seine Augen trat wieder dieser irre Blick. Solange er fuhr, musste er nicht nachdenken. Jetzt versuchte sein armes zerstörtes Gehirn, sich einen Reim auf alles zu machen. Er fing an zu zittern. »Da war ein Sturm«, sagte er. »Ein Kind . . .«

»Wir werden Mrs Glass finden«, unterbrach James ihn rasch, um Manny daran zu hindern, weiter darüber nachzudenken, was passiert war.

»Das stimmt«, antwortete Manny und schlug mit den Fäusten aufs Lenkrad. Aber sofort kehrte der gehetzte Blick in seine Augen zurück. »Wo ist sie?«, fragte er verloren wie ein kleiner Junge. »Ich weiß nicht, wo sie ist.«

»Mach dir keine Sorgen«, sagte James. »Wir werden sie finden.«

Manny nahm seine Waffe und begann, im Auto herumzufuchteln.

»Wo ist sie?«, schrie er. »Wohin ist dieses Teufelsweib verschwunden? Sag's mir. Sag's mir oder ich blase dir das Gehirn weg, ich schwör's bei Gott, ich blase dir das Gehirn weg.«

Er packte James an der Gurgel und drückte ihn gegen die Tür, mit der anderen Hand presste er ihm die Pistole an die Wange.

James' Gedanken überschlugen sich. Sollte er Manny die Wahrheit sagen? Sollte er ihn überreden, sie nach Palenque zu fahren, in der Hoffnung, dass sie vor Mrs Glass und Strabo ankamen? Rechtzeitig genug, um Jack Stone zu warnen . . .

Nein. Das war zu gefährlich. Was, wenn Mrs Glass schon vor ihnen da war?

Er hatte so viel riskiert, um ihr zu entkommen, es wäre Wahnsinn, ihr jetzt von Neuem in die Arme zu laufen, und mit Manny im Schlepptau wäre es, als würde man seinen Kopf in ein Hornissennest stecken.

Was sollte er antworten? Er musste etwas sagen, sonst würde Manny ihn erschießen. Aber wenn er etwas Falsches sagte, obwohl . . .

»Palenque«, schrie Precious, bevor er den Mund aufmachen konnte. »Sie ist nach Palenque gefahren.«

Manny ließ die Waffe sinken. »Palenque, he? Okay, weißt du, wie man dahin kommt?«
James nickte und rieb sich sein schmerzendes Genick. Nun hatte ihm Precious also die Entscheidung abgenommen. Sie hatte sich wohl das Gleiche überlegt wie er.
Also dann, auf ins Hornissennest.
Manny fuhr weiter.
»Diese Frau«, sagte er. »Sie hat gedacht, sie kann mich überrumpeln. Aber das macht niemand mit Manny dem Mädchen.«
»Erzähl mir von ihr«, bat James.
»Von wem?«
»Von Mrs Glass. Erzähl mir was von ihr.«
»Die redet nicht viel, die hält den Mund«, sagte Manny. »Nicht wie die meisten anderen Weiber, die ich kenne. Plapper, plapper, plapper, du weißt schon, was ich meine. Eines Abends hat uns Strabo ein bisschen von ihr erzählt. Scheint eine von den Krauts zu sein.«
»Eine Deutsche?«, fragte James erstaunt.
»Genau. Ist aber in Cincinnati geboren. Ihr richtiger Name ist Theda Horowitz. Ihre Eltern waren deutsche Einwanderer. Als Kind ist sie dann nach L.A. gezogen.«
Während er die Geschichte erzählte, beruhigte er sich ein bisschen. James hatte bemerkt, dass er fast übergangslos zwischen Wahnvorstellungen und Wirklichkeit hin und her wechselte. Jetzt, als er sich daran erinnerte, was Strabo ihm berichtet hatte, war sein Verstand wieder klar.
»Theda wuchs auf wie ein ganz normales amerikanisches Mädchen, aber als wir 1917 in den Krieg eintraten, wurde einiges anders für ihre Familie. Viele Yanks waren jetzt gegen die Krauts. Es war echt komisch, aber die Deutschen in Amerika legten sich andere Namen zu. Aus den Schmidts wurden die Smiths, aus den Silbermanns die Silvers, aus den Garfinkels wurden die Garfields.

Schaut her, wollten sie damit sagen, wir sind alle patriotische Yankees. Aber bei Thedas Vater hat es nichts genutzt, er verlor seinen Job. Für Theda brach eine Welt zusammen. Sie fing an, sich mit anderen zu prügeln. Verletzte ein Mädchen in der Schule schwer mit 'nem Messer. Behauptete, sie hätte sich nur gewehrt, aber man hat sie ins Gefängnis gesteckt. Sie war damals erst siebzehn. Das war der Anfang ihrer Gangsterlaufbahn. Danach hat sie sich mit ein paar wirklich üblen Burschen eingelassen.

Sechs Monate, nachdem sie aus dem Knast gekommen war, heiratete sie 'nen Kerl aus dem Viertel, Billy Grosman hieß er. Wer weiß schon, ob sie schon als Verbrecherin auf die Welt kam oder erst zu einer wurde, aber sie hat jedem bewiesen, dass sie eine wirklich gute Verbrecherin war. Billy Grosman arbeitete an der Grenze von Mexiko und Amerika. Er schmuggelte Drogen und Alkohol und Waffen und Menschen über die Grenze, und seit er mit Theda zusammen war, versetzte er ganz Los Angeles in Angst und Schrecken. Aber eines Tages war Billys Glückssträhne vorbei. Eine *Mexicano*-Gang lauerte ihm in einem Hotel auf und durchlöcherte ihn. Theda war dabei. Sie wurde schwer verletzt. Tommy-Maschinengewehre können 'ne Menge Schaden anrichten. Strabo meint, sie hat noch immer Narben von ihren Verletzungen, aber ich habe keine gesehen.

Danach ist sie untergetaucht und etwas später hat sie einen Typen namens Glass geheiratet. Ich weiß nicht, was mit dem passiert ist. Vermutlich gestorben. Einige der Typen, mit denen sie herumhing, sind später im Leichenschauhaus wieder aufgetaucht. Eine Zeit lang war sie auch mit Legs Diamond zusammen. Man munkelt, sie hat ihn später hochgehen lassen. Sie ist das pure Gift, Louis. Wir hätten uns niemals mit ihr einlassen sollen.«

Manny stöhnte plötzlich auf und schüttelte den Kopf, das offene Stück seines Schädels wackelte bei jeder Bewegung hin und her.

»Geht's dir gut?«, fragte James.

Manny blickte sich verstört um.

»Ich kenne den Weg nicht, Louis«, sagte er ängstlich. »Ich erkenne diese Straße nicht wieder.«

James hatte es inzwischen aufgegeben, Manny zu sagen, dass er nicht sein Bruder Louis war. Solange Manny nicht über das nachdachte, was im Haus der Stones passiert war, waren James und Precious einigermaßen sicher.

»Das ist der richtige Weg«, sagte er beschwichtigend. »Fahr nur weiter.«

»Der richtige Weg nach Hause?«, fragte Manny.

»Ja.«

Mannys Laune besserte sich und er fuhr zuversichtlich weiter.

»Wenn wir da sind, Louis«, sagte er, »werde ich Mama einen dicken Kuss geben und sie in den Arm nehmen und, verdammt noch mal, sie wird glücklich sein, ihren kleinen Jungen wiederzusehen. Jippie! Ich komm nach Hause, Mama. Ich und Louis, wir beide kommen nach Hause. Sie haben ihn nicht umgebracht, Ma, er ist hier bei mir. Du kannst ihn anfassen, mit ihm reden, alles. Es ist ein Wunder, Ma, ein gottverdammtes Wunder. Glaub mir, ich hab es getan, ich war es, dein kleiner Junge, ich kann Tote wieder lebendig werden lassen. Ich weiß nicht, vielleicht bin ich ja so was wie ein Wundertäter, ein Heiliger oder so was.«

Manny fantasierte noch einige Zeit lang vor sich hin, bis ihm die Luft ausging. Dann verfiel er in Schweigen, ab und zu murmelte er etwas vor sich hin, ansonsten hing er seinen Gedanken nach. Die Dunkelheit brach schnell herein und das Licht der Scheinwerfer fraß sich in die scheinbar endlose und immer gleiche Straße. Keine einziger Weg zweigte nach rechts oder links ab, abge-

sehen von ein paar schlammigen Pfaden. Manny wurde langsam müde. Er fuhr nun schon seit acht Stunden. Obwohl keine anderen Autos unterwegs waren, fürchtete James, sie könnten verunglücken.
Erschöpft nickte Manny ein und James musste ins Lenkrad greifen, damit sie nicht gegen einen Baum fuhren.
Manny schreckte hoch, fuhr an den Straßenrand und gähnte. Das Tuckern des Motors war das einzige Geräusch in der nächtlichen Stille.
»Ich bin fix und fertig, Louis«, sagte er, nahm seine Pistole in die Hand und starrte sie an. Dann fiel ihm das Kinn auf die Brust und er schloss die Augen. »Ich könnte tausend Jahre schlafen«, seufzte er.
»Du kannst schlafen. Ich werde fahren«, schlug James vor.
»Gut, Louis, so machen wir's.«
Manny stieg aus und ging zur Beifahrerseite.
James rutschte auf den Fahrersitz und legte die Hände aufs Lenkrad. Manny setzte sich neben ihn und sah ihn durchdringend an.
»Keine Tricks mehr«, sagte er.
»Was meinst du damit?«
»Ich weiß, wer du bist«, sagte Manny und stieß James die Pistole in den Magen.
»Ich kann dich zu ihr bringen«, antwortete James und bemühte sich verzweifelt, das Thema zu wechseln. »Ich kann dich zu Mrs Glass bringen.«
»Ja«, sagte Manny und lächelte. »Mrs Glass, ja.«
James fuhr los. Er fuhr so ruhig und gleichmäßig wie möglich, weil er hoffte, Manny auf diese Weise schläfrig zu machen. Aber jedes Mal, wenn er sich zur Seite drehte, sah er die schwarzen Höhlen von Mannys Augen und die widerliche Pistole, die noch immer auf seinen Magen zielte.

»Ma fehlt mir so, Louis«, begann Manny, nachdem er lange Zeit geschwiegen hatte. »Ich hätte sie niemals anschreien dürfen, weißt du. Ich hätte mich nicht mit ihr streiten sollen. Ich hätte sie nicht aus lauter Wut schlagen dürfen. Sie war die Einzige, die mich in den Arm nehmen konnte, und danach war alles wieder gut.« Manny seufzte leise in der Dunkelheit. »Es wird wieder so sein wie damals, als wir Kinder waren, Louis, erinnerst du dich? Wir haben im Garten gespielt, ohne Sorgen, und Ma rief uns dann immer zum Essen. Ich höre noch immer ihre Stimme: ›Jungs, es ist Zeit zum Futtern!‹ Ich hätte sie nicht niederschlagen sollen, Louis. Aber wir werden wieder eine Familie sein, Louis, nicht wahr? Wir alle drei. Wir setzen uns gemeinsam zum Essen hin und ich werde das Tischgebet sprechen und Gott wird lächelnd auf uns herunterschauen und mir all die schlimmen Dinge vergeben, die ich getan habe. Sag mir, dass alles wieder gut wird, Louis, sag es mir . . .«
»Mach dir keine Sorgen«, sagte James. »Schlaf ein bisschen.«
»Ja.«
Mit der Zeit hörte James auf, sich um Manny zu kümmern. Er achtete nur noch auf die Straße, bis er von hinten Precious' Stimme hörte.
»Er schläft.«
Tatsächlich, Mannys Kopf war nach hinten gesackt, sein Mund stand offen, die Augen waren zugefallen. Aber seine Pistole hielt er noch fest in der Hand.
»Glaubst du, wir schaffen es nach Palenque, bevor Mrs Glass dort ist?«, fragte Precious.
»Sie hat zwar einen Vorsprung«, sagte James, »aber der Truck ist nicht gerade der schnellste und sie mussten sich noch nach einem anderen Fahrzeug umschauen. Unsere Chancen stehen also gar nicht so schlecht.«
»Wir müssen uns was wegen Manny einfallen lassen.«

»Ich weiß«, antwortete James. »Und jetzt haben wir vielleicht die einzige Gelegenheit dazu. Während er schläft. Aber ich fürchte, er wacht auf, wenn ich anhalte.«
»Du hast doch eine Pistole«, sagte Precious. »Gib sie mir und ich erschieße ihn.«
»Das könntest du tun?«, fragte James.
»Nein«, erwiderte Precious leise.
»Ich auch nicht«, sagte James. »So kaltblütig bin ich nicht.«
»Was machen wir dann?«
»Die Autotür«, sagte James. »Kommst du an den Türgriff ran, ohne Manny aufzuwecken?«
»Ich glaube schon.«
»Ich zähle bis drei«, sagte James. »Dann reißt du die Tür auf und ich stoße ihn hinaus.«
»Ich weiß nicht, ob ich das kann.«
»Eins . . .«
»James . . .«
»Zwei . . .«
»Warte . . .«
»Drei!«
Alles ging ganz schnell und James erkannte auch den Blick in Mannys Augen wieder. Es war der gleiche verblüffte, ungläubige Gesichtsausdruck wie damals, als James ihn in Tres Hermanas aus dem Fenster gestoßen hatte.
Gerade noch hatte er im Auto gesessen und vor sich hin gedöst, im nächsten Augenblick flog er mit rudernden Armen in die Nacht hinaus.
Eine Sekunde lang war es still im Auto, dann brachen James und Precious in wildes, triumphierendes Lachen aus. James trat das Gaspedal durch. Hinter sich hörte er Schüsse, die aber schnell leiser wurden. Sie waren in Sicherheit. Sie hatten es geschafft. Keine Spur mehr von Manny dem Mädchen.

Sie fuhren weiter, unterhielten sich aufgeregt, bis James die Augen nicht länger offen halten konnte und sie unter Bäumen am Straßenrand anhielten. Sie durchsuchten das Auto. James stopfte sich die Geldscheine, die Manny gestohlen hatte, in die Taschen. Sie hatten gehofft, auch etwas Essbares zu finden, aber alles, was sie zum Vorschein brachten, waren ein paar halb verdorbene Früchte und eine Tüte durchweichte Kekse. Sie waren viel zu hungrig, um wählerisch zu sein, und so stopften sie sich die Kekse mit vollen Händen in den Mund.

Bevor sie sich schlafen legten, studierte James die Landkarte, die sie vor so langer Zeit aus dem Duesenberg mitgenommen hatten. Hier in dieser Gegend gab es nur wenige Straßen. Die, auf der sie fuhren, führte nach Südwesten, in die Berge von Chiapas, in ein entlegenes Urwaldgebiet, das sich bis zur Grenze nach Guatemala hinzog.

»Ist es noch sehr weit bis nach Palenque?«, fragte Precious.

»Das glaube ich nicht«, antwortete James. »Höchstens noch einen Tag.«

Sie legten sich auf den Boden. Zwischen den dunklen Blättern der ausladenden Bäume schimmerten hell die Sterne. James war zu müde, um irgendwelche Gefühle zu verspüren, weder Hoffnung noch Angst noch Aufregung.

Es war schon Morgen, als er erwachte. Der Tag brach grau und kalt und regnerisch an. Eine halbe Stunde später fuhren sie wieder auf der Straße, die sich allmählich ins Hochland von Chiapas hinaufwand. Dann fraß die Sonne die Wolken weg und die Luft wurde schwül und feucht.

In einer kleinen Ansiedlung, deren Vorsteher stolzer Besitzer eines uralten Ford Modell T war, erbettelten sie sich etwas Benzin und fuhren den ganzen Morgen lang weiter, auf einer Straße, die sich immer tiefer in den Urwald schlängelte. Es war schwierig, sich anhand der Karte einen Weg zu suchen, denn sie bot nur eine grobe Skizze der Gegend. Mehrere Male landeten sie in einer Sackgasse und mussten wieder zurückfahren, und wahrscheinlich hätten sie sich hoffnungslos verirrt, wenn sie nicht hin und wieder auf Holzfällertrupps gestoßen wären, die ihnen die richtige Richtung zeigten. Es war schon Nachmittag, als sie zu ihrer großen Erleichterung auf ein altes, handgemaltes Hinweisschild stießen, das den Weg nach Palenque anzeigte.

Sie brauchten noch eine ganze Stunde, bis sie endlich den Landeplatz fanden, der halb versteckt zwischen den Bäumen lag. Sie hatten die Hoffnung schon fast aufgegeben, aber als sie um eine Kurve bogen, öffnete sich der Wald und vor ihnen lag eine lange Bahn aus kurz gemähtem Gras unter einem strahlend blauen Himmel.

Und auf dieser Bahn stand, zur Seite gekippt und mit gebrochenem Fahrwerk, die eine Tragfläche im Boden gerammt, das Flugzeug von Jack Stone.

»Wir sind da«, sagte Precious, als sie anhielten. »Wir haben es geschafft. Ich kann es nicht glauben.«

James sagte nichts. Er war viel zu angespannt. Ja, sie hatten es geschafft. Aber was nun?

Von Mrs Glass war nichts zu sehen. War sie schon wieder weg? Oder war sie noch gar nicht angekommen? Es sah aus, als wären sie ganz allein, aber James wollte nicht das geringste Risiko eingehen.

Er nahm seine Pistole vom Boden, wo er sie abgelegt hatte, öffnete die Wagentür und stieg aus.

An einer Seite der Piste stand eine längliche flache Hütte, das Dach bestand aus Palmblättern. Langsam ging James darauf zu.

Ein Vogel stieß einen lauten Schrei aus.

James spürte, dass sich etwas bewegte, und blieb wie angewurzelt stehen. Plötzlich gab es einen lauten Knall und eine Kugel

schlug mit einem dumpfen Klirren vorn in den Dodge ein. Heißer Dampf schoss aus dem durchlöcherten Kühler.
James warf sich auf den Boden, als auch schon ein zweiter Schuss krachte und eine Kugel über seinen Kopf hinwegzischte und in einem Baum einschlug.

19 Palenque

Stehen Sie auf und verschränken Sie die Hände hinter dem Kopf, *Señor!*«

James schaute auf. Ein schlaksiger Mexikaner war aus der Hütte gekommen und hielt eine Flinte in der Hand.

»Werfen Sie Ihre Waffe weg und stehen Sie auf!«

James gehorchte.

»Diese Flinte hier ist mit Schrot geladen, *Señor*«, sagte der Mexikaner. »Auf diese Entfernung kann ich Sie durchlöchern. Also, Hände hinter den Kopf.«

Wieder gehorchte James.

Zwei weitere Mexikaner traten aus dem Gebüsch. Einer von beiden musste auf ihn geschossen haben.

»Wer seid ihr?«, fragte der erste Mexikaner.

James hörte, wie sich die Autotür hinter ihm öffnete, und er wollte Precious zurufen, sie solle bleiben, wo sie war, aber er konnte es nicht riskieren.

Der Mann mit der Flinte wirkte gelassen, aber die beiden anderen waren nervös.

»Beto!«, rief Precious. »Es ist Beto, Dads Copilot.«

Der Mann ließ die Flinte sinken.

»Precious? Bist du es?«

James atmete tief durch, als Precious auf die Mexikaner zulief. Dann setzte er sich hin. Er fragte sich, wie viel Aufregung er wohl noch aushalten konnte.

Später, in der Hütte, als James und Precious zum ersten Mal seit vielen Tagen etwas Ordentliches zu essen bekamen, berichtete ihnen Beto, was passiert war.
Der Sturm hatte dem Flugzeug übel mitgespielt, aber Stone war es dennoch gelungen, sicher zu landen. Mit einem gebrochenen Fahrwerk war an einen Start nicht zu denken, deshalb saßen sie hier fest, bis Ersatzteile eintrafen. Mit dem Funkgerät an Bord hatten sie es schließlich geschafft, Kontakt mit den Hafenbehörden in Veracruz aufzunehmen, und einen Tag später hatten sie von Garcia gehört, dass Precious, JJ und James in Sicherheit und ins Landesinnere nach Puente Nuevo gegangen wären. Stone und Charmian wollten auf der Stelle umkehren, aber sie waren meilenweit entfernt von der nächsten Stadt und hatten keine Möglichkeit, dorthin zu kommen.
Stone hatte um Hilfe gefunkt und ein Auto angefordert, das von Tabasco kommen und sie abholen sollte. Aber es war nie aufgetaucht. Genauso wenig ließ sich jemand von Charmians Expeditionsteam blicken. Der Sturm hatte alle Pläne zunichtegemacht.
»Dann haben wir eine Nachricht aus Veracruz erhalten«, sagte Beto. »Ein Japaner wäre dort mit JJ aufgetaucht.«
»JJ?«, rief Precious aufgeregt. »Geht es ihm gut?«
»Ich glaube schon«, sagte Beto und grinste so breit, dass man seine Zahnlücken und seinen blitzenden Goldzahn sehen konnte. »Die Nachricht kam aus dem Krankenhaus. Sein Bein ist verletzt, aber sonst geht es ihm gut.«
»Gott sei Dank«, sagte Precious und fing vor Freude an zu weinen.
»Aber dein Vater wurde fast verrückt vor Sorge«, fuhr Beto fort. »Er wusste nicht, was er tun sollte. Schließlich machte er sich zusammen mit Charmian und Mendoza, ihrem Führer, zu Fuß auf den Weg. Sie hofften, irgendwo ein Auto aufzutreiben oder

sonst eine Möglichkeit zu finden, um nach Veracruz zu gelangen.«
»Wann war das?«, fragte Precious.
»Vor zwei Tagen«, antwortete Beto. »Ich habe versucht, sie davon abzuhalten. Die Gegend hier ist gefährlich. Die Straßen sind nicht sicher, nicht einmal, wenn Mendoza dabei ist. Aber ich konnte deinen Vater nicht umstimmen. Er hat mir befohlen, hier zu warten und auf das Flugzeug aufzupassen. Diese zwei *Muchachos* arbeiten hier. Dein Vater hat gesagt, falls jemand versuchen sollte, etwas aus dem Flugzeug zu stehlen, sollten wir ihn erschießen.«
»War sonst noch jemand hier?«, fragte James. »Ein Mann und eine Frau?«
»Niemand«, antwortete Beto. »Ihr seid die Ersten, die ich seit unserer Ankunft hier sehe. Ich freue mich, dass es dir gut geht, Precious. Dein Vater wird zufrieden sein. Jeden Morgen um acht Uhr schalte ich das Funkgerät ein. Ich lasse es nur ein paar Minuten lang laufen, damit die Batterie geschont wird. Vielleicht ruft *Señor* Stone morgen an.«
»Es werden noch andere Besucher kommen«, warnte ihn James und erzählte Beto von Mrs Glass und Strabo. Beto schaute zuerst sorgenvoll, zuckte dann jedoch mit den Schultern, als könne er nichts daran ändern, weil ohnehin alles in Gottes Händen lag.
»Wann, glaubst du, werden sie hier sein?«, wollte er wissen.
»Das ist nur eine Frage der Zeit«, sagte James. »Wir müssen schleunigst verschwinden.«
»Das geht nicht«, sagte Beto mit einem betrübten Lächeln. »Ich habe *Señor* Stone versprochen hierzubleiben.«
»Was kann so Wertvolles in dem Flugzeug sein, dass Sie es mit Ihrem Leben schützen müssen?«, fragte James. »Doch sicher nicht Charmians Expeditionsausrüstung?« Aber er kannte die

Antwort natürlich, noch bevor er die Frage richtig gestellt hatte.
Nachdem sie gegessen hatten, nahm er Precious beiseite.
»Die gestohlenen Pläne«, begann er, sobald er sicher war, dass niemand sie hören konnte.
»Was ist damit?«, fragte Precious.
»Sie sind im Flugzeug. Sie müssen die ganze Zeit dort gewesen sein. Es wäre viel zu riskant für deinen Vater, sie nach Veracruz mitzunehmen.«
»Im Flugzeug?«, wiederholte Precious. »Aber wo? Dort wären sie doch noch weniger sicher.«
James überlegte. »Was hat Mrs Glass gesagt? Dein Vater soll Geheimfächer eingebaut haben? Komm mit.«
Sie kletterten in das Flugzeug. Hinter dem Cockpit der Tin Goose befanden sich sechs Passagiersitze, dahinter ein Laderaum, in dem Schachteln und Kisten für Charmians Expedition standen, die jetzt wohl ins Wasser fallen würde. Es war schwierig, in dem Flugzeug herumzuklettern, weil es so schräg stand, aber sie hielten sich an den Verstrebungen fest und durchsuchten es, so gut sie konnten.
Schließlich machte Precious unter einer der Kisten eine Entdeckung: eine rechteckige Metallplatte war am Boden angeschraubt, mit vier Schrauben, die anders aussahen als die Schrauben, die sie sonst im Flugzeug fanden.
Sie schob die Kiste weg, um besser sehen zu können, und stöberte dann so lange herum, bis sie Werkzeug fand, das an einer der Streben am Heck befestigt war. James löste es und suchte einen Schraubenzieher.
Die Schrauben ließen sich mühelos lockern, und als sie die Platte hochhoben, fanden sie darunter mehrere Gegenstände, die sorgfältig eingewickelt und säuberlich in dem Geheimversteck verstaut waren, darunter ein paar kleine Jadestatuetten, Gold-

schmuck aus der Maya-Zeit und eine dicke Ledermappe, die voller Dokumente mit dem Emblem der US-Marine steckte.
Precious saß auf dem schräg abfallenden Flugzeugboden und hielt die Papiere im Schoß. Sie war enttäuscht und sah aus, als würde sie gleich zu weinen anfangen.
»Halb hatte ich gehofft, wir würden nichts finden«, sagte sie. »Ich wollte glauben, dass Mrs Glass lügt.«
»Nicht so voreilig«, erwiderte James. »Erinnerst du dich noch, was du zu mir gesagt hast? Du könntest immer noch recht behalten.«
Precious starrte James an. In ihren rot geweinten Augen schimmerte ein Fünkchen Hoffnung.
James legte ihr die Hand auf die Schulter.
»Dein Vater wollte die Papiere zurückgeben«, sagte er mit fester Stimme und fast glaubte er selbst, was er sagte.
Precious lächelte und sie wurde munter und geschäftig.
»Ja«, sagte sie und stand unbeholfen wieder auf. »Wir müssen dafür sorgen, dass sie Mrs Glass nicht in die Hände fallen, bis wir sie meinem Vater zurückgeben können. Jetzt hängt alles von uns ab.«
»Glaubst du, Beto weiß davon?«, fragte James, als sie aus dem Flugzeug kletterten.
»Keine Ahnung«, antwortete Precious, »aber wir sollten es für uns behalten. Je weniger Leute davon wissen, desto besser.«
»Als Erstes müssen wir von hier verschwinden«, sagte James. »Es ist nur eine Frage der Zeit, bis Mrs Glass und Strabo hier auftauchen.«

»Ich kann nicht weg von hier«, sagte Beto, als sie ihm sagten, dass sie wieder gehen würden. »Ich habe *Señor* Stone mein Wort gegeben.«
»Aber es ist doch nur ein Flugzeug«, wandte Precious ein. »Nie-

mand kann es stehlen. Meinem Vater wäre es sicher lieber, du brächtest uns zu ihm.«

»*Si, si,* das glaube ich auch«, antwortete Beto mit ernster Miene. »Aber euer Auto ist kaputt und wir werden zu Fuß gehen müssen. Es ist schon spät. Bald wird es dunkel sein. Wir müssen bis morgen warten.«

»Das ist zu gefährlich«, wandte James ein. »Sie können jeden Augenblick hier auftauchen.«

»Es ist zu gefährlich, sich nachts auf den Weg zu machen«, widersprach Beto. »Und das Funkgerät ist hier. Ich bin sicher, *Señor* Stone wird morgen früh Kontakt mit uns aufnehmen. Dann kann ich ihm sagen, was wir vorhaben. Und ich kann ihn fragen, ob er damit einverstanden ist, wenn ich das Flugzeug unbewacht zurücklasse.«

»Wenn Mrs Glass vorher eintrifft, wird sie uns alle umbringen«, sagte Precious.

»Schon gut, schon gut«, sagte Beto und massierte sich die Schläfen. »Lasst mich überlegen.« Er dachte lange nach, dann fasste er einen Entschluss.

»So werden wir es machen«, sagte er. »Ihr beiden werdet weggehen, irgendwohin, wo ihr in Sicherheit seid. Dort werdet ihr euch verstecken. Ich werde mit den Wachen hierbleiben. Wir sind auf sie vorbereitet, wenn sie kommen. Wir haben Gewehre. Wenn alles gut geht, werde ich über Funk mit *Señor* Stone sprechen, bevor ich hinter euch herkomme und wir gemeinsam weitergehen.«

»In Ordnung«, sagte James, der erkannt hatte, dass es sinnlos war, weiter mit Beto zu streiten.

»Aber wo sollen wir uns verstecken?«, fragte Precious.

»Im Urwald«, antwortete Beto prompt. »Geht nach Palenque. Hinter dem Schuppen beginnt ein Pfad, der dahin führt. Man braucht nur eine halbe Stunde, nicht länger. Ich gebe euch eine

Taschenlampe mit und etwas zu essen und zu trinken. Folgt einfach dem Pfad und ihr werdet dort ankommen, ganz bestimmt.«

Eine Viertelstunde später folgten James und Precious einem schmalen Pfad, der durch den Regenwald geschlagen worden war. Die gestohlenen Pläne hatten sie sorgfältig in einer Ledertasche verstaut, die sie in dem Schuppen gefunden hatten.

Es war Sonnenuntergang, die lauteste Zeit des Tages. Jedes Tier, jedes Insekt im Umkreis von Meilen schien nach seinen Artgenossen zu rufen und die Luft war erfüllt von Zwitschern, Zirpen und Summen.

»Ich verstehe das nicht«, sagte Precious und verscheuchte einen Moskito. »Wenn Palenque eine Stadt ist und noch dazu nur eine halbe Stunde entfernt, warum ist Daddy nicht dahin gegangen, um Hilfe zu holen?«

»Palenque ist eine Stadt, das stimmt schon«, sagte James. »Aber seit fast tausend Jahren lebt dort keiner mehr. Sie wurde von den Maya erbaut, aber sie haben sie verlassen, als der Urwald sie überwucherte. Charmian hat mir alles darüber erzählt. Ich war ganz schön neidisch auf sie, als ich hörte, dass ich nicht mit ihr hierherkommen sollte. Es ist schon komisch, wie es manchmal im Leben kommt. Sie hat ihre Expedition aufgegeben, stattdessen bin jetzt *ich* hier und mache mich auf ins Ungewisse.«

Als sie die verfallene Stadt erreichten, bot sich ihnen ein Anblick, der so faszinierend war, wie sie es sich niemals hatten vorstellen können. Halb vom Urwald verschluckt, erhoben sich die Überreste riesengroßer Bauwerke: Pyramiden, Tempel, Paläste. Das weiße, mit kunstvollen Ornamenten verzierte Mauerwerk erstrahlte golden im Schein der untergehenden Sonne. Wohin sie auch blickten, immer entdeckten sie Neues und Aufregendes – Kammern, Terrassen, Treppen, rätselhafte grasbewachsene Hügel. In der Mitte, auf einer erhöhten Plattform, zu der Stufen hinaufführten, standen mehrere verfallende Gebäude, die von einem vierstöckigen Turm mit großen Öffnungen auf allen Seiten überragt wurden.

»Am besten, wir klettern da hoch«, schlug James vor und deutete auf den Turm. »Da ist es sicher und wir können alles überblicken.«

Sie stiegen die Stufen hoch. Als sie oben angekommen waren, fanden sie sich mitten in einem Gewirr aus Korridoren, Innenhöfen und Hallen wieder.

»Was, glaubst du, war das für ein Gebäude?«, fragte Precious und bestaunte die eingemeißelten Abbildungen und Schriftzeichen an den Wänden, fremdartige Zeugen einer uralten, längst vergangenen Zivilisation.

»Vielleicht ein Herrscherpalast«, sagte James. »Auf jeden Fall ist es das bedeutendste Gebäude an diesem Ort.«

Sie bahnten sich einen Weg zum Eingang des Turms, stellten jedoch fest, dass sie nur bis zum ersten Stock hinaufsteigen konnten.

»Macht nichts. Das genügt vollkommen«, sagte James und ließ seinen Blick über die Lichtung vor ihnen schweifen. Die Sonne war untergegangen und die Dunkelheit brach rasch herein. Von hier aus konnten sie über die Baumwipfel schauen. Palenque war auf einem hohen Felsvorsprung erbaut und man hatte einen unvergleichlichen weiten Blick über die Landschaft. Wie ein schwarzes, nicht enden wollendes Tuch breitete sich die Vegetation unter ihnen aus.

Sie teilten sich ihren Proviant und setzten sich auf den Boden, um zu essen, Frösche und Grillen sorgten für die Tischmusik. Danach legten sie sich hin und versuchten zu schlafen. Aus der Hütte am Landeplatz hatten sie Decken mitgenommen, aber es war hier trotzdem sehr unbequem und bitterkalt. Sie lagen da, betrachteten die blinkenden Sterne am Himmel und hörten den Geräuschen der Tiere zu, die nie zu ruhen schienen.

»Ich schäme mich so sehr«, sagte Precious leise.

»Wegen deines Vaters?«, fragte James.

»Nein, ich schäme mich über mich selbst. Über mein schlechtes Benehmen.«

»Du hältst dich prima«, sagte James. »Die meisten hätten schon längst aufgegeben, und nicht nur die Mädchen.«

»Ich habe sehr viel über mich gelernt«, sagte Precious. »Und wenn ich daran denke, wie ich mich früher benommen habe, dann fühle ich mich miserabel. Wie ich unser Personal behandelt habe. Ich glaube, das hat mir meine Mutter so vorgemacht. Sie wollte nie nach Mexiko ziehen. Sie hat sich zurück nach Amerika gesehnt. Sie vermisste die eleganten Geschäfte, die Restaurants, die Menschen. Sie hasste es, hier zu sein, und ich denke, sie ließ ihren Hass an den Dienern aus. Damals habe ich geglaubt, man muss sich so benehmen. Ich wollte ihr gefallen, aber mit der Zeit wurde Gewohnheit daraus. Ich fühlte mich wichtig, wenn ich die Dienstboten beschimpfen konnte. Ich werde das nie wieder tun. Nie. Ich weiß jetzt, wie tapfer und freundlich die Mexikaner sind. Jedes Mal, wenn ich die Augen zumache, sehe ich den armen Garcia vor mir, wie er, von der Gewehrkugel getroffen, umfällt, mit JJ in den Armen.«

»Ich muss auch immer daran denken«, sagte James. »Es war entsetzlich.«

»Und nun Beto«, fuhr Precious fort. »Er müsste gar nicht dableiben und das Flugzeug meines Vaters bewachen. Aber er ist eine treue Seele, ein Mann, der sein Wort hält.«

»Aber er ist auch ein Dickkopf«, sagte James. »Und ich hoffe, er muss dafür nicht mit dem Leben bezahlen.«

»Oh, sag so was nicht«, sagte Precious und stützte sich auf ihre

Ellenbogen. »Ich könnte es nicht ertragen, wenn noch ein Mensch getötet würde.«
»Solange wir die Papiere nicht dahin zurückbringen, wo sie hingehören, müssen wir damit rechnen«, sagte James.
Precious ließ sich wieder zurücksinken. »Wir werden sie zurückbringen. Ganz bestimmt.«

20 Tod im Urwald

James schlief schlecht, sein Schlaf war leicht und unruhig, unterbrochen von quälenden Träumen, in denen er vor etwas Dunklem entfliehen wollte, aber ständig zurückgehalten wurde. Manchmal träumte er von seiner Mutter. Sie las ihm eine Gutenachtgeschichte vor, aber jedes Mal, wenn er sie anschaute, verwandelte sie sich in Mrs Glass.

Er erwachte, als die ersten Sonnenstrahlen über die Baumwipfel in die großen Öffnungen des Turms fielen. Er blickte in einen rechteckigen Himmel, blassrosa und grau, eingerahmt von den Eckpfeilern der Turmöffnungen.

James stöhnte auf. Früh am Morgen schmerzte sein Körper besonders stark. Dann spürte er jeden blauen Fleck, jeden Kratzer und jeden Schnitt. An seinem Hinterkopf, dort wo Manny ihn geschlagen hatte, war eine große Beule.

Sein Kopf dröhnte. Jede Rippe tat ihm weh. Er fror, er war durchnässt und er war müder als am Abend, als er sich schlafen gelegt hatte.

Aber er lebte, und wenn er sich ein bisschen reckte und streckte, dann würde die Welt bestimmt gleich besser aussehen. Er zwang sich aufzustehen, kreiste mit den Schultern und lockerte sein steifes Genick.

Precious schlief noch, sie hatte den Kopf auf den Unterarm gelegt, sodass ihr Gesicht auf der einen Seite zusammengedrückt war. James ließ sie weiterschlafen und setzte sich an den Rand der Plattform, ließ die Beine baumeln und beobachtete, wie der neue Tag heraufzog. Er hatte das Gefühl, als würde er immer noch träumen. Etwas Unwirkliches lag über diesem Ort: die großen, rechteckigen Pyramiden mit den fantasievollen, aus Stein gehauenen Kuppeln, der Urwald, der sich das gerodete Land zurückeroberte, das gespenstisch fahle Morgenlicht, in dem die Dächer und Kuppeln hell erstrahlten und der Boden umso dunkler, düsterer und lebloser wirkte.

Da hörte er, wie sich hinter ihm etwas bewegte. Er drehte sich um und sah, dass Precious aufwachte. Verschlafen öffnete sie ihre Augen und blinzelte ihn an.

»Ist es schon hell?«, murmelte sie. »Hast du etwas von Beto gesehen?«

»Es ist noch zu früh«, antwortete James.

Sie tranken etwas Wasser und aßen von ihren Vorräten, dann beschlossen sie, nach unten zu gehen und dort auf Beto zu warten, weil er sie so besser finden würde.

Sie stiegen vom Turm und gingen durch die Räume des alten Maya-Palastes bis zu den Treppen des Fundaments. Am Boden war noch Schatten und über dem Gras lag ein feiner Dunst. Der Morgen war sehr still und ruhig. Sie gingen die Stufen hinunter, die um den ganzen Palast herumliefen. Als sie am Fuß der Pyramide angelangt waren, fröstelten sie.

»Wir gehen dahin, wo der Pfad anfängt«, schlug James vor. »Dort steht ein kleines Gebäude, in dem wir uns verstecken können. Nur für alle Fälle.«

»Ich habe es satt, immer wegzurennen und mich zu verstecken«, antwortete Precious.

»Damit ist es bald vorbei«, sagte James.

Selten hatte er sich so getäuscht.

Denn als sie auf einer Seite des Platzes um die Ecke bogen, wären sie beinahe mit Manny zusammengestoßen, der fast genauso erstaunt zu sein schien wie sie. James' Gedanken überschlugen sich. Wie um alles in der Welt war Manny hierhergekommen? Er konnte ihnen nicht den ganzen Weg zu Fuß gefolgt sein. Das war unmöglich.

Während er noch versuchte, sich mit der neuen Situation abzufinden, tauchten Strabo und Mrs Glass hinter Manny auf.

»Morgen, Precious«, sagte Mrs Glass mit einem dünnen Lächeln. »Wir haben unterwegs einen Anhalter mitgenommen. Er hat eine Menge interessanter Geschichten erzählt.« Sie wandte sich an James. »Wen haben wir denn da? Das ist doch der gute, alte Angel Corona. Falls das dein richtiger Name ist. Manny hat uns berichtet, dass er dich im Haus der Stones gesehen hat und dass du ihn aus dem Fenster gestoßen hast.«

»Er hat auch behauptet, dass er Tote zum Leben erwecken kann«, entgegnete James, der wieder seinen mexikanischen Tonfall annahm. »Er ist verrückt.«

»Welchen Unterschied macht das schon?«, fragte Mrs Glass. Sie ging zu James und musterte ihn von Kopf bis Fuß. »Als ich von Tres Hermanas wegging, hatte ich vier Leute. Jetzt sind nur noch zwei übrig und einer von ihnen ist, wie du sagst, verrückt. Das ist alles deine Schuld. Ich muss deinem Treiben ein Ende setzen, bevor du noch mehr von meinen Plänen durchkreuzt. Warum sagst du mir nicht einfach, wer du bist?«

»Mein Name ist Bond, James Bond.«

»Nein, nein, nein, nein, nein«, fuhr Manny dazwischen und schüttelte den Kopf. Das Stück Haut und Knochen schlug bei jeder Bewegung gegen seinen Schädel. »Das ist mein Bruder Louis.«

»Lass den Unsinn, Manny«, sagte Strabo.

»Wir haben zusammen eine Bank ausgeraubt«, beharrte Manny.

»Wovon redest du?«, fragte Strabo.

»Wir sind abgehauen. Ich und Louis und die –«

»Halt die Klappe, Manny«, sagte Strabo, aber Manny packte ihn am Hemd.

»Rede nicht in diesem Ton mit mir«, fuhr er ihn an. »Rede niemals wieder in diesem Ton mit mir, hörst du?«
Strabo stieß ihn beiseite und schaute zu Mrs Glass, die eine Augenbraue hochzog.
Manny griff sich an den Kopf. »Ach, ich bringe alles durcheinander«, jammerte er.
»Schon in Ordnung, Manny«, sagte Mrs Glass. »Wir passen auf dich auf.«
Mannys Miene hellte sich auf, ein Anflug von kindlicher Freude trat auf sein Gesicht.
»Ich wusste, dass Sie das tun würden«, sagte er.
»Du darfst ihr nicht trauen«, sagte James. »Sie hat dich zurückgelassen, erinnerst du dich nicht?«
»Ja«, sagte Manny, »das stimmt.« Er wandte sich zu Strabo und Mrs Glass. »Ihr habt mich zurückgelassen, damit ich sterbe. Ihr wolltet den ganzen Zaster für euch allein haben. Ich hätte euch niemals trauen dürfen.«
»Gute Idee«, sagte Strabo grinsend. »Vielleicht knalle ich dich einfach ab und behalte die Beute für mich.«
»Lass das, Strabo«, befahl Mrs Glass. »Und du auch, Manny. Wenn dich jemand betrogen hat, dann dieser Junge. Er hat dich aus dem Auto gestoßen, erinnerst du dich? Wir waren es, die dich wieder von der Straße aufgelesen haben. Wir waren es, die dich gerettet haben.«
Manny sah verlorener aus als je zuvor. James wich seinem Blick aus.
»Was haben Sie mit Beto und den Wachen gemacht?«, fragte Precious besorgt.
»Beto? So heißt er also? Er war sehr schweigsam.«
»Heißt das, sie haben ihn umgebracht?«
»Nein«, antwortete Mrs Glass. »Es hat eine halbe Ewigkeit gedauert, den Landeplatz zu finden. Wir brauchen jemanden, der uns

den Rückweg zeigt. Wir haben ihn gefesselt an der Landebahn zurückgelassen und uns aufgemacht, um euch zu suchen. Er hat sich tapfer gewehrt, nicht wie die beiden anderen. Beim ersten Schuss rannten sie weg wie die Hasen. Wie schon gesagt, Beto war nicht sehr gesprächig, aber vielleicht kannst du mir ja sagen, wo zum Teufel dein Vater steckt, Schätzchen.«

»Er ist weg«, antwortete Precious verächtlich. »Zurück nach Veracruz. Sie haben Ihre Zeit verschwendet, als Sie hierhergekommen sind.«

Mrs Glass seufzte.

»Was machen wir jetzt?«, fragte Strabo.

»Wir nehmen sie mit«, antwortete Mrs Glass und wandte sich ab. »Aber durchsuch sie zuerst.«

Strabo nickte Manny zu, der seinen Revolver Strabo gab und zuerst James und danach Precious durchsuchte. Precious protestierte und wehrte sich, als er ihr die Ledertasche entriss.

»Da ist nichts drin«, rief sie. »Hände weg!«

»Was haben wir denn da?«, fragte Manny und zog den Beutel heraus.

Strabo pfiff leise durch die Zähne, dann brach er in schallendes Gelächter aus. Er rief Mrs Glass zu sich. Sie überflogen die Papiere und tuschelten verwundert miteinander.

»Nun, meine Süße«, sagte Mrs Glass. Sie schob den Beutel in ihre Tasche und hängte sie sich über die Schulter. »Du hast uns ziemlich viel Arbeit erspart.« Sie klopfte Manny auf den Rücken. »Pass auf die Kinder auf«, befahl sie ihm.

»Keine Angst, Ma«, antwortete Manny. »Das mach ich.«

»Komischer Kauz«, sagte Strabo und ging mit Mrs Glass ein paar Schritte zur Seite, wo sie sich im Flüsterton unterhielten. Hin und wieder warfen sie einen Blick auf Manny. Strabo schüttelte immer wieder den Kopf und einmal lachte er sogar. Mrs Glass wirkte wie üblich kühl und undurchschaubar.

James und Precious saßen auf den Stufen des Palasts. Urplötzlich waren Wolken aufgezogen und ein leichter Nieselregen hatte eingesetzt, aber sie achteten kaum darauf. Schon bald kamen auch die Fliegen, angezogen von Mannys Wunde, und schwirrten um ihre Köpfe. James fühlte sich elend und machte sich kaum die Mühe, sie zu verscheuchen.
»Was nun?«, fragte Precious nach einer Weile.
»Sei still«, befahl Manny.
»Du darfst ihnen nicht vertrauen«, sagte James. »Sie haben jetzt, was sie wollten.«
»Halt die Klappe.«
»Sie wollen uns loswerden, Manny. Und dich genauso. Das liegt doch auf der Hand.«
»Ich gehöre zur Bande«, antwortete Manny, aber er klang nicht mehr so selbstbewusst.
»Sie können dich nicht brauchen«, fuhr James fort. »Du bist verletzt. Für sie bist du nur ein Klotz am Bein.«
»Das würden sie nicht wagen«, sagte Manny. »Ich habe immer noch meine Pistole.«
»Wo denn?«, fragte James.
Manny runzelte die Stirn, mit zitternden Händen tastete er seinen Körper ab.
»Meine Pistole?«, sagte er. »Wo ist sie?«
»Strabo hat sie«, sagte James.
Manny schaute drein wie ein kleiner Schuljunge. Sein Blick wanderte zu Strabo. Dann hielt er sich den Kopf und stöhnte.
»Komm«, flüsterte James und nahm Precious an die Hand. »Lass uns verschwinden.«
Sie liefen los, rannten über Stock und Stein, quer über das offene Gelände, auf die ersten Bäume zu, die gut zwanzig Meter entfernt waren. Sie hörten Schreie hinter sich, dann Schüsse. Zuerst einen Warnschuss. Dann einen zweiten, der sie töten sollte.

James spürte, wie die Kugel an seinem rechten Ohr vorbeizischte.
Er riskierte einen Blick zurück. Manny war hinter ihnen her, auch Strabo kam immer näher, seine Füße trommelten auf den Boden wie Dampfhämmer.
Er legte sein Gewehr an.
James zog Precious auf die Seite und sie liefen im Zickzack. Schon sauste ein weiterer Schuss knapp an ihnen vorbei.
Dann hatten sie den Urwald erreicht.
Unter den Bäumen war es dunkel und still. Sie folgten einem Tierpfad, der sie immer tiefer in das Dickicht führte, bahnten sich ihren Weg durch Lianen, zertrampelten Farne und niedriges Gebüsch. Riesige Spinnennetze hingen über dem Weg, aber sie stolperten, ohne nachzudenken, hindurch.
Sie kamen an verfallenen Gebäuden vorbei – Überreste der Maya-Stadt, die noch nicht ausgegraben worden waren –, dann an einer wunderschön behauenen Steinsäule und kurz darauf an der Statue eines Jaguars, die halb im Erdboden versunken war.
Blindlings hasteten sie weiter. Der Weg schlängelte sich durch den Wald, dann führte er direkt zwischen hohen Felsen hindurch, die mit rauen, dornigen Schlingpflanzen überwuchert waren. Plötzlich ging es nicht weiter. Der Weg war durch einen großen umgestürzten Baum versperrt. Er war halb vermodert und auf seiner Rinde wimmelte es vor Käfern, Raupen, Spinnen und tausend winzigen Lebewesen.
Von der anderen Seite war ein leises Rauschen zu hören und James nahm an, dass es dort einen kleinen Bach gab.
»Darüber klettere ich nicht«, sagte Precious. »Ich hasse Krabbeltiere.«
James war sich nicht sicher, ob er selbst es fertigbrächte, über diesen Baumstumpf zu klettern. Die Rinde schien zu leben, so

viele Insekten tummelten sich darauf, einige waren sehr groß und könnten giftig sein.

»Zurück«, sagte er und sie kehrten schleunigst um. An einer Wegbiegung knallte dicht vor ihnen ein Gewehrschuss. Die Äste erzitterten und Horden erboster Fliegen wurden aufgescheucht.

»Keinen Schritt weiter«, rief Strabo. Keuchend und schwitzend kam er auf sie zu.

James und Precious hielten sich an den Händen und rührten sich nicht.

Ein Lächeln glitt über Strabos breites Gesicht, das noch Spuren von Garcias Angriff zeigte.

»Auf diesen Augenblick habe ich mich schon lange gefreut«, sagte er.

Strabos Schuss hatte eine große blauschwarze Wespe mit orangefarbenen Flügeln aufgeschreckt. Mit lautem Summen schwirrte sie umher und suchte nach einem Ziel für ihren Angriff. Dann flog sie direkt auf Strabo zu, der sie mit seiner freien Hand wegzuscheuchen versuchte.

»Verschwinde«, knurrte er, aber da hatte die Wespe ihn schon in den Nacken gestochen. Er schrie auf, presste die Hand auf die Stelle und ließ sein Gewehr fallen.

Es handelte sich um eine Wegwespe und ihr Stich war schmerzhafter als jeder Schlangenbiss. Mit ihrem Gift kann sie Taranteln töten, und auch wenn ihr Stich für einen Menschen nicht unbedingt lebensgefährlich ist, so kann sie ihn doch in wenigen Minuten außer Gefecht setzen. Strabo zog sein scharfes Jagdmesser aus dem Gürtel. Er machte ein paar unsichere Schritte vorwärts und schnappte dabei nach Luft. Sein Gesicht und sein Hals begannen anzuschwellen.

»Vielleicht gibt es doch noch einen anderen Weg«, sagte James zu Precious. Sie kehrten um und rannten wieder bis zu dem umgestürzten Baumriesen.

James suchte die Felsen nach einem Fluchtweg ab, aber die stacheligen Schlingpflanzen, die auf dem Gestein wucherten, waren fast genauso abstoßend wie die wimmelnden Insekten auf dem Baumstumpf.
Er versuchte, einige Schlingpflanzen wegzuziehen, verletzte sich jedoch sofort an der Hand. Er fluchte laut.
Precious zog ihn am Ärmel und deutete hinter sich.
Strabo kam den Pfad entlanggelaufen, sein Gesicht war knallrot und bis zur Unkenntlichkeit angeschwollen, die gelben Augen sahen aus, als wollten sie aus dem Kopf herausplatzen. Über seine aufgedunsenen Lippen kam ein schrecklicher gurgelnder Laut.
Er hielt das Jagdmesser in der Hand, jedes Mal, wenn ein Lichtstrahl es traf, blitzte die gefährlich aussehende Klinge auf.
»Zur Seite«, rief James und drückte Precious fest an die Felswand, während er selbst fieberhaft alle Möglichkeiten durchdachte, die ihnen noch blieben.
Strabo stampfte wie ein wutschnaubendes Urwaldungeheuer auf sie zu und stocherte mit dem Messer in der Luft herum.
James ließ ihn keine Sekunde lang aus den Augen.
Im letzten Augenblick warf er sich nach hinten, packte Strabo an der Jacke und zog sein Knie hoch. Es war eine einzige Bewegung. Er fiel rückwärts auf den Boden, trat dabei mit den Füßen nach Strabo und schleuderte ihn hoch, genau so, wie Sakata es ihm beigebracht hatte.
Strabo schnappte verblüfft nach Luft, als er über James hinwegflog. Er überschlug sich, stieß mit dem Hinterkopf gegen den umgestürzten Baum und landete mit einem dumpfen Schlag auf der anderer Seite.
James stand auf und klopfte sich den Schmutz und die Zweige von der Kleidung.
Er nahm das Messer, das Strabo aus der Hand gefallen war, und wartete, angespannt und hellwach.

Kein Laut kam von der anderen Seite des Baumstamms, nur das leise Rauschen war zu hören. Vielleicht war Strabo in den Bach gefallen?

Nein. James hatte kein Platschen gehört.

Vielleicht hatte Strabo sich den Kopf angeschlagen und war bewusstlos geworden oder aber das Gift der Wespe hatte ihn gelähmt?

Es gab nur einen Weg, das herauszufinden. Vorsichtig ging James auf den Baumstumpf zu, jeden Augenblick darauf gefasst, Strabos hässliches Gesicht auf der anderen Seite auftauchen zu sehen und zu hören, wie dieser ihm Flüche und Gemeinheiten entgegenschleuderte.

Trotzdem, er musste einfach wissen, was passiert war.

Er achtete nicht auf die Insekten, die scharenweise über den Stamm krochen, und kletterte auf den Baumstumpf. Er spürte, wie harte Körper unter ihm platzten und zerquetscht wurden. Dreimal wurde er gebissen, aber er hielt es lange genug aus, um einen kurzen Blick auf die andere Seite zu werfen, bevor er wieder hinuntersprang.

»Was ist?«, fragte Precious, als sie James' aschfahles Gesicht sah. »Was ist mit ihm passiert? Ist er tot?«

James nickte.

Der Anblick hatte ihn unvorbereitet getroffen. Und obwohl er nur einen kurzen Augenblick lang hingesehen hatte, würde das Bild, das sich ihm bot, für immer in seinem Gedächtnis bleiben.

Es war ein endloser Strom von Insekten, etwa zwanzig Fuß breit, der sich bewegte wie ein einziges riesiges Lebewesen, das alles verschlang, was auf seinem Weg lag. Eine Kolonie tropischer Wanderameisen, die ausgeschwärmt war. Es mussten Millionen sein und es gab nichts, das sie aufhalten konnte. Spinnen, Skorpione, Eidechsen, sogar eine Schlange kämpfte verzweifelt, um ihnen zu entkommen, aber sie alle versanken unter einer brodelnden Masse aus schwarzen Körpern und roten Köpfen mit großen, scharfen Scheren. Die Ameisen klammerten sich an allem fest, was sie greifen konnten – an Beinen, Flügeln, Fühlern, Augen –, und sobald sie ihre Beute mit Bissen gelähmt hatten, rissen sie sie in Stücke.

Und mitten in dem Gewimmel lag Strabo. James hatte recht gehabt. Der Stich der Wegwespe und der Schlag auf den Kopf hatten ihn genauso gelähmt, wie der Biss der Ameisen kleinere Tiere lähmte. Strabos Körper zuckte und wand sich in letzten Krämpfen. Die Ameisen krochen über ihn hinweg, krabbelten in seine Kleidung, in seinen Mund, in seine Ohren und seine Nase. Sie verbissen sich in seine Augenlider und seine Lippen. Er verschwand unter einem lebenden Teppich aus Ameisen.

James hatte schon so manche Geschichte gehört, die man sich von Wanderameisen erzählte. Dass sie den ganzen Tag bis zum Einbruch der Nacht wanderten, schließlich ein Nest bildeten, bis sie am nächsten Morgen von Neuem aufbrachen. Die Insekten auf dem Baumstamm waren auf der Flucht vor ihnen gewesen. Sie hatten Glück gehabt, sie waren dem Moloch entkommen. Die, die weniger Glück hatten und die ihre Feinde zu spät bemerkten, waren ohne jede Chance gewesen.

»James«, fragte Precious wieder. »Was ist mit ihm passiert?«

»Er wird uns keinen Ärger mehr machen«, antwortete James. »Er ist tot. Lass uns schnell von hier weggehen, solange wir noch können.«

Er nahm Precious bei der Hand und wieder gingen sie den Weg zurück, auf dem sie gekommen waren. Sie bewegten sich vorsichtig, waren auf alles gefasst. Als sie zu der Stelle kamen, an der Strabo sein Gewehr fallen gelassen hatte, blieben sie stehen und tasteten zwischen den wild wuchernden Pflanzen am Rand des Weges herum. Es war keine angenehme Aufgabe, dazu war es zu heiß und schmutzig. Wasser tropfte von den Blättern über ihren Köpfen und nach kurzer Zeit waren sie durchnässt und verdreckt.

Es war Precious, die das Gewehr schließlich fand. Aber gerade als sie aufgesprungen war und es triumphierend hochhielt, kam Manny den Pfad entlanggerannt.

»Sie kommen, Louis«, brüllte er.

»Wer?«, fragte James.

»Weiß nicht«, antwortete Manny. »Ich schätze, es sind die Bullen.«

»Wer ist hinter dir her, Manny?«, fragte James. »Ist es Mrs Glass?«

Manny dachte einen Moment lang nach, sein Gesicht verfinsterte sich. »Ja«, sagte er schließlich. »Es ist wohl Mrs Glass. Sie muss es sein.«

Bevor James ihn zurückhalten konnte, hatte Manny Precious schon das Gewehr aus der Hand gerissen und schoss wie wild in die Richtung, aus der er gekommen war. Dann rief er: »Hier entlang!«, und zerrte Precious hinter sich her, noch tiefer in den Urwald.

James blieb keine andere Wahl, als ihnen zu folgen.

Sie liefen immer weiter, schlugen Äste und Lianen aus dem Weg, zwängten sich zwischen großen, kahlen Baumstämmen hindurch. Sie stolperten einen Hang hinunter und gerieten immer tiefer in den Dschungel, und sosehr James sich auch bemühte, er konnte Manny nicht dazu bewegen, stehen zu bleiben. Schließlich packte er ihn und drückte ihn mit aller Kraft gegen einen Baum.

»Warte«, sagte er. »Das ist verrückt. Wir werden uns hoffnungslos verlaufen.«

»Sie kommen«, erwiderte Manny und schaute sich nervös um. »Die sind hinter mir her.«

»Ich kann mir nicht vorstellen, dass dich irgendjemand verfolgt hat«, sagte James.
»Ich weiß nicht«, antwortete Manny ängstlich. »Ich weiß gar nichts mehr.«
James wollte ihn nicht noch mehr aufregen. Manny schien völlig vergessen zu haben, dass James ihn aus dem Auto gestoßen hatte, und James wollte, dass es so blieb.
»Es ist alles in Ordnung, Manny«, sagte er. »Wir passen auf dich auf. Beruhige dich erst mal.«
Er schlug sich auf den Arm, wo ihn gerade ein Moskito gestochen hatte. Er hasste Moskitos. Im letzten Sommer hatte ihn ein Schwarm Moskitos so zerstochen, dass er daran fast gestorben war. Diesmal juckten ihre Stiche nur ein bisschen, aber er hasste die verdammten Biester noch immer.
»Ich muss mich ausruhen«, sagte Precious und ließ sich auf den Boden fallen.
»Hier können wir nicht bleiben«, sagte James. »Wir müssen weitergehen. Wir müssen essen und einen Unterschlupf finden und einen Weg, wie wir aus diesem Schlamassel herauskommen.«
»Wir müssen zurück«, sagte Precious. »Wir müssen sie aufhalten.«
»Nein«, widersprach James. »Wir müssen weiter. Wir brauchen etwas zu essen und einen Unterschlupf für die Nacht, aber vor allem brauchen wir eine Idee, wie wir hier rauskommen.«
»Wir müssen umkehren und diese Frau aufhalten«, sagte Precious.
»Und wohin genau willst du gehen?«, fragte James. »Wir haben uns verirrt. Wenn wir jemals wieder aus diesem Urwald herausfinden, können wir uns immer noch den Kopf über Mrs Glass zerbrechen. Als Erstes müssen wir uns darum kümmern, dass wir überleben.«

»Wir hatten die Dokumente, James«, sagte Precious. »Wir haben sie in unseren Händen gehalten. Und jetzt hat diese Frau sie. Ich habe sie ihr wie auf dem Präsentierteller überreicht.«

»Wir hätten es nicht verhindern können«, sagte James. »Sei nicht so streng mit dir.«

»Ich werde sie mir zurückholen«, sagte Precious. »Ich werde erst ruhen, wenn ich sie wiederhabe.«

»Gut«, sagte James hitzig. »Aber solange wir mitten im Urwald sind, meilenweit entfernt von jeder Zivilisation, können wir gar nichts tun.«

Es war eine mürrische, schweigsame Truppe, die sich aufmachte, einen Pfad, einen Weg oder etwas Ähnliches zu finden, und drei Stunden später liefen sie noch immer durch den Urwald, ohne im Geringsten zu wissen, wo sie waren.

Sie wollten schon jede Hoffnung aufgeben, als sie auf ein erstes Zeichen von Zivilisation stießen. James erspähte einen großen, alten Baum, in dessen Rinde ein Fischgrätmuster eingeritzt war. Eine klebrige, gummiartige Flüssigkeit sickerte heraus, rann am Stamm entlang und sammelte sich in einem Leinensack.

Etwas weiter entfernt stießen sie auf einen zweiten Baum, dessen Saft auf die gleiche Weise geerntet wurde, und dann entdeckten sie einen holprigen Pfad, der durch den Busch geschlagen worden war. Sie folgten ihm, vorbei an weiteren Bäumen, aus denen der Saft tropfte. Schließlich stieg ihnen der Geruch von brennendem Holz und Essen in die Nase und durch den dichten Blätterwald hindurch sahen sie auf einer Lichtung ein Lager.

James legte Manny die Hand auf den Arm.

»Bleib ganz ruhig«, sagte er. »Sag kein Wort. Lass mich reden. Bitte. Wer immer diese Leute sind, ich will sie nicht erschrecken, und wirf um Gottes willen Strabos Gewehr weg. Wenn du anfängst, damit herumzufuchteln, sind wir geliefert.«

Manny nickte schweigend, folgsam wie ein kleines Kind, das von seinem Vater ermahnt wird, artig zu sein.
James ging voraus, auf die Lichtung zu, in Richtung Camp.

21 Die Chicleros

Das Camp war einfach, aber es bot auch einige Annehmlichkeiten. Überall hingen Moskitonetze und zwischen den Bäumen waren Hängematten gespannt. Die Lebensmittelvorräte lagerten in Metallkisten und es gab auch einen Frischwassertank.

Um einen großen Eisentopf, der über einem Feuer hing, saßen vier Männer. In dem Topf war eine dickliche, leimartige Masse, einer der Männer rührte mit einer Stange darin herum. Die Männer sahen abenteuerlich und halb verwildert aus, als lebten sie schon monatelang hier im Urwald. Sie hatten lange schwarze Haare und ihre Haut war dunkel wie die der Indianer.

An einer anderen Feuerstelle saß eine Frau und kochte Essen, neben ihr kauerte ein kleiner Junge mit dreckverschmiertem Gesicht.

Die Männer starrten die Neuankömmlinge an, einer von ihnen schlug gelangweilt mit einer Machete gegen sein Bein.

»Hay alguien que hable ingles?«, fragte James. Nach einer Pause kam ihnen einer der Männer entgegen.

»Si«, antwortete er. »Ich sprechen Inglisch ein wenig.«

»Wir haben uns verlaufen«, sagte James. *»Perdido.* Wir hatten einen *accidente . . .«*

Der Mann runzelte die Stirn und starrte auf das Loch in Mannys Kopf. Dann pfiff er und winkte seine Freunde zu sich. Sie umringten Manny, sahen ihn an und redeten leise miteinander. James fürchtete, dass sie Manny damit ängstigen würden.

»Vorsichtig«, mahnte er. »Nicht zu nah ran.« Als Manny gerade

nicht hinsah, tippte James sich an den Kopf, um anzudeuten, dass sein Begleiter nicht richtig im Kopf war.
Der Mann nickte verständnisvoll und schickte seine Gefährten wieder zurück.
»Bitte«, sagte Precious, »wir haben großen Hunger. *Memuero de hambre.«*
»Ihr wollt essen?«, fragte der Mann und machte eine Handbewegung, als ob er Essbares zum Mund führte.
James nickte müde.
»Wir brauchen Essen und wir brauchen einen Führer«, sagte er. »Jemand, der uns zu einem Dorf oder in eine Stadt bringen kann.«
»Un guia?«, fragte der Mann.
»Si«, antwortete James. Er wusste nicht, ob man den Leuten vertrauen konnte, aber im Augenblick waren sie seine einzige Hoffnung, deshalb fügte er hinzu: »Wir haben Geld, wir können bezahlen. *Pesos.«*
Der Mann, den die anderen Elijio nannten, grinste. »Zuerst essen«, sagte er.
Erleichtert ließ sich James auf den Boden fallen. Der Essensgeruch war verführerisch. Auch wenn es nur ein primitives Camp mitten im Dschungel war, für James war es in diesem Moment das beste Restaurant der Welt.

Die Frau tischte ihnen eine Mahlzeit auf, die aus Bohnen, Reis, Tortillas und feurig scharfem Chili bestand. James ließ nichts übrig und spülte alles mit kaltem Wasser hinunter. Als die drei gegessen hatten, blieben sie erschöpft und still sitzen und gönnten ihren Körpern Erholung.
James war ermattet und zufrieden. Das einfache Mahl hatte seine Lebensgeister erneut geweckt und er konnte zuversichtlicher nach vorne schauen.

Wieder einmal waren sie dem Tod entkommen. Mrs Glass hatte die Dokumente, aber jetzt war sie allein. Niemand von ihrer Bande war mehr übrig. Zumindest was das anging, waren ihre Pläne durchkreuzt worden.

Er schaute zu Precious und lächelte sie an.

Sie lächelte zurück. Es war das erste Mal, dass er sie heute lächeln sah.

Sie war wirklich hübsch.

James sah den Männern bei der Arbeit zu. Sie hatten den riesigen Topf von der Feuerstelle genommen, um ihn abkühlen zu lassen, jetzt rührten sie die gummiartige Flüssigkeit um und zogen immer wieder mit einer Schaufel dicke Stränge heraus, als würden sie Sahnebonbons machen. Als die Flüssigkeit die richtige Temperatur und Konsistenz hatte, rieb sich einer der Männer zum Schutz die Arme mit einer seifigen Paste ein und schaufelte mit bloßen Händen einen Batzen des warmen Gummis aus dem Topf heraus. Er ließ ihn schnell in eine hölzerne Form fallen und klopfte ihn glatt. Rasch türmte sich ein Stapel goldbrauner Blöcke auf, und während sie abkühlten, ritzte der Mann die Anfangsbuchstaben seines Namens in die Oberseite.

James war neugierig, deshalb stand er wieder auf und ging zu den Männern.

»Was ist das?«, fragte er.

»Chicle«, erwiderte Elijio. »Wir sind *Chicleros.«*

»Chicle?«, fragte James, der das Wort noch nie zuvor gehört hatte. »Was ist das? Wozu braucht man es? Ist es eine Art Gummi?«

»Bisschen so«, antwortete Elijio. »Wird gebraucht für Gum.«

»Gum?«, fragte James. »Meinst du Gummi?«

»Si«, antwortete Elijio. »Kaugum. Wir verkaufen an Yankees.«

»Kaugummi?«, fragte James. »Ihr erntet Kaugummi!« Er musste lachen. Natürlich hatte er schon Kaugummi gekaut, aber er hatte sich noch nie gefragt, wie er gemacht wurde.

Einer der *Chicleros* brach ein Stück *Chicle* ab und gab es James, damit er es probierte. Es war hart und schmeckte nach nichts, aber nachdem er eine Zeit lang kräftig darauf herumgekaut hatte, wurde es weicher.

Am Abend, als sie um das Feuer saßen und den Fledermäusen zusahen, wie sie den vom Lichtschein angelockten Insekten nachjagten, kaute er immer noch. Er hatte mit Elijio einen Preis ausgehandelt, damit er sie zurück in die Zivilisation führte. Sie hatten sich auf zweihundert Peso geeinigt. Die Frau hatte in der Zwischenzeit eine Paste aus Blättern und Beeren zubereitet, die sie im Wald gesammelt hatte. James dachte zuerst, die Zutaten seien für eine Mahlzeit gedacht, tatsächlich aber waren sie für Mannys Wunde. Die Frau überzeugte Manny, dass es ihm guttun würde, dann drückte sie den Lappen aus Haut und Knochen vorsichtig gegen den Schädel und schmierte die Salbe darüber. Zuletzt verband sie den Kopf mit einer sauberen Binde und sagte etwas zu Manny, was er nicht verstand.

James war erleichtert, dass die klaffende Wunde nun verdeckt war, ihr Anblick hatte ihm immer Übelkeit bereitet. Mannys geistiger Zustand änderte sich jedoch nicht. Zeitweise schien er bei klarem Verstand zu sein, dann wieder nicht, er schien auch nicht recht zu wissen, wo er war und wer diese Leute waren.

In der Nacht regnete es. James wachte auf, bis auf die Haut durchnässt und malträtiert von Stechmücken, denen es gelungen war, durch das Moskitonetz zu schlüpfen, und die sich nun ihre erste Portion Blut zum Frühstück holten. Nachdem er selbst Bohnen mit Tortillas gefrühstückt und mehrere Tassen starken, bitteren schwarzen Kaffee getrunken hatte, machten sie sich auf den Weg. Elijio ging voran. Es war ein kalter Morgen, dünne Nebelschwaden hingen in den Bäumen. Der *Chiclero* kannte den Urwald wie kein Zweiter und er führte sie durch den tiefsten Dschungel, als ginge er durch die Straßen einer ihm vertrauten Stadt.

Dennoch war es anstrengend, die Pfade waren uneben und oft mussten sie riesige Blätter und Schlingpflanzen weghacken, die ihnen den Weg versperrten. Als sie schließlich eine Pause machten, um zu essen, eröffnete ihnen Elijio, dass sie erst den halben Weg bis zu ihrem Ziel zurückgelegt hätten: einer kleinen Siedlung an den Ufern des Rio Usumacinta, von wo aus sie den Urwald mit dem Boot verlassen könnten.

Das Mittagessen bestand wieder aus Bohnen und kalten Tortillas. In der letzten Nacht hatte dieses einfache Essen göttlich geschmeckt, aber jetzt wurde James dieser eintönigen Verpflegung allmählich überdrüssig.

Während sie aßen, kreischte sie eine Gruppe Brüllaffen an, die sich über ihnen in den Ästen tummelte, und ein leuchtend roter Ara segelte an ihnen vorbei und brachte einen aufregenden Farbtupfer in das ewig gleiche Grau und Grün des Waldes.

Als sie weitergingen, fragte Precious James, wohin der Marsch sie führen würde.

»Soweit ich weiß, mündet der Fluss direkt in den Golf von Mexiko«, erklärte James. »Von dort aus wird es nicht schwer sein, ein Schiff nach Veracruz zu nehmen.«

»Nicht nach Veracruz«, sagte Precious.

»Was willst du damit sagen?«, fragte James.

»JJ ist in Sicherheit«, antwortete Precious. »Dad ist bei ihm. Es ist nicht nötig, dass wir hinfahren.«

»Und was ist mit dir?«, fragte James. »Du bist noch nicht in Sicherheit. Willst du denn nicht zu deinem Vater zurück?«

»Das kann ich nicht«, erwiderte Precious ruhig und überlegt. »Nicht, bevor ich nicht alles wieder in Ordnung gebracht habe.«

»Du musst aufhören, an Mrs Glass zu denken«, mahnte James. »Du machst es dir nur unnötig schwer. Schlag sie dir einfach aus dem Kopf.«

»Das kann ich nicht«, wiederholte Precious. »Man muss ihr das

Handwerk legen. Das ist mein Schicksal, James. Es ist, als hätte Gott uns den Auftrag gegeben, das an seiner Stelle zu tun.«

»Du klingst so verrückt wie Manny«, antwortete James grinsend. Aber Precious lächelte nicht und James begriff, dass es ihr ernst war.

»Erinnere dich«, sagte sie, »jedes Mal, wenn wir versucht haben, von ihr wegzurennen, sind wir ihr geradewegs wieder in die Arme gelaufen. Nach dem Sturm, in Puente Nuevo, hat sie JJ und mich gefunden, und als wir von ihr weggelaufen sind, ist Manny aufgetaucht. Wir sind ihn zwar losgeworden, aber sie war schon wieder da, in Palenque. Allerdings waren sie jedes Mal einer weniger. Wasis, Sakata, Strabo. Ich sage dir, das war kein Zufall. Wir müssen sie verfolgen, James. Wir schaffen es. Wir können uns die Dokumente zurückholen. Wir können alles wieder in Ordnung bringen.«

»Sie wird wahrscheinich schon fast auf dieser Insel sein«, vermutete James.

»Siehst du, James«, sagte Precious. »Wir wissen, wo sie hingeht. Wir können ihr folgen.«

»Ich weiß nicht, ob wir wirklich nach Lagrimas Negras gehen sollten«, antwortete James.

»Wenn du nicht mitkommst, mache ich mich eben allein auf den Weg.« Sie ging schneller und ließ James hinter sich zurück, als hätte sie keine Zeit mehr zu verlieren. James holte sie wieder ein.

»Du bist ein Mädchen«, sagte er. »Was, glaubst du, wirst du allein ausrichten können?«

»Keine Ahnung. Aber bevor dies alles anfing, hätte ich mir nicht einmal die Hälfte von dem zugetraut, was ich seither getan habe. Und den Weg dahin hast du mir gezeigt.«

Es war schon dunkel, als sie eine Reihe baufälliger Hütten und Zelte am Fluss erreichten. Raue Burschen lebten hier, die meisten schienen nur ein Ziel zu haben: das einzige größere Gebäude an diesem Ort. Es war eine Spelunke, aus der gelbliches Licht auf die schlammigen Straßen fiel.

Sie waren den ganzen Tag marschiert und James war sogar zum Sprechen zu müde. Mannys Augen waren rot gerändert, er hatte Fieber und wirkte noch verwirrter als sonst, und was Precious anging, so war sie nach dem kurzen Aufflackern von Fröhlichkeit am Abend zuvor wieder in die mürrische Stimmung zurückgefallen, die James nur allzu gut kannte. Aber er konnte ihr deshalb keinen Vorwurf machen.

James zahlte Elijio die vereinbarten zweihundert Peso und Elijio machte sie mit einem französischen Holzfäller bekannt, der sie flussabwärts bringen sollte. Der zähe, kleine *Chiclero* verabschiedete sich von ihnen und verschwand wieder im Dschungel. James überlegte, ob er in der Nacht wohl den ganzen Weg wieder zurückgehen wollte, denn der Marsch schien ihn überhaupt nicht ermüdet zu haben.

James kaute immer noch den Kaugummi, den die Männer ihm geschenkt hatten, und jedes Mal, wenn er von nun an Kaugummi kaute, würde er sich an Elijio und die *Chicleros* erinnern, die tief im Urwald Bäume anzapften, um *Chicle* zu gewinnen und zu kochen – und das alles weit, weit weg von jeder Zivilisation.

An der Bar konnten sie ein Zimmer mieten und James bezahlte viel zu viel für drei Betten. Die Einheimischen vergnügten sich damit, zu trinken, zu streiten und zu singen, bis der Tag anbrach. Wieder verbrachte James eine schlaflose Nacht.

Aber er war nicht der Einzige. Manny lief immer wieder im Zimmer auf und ab. Einmal ging er sogar hinaus. James stand auf und folgte ihm.

Er saß auf der Treppe und rauchte eine Zigarette, die er in der Bar gekauft hatte.

James setzte sich neben ihn.

»Hast du schon mal von einer Insel gehört, die Lagrimas Negras heißt?«, fragte er ihn.
»Na sicher«, antwortete Manny. »Jeder hat schon davon gehört, aber es gibt sie gar nicht, es ist alles nur ein Märchen.«
»Mrs Glass ist da anderer Meinung«, sagte James. »Sie sagte, sie will dahin gehen.«
»Wir alle träumen davon, nach Lagrimas Negras zu gehen«, sagte Manny. »Jeder Halunke, der viel auf dem Kerbholz, aber keine sichere Bleibe hat. Es ist ein Paradies für Gesetzesbrecher, wo man wie ein König leben kann und wo es keinen gibt, der einen behelligt. Keine Bullen, keine Richter, gar keinen. Man muss einen großen Sack voll Gold haben, um in das Paradies eingelassen zu werden. Ich sag dir, wenn ich genug Zaster hätte, wäre ich auch dort, Louis. Nirgendwo anders.«
Sie unterhielten sich weiter, bis Mannys Gedanken wieder verschwammen. James brachte ihn ins Bett zurück und blieb neben ihm sitzen, bis er eingeschlafen war.
Am nächsten Tag kauften sie die nötigsten Lebensmittel in dem Laden und der französische Holzfäller führte die drei auf sein Floß, zusammen mit einem fetten, nicht mehr jungen Mexikaner und seinem Esel. Das Floß trieb zusammen mit einer ganzen Flotte von Mahagoni-Stämmen den Fluss hinunter bis zu den Sägewerken von Tabasco.
Manny saß am Heck und führte leise Selbstgespräche, James und Precious bestaunten die Landschaft. Das Wasser des Flusses war schlammig und braun wie Tee. Ein Fischadler stürzte sich hinein und tauchte mit einem dicken silbrigen Fisch wieder auf. Ein großer blauer Fischreiher flog an ihnen vorbei. Ein Krokodil schlängelte sich aus dem Unterholz und glitt mit einem Klatschen ins Wasser.
»Hast du wirklich vor, Mrs Glass zu verfolgen?«, fragte James.
»Nie in meinem Leben war ich entschlossener«, antwortete Pre-

cious. »Ich habe geschworen, sie zu töten, und das werde ich auch. Sie hat geglaubt, sie könnte meine Familie und alles, was mir lieb und teuer ist, zerstören, aber da hat sie sich getäuscht. Kennst du die Geschichte von den Rachegöttinnen?«

»Vage«, antwortete James. »Waren das nicht weibliche Dämonen? Die Schlangen statt Haare auf dem Kopf hatten?«

»Genau«, sagte Precious. »Und wenn sie losgelassen wurden, konnte niemand sie aufhalten, bis sie ihre Aufgabe beendet hatten, bis sie die Übeltäter gestellt und bestraft hatten. Ich habe vielleicht keine Schlangen auf dem Kopf, aber ich werde mich genauso wenig aufhalten lassen wie sie, darauf kannst du dich verlassen.«

»Ich glaube dir aufs Wort«, sagte James. »Aber ich werde dich nicht allein gehen lassen. Sieht so aus, als steckten wir beide in dieser Sache. Wir sind aufeinander angewiesen bis zum bitteren Ende.«

»Bis zum Tod«, verbesserte ihn Precious.

»Hoffen wir, dass es nicht so weit kommt«, sagte James und schaute in das schäumende Wasser des Flusses.

22 Ihr wisst, was das für ein Ort ist?

Den Rest des Tages und die ganze Nacht trieben sie geruhsam flussabwärts, und als die Sonne aufging, sahen sie, dass der Fluss sich in drei Arme teilte und Männer die schwimmenden Baumstämme zu großen Flößen zusammenzurrten und sie in verschiedene Richtungen auf die Reise schickten. James, Manny und Precious wechselten auf ein anderes Floß und fuhren auf dem östlichsten Flussarm weiter. Ein paar Stunden später erreichten sie den kleinen Hafen von Carmen.

Sie gingen in eine gut besuchte *Cantina* und aßen dort etwas Herzhaftes, das aus *Huevos Rancheros* und *Tamales* bestand. Die *Cantina* war bei den Lastwagenfahrern aus der Gegend beliebt. Sie fragten ein paar von ihnen und schließlich erklärte sich einer bereit, sie gegen Bezahlung entlang der Küste bis zu der größeren Hafenstadt Campeche im Westen der Halbinsel Yucatán mitzunehmen.

Die drei zwängten sich in das Führerhaus und versuchten, den Gestank der Schweine, die auf der Ladefläche transportiert wurden, zu ignorieren. Mannys Lebensgeister schienen von Neuem zu erwachen. Vielleicht tat der Breiumschlag seine Wirkung. Er hatte den Verband noch am Kopf, unter seinem Hut, und klagte seither viel seltener über Kopfschmerzen. Vielleicht lag es aber auch daran, dass ihm hier alles viel vertrauter vorkam als im Urwald oder auf dem Floß. Er interessierte sich sehr für die Landschaft, durch die sie fuhren. Für das Licht, das auf dem hellblauen Wasser des Ozeans rechts von ihnen funkelte, für die Hügelkette zur Linken und für die Straße, die sich vor ihnen durch eine flache, karge Ebene wand.

»Das ist eine schöne Gegend, Louis«, sagte er. »Ich bin froh, dass du da bist und wir gemeinsam dieses Abenteuer erleben.«

»Ich auch«, antwortete James, um ihn bei Laune zu halten.

»Weißt du, mir blieb gar keine andere Wahl, damals in San Antone, nicht wahr?«, redete Manny weiter.

»Was meinst du?«, fragte James.

»Ich musste dich zurücklassen«, sagte Manny. »Wie hätte ich denn wissen sollen, dass die Bullen schon auf uns warten?«

»Das konntest du wirklich nicht ahnen«, erwiderte James.

»Genau«, sagte Manny. »Ich dachte mir gleich, du würdest es verstehen. Wenn ich bei dir geblieben wäre, wäre ich jetzt auch tot. Das verstehst du doch, oder?«

»Ich verstehe«, sagte James. »Du hattest gar keine andere Wahl.«

Manny lachte. »Jetzt ist mir ein großer Stein vom Herzen gefallen, Louis. Siehst du, ich habe schon angefangen, mich zu fragen, warum du zurückgekommen bist. Ob du vielleicht einer von diesen Geistern bist, die nicht ruhen können, weil ihnen Unrecht getan worden ist. Schwörst du, dass du nicht mehr böse auf mich bist, Louis? Schwörst du es?«

»Mach dir deshalb keine Sorgen«, sagte James.

»Als ich gehört hab, du bist tot«, fuhr Manny fort. »Als ich gehört hab, dass die Bullen dich mit dreiundzwanzig Schüssen erledigt hatten, konnte ich keinen klaren Gedanken mehr fassen. Ich dachte, ich werde verrückt. Ich hab mir die Schuld daran gegeben. Aber dann hab ich überlegt und überlegt und mein Inneres erforscht und da ist mir klar geworden, dass ich überhaupt keine andere Wahl hatte, Louis. Ich hatte einfach keine andere Wahl. Mit Ma war es das Gleiche. Sie hätte mich nie so anschreien dürfen. Ich hatte einfach keine Wahl.«

Campeche war einst ein bedeutender Seehafen gewesen, aber der größte Teil des Warenverkehrs lief jetzt über einen neueren Hafen, der in Progresso an der Spitze der Halbinsel Yucatán errichtet worden war. Trotzdem fuhren noch einige Frachtschiffe diesen Hafen an, sodass James und Precious hofften, hier einen Kapitän zu finden, der bereit war, sie nach Lagrimas Negras mitzunehmen.

Sie mieteten zwei Zimmer im Hotel Cuahtemoc und am nächsten Tag begannen sie herumzufragen. Sie versuchten ihr Glück im Heuerbüro, in der Hafenbehörde und in vielen kleinen Bars und Cafés.

Die meisten Leute, mit denen sie redeten, hatten noch nie etwas von Lagrimas Negras gehört, einige lachten sie aus und hielten sie für verrückt, andere fluchten böse und sagten ihnen, sie sollten sich zum Teufel scheren.

Schließlich, um zehn Uhr abends, sie waren einem Tipp von ein paar Seeleuten gefolgt, fanden sie in einer schäbigen Bar einen betrunkenen englischen Obermaat, der versprach, sein Kapitän würde sie dorthin bringen, wenn sie die Überfahrt zahlen könnten.

James musste das meiste Geld, das er noch hatte, hergeben, und als der Mann in sich hineinlachend und die Geldscheine zählend in die Nacht hinaus verschwand, war James davon überzeugt, dass er weder ihn noch das Geld jemals wiedersehen würde.

Aber pünktlich um fünf Uhr am nächsten Morgen wartete an einer kleinen steinernen Pier in der Bucht ein Leichter auf sie und der Obermaat, der offensichtlich immer noch betrunken war, brachte sie aufs Schiff, das in tieferem Gewässer vor Anker lag.

»Ihr wisst, was das für ein Ort ist, wo ihr hinwollt?«, fragte er, als sie langsam zum Schiff tuckerten.

»Ja«, antwortete James.

»Ich frage lieber nicht, was ihr dort zu suchen habt.«

»Wir würden Ihnen auch gar keine Antwort darauf geben«, erwiderte James.
Der Obermaat lachte und rülpste und sagte kein Wort mehr, bis sie am Schiff, einem Frachtschiff namens *Lady Grey,* längsseits festmachten.
Das Schiff transportierte Sisal und Tierhäute. Der Kapitän, der sie an Deck begrüßte, war ein bärbeißiger, dickbäuchiger Landsmann aus Yorkshire, dem ständig eine Zigarette im Mundwinkel hing.
»So, ihr seid also meine Passagiere«, sagte er und musterte sie von Kopf bis Fuß. »Eine merkwürdigere Gesellschaft habe ich noch nie gesehen. Nun, dies ist kein Passagierschiff, ich habe keine freien Kabinen. Ihr könnt mit der Mannschaft essen, aber es wird bis morgen um diese Zeit dauern, bis wir die Insel erreicht haben, deshalb müsst ihr euch irgendwo einen Platz zum Schlafen suchen. Entweder auf Deck oder im Lagerraum. Mir ist das egal. Gute Reise.«
Die drei versuchten, sich ein Lager zwischen den Tierhäuten im Frachtraum einzurichten, weil es dort weich und bequem war, aber der penetrante Gestank verleidete es ihnen und deshalb wählten sie sich ein Fleckchen an Deck unter den Rettungsbooten.
Die Fahrt war langweilig und ereignislos. James nutzte die Gelegenheit, um sich auszuruhen. Er setzte sich an Deck in die Sonne, lauschte dem Tuckern und Stampfen der Dieselmotoren und roch deren Abgase, in die sich die frische Brise des Meeres mischte.
Manchmal fragte er sich, ob dies alles nicht nur ein Traum war. Was für ein Wahnsinn, mit diesem besessenen Mädchen und einem verrückten Bankräuber ins Ungewisse zu fahren. Was würden sie auf dieser Insel finden? Alles, was er darüber wusste, hatte er von Manny. Und auf Manny konnte man sich die meiste Zeit

über nicht verlassen. Man behandelte sie wie Verbrecher und merkwürdigerweise fühlte James sich Manny tatsächlich näher als den Seeleuten.

Der Tag ging langsam in die Nacht über und der Himmel war ein riesengroßes Dach aus Sternen.

Precious kam unter dem Rettungsboot hervor und begann, an Deck auf und ab zu gehen. Sie war sehr verschlossen, in ihren eigenen Gedanken gefangen. Vielleicht überlegte sie auch, ob es das Richtige war, was sie vorhatten. Wie sehr hatte sie sich verändert seit dem Tag, an dem James ihr zum ersten Mal in ihrem Haus begegnet war.

Wie lange war das schon her? Es schienen Jahre zu sein.

Precious hörte auf herumzuwandern und stellte sich vor James hin.

»Ich kann nicht schlafen«, sagte sie.

James nickte und stand auf. »Du solltest es trotzdem versuchen.«

»Ich weiß«, antwortete sie, und ehe James wusste, wie ihm geschah, hatte sie ihn umarmt.

»Danke«, flüsterte sie ihm ins Ohr.

»Wofür?«, fragte James verblüfft.

»Dafür dass du mir hilfst«, sagte sie leise. »Ich weiß, ich habe viel geredet, damals im Dschungel, aber ich glaube nicht, dass ich allein mutig genug gewesen wäre, es auch zu tun.«

Sie küsste ihn schnell und kroch wieder unter ihr Rettungsboot zurück.

James legte sich hin, schob sich die Jacke unter den Kopf, schaute zum Sternenhimmel hinauf und versuchte, an gar nichts zu denken. Langsam überkam ihn der Schlaf. Er lag auf dem Deck, gewiegt von den Wellen und ungestört von schlechten Träumen.

Ein Stiefeltritt in die Seite weckte ihn am nächsten Morgen. Der Obermaat stand über ihm und kicherte.

»Morgenstund hat Gold im Mund«, sagte er. »Wir sind da.«

Der Himmel war trübe, bleigrau, durchbrochen von schmalen lachsfarbenen Streifen. James hatte ein mulmiges Gefühl und war verwirrt. Er setzte sich auf, rieb sich die Augen und kratzte sich am Kopf. Auch Precious und Manny krochen unter ihrem Rettungsboot hervor, sie sahen so benommen aus, wie James sich fühlte.

Auf der Steuerbordseite zogen die dunklen Umrisse einer Insel vorbei, aber in dem schwachen Morgenlicht konnte James keine Einzelheiten ausmachen.

»Wie lange brauchen wir noch, bis wir im Hafen anlegen?«, fragte er.

»Im Hafen anlegen?« Der Obermaat lachte. »Du hältst uns wohl für dumm? Weiter können wir nicht ranfahren, lieber Freund. Weißt du, was das für eine Insel ist? Niemand kommt hierher, es sei denn, er hat Dreck am Stecken. Nun, das geht mich nichts an, das ist eure Sache. Von jetzt an seid ihr auf euch allein gestellt.« Der Mann spuckte über die Reling.

»Dann nehmen wir also ein Ruderboot?«, fragte James. »Sie werden uns doch wenigstens bis zum Strand rudern, oder?«

»Ich bin kein Seeräuber«, sagte der Obermaat. »Ihr seid mir zwar nicht besonders sympathisch, aber ich kann hier nicht stehen und zusehen, wie ihr ertrinkt. Kommt mit.«

Sie kletterten an einer Strickleiter die Bordwand hinunter, wo ein Boot auf sie wartete, in dem vier verschlafene Seeleute an den Rudern saßen.

Sie legten ab, tauchten ihre Ruder gleichmäßig in das dunkle Wasser, bis das Boot ungefähr dreißig Meter vom Strand entfernt war.

»Hier ist Schluss«, sagte der Obermaat. »Es ist zu gefährlich, sich näher heranzuwagen. Hier gibt es Felsen dicht unter der Wasseroberfläche und außerdem ein gefährliches Riff. Ihr könnt schwimmen, hoffe ich.«

»Ja«, antwortete James, »aber –«
»Kein Aber«, fiel ihm der Obermaat ins Wort. »Entweder ihr schwimmt an Land oder ihr kommt zurück zur *Lady Grey* und fahrt mit uns nach Kingston.«
»Ich habe Sie bezahlt, damit Sie –«, sagte James, aber weiter kam er nicht, denn der Obermaat zog eine Pistole und fuchtelte damit vor ihm herum.
»Springt rein und schwimmt«, befahl er barsch.
James nahm Precious bei der Hand und sprang, bevor sie protestieren konnte. Einen Augenblick später hörten sie ein Klatschen, als Manny ihnen folgte.
James spürte, dass unter der Oberfläche tatsächlich scharfkantige Felsen lagen. Von dem Ruderboot, das sich wieder auf das Schiff zubewegte, waren bald nur noch Umrisse zu sehen.
James blickte in Precious' verängstigtes Gesicht. Von Manny war nichts zu sehen.
Es würde an ein Wunder grenzen, wenn sie es bis zum Land schafften.

Eton College
Eton
Windsor

Lieber James,

als Dein Tutor in den alten Sprachen hielt ich es für an der Zeit, Dir zu schreiben und Dir mitzuteilen, was es Neues in Eton gibt. Ich fürchte, ich bin und bleibe ein Lehrer, deshalb sorge ich mich sogar über viele Tausend Meilen hinweg um Dein schulisches Fortkommen. Ich bin sicher, Deine bewundernswerte Tante tut ihr Bestes, um Dich zu unterrichten, aber ich weiß auch, dass Du Dich stets lieber im Freien aufhältst, als Dich dem staubtrockenen Lernen zu widmen. Mir ist klar, dass Du den Schulunterricht bestenfalls abscheulich findest, was mich nicht davon abhält, Dir etwas mehr an Bildung einzubläuen, und ich hoffe, dass etwas davon hängen bleibt.

Wie Du sicher schon bemerkt hast, habe ich Dir ein paar Schulbücher mitgeschickt, die ich Dich bitte durchzuarbeiten, gleichfalls habe ich einige Prüfungsbögen beigelegt, die Du ausfüllen sollst. Auf einem gesonderten Blatt findest Du einige »Hausaufgaben«. Es sind nur ein paar grammatikalische Konstruktionen und einige Kapitel zum Übersetzen, vom Lateinischen ins Englische und umgekehrt, damit Dein Latein nicht völlig einrostet. Wir haben all dies schon vor langer Zeit durchgenommen, daher nehme ich nicht an, dass es für Dich allzu schwierig sein wird. Wie gesagt, es täte mir leid, wenn Dein Gehirn im Lande der Sombreros völlig aufgeweicht werden würde. Ich bin sicher, Du hast viel Spaß in Mexiko, und so

rate ich Dir trotz dieses Briefes und aller meiner Ausführungen – arbeite nicht zu viel!
Ich habe über Deine Rückkehr nach Eton im Sommerhalbjahr nachgedacht. Ich denke, es ist besser, wenn Du Dich auf angenehme Weise wieder ans Schulleben gewöhnst. Deshalb überlege ich, ob Du nicht am Schulausflug zu Ostern nach Innsbruck teilnehmen möchtest. In den Alpen ist es zu dieser Jahreszeit wunderschön. Wir werden klettern, Bergwanderungen unternehmen, rodeln und Ski fahren (vorausgesetzt, das Wetter lässt es zu). Ich bin sicher, einem unternehmungslustigen Burschen wie Dir wird es dort gefallen. Wie auch immer, denk darüber nach und bitte Deine Tante, mir zu schreiben, sobald Du Dich entschieden hast.
Ich kann kaum glauben, dass es nun schon ein Jahr her ist, seit Du hier in Eton angekommen bist. Die Zeit scheint zu verrinnen wie Sand zwischen den Fingern. Die Monate vergehen wie im Galopp. Ich erinnere mich noch an Deine Ankunft, als wäre es erst gestern gewesen. Eines Morgens stand ein groß gewachsener, schweigsamer Junge vor meinem Zimmer. Er schien etwas unsicher zu sein, wie das bei allen Neuankömmlingen der Fall ist, aber wie schnell hat er dazugelernt! Es dauerte nicht lange und Du warst ein selbstbewusster junger Mann. Mir war klar, dass Du ein Gewinn für die Schule sein würdest. Nicht zuletzt wegen Deiner sportlichen Leistungen. Erinnerst Du Dich noch an den ganzen Trubel beim Hellebore-Cup und Deinen Sieg im Querfeldeinrennen? Du hattest das Selbstvertrauen und den Mumm von einem, der doppelt so alt ist wie Du. Es ist schade, dass Du die Wettläufe, die zurzeit bei uns stattfinden, verpasst, aber ich bin sicher, Du hältst dich auch in Mexiko fit.
Ich gehe davon aus, dass das Studieren und die akademische Welt in Deinem zukünftigen Leben keine große Rolle spielen werden, aber ich gehe auch davon aus, dass große Dinge auf Dich warten! Was mich betrifft, so tue ich nur meine Pflicht und sende Dir diese

ohne Zweifel unwillkommenen Arbeiten, die Dich an die Schule erinnern sollen. Du wirst damit, wie üblich, machen, was Du willst.
Ich komme nun zum Ende. Gewiss werden Dich die weitschweifigen Gedanken eines Schulmeisters herzlich wenig interessieren. Viel Glück bei den »Hausaufgaben«.

Viele Grüße
Michael Merriot

Teil 3

Lagrimas Negras

23 In die Arme seiner Mutter

James kämpfte darum, das Bewusstsein wiederzuerlangen, wie jemand, der sich seinen Weg durch ein klebriges silbernes Spinnennetz bahnt. Als er die letzten Fäden beiseitegeschoben hatte, nahm er Licht und Geräusche wahr und fühlte die sanfte Brise, die ihm über die nackte Haut strich.

Er hörte zwei Dinge: raue Atemzüge und immer wieder einen schrillen Trompetenton. Nach einer Weile erkannte er, dass das eine die Dünung war, die sich träge am Strand brach, und das andere der Schrei eines Seevogels.

Blinzelnd öffnete er die Augen und versuchte herauszufinden, was er vor sich sah. Es wirkte wie glitzerndes Gold, das sich in endlosen Wellen ausbreitete. Die Körnchen direkt vor ihm waren scharf umrissen, der Rest verschwamm wie in einem Nebel. Er rümpfte die Nase. Irgendetwas drückte gegen sein Gesicht. Dann wurde ihm klar, dass es nicht Gold war, was er sah, sondern Sand. Er lag auf dem Bauch, sein Gesicht war halb im Sand vergraben.

Also lag er an einem Strand. Ja, es musste wohl so sein. Er spürte die Wärme der Sonne auf seinem Rücken, und als er sich umschaute, entdeckte er in der Nähe ein großes, glattes Stück Treibholz.

Jetzt fiel ihm alles wieder ein. Wie er in das kalte Wasser der Karibik eintauchte. Wie er gegen die Wellen und die Strömung ankämpfte. Wie er mit aller Kraft auf die Insel zuschwamm, aber mit jedem Zug weiter ins Meer hinausgetrieben wurde. Wie die grauschwarzen Wassermassen auf ihn einstürzten und ihn in die Tiefe ziehen wollten. Wie er sich wehrte und mit seinen Armen ruderte. Dann das Riff, das seine Beine und seinen Bauch aufscheuerte. Wie es an seinem Hemd riss. Wie er versuchte wegzukommen. Wie er hin und her gerissen wurde. Wie Precious' Kräfte schwanden und sie um Hilfe schrie. Wie er sie festhielt, sie über das Riff zog und einen Weg in ruhige Gewässer auf der anderen Seite suchte. Wie er keine Spur mehr von Manny fand. Egal. Wie er hoffte, dass Precious und er es bis zum Strand schaffen würden. Wie lange waren sie schon im Wasser? Er hatte das Gefühl, es waren Stunden gewesen. Dann die qualvolle Erinnerung an große Wellen, die ihn gegen die Felsen schleuderten. Er musste sich am Kopf verletzt haben. An das, was danach passiert war, konnte er sich nicht mehr erinnern, und seine Gedanken verfingen sich in dem Spinnennetz, das ihn zu ersticken drohte.

Er war in Ordnung. Selbst wenn er übel zugerichtet war und ihm alles wehtat. Aber wo war Precious? Hatte sie es bis zum Strand geschafft? James schob seine Arme über den warmen Sand nach vorne und richtete sich auf. Dann betrachtete er sich von oben bis unten. Sein Hemd war weg und seine Hose war zerfetzt. Die Haut an Armen und Schultern war abgeschürft. Die rechte Seite seiner Brust war mit einer blutigen Kruste überzogen. An seiner Hüfte entdeckte er einen hässlichen blutroten Fleck auf der Haut. Aber wenigstens fehlte nichts. Seine Arme, Beine, Hände und Füße waren noch da. Sein Herz schlug und seine Lungen hoben und senkten sich.

Eine kleine rote Krabbe zupfte neugierig am Schorf an seinem Fußgelenk. Er nahm das Tier und warf es ins Meer zurück.

Aber schon diese kleine Bewegung erschöpfte ihn und so ließ er sich wieder in den Sand fallen und schloss die Augen.

Im nächsten Moment war er schon wieder eingeschlafen.

Er wurde von einem Schatten geweckt, der auf ihn fiel und die

Sonne verdeckte. James fröstelte und schlug die Augen auf. Jemand stand über ihm.
»Hast wohl gedacht, du könntest mich austricksen, he?«, sagte eine Männerstimme.
James blinzelte in die Sonne. Er sah nur die Umrisse des Mannes, aber es war ohne jeden Zweifel Manny, der Strabos Gewehr auf ihn gerichtet hatte.
Was jetzt?
»Manny?«, sagte James mit schwacher Stimme. »Du hast es also geschafft. Wo ist Precious?«
»Lass das Mädchen aus dem Spiel«, knurrte Manny. »Das geht nur dich und mich etwas an.«
Mühsam rollte James sich auf die Seite und setzte sich auf.
»Du wolltest mich reinlegen, was?«, sagte Manny. Er war nass, hatte seinen Hut, seine Jacke und seinen Verband um den Kopf verloren, aber er wirkte trotz allem so, als hätte er viel weniger durchgemacht als James.
Seine Augen waren hell und leuchteten feurig.
»Keiner!«, schrie er. »Keiner kann Manny das Mädchen reinlegen.«
James hielt sich mit beiden Händen den schmerzenden Kopf und übergab sich in den Sand.
Er brauchte Schatten.
Er brauchte etwas zu trinken und zu essen.
Was er nicht brauchte, war Manny, der wieder anfing durchzudrehen.
»Nicht jetzt, Manny«, bat er.
»Du wolltest mir weismachen, dass du mein Bruder Louis bist«, sagte Manny. »Die ganze Zeit über hast du nur so getan. Ich weiß nicht, wie du das gemacht hast. Vielleicht hast du mich verhext. Mir irgendeinen Zauber auf den Hals gejagt. Aber ich lasse mich nicht täuschen. Du bist nicht Louis. Du warst nie Louis. Ich weiß, wer du in Wirklichkeit bist. Das hast du nicht erwartet, wie? Du

bist der Bursche, der mich in Tres Hermanas umbringen wollte. Und später hast du mich aus dem Auto gestoßen. Du und Precious, ihr seid Komplizen.«

Als Manny ihren Namen nannte, wurde James schlagartig wach. Er stand auf und suchte den Strand in allen Richtungen ab, ohne sich um Manny zu kümmern.

Nirgends war eine Spur von ihr zu sehen. Nur der goldene Sand, die Palmen und die Wellen, die leise an den Strand plätscherten.

»Wo ist sie?«, fragte James. »Wo ist Precious?«

»Mach dir keine Sorgen«, antwortete Manny. »Ich habe auf sie aufgepasst.«

»Was?«, fragte James wütend zurück. Nach allem, was sie durchgemacht hatten, konnte er den Gedanken nicht ertragen, dass Manny ihr etwas angetan haben könnte. »Was hast du mit ihr angestellt?«, schrie er ihn an.

»Ich hab's dir doch gesagt«, antwortete Manny. »Ich hab mich um sie gekümmert. Aber sag mir, *wer,* he? Wer wird es je erfahren? Sag es mir. Wer wird es je erfahren?«

»Was erfahren?«, fragte James.

»Erfahren, dass ich dich erschossen habe«, antwortete Manny. »Dich und das Mädchen. Ich werde euch erschießen und am Strand liegen lassen, damit euch die Krabben fressen. Ich habt gedacht, ich kriege nicht mit, was passiert, nur weil ich mir meinen Kopf angestoßen habe. Ich bin nicht blöd, Junge. Ich bin vielleicht verrückt, aber ich bin nicht blöd.«

James war verzweifelt. Was war mit Precious passiert? Er schaute zu der Palmenreihe, die sich am Strand entlangzog. Dort, wo der Strand aufhörte, ging das Gelände steil in eine kahle Anhöhe über mit zerklüfteten felsigen Vorsprüngen. Oben wuchsen mehrere Saguaro-Kakteen. Man hätte sie für Männer halten können, die von oben heruntersahen und auf sie zeigten. Eine Möwe kreischte. Es klang wie der Schrei eines Mädchens.

»Was hast du mit ihr gemacht?«, brüllte James.
»Halt die Klappe«, blaffte Manny ihn an. »Ich will nicht, dass du mir noch mehr Unglück bringst. Du bist nicht Louis, du wirst mich nicht noch einmal reinlegen.«
»Nein, ich bin nicht Louis«, sagte James so gehässig, wie er konnte. »Du hast Louis allein zurückgelassen, damit er stirbt, erinnerst du dich? Damals in San Antone. Du hast ihn zurückgelassen, damit er von dreiundzwanzig Polizeikugeln durchsiebt wurde. Ja, ich bin nicht Louis und ich bin froh darüber.«
»Halt den Mund«, schrie Manny, »halt bloß den Mund!«
»Nein, ich werde meinen Mund nicht halten«, schrie James zurück. »Ich weiß alles über dich, Manny. Ich weiß genau, wie du deine eigene Mutter umgebracht hast, deine geliebte Mama.«
»Nein, du lügst«, sagte Manny. »Das habe ich nie getan. Nie. Nicht meine Mama.«
»Vielleicht wolltest du sie gar nicht töten«, sagte James kalt. »Vielleicht wolltest du sie nur schlagen, aber du hast sie umgebracht. Du hast sie geschlagen und sie ist hingefallen und gestorben. Sie wartet nicht auf dich, Manny. Denn sie ist im Himmel, aber du wirst in der Hölle schmoren.«
»Nein«, sagte Manny und schüttelte ängstlich den Kopf. Dabei klappte der Hautfetzen auf und zu. »Du lügst und von deinen dreckigen Lügen kriege ich Kopfschmerzen. Halt sofort deinen Mund, du Lügner.«
»Seht alle her, hier steht er«, sagte James. »Der berühmte Manny! Manny das Mädchen! Der seine eigene Mutter umgebracht hat und der seinen Bruder im Stich gelassen hat, damit er stirbt.«
Manny schloss die Augen und kämpfte gegen die Tränen an. Darauf hatte James gewartet. Er kauerte sich hin, griff nach einem Stück Treibholz und schlug damit gegen das Gewehr in Mannys Hand.
Mit einem lauten Krachen flog das Gewehr weg und schlitterte

über den Sand. James und Manny machten gleichzeitig einen Satz, um an die Waffe zu kommen, und fielen der nach Länge nach hin.
»Oh, du wirst für deine dreckigen Lügen bezahlen«, sagte Manny, der seine Finger um den Abzug legte.
»Halt die Klappe«, antwortete James. In diesem Augenblick ging das Gewehr los.
James spürte die Hitze, spürte, wie sie auf seiner Brust brannte, aber es war Manny, den die Kugel getroffen hatte. Sie war in seine Schulter eingedrungen. Mit einem Stöhnen sackte Manny zusammen und fiel nach hinten.
Dann lag er am Boden. Er war kalkweiß im Gesicht, so stark waren seine Schmerzen. Er hatte einen Schock und er blutete stark. Trotz allem spürte James Mitleid mit ihm. Deshalb riss er ein Stück von Mannys Hemd ab und versuchte, den Blutfluss zu stillen.
Mannys Blick verschwamm. Wieder sah er aus wie ein kleiner Junge, der sich fürchtet.
»Es tut weh, Louis«, sagte er. Der Blutverlust verwirrte ihm die Sinne. »Ich dachte, sie hätten dich erwischt, aber sie haben mich erwischt. Ich versteh das nicht.«
»Sei still und beweg dich nicht«, sagte James. »Vielleicht kann ich ja Hilfe holen.«
Doch Manny stieß ihn zur Seite, griff nach dem Gewehr und stand torkelnd auf. Er schaute sich um, sein Blick wanderte wie irre hin und her und dann sah er die Kakteen oben auf den Felsen.
»Wer sind diese Leute, Louis?«, fragte er und hielt die Hand schützend vor die Augen. Der blutrote Fleck auf seinem Hemd wurde immer größer.
»Da ist keiner«, sagte James. »Setz dich hin und ruh dich aus.«
»Nein«, wehrte Manny ab. »Sieh sie dir doch an! Siehst du sie denn nicht? Was wollen die? Warum glotzen die so?«

James versuchte, Manny die Waffe aus den Fingern zu entwinden, aber der hielt sie wie mit Klauen fest.
Manny stieß James weg und stolperte über den Strand. James lief hinter ihm her, zwischen den Bäumen hindurch und dann den Berg hinauf. Als Manny zu den Felsen kam, feuerte er auf einen Kaktus und schoss ihm einen Arm ab. Dann feuerte er weiter auf den Rumpf, bis von dem Kaktus nur noch eine matschige Masse übrig war.
»Sie hören nicht auf, mich anzustarren, Louis«, sagte Manny. »Woher kennen die mich? Woher wissen die, was ich getan habe?«
»Hier ist keiner«, versuchte James ihn zu beruhigen. »Das sind nur Kakteen.«
Manny blieb wie erstarrt stehen, er wusste nicht, wo er war. Aus der Ferne, von irgendwo zwischen den Bäumen, drangen Rufe zu ihnen.
Manny drehte sich um, seine Wangen waren tränenüberströmt. »Hörst du es nicht, Louis?«, rief er. »Was ist denn los mit dir?« Dann trat ein Lächeln auf sein Gesicht und er strahlte breit und glücklich wie ein Kind.
»Ich habe was gehört«, sagte James.
»Ich glaube, es ist Mama, Louis. Ich glaube, sie ruft uns. Sie ruft uns, damit wir zum Essen nach Hause kommen. Wir werden alle wieder zusammen sein, Louis, wir alle drei.«
Er wandte sich von James ab, der auf den Felsen hinter sich kletterte. Auf der anderen Seite lag eine kleine Senke, in der noch mehr Kakteen wuchsen: Kantala, Feigenkakteen, Agaven und einige Kugelkakteen, die aussahen wie riesige Nadelkissen. In der Mitte stand ein großer Saguaro, der tatsächlich so aussah, als würde er sie mit ausgestreckten Armen zu sich winken.
»Ich komme«, schrie Manny. Er sah aus wie ein kleiner Junge. »Ich komme, Ma. . .«

»Nein!«, schrie James, doch er konnte ihn nicht zurückhalten.
Manny stolperte den Hang hinunter, stieg auf einen großen Felsbrocken und sprang direkt in die Arme des Saguaro.
Er kreischte laut.
»Es ist eine Falle, Louis«, brüllte er. »Sie haben uns überlistet. Sie haben auf uns gewartet. Hau ab! Oh verdammt, es tut so weh.«
Er wollte sich befreien und verhedderte sich stattdessen immer hoffnungsloser zwischen den Stacheln. Wieder feuerte er mit dem Gewehr.
James ließ sich auf den Boden fallen, um nicht von einer der Kugeln getroffen zu werden.
Er hörte Stimmen und das Geräusch schneller Schritte. Einen Augenblick später tauchte eine Gruppe Indios mit langen schwarzen Haaren aus dem Unterholz auf. Sie trugen weiße Anzüge und hatten moderne Waffen bei sich. Sie riefen Manny etwas zu, aber James verstand es nicht. Manny war gefangen in einer Welt aus Schmerz und Wahnsinn, er schlug wie besessen auf die Kakteen ein, schrie und verschoss die letzte Kugel.
James beobachtete, wie einer der Indios langsam sein Gewehr anlegte und einen einzigen Schuss abgab. Danach war Manny still.
Die Männer unterhielten sich leise. Der Schütze schüttelte den Kopf.
James blieb liegen. Er hoffte, dass sie ihn nicht gesehen hatten. Er presste sich gegen die Felsen und achtete nicht darauf, wie schmerzhaft sie in seine nackte Haut schnitten.
Dann spürte er, wie sich etwas Kaltes, Hartes in sein Genick bohrte und eine leise Stimme sagte: »Keine Bewegung oder ich schieße.«

24 Pinaud Elixier

El Huracán saß an dem großen Mahagonitisch in seinem Esszimmer und trank seinen Morgenkaffee. Die Balkonfenster standen offen und die weißen Vorhänge bauschten sich in der kühlen Brise des Meeres. Die Sonne stand schon hoch am Himmel, der sich mit kleinen Schäfchenwölkchen geschmückt hatte. All die unterschiedlichen Gerüche der Insel erfüllten den Raum, der Duft der Bäume und der absterbenden Vegetation im Urwald, der scharfe Geruch nach Seetang und, näher und intensiver, der Duft des Frühstücks, das gerade vorbereitet wurde. Er selbst war zwar schon seit Stunden auf den Beinen, aber viele seiner »Gäste« pflegten lange zu schlafen und spät zu frühstücken.

Er freute sich auf den Frühling, wenn die Insel wieder überquellen würde von Blütenpracht, Früchten und Düften. Er wusste, dass der Frühling nur allzu schnell kommen würde. Die Zeit verrann wie im Fluge. Er konnte es nicht leugnen, er wurde alt.

Es klopfte und einer seiner Männer steckte den Kopf durch die Tür.

»Was gibt's?«

»Wir haben die anderen gefunden.«

»Bringt sie herein.«

»Es ist nur einer, ein Junge. Den anderen Mann mussten wir erschießen.«

El Huracán brummte und nickte. Er lehnte sich in seinem Sessel zurück, streckte die Beine unter dem Tisch aus und zündete sich eine Zigarre an.

Der Junge, den sie hereinbrachten, war groß gewachsen, die Haare fielen ihm wirr in die Stirn. Er war sonnengebräunt und hatte überall Verletzungen, Prellungen und Insektenstiche. Er war halb nackt, und wären da nicht seine kalten graublauen Augen gewesen, El Huracán hätte ihn für einen jungen Wilden aus dem Urwald gehalten.
Diese Augen blickten tapfer und wachsam, sie schienen zu sagen, egal, was mit meinem Äußeren passiert ist, mein Inneres ist ungebrochen. Kein Zweifel, der Junge hatte ein Kämpferherz.
El Huracán lächelte. Er mochte den Jungen.
»Bringt ihm etwas zum Anziehen«, befahl er und sofort eilte einer seiner Leute hinaus. »Setz dich«, sagte er dann.
Misstrauisch setzte sich der Junge an den Tisch, wachsam und angespannt wie ein Jaguar.
»Hast du Hunger?«
Der Junge nickte.
El Huracán gab einem seiner Männer ein Zeichen und auch der huschte eilig aus dem Raum.
El Huracán saß da, sog an seiner Zigarre und beobachtete den Jungen. Und der Junge beobachtete ihn.
»Ich habe viele Fragen an dich«, sagte El Huracán. »Aber das kann warten, bis du gegessen hast. Eines möchte ich jedoch sofort wissen: Bist du absichtlich nach Lagrimas Negras gekommen und weißt du, was dies für eine Insel ist?«
Ohne zu zögern, nickte der Junge.
»Weißt du, wer ich bin?«, fragte El Huracán weiter.
Diesmal schüttelte der Junge den Kopf.
»Ich bin hier der Herrscher. Dies ist meine Insel. Man nennt mich El Huracán.«
»Den Hurrikan?«, fragte der Junge und zog eine Augenbraue hoch.
»Ja. Und genau wie bei einem wirklichen Hurrikan hat es keinen

Sinn, sich gegen mich zu stellen. Ich bin König, Präsident, Richter, Geschworener und Henker in einem. Hier gilt nur mein Gesetz. Mein Wort steht über allem. Ich wurde nach einer Gottheit der Maya benannt – nach Hurakan –, dem Gott des Windes und des Sturms. Und *hier* bin ich der Gott.«
Der erste der Männer, den er weggeschickt hatte, kam mit einer bunten indianischen Wolldecke zurück. Er ging lautlos zu dem Jungen und legte sie um dessen Schultern. Der Junge zog die Decke fester um sich. Wenig später wurde ein Tablett mit Essen und Getränken hereingebracht: Brot, kaltes Fleisch, Käse, Obst, Nüsse, ein Glas Orangensaft und ein Krug eisgekühltes Wasser. El Huracán sah zu, wie der Junge gierig zulangte und alles aufaß, bis die Teller leer waren.
»Also«, begann El Huracán, »weshalb bist du hier?«
Der Junge setzte sich aufrecht auf seinen Stuhl und rückte vom Tisch weg.
»Ich bin jemandem gefolgt«, sagte er.
»Aha«, machte El Huracán.
»Mrs Glass«, redete der Junge weiter. »Mrs Theda Glass.«
»Und was hast du mit der *Señora* vor, vorausgesetzt, du findest sie hier?«
»Sie besitzt etwas, das ihr nicht gehört.«
»Du bist ein großes Risiko eingegangen, hierherzukommen.«
»Das stimmt.«
El Huracán blies eine große blaue Rauchwolke aus. »Du solltest wissen, dass ich hier ein paar Regeln aufgestellt habe.«
Der Junge schaute ihn kühl und abwartend an. Er hatte keine Angst und hörte aufmerksam zu.
»Es gibt eine unumstößliche Regel, dass nur Leute, die Geld haben, auf meiner Insel bleiben können«, sagte El Huracán. »Wenn ich dich so anschaue, würde ich sagen, dass du ein armer Schlucker bist.«

Der Junge zuckte mit den Schultern. »Ich besitze keinen einzigen Peso. Was wollen Sie jetzt machen?«
»Für gewöhnlich würde ich dich auf der Stelle zurückschicken. Würde dich der Polizei übergeben oder der Armee oder sonst wem, dem du davongelaufen bist.«
»Ich bin niemandem davongelaufen«, antwortete der Junge. »Ich habe es Ihnen schon gesagt – ich bin wegen Mrs Glass gekommen. Das ist alles.«
»Du stellst mich vor ein Problem«, sagte El Huracán. »Jemand wie du ist hier noch nie aufgetaucht. Du bist kein Polizist, dafür bist du zu jung. Also, wer bist du?«
»Nur ein Junge.«
El Huracán lachte leise vor sich hin. »Ich sehe mit eigenen Augen, dass du mehr bist als nur ein gewöhnlicher Junge. Ich sage dir, wer du bist. Dein Name ist James Bond. Du hast *Señora* Glass den mexikanischen Taschendieb vorgespielt, um zwei amerikanische Kinder zu retten, die sie entführt hatte.«
»Sie wissen eine ganze Menge über mich«, sagte James.
»Es ist meine Aufgabe, über alles Bescheid zu wissen«, erwiderte El Huracán.
»Dann ist sie also hier?«, fragte James.
»Wer?«
»Mrs Glass. Sie muss Ihnen alles erzählt haben. Und ich nehme an, sie hat die gestohlenen Marine-Dokumente schon an Sie verkauft.«
El Huracán sah ihn schweigend an.
James kam das alles unwirklich vor. Er hatte keine klare Vorstellung davon gehabt, was ihn auf dieser Insel erwarten würde, aber dies wäre ihm nie in den Sinn gekommen. Dieser Ort ähnelte mehr einem teuren Hotel als einem Ganovenversteck.
Und ganz sicher hatte er nicht erwartet, diesen eleganten, klugen Mann zu treffen, der halb wie ein mexikanischer Indio aussah und halb wie ein Afrikaner und der ganz anders war als alle

Menschen, denen James bisher begegnet war. Er hatte etwas Kaltes, Wachsames an sich, wie ein Reptil, nicht wie ein Mensch. James fiel der große Leguan wieder ein, den er erlegt hatte und der unvorstellbar alt und fremdartig ausgesehen hatte. Er hätte ewig in die glänzenden schwarzen Augen des Tiers blicken können, ohne herauszufinden, was in dessen Kopf oder in dessen kaltem Herzen vor sich ging.
Dieser Mann war genauso. Schon bei seinem Namen, El Huracán, musste man an wütendes, zerstörerisches Chaos denken. Aber seine Augen waren wie das Auge des Sturms. Dunkel und trügerisch ruhig.
»Darf ich Sie etwas fragen?«, sagte James.
El Huracán nahm einen Schluck aus seiner Kaffeetasse, dann fuhr er sich geziert mit einer blütenweißen Serviette über den Mund und nickte.
»Das Mädchen, das bei mir war. Precious Stone. Wissen Sie, wo sie ist?«
El Huracán schnalzte mit den Fingern und sagte etwas zu einem seiner Männer, der sich verbeugte und aus dem Zimmer ging. »Sie ist heute Morgen angekommen«, sagte er. »Sie spazierte auf den Marktplatz und sah aus wie eine ertrunkene Ratte. Sie bat um Hilfe, behauptete, ihr Freund läge bewusstlos am Strand, zusammen mit einem Irren. Mehr wollte sie uns nicht sagen, weder wer sie war noch woher sie kam oder was sie hier suchte. Aber jetzt weiß ich es.«
»Wo ist sie?«, fragte James. »Geht es ihr gut?«
»Mach dir keine Sorgen«, beruhigte ihn El Huracán. »Sie ist in Sicherheit.«
Einen Augenblick später hörte man an der Tür einen Freudenschrei. Und da stand Precious in einem einfachen Bauernkleid. Sie lief über den glänzenden Marmorfußboden und umarmte James. James drückte sie an sich.

»Wie rührend«, sagte El Huracán. »Du also bist Precious Stone? Ich hätte es wissen müssen.«
Precious sah ihn stirnrunzelnd an.
»Mrs Glass ist hier«, erklärte James. »Sie hat ihm alles gesagt.«
»Sie hat mir eine Geschichte erzählt, von der sie glaubte, sie sei beendet«, sagte El Huracán. »Doch davon kann offenbar nicht die Rede sein. Es scheint, das letzte Kapitel muss noch geschrieben werden.«
»Was haben Sie mit uns vor?«, fragte Precious.
»Genug geredet für heute«, entgegnete El Huracán und klatschte in die Hände.
»Meine Leute werden euch auf eure Zimmer bringen. Sie werden euch saubere Kleidung geben. Danach nehmt ihr ein Bad und meine Ärzte werden sich um euch kümmern. Dann ruht ihr euch aus. Später können wir uns weiter unterhalten. Und bei einem gepflegten Dinner werde ich euch dann sagen, was ich vorhabe. Also, los jetzt.«

Über den nächsten Stunden lag ein Nebelschleier. James und Precious wurden in angrenzende Zimmer gebracht, in einem der Gebäudeflügel, die abseits der Plaza lagen, mit einem gemeinsamen Balkon und Meerblick.
James nahm eine dampfend heiße Dusche, es war ihm egal, wie sehr seine Haut schmerzte. Er wusch seinen wunden und schmerzenden Körper mit einer groben Seife. Es war so wohltuend, wieder sauber zu sein. Er wusch seine Haare mit einem wunderbar duftenden Shampoo und freute sich, wie kleine Bäche von schmutzig grauem Schaum an ihm hinunter in den Abfluss rannen. Er sah auf das Etikett der Shampoo-Flasche, darauf stand Pinaud Elixier, und er schwor sich, nie mehr ein anderes Shampoo zu benutzen, damit er sich immer an die schönste Dusche erinnerte, die er jemals genossen hatte. Und obwohl er

schon sauber war, stieg er in die Badewanne und blieb ausgestreckt darin liegen, bis das Wasser fast kalt war.
Nach Rosen duftend und in einen dicken, flauschigen Morgenmantel gehüllt, wurde er auf die Krankenstation gebracht, wo ein Arzt und zwei Schwestern seine Temperatur, seinen Puls und seinen Blutdruck maßen. Sie tasteten seine Knochen ab und versorgten seine Wunden, überprüften jeden Zoll an ihm und stellten fest, dass ihm nichts Ernsthaftes fehlte.
»Was ist das?«, fragte der Arzt und betastete eine Beule an James' Schulter.
»Nur ein Insektenstich, der nicht heilt«, antwortete James. »Ich habe ihn schon tagelang. Er tut sehr weh.«
»So als nagten irgendwelche Tierchen unter der Haut an dir?«, fragte der Doktor.
»Ja«, antwortete James, »genau so.«
»Das ist die Dermatobia hominis«, sagte der Arzt naserümpfend.
»Und was heißt das?«, fragte James.
»Es ist ein lästiges kleines Insekt, Biesfliege oder auch Fleischfliege genannt«, erklärte der Arzt. »Die erwachsenen Tiere legen ihre Eier in den Saugrüssel eines Moskitos. Wenn der Moskito dann jemanden sticht, legt er das Ei unter dessen Haut. Aus dem Ei schlüpft eine Made und ernährt sich von dem Muskelgewebe seines Wirts.«
»Wollen Sie damit sagen, dass in meiner Schulter eine Made wächst?«, fragte James ungläubig.
»Ja«, antwortete der Arzt. »Und noch eine auf deinem Rücken. Aber mach dir keine Sorgen, es ist zwar schmerzhaft, weil die Raupe Borsten hat, aber es ist nicht wirklich gefährlich. Hier ...«
James beobachtete, wie der Arzt ein Stück rohen Speck über die Beule legte und dann verklebte.
»Wozu soll das gut sein?«, fragte er.
»Wir müssen sie herauslocken«, erklärte der Arzt. »Die Made at-

met durch eine Röhre, die sie durch deine Haut steckt. Auf diese Weise wird sie sich ihren Weg aus ihrem Versteck bis zu dem Speck fressen, aber dieser Verband wird sie ersticken. In ein paar Tagen können wir den Verband und den Speck entfernen und das kleine Ungeheuer herausquetschen wie Zahnpasta.«

Als man James wieder in sein Zimmer zurückbrachte, war ihm leicht übel. Er setzte sich auf sein Bett. Das Letzte, was er vor dem Einschlafen hörte, war, wie der Schlüssel im Schloss umgedreht wurde.

Es sieht zwar aus wie ein Hotel, dachte er, als er wegdämmerte, *aber ich darf nie vergessen, dass es etwas ganz anderes ist.*

»Was ist heute Morgen eigentlich passiert?«, fragte James.

»Du hast dich mehr oder weniger selbst k. o. geschlagen, als du versucht hast, mich heil über das Riff zu bringen«, antwortete Precious.

Die beiden saßen in großen Weidensesseln auf ihrem gemeinsamen Balkon, genossen den Ausblick und unterhielten sich.

»Dann wurden wir von einer großen Welle weggespült«, redete Precious weiter. »Ich habe es zwar geschafft, dich bis auf den Strand zu zerren, aber ich konnte dich nicht wach rütteln. Ich war so durcheinander. Es war noch dunkel. Manny war schon da. Er muss einen einfacheren Weg gefunden haben, um an Land zu kommen. Er fantasierte. Er sagte, er würde auf mich aufpassen. Ich wollte Hilfe holen, aber er ließ mich nicht gehen. Schließlich tat ich so, als wollte ich mich schlafen legen, und dann schlich ich fort, als er gerade einmal nicht aufpasste.«

»Ich hatte schon befürchtet, er hätte dir etwas angetan«, sagte James. »Ich habe mir solche Sorgen gemacht.«

»Ich kann auf mich selbst aufpassen«, erwiderte Precious.

James konnte nicht anders, er musste lächeln. »Weißt du«, sagte er, »langsam glaube ich das auch.«

»Aber ich war trotzdem ein Dummkopf«, sagte Precious wütend. »Ein närrischer kleiner Dummkopf. Hatte ich daran gedacht, was wir tun würden, wenn wir erst einmal hier waren? Ich hatte mir gar nichts gedacht. Wir hatten keinen Plan. Ich hatte nichts als Rache im Kopf.«

»Gib jetzt nicht auf«, sagte James. »Wir finden bestimmt einen Ausweg.«

James war erst spät aufgewacht und hatte dann mit Precious zu Mittag gegessen. Man hatten ihnen frische Kleidung gebracht, einfache mexikanische Sachen, aber sauber und bequem. Precious hatte sich eine Blume ins Haar gesteckt und James dachte wieder einmal, wie viel hübscher sie doch war ohne ihr Make-up und ihre komischen Hollywood-Klamotten und die künstliche Frisur. Während sie sich unterhielten, wurde es allmählich Abend und am Himmel zeigten sich goldrosa Streifen. Überall auf der Insel blitzten Lichter auf. Die Insekten begannen ihr Konzert. Es war ein lauer und windstiller Abend, schön wie ein Traum. Zum ersten Mal seit langer Zeit fühlten sie sich geborgen und entspannt. Was merkwürdig genug war, wenn sie daran dachten, dass sie sich in einem Eldorado für Verbrecher befanden und El Huracán über ihr Schicksal entschied. Egal, wie nett und gastfreundlich er sich geben mochte, James war klar, dass er sie, ohne nachzudenken, umbringen könnte, und niemand in der Welt draußen würde je etwas davon erfahren.

Schließlich hörten sie das Klopfen an der Tür, das sie genauso herbeigesehnt wie gefürchtet hatten. Es war Zeit fürs Dinner. Es war Zeit herauszufinden, was El Huracán für sie geplant hatte.

James ging ins Zimmer und strich sich die Haare zurück – wie üblich vergebens. Er betrachtete sein Gesicht im Spiegel. Er sah schmaler und älter aus. Er fragte sich, ob er sich jemals wieder an das Leben in Eton gewöhnen würde.

Falls es ihm überhaupt gelang, jemals wieder nach Eton zurückzukehren.
Es war ein merkwürdiger Gedanke, dass das Leben dort ohne ihn weiterging. All die Schüler, die in ihren Zimmern schliefen und keine größeren Sorgen hatten, als das nächste Kricketmatch gegen ein anderes Haus zu gewinnen oder ein paar Zeilen Latein zu übersetzen. Seit Pritpals Brief hatte er nichts mehr von der Schule gehört. Er konnte nicht wissen, dass in der Hauptpost von Mexiko City ein Stapel Post auf ihn wartete, der immer größer wurde.
Post, die er niemals lesen würde.
Er verließ das Zimmer und ging mit Precious und einer Eskorte über die Plaza. Obwohl er Precious vorhin noch gesagt hatte, sie solle die Hoffnung nicht aufgeben, kam er sich jetzt wie ein zum Tode Verurteilter vor, den man zum Schafott führte.
Menschen schlenderten über die Plaza. Meist waren es Männer, aber auch einige Frauen waren darunter. James sah in ihre Gesichter, um vielleicht Mrs Glass zu erblicken, aber sie war nicht dabei.
Man führte sie wieder in das Speisezimmer, in dem James El Huracán zum ersten Mal begegnet war. Der Raum war noch leer, aber auf dem Tisch waren vier Gedecke mit schwerem Silberbesteck und Kristallgläsern aufgelegt. Sie setzten sich und warteten schweigend, sie waren viel zu angespannt, um miteinander zu sprechen.
James betrachtete die Bilder an den Wänden. Meist waren es eingerahmte Pläne oder Motive aus der langen Geschichte der Insel. Es gab auch einige Maya-Kunstwerke, ein paar detailgetreue Landkarten, alte Konstruktionspläne des Gefängnisses, Pläne von El Huracáns Umbauten sowie eine Reihe von Urkunden aus der Zeit, als hier noch Sklavenhandel betrieben wurde.
Er richtete seinen Blick wieder auf den Tisch und bemerkte, dass

Precious auf die beiden anderen Gedecke starrte. Er selbst hatte sich auch schon darüber gewundert. Eines, so nahm er an, war für El Huracán, ihren Gastgeber, aber für wen war das vierte? Und was hatte das für ihre Zukunft zu bedeuten?

Diese Fragen wurden ihnen sehr bald von El Huracán selbst beantwortet, der mit Mrs Glass am Arm den Raum betrat. Sie trug ein teures Abendkleid mit passendem Schmuck. Ihr Haar steckte unter einem seidenen Turban, der vorne von einer Diamantbrosche geschmückt wurde.

Sie lachte und plauderte angeregt, doch als sie sah, mit wem sie speisen würde, gefror ihr das Lächeln auf den Lippen.

»Ach, ihr beiden seid es«, begrüßte Mrs Glass sie mit eisigem Ton. El Huracán geleitete sie an ihren Platz.

»Ja«, sagte James.

Precious schwieg. Ihr Gesicht war so finster wie ein Unwetter.

»Ich glaube, ihr kennt euch bereits«, sagte El Huracán. »Wir haben eine Menge zu besprechen und ich hielt es für das Beste, es von Angesicht zu Angesicht zu tun.«

»Mit ihr habe ich nichts zu besprechen«, zischte Precious.

»Keine Sorge, Schätzchen«, sagte Mrs Glass mit dem Anflug eines spöttischen Lächelns. »Das beruht auf Gegenseitigkeit.«

»Aber, aber«, sagte El Huracán, »ich möchte Sie bitten, die Waffen draußen zu lassen. Dieser Raum hier ist neutrales Gebiet. Ich dulde hier kein böses Blut. Wir wollen gesittet zu Abend essen.«

Er schnippte mit den Fingern und ein Diener schenkte Mrs Glass gekühlten Weißwein ein.

25 Ein kultiviertes Abendessen

Eine Fischsuppe wurde aufgetragen und ein paar Minuten lang aßen die vier und unterhielten sich mit angestrengter Höflichkeit. El Huracán erkundigte sich, ob James und Precious mit ihren Zimmern zufrieden waren und wie sie den Tag verbracht hatten. Er interessierte sich auch für die ekelhaften Einzelheiten der Fleischfliegenmaden und erzählte James, dass er, als er noch jünger war, viele Jahre im Dschungel gelebt hatte und die »gefräßigen kleinen Teufel«, wie er sie nannte, gut kannte.

Plötzlich warf Precious ihren Löffel auf den Tisch.

»Ich halte das nicht mehr aus«, sagte sie. »Wie können wir hier sitzen und so tun, als wäre nichts passiert, wo diese Frau mein ganzes Leben zerstört hat? Sie hat so viele Menschen auf dem Gewissen. Sie hat meinen Vater bestohlen. Ich halte das keinen Augenblick länger aus.«

»Nun gut«, sagte El Huracán und wandte sich mit einem höflichen Lächeln auf seinem uralten Gesicht an Mrs Glass. »Was haben Sie dazu zu sagen?«

»Ich werde für das, was ich getan habe, keine Rechenschaft ablegen«, antwortete sie hochmütig. »Da draußen auf der Plaza laufen Männer herum, die tausendmal schlimmer sind als ich. Sie genießen die Abendluft, ohne sich die rotzfrechen Anschuldigungen einer kleinen Göre anhören zu müssen. Was ist das eigentlich für ein Zufluchtsort, El Huracán? Sie lassen ja sogar Kinder hierher.«

»Ich erlaube jedem zu kommen, der kommen will«, antwortete El Huracán ruhig.

»Das ist eine verdammte Lüge«, widersprach Mrs Glass. »Ich weiß genau, dass man sofort seine Sachen wieder packen muss, wenn man für seinen Aufenthalt nicht zahlen kann.«
»Ich kann diese Kinder nicht wegschicken«, sagte El Huracán. »Sie haben schon viel zu viel von meiner Welt gesehen. Sie könnten Geschichten über meine Insel erzählen und Geheimnisse ausplaudern.«
»Warum haben Sie sie dann nicht auf der Stelle erschossen?«
»Ich musste herausfinden, wer sie sind.«
»Was mich angeht, ich habe bezahlt. Ich habe Ihnen die Papiere gegeben.«
»Ja, und sie sind überaus wertvoll.« El Huracán nickte einem Diener zu, der den Lederbeutel mit den Marine-Dokumenten auf den Tisch legte.
El Huracán strich mit den Fingern über das Wappen der US-Flotte. »Das wird Ihnen einen langen und angenehmen Aufenthalt auf Lagrimas Negras bescheren«, sagte er und blickte Mrs Glass an. »Sie wissen natürlich, dass Sie die Insel nie wieder verlassen können?«
»Das habe ich inzwischen erfahren«, antwortete sie. »Und ich halte das für ziemlich hinterhältig.«
»Sie werden sich zweifellos daran gewöhnen«, sagte El Huracán. »Nach einer gewissen Zeit werden Sie vergessen haben, dass es eine Welt jenseits dieser Strände gibt.«
»Diese Dokumente gehören ihr nicht«, warf Precious wütend ein. »Sie gehören meinem Vater. Und wenn Sie auch nur einen Funken Anstand besäßen, würden Sie sie mir zurückgeben.«
»Du weißt sehr gut, dass sie auch deinem Vater nicht gehören«, sagte El Huracán. »Immerhin hat er sie gestohlen.«
»Mein Vater ist kein Dieb.«
»Wirklich nicht?«, fragte El Huracán. »Ich kenne deinen Vater, Precious. Gelegentlich habe auch ich sein Flugzeug und seine Er-

fahrungen als Pilot in Anspruch genommen. Er ist kein schlechter Mensch. Er hat nur versucht, über die Runden zu kommen, so wie jedermann. Trotzdem hätte er sich nie auf die Sache mit den gestohlenen Geheimpapieren einlassen dürfen. Schmuggeln war für ihn wie ein Abenteuerspiel. Aber das hier ist etwas anderes. Hier ist der Einsatz höher. Diese Papiere haben viele Menschen verändert. Sie haben sie mit der Hand des Todes berührt.«

»Schmuggeln ist eine Sache«, sagte Mrs Glass. »Aber zum Verräter werden und Staatsgeheimnisse verkaufen, das ist eine andere. Das hätte er besser den Profis überlassen sollen.«

»Ist es das, was Sie sind?«, fragte Precious. »Ein Profi? Ein Profi worin? Im Töten? Im Betrügen? Im Entführen?«

»Vor allem im Spionieren«, antwortete Mrs Glass.

»Und für wen spionieren Sie?«

»Für den, der mich am besten bezahlt.«

»Dass ich nicht lache«, sagte Precious. »Manny hat uns alles über Sie erzählt. Wie Sie irgendeinen Gangster in Los Angeles geheiratet haben und in einer Schießerei beinahe umgekommen wären.«

»Er hat nicht alles erzählt«, sagte Mrs Glass, »weil er es nicht wusste. Er hat dir nicht erzählt, wie ich untergetaucht bin, wie ich von Mexiko bis nach Südamerika gereist bin und mich dort ein paar Jahre herumtrieb, bevor ich mich über den Pazifik nach Japan aufmachte. Ich hatte mir vorgenommen, eine Weltreise zu machen, auf der ich alles lernen wollte, was mit Verbrechen zu tun hat.

In Japan machte ich Bekanntschaft mit der Yakuza, in China mit den Tongs. Ich habe mich Banden in Indien und auf dem Balkan angeschlossen. In Italien hatte ich Kontakt zur Cosa Nostra, dort habe ich auch den lieben verstorbenen Strabo kennengelernt. Schließlich habe ich meine Geschäfte nach Deutschland verlegt. Dort habe ich herausgefunden, dass es unmöglich ist, Politiker

und Verbrecher zu unterscheiden. Es waren verrückte Zeiten damals in diesem Land. Adolf Hitlers Nazipartei hatte großen Zulauf.
Dann traf ich einen Amerikaner, er hieß Alan Glass. Er war ein beeindruckender Bursche – intelligent, rücksichtslos, charmant. Er brachte mir alles bei, was ein Spion wissen muss. Er kannte sie alle und spielte einen gegen den anderen aus. Am Ende wusste er, glaube ich, selbst nicht mehr, auf wessen Seite er stand. Er war ein Doppel-Dreifach-Vierfach-Agent. Er verkaufte Geheimnisse an die Russen, die Briten, die Amerikaner, die Deutschen, und alle hielten ihn für ihr bestes Pferd im Stall. Wir haben geheiratet und uns eine Zeit lang bestens amüsiert. Aber das konnte natürlich nicht ewig so weitergehen. Eines Tages war er einfach nicht mehr da. Verschwunden. Ich habe ihn niemals wiedergesehen. Ich schätze, es waren die Russen, die ihn auffliegen ließen, aber sicher bin ich mir nicht.
Am nächsten Morgen saß ich in einem Flugzeug, das mich in die Vereinigten Staaten zurückbrachte. Ich ging direkt nach Washington. Man hat mich wie eine Heldin empfangen, als eine ihrer besten Agentinnen in Europa. Ich habe ihnen eine Menge Unsinn aufgetischt und sie bei Laune gehalten. Ich habe ihnen alles erzählt, was sie hören wollten, habe mit dem Präsidenten zu Abend gegessen. Und im Gegenzug drückten sie ein Auge zu, was meine nicht so ehrenwerte Vergangenheit anging.«
»Warum?«, fragte Precious. »Warum sollten sie das tun? Ich glaube Ihnen nicht.«
»Ich habe es schon gesagt, Schätzchen«, antwortete Mrs Glass und nippte an ihrem Wein. »Ich war eine Heldin, der man Denkmale gesetzt hat, und außerdem wussten sie, dass ich ihnen von Nutzen sein konnte. Das größte Problem, das Amerika im Augenblick hat, ist das organisierte Verbrechen. Die Banden übernehmen die Macht. Und als ich 1930 in Amerika aufgetaucht bin, gab

es ja immer noch die Prohibition. Schlimmer konnte es nicht mehr werden. Sie suchten jemanden, der mit der Geheimpolizei zusammenarbeitete und sich in die Banden einschlich.

Ich tat, was sie von mir wollten: Ich kehrte zurück in mein früheres Leben. Der erste Verbrecher, mit dem ich es zu tun bekam, war Legs Diamond. Ich machte mich an ihn heran, verpfiff ihn und war dabei, als er starb. Als ich sah, wie er verblutete, habe ich mir fest vorgenommen: So soll es mir nie ergehen. Ich wollte es besser haben. Ich kannte Leute aus der Unterwelt, aus Spionage und Politik überall auf der Welt. Ich verdingte mich als Söldnerin, schmuggelte geheime Informationen überallhin, wo man sie haben wollte.« Sie hielt inne und schaute Precious an. »Und das ist der Grund«, sagte sie, »weshalb ich im Haus deines Vaters aufgetaucht bin.«

Dann wandte sie sich an James.

»Ich hatte mit Verbrechern aus New York zu tun, mit der russischen Geheimpolizei, mit japanischen Auftragsmördern und mexikanischen Banditen, aber ein englischer Schuljunge hätte mir beinahe das Genick gebrochen.« Mit spöttischer Geste hob sie ihr Glas. »Auf dein Wohl, James Bond«, sagte sie. »Ich hoffe, du bist zufrieden mit dem, was du erreicht hast, denn jetzt sitzt du hier zusammen mit mir bis zum Ende unseres erbärmlichen Lebens fest.«

»Ich fürchte, das stimmt«, sagte El Huracán achselzuckend. »Ich kann euch beide nie wieder weglassen.«

James hatte plötzlich ein mulmiges Gefühl. Er war aus seinem Traum erwacht. Precious hatte recht gehabt. Wie dumm waren sie gewesen, auf diese Insel zu kommen, ohne recht zu wissen, wie es danach weitergehen sollte.

Precious stützte den Kopf in die Hände und zwei dicke Tränen tropften auf ihr Gedeck.

Wie durch einen Nebel nahm James wahr, dass El Huracán weiterredete, mit einer Stimme, die so ruhig und gleichmäßig dahinplätscherte wie die eines Lehrers, der eine Lektion durchnahm.

»... ihr müsst für eure Unterkunft eine Gegenleistung erbringen. Heute Nacht könnt ihr noch in den Gästezimmern bleiben, aber morgen werdet ihr in die Arbeiterquartiere umziehen. Wir werden dann sehen, welche Arbeit am besten zu euch passt. Vielleicht könnt ihr in der Küche arbeiten oder Obst und Gemüse anbauen helfen. Du siehst kräftig aus, James, es gibt immer etwas zu bauen – oder möchtest du lieber Kellner oder Barkeeper werden?«

James schwieg. Er wollte nicht, dass auf diese Weise über sein Leben entschieden wurde. Verdammt noch mal, er würde sich nicht einfach kampflos damit abfinden. Aber jetzt war nicht die Zeit, etwas zu sagen. Er wollte warten, bis er mit Precious wieder allein war, dann würden sie sich einen Plan ausdenken und den richtigen Zeitpunkt abwarten.

Um sechs Uhr früh am nächsten Morgen, noch bevor einer der »Gäste« wach war, brachte man James zu dem Pranger am Hauptplatz, wo schon zwanzig Männer geduldig warteten. Alle waren Indios und alle trugen weite weiße Baumwollkleidung. Der Vorarbeiter, der Morales hieß, teilte sie in Gruppen ein und erklärte ihnen, was zu tun war. James wurde einer Mannschaft zugeteilt, die eine alte Steinbrücke in der Hafengegend reparieren sollte. Sie arbeiteten ohne Unterbrechung bis Mittag, dann bekam jeder eine Mahlzeit, die aus Reis, Mais und Bohnen bestand. Danach wurde bis zum Sonnenuntergang weitergearbeitet. Das Tempo war gemächlich, die Männer arbeiteten langsam, aber stetig. James hatte keine Schwierigkeiten mitzuhalten, die körperliche Arbeit machte ihm sogar Spaß. Seine Aufgabe war es, Zement zu mischen und Steine zu schleppen.

Während er arbeitete, nutzte er die Gelegenheit, die Schiffe zu beobachten, die im Hafen ein- und ausfuhren. Zwei kleinere Schiffe legten tagsüber an und entluden Vorräte. Drei bewaffnete Wachen patrouillierten und durchsuchten jeden Seemann, der das Schiff betrat oder verließ. Zwei zusätzliche Wachen in einem Beobachtungsturm saßen hinter einem schweren Maschinengewehr.

Sich unbemerkt an Bord eines Schiffs zu schleichen, war aussichtslos. El Huracáns Männer spähten mit Adleraugen und die Seeleute waren offensichtlich darauf bedacht, den Hafen so schnell wie möglich wieder zu verlassen.

Am nächsten Tag erklomm James' Gruppe den höchsten Punkt der Insel, um einen schweren eisernen Wasserturm instand zu setzen. Von hier aus hatte er einen guten Blick über die ganze Insel. Eines war klar, irgendwohin zu schwimmen, war zwecklos. In welche Richtung er auch blickte, nirgends war Land zu sehen, und die Erfahrungen, die er mit dem Riff gemacht hatte, hatten ihn gelehrt, wie gefährlich die Gewässer waren.

Zwei Tage lang arbeiteten sie am Wasserturm, schnitten Stahl- und Aluminiumplatten mit starken Scheren zurecht und flickten einige der Anschlüsse, wo die Rohre in den Tank mündeten.

Während er in der Sonne saß und eine frische Brise vom Ozean kühlend über seine Haut strich, konnte sich James fast schon vorstellen, wie es sein würde, wenn er den Rest seiner Tage auf dieser Insel verbrachte. Er fragte sich, wie lange es dauern würde, bis er nicht mehr an sein früheres Leben dachte.

Nein.

So weit durfte es nicht kommen. Er würde nicht für immer hierbleiben und zugrunde gehen.

Mit der nächsten Arbeit, die ihm zugeteilt wurde, wurde seine Entschlossenheit noch größer. In der Mitte der Insel gab es eine enge Schlucht, die von einer baufälligen Brücke überspannt wur-

de. Die Brücke wurde auf beiden Seiten bewacht. Auf der anderen Seite führte ein verschlungener Pfad durch ein Wäldchen in eine abgelegene Gegend. Von dort bekam El Huracán die meisten seiner Lebensmittel geliefert. Hühner gab es hier, Bienenkörbe, Ziegen und Schafe. Jedes Fleckchen fruchtbarer Erde war dicht bepflanzt mit Mais, Tomaten, Paprika und Zwiebeln.
James war überrascht, als er sah, dass die meisten Arbeiter auf der Farm alt waren, bestimmt schon in den Fünfzigern oder Sechzigern. Genau konnte man ihr Alter nicht schätzen, denn sie waren wegen der schlechten Ernährung und Behandlung schneller gealtert. Im Gegensatz zu den anderen Arbeitern auf der Insel schienen nur wenige von ihnen Mexikaner zu sein. Sie machten einen elenden und abgearbeiteten Eindruck, wie sie sich mit gebeugtem Rücken auf den Feldern abplagten. Noch mehr erstaunte es ihn, dass bewaffnete Wachen, die in kleinen Holzhäuschen saßen, sie nicht aus den Augen ließen, als wären sie Sträflinge.
James war mit seiner Gruppe gekommen, um einen Stacheldrahtzaun zu reparieren. Vorher hatte man ihm eingeschärft, nicht mit den Landarbeitern zu sprechen. Er sah ihnen zu, wie sie unentwegt in der prallen Sonne schufteten. Einmal warf einer der Männer seine Schaufel zu Boden und schrie einem Wächter etwas zu. Der Wachmann schlenderte gemächlich zu ihm hinüber und schlug ihn dann mit dem Gewehrkolben kaltblütig zu Boden. Danach wagte keiner der anderen mehr, von seiner Arbeit aufzusehen.
Zur Mittagszeit führte man James zu einem schattigen Platz, in der Nähe eines breiten, steinigen Flussbetts. Hier waren noch mehr alte Leute, die Berge von Sand und Kies aufhäuften und sie in langen hölzernen Wasserrinnen siebten. Auch diese Männer waren abgemagert und zerlumpt und sahen gebrechlich aus.

James hatte sich mit einem Indio angefreundet, der Moises hieß und Spanisch und sogar ein bisschen Englisch sprach. James fragte ihn, wonach diese Leute gruben.
»Oro«, antwortete Moises leise und in einem Tonfall, der James warnte, weitere Fragen zu stellen.
Oro war der spanische Ausdruck für Gold. Diese ausgemergelten, alten Skelette schürften also nach Gold.
James und die anderen waren früh mit ihrer Arbeit fertig, sodass sie noch bei Tageslicht den Rückweg antraten. Als sie zwischen den Bäumen zurückgingen, fragte James Moises, wer die alten Leute waren. Moises rauchte eine riesige selbst gedrehte Zigarette, wie die meisten anderen Indios auch. Eine beißende Rauchwolke hüllte ihn ein.
»Dinari«, antwortete er.
»Geld?«, fragte James zurück.
»Si. Sie haben keine *dinari.* Kein Geld. Sie arbeiten für El Huracán.«
»Wie bitte? Willst du damit sagen, es sind Gäste, die kein Geld mehr haben . . .?«
»Halt den Mund«, unterbrach Moises ihn. *»Silencio.«* Danach war kein Wort mehr aus ihm herauszubringen.
James wusste, dass er ihm keine weiteren Fragen zu stellen brauchte. El Huracáns Leute würden ihm bestimmt nicht helfen, wenn er fliehen wollte. Entweder waren sie ihrem Herrn bedingungslos ergeben oder sie hatten zu viel Angst vor ihm und sagten kein Sterbenswörtchen.

In dieser Nacht fühlte sich James entsetzlich niedergeschlagen und mutlos. Auf der Plaza spielte eine kubanische Rumba-Band und es ging hoch her. Die Leute unterhielten sich, tanzten, die meisten waren betrunken. Kein Wunder, denn es gab für sie ja kaum etwas anderes zu tun, als den ganzen Tag lang zu trinken.

James betrachtete die selbstbewussten, unbarmherzigen Gesichter der Männer. Wenn selbst diese Verbrecher keinen Weg fanden, um die Insel zu verlassen, welche Hoffnung blieb dann ihm? Er hatte es versucht und einige von ihnen befragt, ob sie einen Weg wüssten, wie man die Insel verlassen könnte, aber sie hatten ihn nur ausgelacht.

»Hey, Kleiner!« Ein fetter Mann mit winzigen gelben Augen hatte ihn gerufen.

James ging zu ihm hinüber.

»Bring uns braunen Rum, Junge, zwei Gläser. Nein, noch besser, bring uns eine ganze Flasche.«

»Ich bin kein Kellner«, antwortete James.

Der Mann zog die Augenbrauen hoch.

»Ein bisschen jung für einen Gast«, sagte er.

James zuckte nur mit den Schultern. Der Mann saß mit einem anderen Amerikaner, einem drahtigen Kerl mit einem nervösen Gesichtszucken, an einem Tisch unter Weinreben.

»Du bist ein zäher Bursche, was?«, sagte der andere und wieder zuckte James nur mit den Schultern.

»Hol dir 'nen Stuhl und setz dich zu uns«, sagte der Fette.

James setzte sich. Es dauerte nicht lange und er wusste, dass die Männer Chunks und Dum-Dum hießen und Bankräuber waren. Sie begannen, ihm von ihren Heldentaten in Amerika zu erzählen, wobei sie sich gegenseitig übertrumpfen wollten. James war sicher, dass jeder hier diese Geschichten schon mal gehört hatte. Es wimmelte nur so von Leichen und grausamen Morden, deren Augenzeuge sie geworden waren. Es war offensichtlich, dass sie versuchten, James Angst einzujagen, aber der hatte in seinem jungen Leben schon mehr gesehen als viele andere und fürchtete sich nicht so schnell.

»Aber das Grausamste, was ich je erlebt habe«, sagte Chunks, »ist hier auf Lagrimas Negras passiert. Der Bursche hieß Bobby King.

Ich kannte ihn nur flüchtig. Er hielt sich für was Besseres. Feiner Pinkel.«

»Hat seine Frau umgebracht«, fügte Dum-Dum hinzu.

»Hat es nicht ausgehalten, hier auf der Insel zu leben«, fuhr Chunks fort. »Hat versucht, eine Botschaft nach draußen zu schmuggeln, und einen der Tagelöhner bestochen. Aber der alte Fuchs hat es herausgefunden.«

»Huracán findet alles heraus«, sagte Dum-Dum. »Es gibt nichts, was er nicht merkt. Der hat seine Augen und Ohren überall.«

»Er hat King eine Art Hindernisparcours machen lassen«, erzählte Chunks. »Er nennt es *La Avenida de la Muerte,* die Straße des Todes. Hat ihm gesagt, wenn er es bis zum Ende schafft, kann er gehen, wohin er will.«

»Also auch die Insel verlassen?«, fragte James, dessen Interesse geweckt war.

»Klar doch«, antwortete Dum-Dum. »Nur, der Bursche hatte nicht die geringste Chance.« Er lachte. »Aber für uns gab es was zum Sehen. Ich habe eine Menge Geld gewonnen, als ich darauf gewettet habe, wie weit er kommt. Chunks hier lag meilenweit daneben. Und du musst wissen, bevor es losging, hatte keiner von uns eine Ahnung, was King bevorstand.«

»Als Erstes kamen die Baby-Krokodile«, erzählte Chunks. »Ein ganzes Becken voller kleiner Schnapper. Mensch, war das lustig. Du hättest hören sollen, wie er geschrien hat.«

»Wie ein kleines Kind«, sagte Dum-Dum. »Er hat auch geplärrt, als er durch die Skorpione und über die Eisenspitzen gelaufen ist.«

»Dabei hat er nicht mal die Hälfte der Strecke geschafft«, sagte Chunks und schüttelte betrübt den Kopf. »Ich hab meine Wette damals haushoch verloren.«

»Hast du schon mal gesehen, wie ein Mensch von einem Jaguar gefressen wird?« Dum-Dum grinste widerlich und beugte sich vor. Seine weit aufgerissenen Augen waren blutunterlaufen. Er roch stark nach Alkohol. »Ich auch nicht.« Er lachte heiser. »Bis heute. Ich habe schon viel gesehen, aber so was möchte ich kein zweites Mal erleben.«

»Aber wenn er es bis zum Ende geschafft hätte?«, fragte James.

»Ja und?«

»Hätte El Huracán ihn dann gehen lassen? Hätte King dann tatsächlich die Insel verlassen können?«

»Zumindest hat der alte Fuchs das behauptet. Aber er hat auch gesagt, dass es noch keiner geschafft hat, bis ans Ende zu kommen, also . . .«

»Die Schuhsohlen sind ihm unter den Füßen weggebrannt«, sagte Chunks. »Man konnte riechen, wie er geröstet wurde.«

»Erzählen Sie mir alles«, bat James. »Ich möchte ganz genau wissen, was er tun musste . . .«

26 Ein freiwilliges Opfer?

Das ist der Ballspielplatz«, sagte El Huracán. »Alle Maya-Städte hatten einen Ballspielplatz. Er lag direkt neben den Tempeln. Hast du schon von den Ballspielen der alten Maya gehört?«
James schüttelte den Kopf.
»Sie nahmen es sehr ernst«, fuhr El Huracán fort. »Halb waren sie ein religiöses Ritual, halb waren sie Sport. Man könnte sie vielleicht mit Baseball vergleichen. Die alten Kulturen hatten eine sehr interessante Einstellung zu Leben und Tod und Krieg. Krieg war so etwas wie ein Spiel und ihre Spiele waren wie Krieg.«
Es war Sonntag, der Tag der Ruhe, und der alte Mexikaner zeigte James die Ruinen. Sie waren eingezäunt und den »Gästen« war der Zutritt verboten, aber El Huracán schien stolz auf sie zu sein und freute sich, vor James damit zu prahlen. Es standen noch genügend Bauwerke, die einen Eindruck davon vermittelten, wie der Ort früher ausgesehen hatte. James heuchelte großes Interesse. Er hoffte darauf, einen Blick auf den Hindernisparcours werfen zu können.
»Die Maya«, sagte El Huracán und ließ sich auf den stufenförmigen Sitzreihen nieder, die den Platz auf allen Seiten umgaben, »führten nicht Krieg, um Menschen zu töten, sondern um sie gefangen zu nehmen. Der ruhmvollste Krieger war derjenige, der die meisten Feinde mit nach Hause brachte. Die Gefangenen wurden zurück in die Stadt geschleppt und zum Tempel geführt, wo ihnen ein Priester das noch schlagende Herz aus der Brust riss und es den ewig hungrigen Göttern opferte.

Das Ballspiel war eine religiöse Zeremonie, die man zu Ehren der Götter an allen Feiertagen veranstaltete. Manchmal waren die Spieler gefangene Sklaven, aber nicht immer. Aufgabe der Spieler war es, den Ball so lange wie möglich gegen die Seiten des Spielfelds prallen zu lassen, ohne dass er zu Boden fiel.
Die Spieler durften den Ball, der schwer und ganz aus Gummi war, weder mit den Händen noch mit den Füßen berühren. Stattdessen spielten sie den Ball mit der Hüfte, mit der Brust, mit Schultern und Knien. Zum Schutz polsterten sie ihren Körper.
Der Ball musste immer in Bewegung sein, denn er war das Sinnbild der Sonne, die sich Tag für Tag über den Himmel bewegt. Siehst du diese Ringe aus Stein, die ganz oben ins Mauerwerk eingelassen sind?«
James nickte.
»Die Spieler mussten versuchen, den Ball durch diese Ringe zu bugsieren. Das ist gar nicht so einfach, wenn man ihn nicht schießen oder werfen darf. Die Verlierer wurden in der Regel enthauptet. Du siehst also, James, man muss den Sport ernst nehmen.«
El Huracán lachte und klopfte James auf den Rücken. Dann stand er auf und führte ihn zum Fuß der Pyramide.
»Sogar die Götter spielten Ball«, sagte er. »Es war der Mittelpunkt im Leben der Maya. Hast du schon einmal von den sogenannten Helden-Zwillingen gehört?«
»Nein«, sagte James.
»Eines Tages werde ich dir vielleicht von ihnen erzählen.«
Sie waren mittlerweile an der abgeflachten Pyramide angekommen, wo der Start von El Huracáns Hindernisparcours war. James sah, wie sich der Weg zu ihren Füßen durch die Steinmauern bis zu einer zweiten, kleineren Pyramide wand.
»Einst war die Anlage viel größer«, erklärte El Huracán. »Viele

Schichten sind schon abgetragen worden. In der Vergangenheit befanden sich hier so viele Stufen, dass sie geradewegs in den Himmel zu führen schienen.«

»Gab es auch Menschenopfer?«, fragte James.

»Ich werde dir etwas zeigen«, antwortete El Huracán.

Er führte James zu einer Wand mit Symbolen, Inschriften und fremdartigen Bilddarstellungen, die man, wie er erklärte, Glyphen nannte und die den Maya als Schriftzeichen dienten.

»Schau her«, sagte er und zeigte auf eine Reihe von Symbolen. »Hier wird ein Gefangener zur Pyramide gebracht. Es muss eine bedeutende Person gewesen sein, denn er trägt eine wunderschöne Federhaube auf dem Kopf. Man hat ihn wie eine lebende Verkörperung eines Gottes gekleidet.«

James betrachtete die Zeichen. An anderer Stelle war dargestellt, wie man dem Gefangenen zu Ehren ein Festmahl gab, dann sah man, wie er die Stufen zum Altar hinaufstieg, und schließlich lag er auf dem Rücken und ein Priester schnitt ihm mit einem Steinmesser das Herz aus der Brust.

»Wenn eine Opferhandlung vollzogen wurde«, sagte El Huracán, »dann waren die Stufen dieser Pyramide wahrscheinlich rot vor Blut, sie waren wie ein Wasserfall des Todes. Diese Pyramide war Hurakan geweiht, dem Gott des Windes und der Stürme. Er war auch einer der Götter, der die Welt und die Menschen erschaffen hat. Er war Zerstörer und Schöpfer zugleich.

Mein Vater Gaspar war Gefangener auf dieser Insel, damals, als sie noch eine Strafkolonie war. Er war an dem Sklavenaufstand beteiligt und später war er der Einzige, dem die Flucht gelang, als die amerikanische Marine die Insel angriff. Er hat sich in dieser Pyramide versteckt, in der es unzählige Kammern und Durchgänge gibt. Die Amerikaner verfolgten ihn und er rannte vor ihnen her, unter der Erde lang, wie eine in die Enge getriebene Ratte. Schließlich stieß er auf einen Tunnel, der zum Meer führte, und ihm glückte die Flucht. Damals war ein heftiger Sturm aufgezogen, dennoch gelang es ihm, ein Boot zu stehlen. Das war vor achtzig Jahren. Er gab mir meinen Namen im Andenken an eben jenen Hurakan, der ihn beschützt hatte. Als ich hierherkam, habe ich die Gänge freigelegt, sodass der Wind durch sie hindurchwehen konnte. Jetzt benutze ich diesen Platz für meine eigenen kleinen Spielchen.« Er legte den Arm um James' Schulter und führte ihn weg. »Lass uns gehen, das ist nichts für dich.«

»Meinen Sie die Ruinen oder die ganze Insel?«

»Beides. Ich mag dich, James, du hättest niemals hierherkommen sollen.«

»Aber nicht alle Leute hier sind Verbrecher«, sagte James. »Ihre Diener zum Beispiel, die Wachleute, das Personal.«

»Nein«, sagte El Huracán. »Sie sind Indios, Nachfahren jener Männer, die diese Stadt erbaut haben. Viele von ihnen kenne ich ihr ganzes Leben lang. Sie sind mir treu ergeben. Und ich vertraue ihnen.«

»Und die Musikanten, die abends spielen?«, fragte James weiter.

»Schau sie dir gut an«, sagte El Huracán. »Sie wurden mit größter Sorgfalt ausgesucht. Alle sind blind. Sie werden gut entlohnt und sie haben strikten Befehl, mit niemandem zu sprechen. Sie kommen, um eine Nacht lang zu spielen, und verlassen die Insel vor dem Morgengrauen. Sie sehen nichts, sie sprechen mit niemandem. Sie können nichts erzählen. Doch du und Precious, ihr beide wisst zu viel.«

»Und wenn wir versprechen, niemals darüber zu reden?«, fragte James. »Wenn wir vergessen, dass wir jemals hier gewesen sind? Wenn wir alles vergessen, Sie, Mrs Glass und überhaupt alles hier? Es ist ungerecht, uns einfach festzuhalten. Wir haben Familie, Freunde . . .«

»Ich frage mich, wie viele der gefangenen Maya, die man hierhergebracht hat, das Gleiche gesagt haben?«, sinnierte El Huracán.

»Als man sie die Stufen hinauf ihrem Tod entgegengeschleppt hat?«
»Ich dachte, sie hätten sich in ihr Schicksal gefügt«, sagte James. »Es war Teil ihrer Religion, es gehörte zu ihrem Leben wie der Tod. War es nicht eine Ehre, geopfert zu werden?«
»Schon möglich«, antwortete El Huracán. »Aber im Grunde genommen bin ich überzeugt davon, dass alle nach ihren Müttern geschrien haben, als sie diese Stufen hochstiegen.«
»Hat man ihnen nicht manchmal das beste Essen vorgesetzt und sie wie Götter behandelt, bevor man sie tötete?«
»Und wennschon«, sagte El Huracán, »welcher Mann würde sich freiwillig opfern lassen?«
James betrachtete den langen, gewundenen Weg, der im hellen Licht der Sonne so harmlos wirkte, und er musste an die grausame Geschichte denken, die Chunks und Dum-Dum ihm erzählt hatten. War dies wirklich der einzige Weg, die Insel zu verlassen? Er fragte sich, ob er den Mumm haben würde, ihn zu gehen.

»Bist du verrückt?« Precious riss ungläubig die Augen auf. »Es ist sinnlos, auch nur eine Sekunde an diesen Gedanken zu verschwenden.«
»Aber es gibt keinen anderen Weg, um wegzukommen«, entgegnete James. »Glaub mir, ich habe mich überall umgesehen. Wir können nicht schwimmen, wir können nicht fliegen. Wenn wir versuchen, als blinde Passagiere auf einem Schiff mitzufahren, dann erschießen sie uns. Aber jeder, der den Hindernisparcours schafft, kann gehen, wohin er will.«
»Ja, und du hast auch gesagt, dass es noch nie jemand geschafft hat. Wie heißt er noch mal?«
»La Avenida de la Muerte«, antwortete James kleinlaut.
»Die Straße des Todes«, sagte Precious. »Das ist völlig ausgeschlossen.«

»Für einen allein vielleicht«, sagte James. »Aber wir sind zu zweit. Wenn wir uns zusammentun, könnten wir es schaffen. Wir müssen uns darauf vorbereiten. Wir können uns den Weg aufzeichnen. Es lohnt sich, Precious. Und ich sage dir, es ist die einzige Hoffnung, die uns bleibt.«

Die Sonne ging unter und Precious und James schlenderten am Strand entlang. Sie beide hatten ihre komfortablen Zimmer verlassen müssen und waren in Arbeiterunterkünfte umgezogen. Es gab eine für die Frauen und eine für die Männer, aber sie trafen sich immer noch abends nach der Arbeit.

Precious musste in der Wäscherei mithelfen. Sie hatte noch nie in ihrem Leben gearbeitet und fand es langweilig und anstrengend zugleich. Das Einzige, worauf sie sich freute, waren die abendlichen Treffen mit James.

Sie hatten die Schuhe ausgezogen und spürten den warmen, weichen Sand zwischen den Zehen. Die Palmen rauschten im leichten Abendwind. Winzige Krabben sausten umher, tauchten plötzlich aus ihren Strandlöchern auf und verschwanden genauso schnell wieder.

»Es ist ganz und gar hoffnungslos«, sagte Precious verbittert. »Da gibt es Schlangen und Skorpione und einen Jaguar und was weiß ich noch alles. Das will ich nicht. Das kann ich nicht!«

»Du hast in letzter Zeit viele Sachen gemacht, die du dir nie hättest träumen lassen«, sagte James. »Du kannst es.«

»Nein, ich kann es nicht«, wiederholte Precious. »Vielleicht kannst du es ja, aber ich nicht.«

James hielt sie fest und schaute ihr ins Gesicht. »Hör mir zu«, sagte er. »Du bist stark und du hast Mut. Das habe ich selbst gesehen. Willst du hierbleiben und verrotten? Das kann ich mir nicht vorstellen.« Er zeigte auf das Meer hinaus, wo hinter dem Horizont das Festland lag. »Irgendwo dort ist dein Zuhause, dein Vater, dein Bruder. Denk doch an JJ. Meinst du nicht, dass er traurig sein wird, wenn er seine große Schwester niemals wiedersieht? Bist du nicht auch traurig, wenn du daran denkst, dass du ihn nie wiedersehen wirst? Er liebt dich, Precious. Dein Vater liebt dich. Und obwohl ich sie noch nie gesehen habe, bin ich sicher, deine Mutter liebt dich auch.«

»Nein, das tut sie nicht«, sagte Precious entschieden.

»Woher willst du das wissen?«, fragte James erschrocken.

»Ich habe es dir doch schon gesagt. Sie ist weg. Ich erinnere mich noch an das erste Mal, als sie wegging. Sie sagte, sie würde in die Staaten reisen, um ihre Freunde zu besuchen, dann wieder wollte sie zu ihrer Schwester oder ihrer Mutter oder einkaufen und jedes Mal blieb sie länger weg. Irgendwann wusste ich, jetzt kommt sie nie mehr zurück. Sie hasste es, in Mexiko zu leben, aber wenn sie mich lieben würde, dann wäre sie geblieben.«

James wusste nicht, was er darauf antworten sollte. Er konnte laufen und kämpfen und auf Bäume klettern. Er konnte Precious sicher aus dem Urwald bringen und Mrs Glass bis in die Hölle und zurück verfolgen, aber wenn es um die komplizierten Gefühle der Menschen ging und um ihre innersten Gedanken, dann kam er sich hilflos vor.

»Warum wohl, glaubst du, war ich so eine Zicke?«, fragte Precious. Sie wandte sich ab und stakste den Strand entlang.

James ließ sie gehen. Ihm war ohnehin nichts Vernünftiges eingefallen, das er ihr hätte sagen können.

Am nächsten Morgen kündigte Morales, der Vorarbeiter, an, dass sie eine Reparaturmannschaft bräuchten, die in den *túneles* arbeitete. James bat seinen Freund Moises, für ihn zu übersetzen.

»Es sind die *túneles* unter *pirámide«,* erklärte er.

»Sprecht ihr von unterirdischen Gängen?«, fragte James und

überlegte, ob sie wohl etwas mit dem Hindernisparcours zu tun hatten.

»*Si. Los Indios* nicht gerne dahin gehen. Es ist böser Ort.«

Da die Männer sich nur zögerlich meldeten, war es einfach für James, sich dem Trupp zuteilen zu lassen. Er fand schnell heraus, dass es sich um Wartungstunnels unter dem Hindernisparcours handelte. Er fand auch heraus, warum die Männer diese Arbeit hassten. Die Tunnels waren niedrig und eng und dunkel und man bekam dort kaum Luft. Die Arbeiter konnten nur hintereinander hergehen, sie trugen Öllampen und mussten ihre schweren Gerätschaften hinter sich herziehen. Manchmal mussten sie sich sogar auf allen vieren durch enge Spalten zwängen.

Ein Teil der Tunnels stammte noch von den Maya. An den Wänden waren Glyphen und Zeichnungen von Totenschädeln und Tieren aus der Sagenwelt zu erkennen. Andere Abschnitte schienen noch nicht so alt zu sein, wahrscheinlich waren sie gebaut worden, als El Huracán den Hindernisparcours errichtete. James war beeindruckt von der Kunst der Maya, die diese enormen Bauwerke geschaffen hatten, ohne das Rad oder Metallwerkzeuge gekannt zu haben. Eine Meisterleistung.

Sie gelangten zu einer Reihe von Gattern und Klappen, die in das Dach eingelassen waren, und zu einem Gewirr von vor sich hin rostenden Röhren. Dann folgte der Tunnel einem langen Kanal aus Stein, in den weitere Rohre mündeten. James nahm an, dass sie zur Entwässerung dienten. Während der Regenzeit würde sich der nach oben offene Hindernisparcours ohne Abfluss sicherlich mit Wasser füllen. Er wusste außerdem, dass sich dort mindestens ein Wassertank befand, was den Verlauf dieser verwinkelten Rohrleitungen erklärte.

Später kamen sie an einer unterirdischen Kammer vorbei, in der Maschinen standen: riesige hölzerne Zahnräder, Getriebe und

Spindeln, die durch lange Lederriemen miteinander verbunden waren. Die Maschinerie schienen drei wuchtige Steinräder anzutreiben, die an der Decke angebracht waren. James fühlte sich an eine Mühle erinnert. Er konnte jedoch nur einen kurzen Blick darauf werfen, denn die Kammer war nicht ihr Ziel und die Männer hatten es eilig. Sie wollten ihre Arbeit schnell beenden und die unterirdischen Gänge rasch wieder verlassen.

Es war heiß und sie kamen nur mühsam vorwärts. Alle hatten sich bis auf die Hosen ausgezogen, sie schwitzten und keuchten. Als sie endlich ihr Ziel erreicht hatten, mussten sie sich hinsetzen, um Atem zu schöpfen.

Sie befanden sich in einer kleinen Kammer. Auf der einen Seite hatte man eine Abflussrinne aus dem blanken Fels gehauen. Das Gestein war durch das Wasser glitschig geworden und dick mit grünen Algen überzogen. Nach ein paar Kurven und Windungen verlor sie sich in der Dunkelheit. Vielleicht war das der Weg gewesen, auf dem El Huracáns Vater Gaspar vor vielen Jahren vor den Amerikanern geflohen war.

Gegenüber von dem steinernen Kanal war ein Metalltor in die Wand eingelassen. Es war viel größer als die Tore an den Abflussrinnen, an denen sie bisher vorbeigekommen waren. Es leuchtete rostrot und war mit Schimmel und Algen überwuchert. Verschlossen wurde es mithilfe eines Schneckengetriebes, das jedoch an mehreren Stellen defekt war. Wasser sickerte heraus und tropfte in die Abflussrinne. Hier hatte man offensichtlich einiges umgebaut. Die Wände waren mit Beton und Steinen verkleidet, die bei dieser hohen Luftfeuchtigkeit bröselig geworden waren.

Fast wäre James ausgerutscht und in die Rinne gestürzt, wenn Moises ihn nicht festgehalten hätte.

»Fall da nicht rein, Jaime«, sagte er und lachte vor sich hin. »Sonst rutscht du bis runter ans Meer.«

Überall war es glitschig. Der Geruch nach Feuchtigkeit und Moder war sehr unangenehm, er mischte sich mit einem fischartigen Gestank, den James nicht identifizieren konnte.
Sie mussten die Steine, die am stärksten beschädigt waren, durch neue Quader ersetzen, die sie mit viel Mühe hierhergeschleppt hatten. James rührte den Zement an, während ein paar Männer die Steine auf die passende Größe zurechtschlugen.
Nirgends konnte man aufrecht stehen und bald tat James der Rücken weh. Aber heute arbeiteten die Männer schnell, sie wollten diesen schaurigen Ort um jeden Preis wieder verlassen. Die alten Steine wurden aus der Mauer gebrochen und eilig durch neue ersetzt.
»Was ist auf der anderen Seite dieses Tors?«, fragte er Moises. Ihm war aufgefallen, dass die Männer Angst hatten und dem Tor nach Möglichkeit nicht zu nahe kamen.
»Da ist ein Ungeheuer«, sagte sein Freund. »Es ist Hun Came. Eins-Tod. Er lebt in einem großen Wasserbecken.«
James kletterte vorsichtig über die Rinne und trat ganz dicht an das Tor.
»Kann man es von der anderen Seite aus öffnen?«, fragte er.
»Nein, nur von dieser Seite aus.«
Der Fischgestank war hier noch stärker, er kam sicherlich aus dem Wasserbecken. James schaute nach oben. Dort war so etwas wie ein Kamin, knapp zwanzig Fuß hoch. Er streckte sich, kroch ein Stück in den Kamin hinein und bemerkte ein Loch in der Wand. Ein kleiner Stein war entfernt worden. James versuchte, durch das Loch zu sehen, aber es war viel zu dunkel, um etwas erkennen zu können, und der Gestank nach Fisch wurde unerträglich.
»Steck deine Nase nicht hinein, Jaime«, rief Moises. »Sonst beißt er sie dir ab.« Dann sagte er etwas zu den anderen Männern, was James nicht verstand, und alle lachten.

James hörte, wie sich in dem dunklen Wasser etwas bewegte, und ihn schauderte.
Precious hatte recht. Es war irrsinnig, sich auf den Hindernisparcours zu wagen.
Aber hatten sie denn eine andere Wahl?

27 Mexikanischer Huttanz

Precious hasste die Arbeit in der Wäscherei, ihre Hände waren schon ganz rot und rau von der Seifenlauge. Sie beobachtete die anderen Frauen, wie sie sich mit ihren großen, kräftigen Armen über riesige Spültische beugten und schmutzige Laken schrubbten, und stellte sich vor, wie sie selbst nach zehn Jahren Plackerei aussehen würde: alt, verbraucht und müde.

Ihr Leben würde verrinnen, zusammen mit dem schmutzig grauen Wasser würde es im Abfluss verschwinden. Wie oft hatte sie davon geträumt, was sie später einmal tun würde, wenn sie erwachsen war. Als Wäscherin ihr Dasein zu fristen, gehörte ganz bestimmt nicht dazu.

Außer dem Wäschewaschen musste sie auch sauber machen, meist in den Räumen der Gäste. An dem Tag, als James in den unterirdischen Tunneln schuftete, wurde sie in El Huracáns Palast gerufen. Eines der Mädchen, das dort Dienst tat, war krank geworden, und so sehr es den Männer widerstrebte, in den Tunnels zu arbeiteten, sosehr fürchteten die Frauen, El Huracáns Residenz zu betreten. Also wurde Precious anstelle des erkrankten Mädchens geschickt.

Sie überquerte die Plaza, begleitet von drei kleinen, stämmigen Frauen, die kein Wort Englisch sprachen und ihr mit Misstrauen begegneten. Auf halbem Weg stieß sie beinahe mit einem der Gäste zusammen. Erschrocken wich sie zurück, als sie sah, dass es ausgerechnet Mrs Glass war. Sie trug einen Morgenmantel und hatte ein Handtuch um den Kopf gewickelt. Offensichtlich kam sie gerade von einer Massage und Schönheitskur in El Huracáns Klinik. Mit einem Ausdruck tiefster Verachtung musterte sie Precious von Kopf bis Fuß.

»Sieh einer an«, sagte sie kalt. »Wen haben wir denn da? Eine von El Huracáns kleinen Domestiken.« Sie warf den Kopf in den Nacken und lachte, es klang wie zersplitterndes Glas.

Precious senkte den Kopf und beeilte sich, die anderen Frauen einzuholen. Sie bemerkte, wie die drei vor dem Eingang zu El Huracáns Räumen stehen blieben und sich bekreuzigten, bevor sie ängstlich über die Schwelle traten, als müssten sie die Pforte zur Hölle durchschreiten.

Drinnen schickten sie Precious sofort in den Toilettenraum, drückten ihr Mopp, Eimer und Wischtuch in die Hand, dazu einen Stapel frischer Handtücher.

Es war der größte Toilettenraum, den Precious je gesehen hatte, und er war makellos sauber. Trotzdem widerstrebte es ihr, ihn zu reinigen.

Das also war aus ihr geworden: eine Toilettenfrau.

Nun, sie würde da nicht mitspielen. Sie war Precious Stone, die Tochter von Jack Stone.

Sie setzte sich auf die Toilette, verschränkte störrisch die Arme vor der Brust und starrte auf mehrere gerahmte Bilder an der Wand.

Nach einer Weile fiel ihr auf, dass es sich bei einem um eine Zeichnung der *Avenida de la Muerte* handelte. Sie stand auf und trat näher an das Bild heran. Ja. Es schien tatsächlich der ursprüngliche Plan für den berüchtigten Hindernisparcours zu sein. Er war von Hand gezeichnet, womöglich sogar von El Huracán höchstpersönlich, und zeigte sämtliche Gänge und Kammern mit entsprechenden Anmerkungen dazu.

Ihr Herz klopfte laut. Ein Blick auf die anderen Bilder sagte ihr, dass alle verschiedene Bauwerke auf der Insel darstellten.

Sie verriegelte die Tür, nahm die Zeichnung von der Wand und entfernte vorsichtig den Rahmen. Dann legte sie die Zeichnung in ein benutztes Handtuch und hängte ein anderes Bild an die freie Stelle. Schnell machte sie noch flüchtig sauber, wechselte die benutzten Handtücher und stapelte sie ordentlich auf.
Der Tag schien nicht enden zu wollen, aber schließlich war auch die letzte Arbeit getan. Mit der Zeichnung, die sie unter ihrer Kleidung verborgen hatte, rannte Precious zum Strand, um sich mit James zu treffen.
»Du hattest recht«, sagte sie atemlos, als sie ihn dort stehen sah. »Ich kann nicht mehr länger so weitermachen. Ich war unglücklich, aber ich werde nicht aufgeben. Und ich werde nicht zulassen, dass diese Frau triumphiert, James. Niemals.«
Dann zog sie die Zeichnung heraus und gab sie ihm.
Als James erkannte, worum es sich dabei handelte, umarmte er Precious.
»Das war ein Wink des Schicksals«, sagte sie. »Ich saß da und plötzlich sah ich das Bild. Das sollte so sein. Wir werden es wagen. Wir werden die Insel verlassen und auf irgendeine Weise die gestohlenen Pläne zurückbringen.«
»Ach ja, die Pläne ...« In seinem Eifer, einen Fluchtweg zu finden, hatte James die geheimen Unterlagen ganz vergessen.
Nun, die mussten noch ein bisschen warten. In El Huracáns Safe waren sie fürs Erste sicher verwahrt. Es gab keine Möglichkeit, sie jetzt dort herauszuholen. Das Wichtigste war, die Flucht zu planen. Um die Pläne würden sie sich später kümmern.
Die Zeichnung war nicht so detailliert, wie es zunächst den Anschein gehabt hatte. Jede Kammer war mit den Namen einer Gottheit versehen, aber was sich dahinter verbarg, wurde nicht genannt. Trotzdem gab es genügend Hinweise, sodass sie herausfinden konnten, worum es sich ungefähr handelte. Sogar die genauen Maße und Größenangaben waren aufgeführt.

»Sieh mal«, sagte James und deutete auf eine Linie. »Da habe ich heute gearbeitet. Es ist eine Abwasserrinne.« Er berichtete ihr von dem Tunnelsystem. »Was auch immer sich hinter Hun Came verbirgt, was auch immer sich in diesem Becken befindet, es ist die letzte, die alles entscheidende Prüfung.«

Unverzüglich fingen sie an, Pläne zu machen.

Zuerst fertigten sie eine Kopie der Zeichnung an und am nächsten Morgen brachte Precious das Original zwischen sauberen Handtüchern wieder an Ort und Stelle zurück und steckte es in den Rahmen. Am Abend trafen sie und James sich in einer Ruine in einem Wäldchen direkt am Strand, die für ihre Absicht, den Hindernisparcous nachzubauen, geeignet schien.

Sie rissen Schlingpflanzen und Bodendecker aus und legten heruntergefallene Steine übereinander. Dabei hielten sie sich genau an die vorgegebenen Maße, benutzten Äste, Stämme kleiner Palmen, dazu Fäden und Seile, die sie heimlich mitgenommen hatten. Als alles fertig war, übten sie laufen, springen und klettern. Sie lieferten sich einen Wettkampf, wer von ihnen am schnellsten auf dem Bauch rutschen konnte. Sie jagten zwischen Bäumen hindurch, wichen Ästen aus und trainierten ihre Reflexe. Sie dachten sich mögliche Auswege und Tricks aus, suchten nach Möglichkeiten, die Hindernisse zu überwinden. Sie redeten bis tief in die Nacht über das, was ihnen bevorstand, und hofften, dass sie, wenn sie darüber sprachen, auch ihre Angst bekämpfen konnten. Denn sie wussten, ihr größter Feind war die eigene Angst. Wenn es ihnen gelang, einen kühlen Kopf zu bewahren und nicht in Panik zu verfallen, waren ihre Überlebenschancen viel größer.

Es machte sogar Spaß, zusammen einen Plan auszuhecken. Dabei konnten sie so tun, als sei alles nur ein Spiel. Precious hatte ihre Energie zurückgewonnen. Sie wurde härter und stärker und bekam Muskeln an Armen und Beinen. Ihre Augen leuchteten, ihr Haar glänzte und ihre Haut schimmerte. Jede Nacht krochen sie in ihre Betten, hundemüde, aber mit dem Gefühl, einen Schritt vorangekommen zu sein. Kaum hatten sie mit dem Kopf das Kissen berührt, waren sie auch schon eingeschlafen.

Tagsüber arbeitete James so hart, wie er konnte, schwang Spitzhacke und Holzhammer, wuchtete Säcke mit Sand und Zement, schaufelte, schleppte, hämmerte, hackte. Und er gewann nebenbei an Kraft und Ausdauer. Er musste so durchtrainiert sein wie möglich, um den Hindernisparcours erfolgreich zu bestehen.

Bald hielt man ihn für eine zupackende, verlässliche Arbeitskraft, er war der Erste, der sich freiwillig für unangenehme Aufgaben meldete, und der Letzte, der Feierabend machte. Morales vertraute ihm mit der Zeit und gab ihm einen eigenen Schlüssel für die große Steinhütte, in der das Werkzeug aufbewahrt wurde. Dort gab es alles, was man sich nur denken konnte, im hinteren Teil des Lagers befand sich sogar eine Stahlkammer für den Sprengstoff, den man dazu verwendete, um große Felsbrocken wegzusprengen.

Metallkisten mit Dynamitstangen und ordentlich aufgewickelte Zündschnurrollen warteten in den Regalreihen auf ihren Einsatz. James fiel Wasis ein, der ihm auf dem Ölfördergelände gezeigt hatte, wie man mit dem Zeug umging. Und das brachte ihn auf eine Idee.

Nach der Arbeit reinigte er sorgfältig sämtliche Werkzeuge und räumte sie ordnungsgemäß an ihren Platz. Immer hielt er tadellose Ordnung im Schuppen. Er wollte Morales' beste Kraft sein, damit niemand Verdacht schöpfte.

Eines Abends, nach ihrem täglichen Vorbereitungstraining, saßen Precious und er am Strand und schnitten dünne Stahlbleche zurecht, die sie heimlich mitgenommen hatten. Gedankenverloren kratzte James sich an der Schulter, wo noch immer die Made

unter seiner Haut steckte. Die Stelle war mit dem Verband abgedeckt, den der Doktor angelegt hatte.
»Tut's weh?«, fragte Precious.
»Nicht mehr so wie am Anfang«, sagte James. »Aber es juckt wie verrückt.«
»Glaubst du, sie ist schon tot?«
»Bestimmt«, sagte James. »Ich spüre keine Bewegung mehr.«
»Lass uns nachsehen«, schlug Precious neugierig vor.
James zögerte. »Es könnte ein ziemlich grässlicher Anblick sein.«
»Und wennschon«, entgegnete Precious. »Ich mag grässliche Sachen. Komm, lass es mich endlich sehen.«
»Also gut.«
James riss den Verband ab und entfernte vorsichtig den schwarz verfärbten Streifen Speck. In einem Loch in seiner Haut war der weiße Kopf der Made zu sehen. James wandte sich ab.
»Lass mich das machen«, sagte Precious. In einer Mischung aus Entsetzen und Vergnügen quetschte sie die tote Made heraus und schnippte sie in den Sand. Eine kleine Krabbe kam herbei, schnappte sie sich mit ihren Scheren und fraß sie auf.
»Igitt«, sagte Precious. »Das ist ja widerlich.«
Sie zögerte einen Augenblick, dann fragte sie James, ob sie das auch mit der Made in seinem Rücken machen dürfe.
Als auch das erledigt war, beugte sie sich plötzlich vor und gab James einen Kuss.
»Wofür war das?«, wollte er wissen.
»Fürs Glück«, sagte sie.
»Glück?«
»Wir können es nicht länger aufschieben, James. Wir sind so gut vorbereitet, wie es überhaupt nur geht. Ich fange an zu grübeln und es kann sein, dass ich meine Meinung doch noch ändere. Wie steht's mit dir?«
»Ich bin bereit«, sagte James. Er sprang auf und klopfte sich den

Sand von der Hose. »Wir halten an unserem Plan fest, einverstanden?«
Precious nickte.
»Also gut«, sagte James. »Es dürfte jetzt ungefähr acht Uhr sein. Eine letzte Sache ist noch zu tun. Halte dich bereit, ich treffe dich in einer Stunde auf der Plaza.«
James sah hinter Precious her, wie sie zwischen den Bäumen verschwand. Etwa fünfzig Yard vom Strand entfernt war ein höhlenartiges Loch unter einem Baum, das sie mit abgestorbenen Zweigen und Palmwedel abgedeckt hatten. James nahm sie weg und holte seine Ausrüstung aus dem Versteck. Er überprüfte alles ganz genau, bevor er sich auf den Weg zu den Tunnels machte.

Es war Samstagabend. Die Zeit, wenn auf der Insel am meisten los war. Die Plaza war voller Menschen. Eine Mariachi-Band spielte schwungvolle Tanzmusik. Die Trompeten schmetterten, Gitarren klimperten, kräftige Stimmen vereinten sich zu einem Chor. Die Luft war erfüllt von der grimmigen Fröhlichkeit der Gäste. Wieder war es Abend geworden, wieder gab es ein Fest, ein Fest, das niemals endete.
Wie verabredet tauchte James gegen neun auf und sah sich suchend nach Precious um. Als er sich durch die lärmende Menge zwängte, stieß er mit Mrs Glass zusammen. Sie trug ein Gaucho-Kostüm mit weiter Hose und einem breiten Hut. Ein Kranz goldener Haare spitzte unter der Krempe hervor. Sie war wie immer perfekt frisiert. Dennoch sah die Frau gealtert aus. Sie war etwas fülliger geworden und ihr Gesicht wirkte aufgedunsen. Das Faulenzerleben schien ihr nicht zu bekommen. Zudem war sie angetrunken.
»Na, wenn das nicht James Bond ist«, sagte sie. »Ich wusste gar nicht, dass Huracán seinem Personal erlaubt, sich unter die Gäste zu mischen.«

»Egal, was Sie auch sagen, Sie können mich nicht provozieren«, erwiderte James. »Weil ich nämlich bald nicht mehr hier sein werde.«
»Dass ich nicht lache«, sagte Mrs Glass. »Von dieser verfluchten Insel kommt man nicht weg.«
»Sie vielleicht nicht, aber ich«, sagte James. »Ich fürchte, Sie sind dazu verdammt, hier für den Rest ihres Lebens langsam zu verrotten. Aber ich bin bald weg. Ich kann Ihnen ja eine Postkarte schicken.«
Mrs Glass lachte. Es war ein schrilles, bitteres Kreischen, wie eine zornige Möwe.
James trat ganz nah an sie heran. »Sehen Sie sich mal um.«
»Und wozu?«
»Tun Sie es, und dann sagen Sie mir, ob Sie hier irgendwo alte Leute sehen.«
Mrs Glass sah ihn finster an, folgte jedoch seiner Aufforderung.
»Ja und?«
»Warum, glauben Sie, gibt es hier keine alten Leute?«
Mrs Glass zuckte mit den Schultern. »Keine Ahnung. Ist mir auch egal.«
»Was passiert wohl, wenn den Gästen das Geld ausgeht? Was meinen Sie?«, fragte James.
Mrs Glass sah ihn aus zusammengekniffenen Augen an.
»Ich habe sie gesehen«, sagte James. »Die Alten. Die, die hier schon viel zu lange gewesen sind und kein Geld mehr haben. El Huracán lässt sie auf seinen Feldern schuften, bis sie tot umfallen. Also genießen Sie Ihren Aufenthalt hier, solange Sie können.«
Unvermittelt packte Mrs Glass James an der Kehle.
»Ich sollte dich auf der Stelle erwürgen«, sagte sie. »Du machst nichts als Ärger.«
James ergriff ihre Handgelenke und versuchte, sie wegzustoßen,

aber die Frau hielt ihn mit eisernem Griff fest. James konnte kein Wort sagen. Er bekam kaum noch Luft.

Es war zwecklos, er konnte ihren Griff nicht lockern, und so beschloss er, dass Angriff die beste Verteidigung war.

Er versetzte ihr einen kräftigen Tritt gegen das Schienbein.

Sie knurrte wütend, ließ ihn aber immer noch nicht los. Jetzt lächelte sie sogar und in ihren flackernden Augen lag etwas Wildes.

James holte aus und gab ihr eine kräftige Ohrfeige, sodass ihr Kopf zur Seite schlug und der Hut weggeschleudert wurde.

Mrs Glass schrie auf und ließ James so plötzlich los, als hätte sie sich an einem heißen Eisen verbrannt. Verzweifelt schaute sie sich nach ihrem Hut um, der mitten zwischen die Leute gesegelt war.

Und James sah zum ersten Mal, warum sie immer eine Kopfbedeckung trug. Die Locken, die unter ihrem Hut hervorschauten, waren alles, was sie an Haaren hatte. Der größte Teil des Schädels war kahl. Und nicht nur kahl. Die blasse Kopfhaut war von Furchen durchzogen wie ein gepflügtes Feld.

James fiel wieder ein, dass sie angeblich bei einer Schießerei von einer Maschinengewehrsalve getroffen worden war. Wahrscheinlich war sie deshalb kahl und hatte die tiefen Narben auf dem Kopf.

Sie tat ihm leid. Sie sah bemitleidenswert aus, wie sie da zwischen all den Leuten nach ihrem Hut suchte, zumal die Leute anfingen zu lachen und mit dem Finger auf sie zeigten. Denn El Huracáns Gäste zeichneten sich nicht gerade durch Freundlichkeit aus. Nichts amüsierte sie mehr, als wenn ein anderer Mensch in Not war. Und sie waren gelangweilt. Auf der Insel passierte nichts. Diese verrückte kahlköpfige Frau, die einem verlorenen Hut nachjagte, war das Lustigste, was sie seit Langem gesehen hatten. Ein Mann schnappte sich den Hut und hielt ihn ihr hin, aber als sie danach greifen wollte, warf er ihn hoch in die Luft. Ein zweiter Mann fing ihn auf und machte das Gleiche. Bald war es zu einem gespenstischen Fang-den-Hut-Spiel geworden, während Mrs Glass schluchzend von einem feixenden Mann zum nächsten rannte und der Hut kreuz und quer flog. Ein Mann tätschelte ihr sogar den kahlen Kopf, was von den anderen mit lautem Gelächter quittierte wurde.

Jemand rief den Musikanten einen Musikwunsch zu, woraufhin sie den schwungvollen Mexikanischen Huttanz anstimmten. Die Männer sangen amüsiert mit.

James hielt es nicht länger aus. Er ging zu den Männern, und als er die Gelegenheit bekam, fing er den Hut auf und gab ihn Mrs Glass.

Ob sie James dankbar war, zeigte sie nicht. Dazu war sie in diesem Augenblick wohl nicht in der Lage. Sie versuchte, ihre Fassung wiederzugewinnen und sich so überlegen zu geben wie immer. Aber James entging nicht, dass sie gebrochen war. Sie hatte auf ihn immer wie eine starke Frau gewirkt, aber es war wohl doch so, dass jeder Mensch verletzlich war.

Sie setzte den Hut auf, ließ James stehen und ging wortlos davon, verfolgt vom lauten Gejohle der Männer, die sich gemeinsam über sie lustig machten.

James fand Precious in der Nähe der Kapelle. Sie saß im Halbdunkeln und schlürfte ein eisgekühltes Sodawasser. Er setzte sich neben sie und ergriff ihre Hand. »Hast du alles dabei?«

Sie nickte und zeigte ihm zwei Briefe. Beide waren so klein wie möglich zusammengefaltet.

James kannte den Inhalt der Briefe, immerhin hatte er einen der beiden selbst geschrieben.

Den anderen hatte Precious unterschrieben. Darin hieß es:

Bitte, helfen Sie mir. Mein Name ist Precious Stone. Ich werde auf La-

grimas Negras gefangen gehalten. Bringen Sie diesen Zettel zu meinem Vater, Mr Jack Stone auf Tres Hermanas, Mexiko. Er ist ein reicher Mann und wird Sie belohnen.

Danach folgte derselbe Text in Spanisch.

Der zweite Brief lautete ähnlich, er trug James' Unterschrift.

Geduldig warteten sie darauf, dass die Musikkapelle eine Pause machte. Die spielte jedoch noch eine ganze Stunde lang weiter, eine muntere Melodie nach der anderen, und hörte erst auf, als zwei Kellner Tabletts mit Essen und Getränke für sie brachten.

James beobachtete die Musiker. Sie waren alle blind, so wie El Huracán es gesagt hatte. Sie hielten sich von den Gästen fern und unterhielten sich leise miteinander. In einem günstigen Augenblick gesellte sich James zu ihnen und steckte heimlich seinen Brief in die Tasche des Trompeters. Währenddessen tat Precious so, als würde sie den Kellnern helfen. Sie ging zwischen den Musikanten hin und her, sammelte Gläser ein und steckte dabei dem Sänger ihren Brief zu.

Als sie mit den Gläsern zu James zurückging, sagte er nur: »Das genügt.« Dann verließen sie die ausgelassene Gesellschaft. Sie wünschten sich Gute Nacht und kehrten in ihre Schlafräume zurück.

Punkt eins ihres Plans war erledigt. Der Stein war ins Rollen gebracht worden.

Jetzt konnten sie nur noch abwarten und hoffen, dass alles so ablief, wie sie es sich vorgestellt hatten.

28 Lauf, Ratte, lauf

James war zu angespannt, um einschlafen zu können. Er lag auf seiner Pritsche und starrte an die Decke.

Die Ereignisse der vergangenen Tage wurden noch einmal lebendig. Die Flut in Puente Nuevo, wo JJ um ein Haar ertrunken wäre. Die entsetzliche Fahrt auf dem Lastwagen durch das überschwemmte Flachland. Die Auseinandersetzung mit den Soldaten. Das verlassene Ölfeld, auf dem Wasis und Garcia umgekommen waren. Er dachte daran, wie Sakata JJ in Sicherheit gebracht hatte, und er erinnerte sich an den armen, verrückten Manny mit dem Loch im Kopf und an die Zeit, die sie mit ihm im Urwald verbracht hatten. Und auch an die *Chicleros.* Den Kaugummi hatte er noch immer, er klebte unten an seinem Bett. Wenn er es jemals schaffte, von hier wegzukommen, würde er ihn als Andenken in Ehren halten.

Und er dachte über Precious nach, wie sehr sie sich verändert hatte. Wie anders Menschen doch waren, wenn man sie besser kannte.

Er hörte, wie die Männer um ihn herum schnarchten, murmelten und sich in ihren Kojen hin und her wälzten. Er sehnte sich nach Hause zurück, in Charmians kleines Cottage in Kent. Er träumte von dem Luxus kühler, frisch gestärkter Bettwäsche und davon, in seinem eigenen Bett zu liegen, in einer ruhigen, ungefährlichen englischen Nacht.

Allmählich überkam ihn der Schlaf. Er fiel in eine Art Dämmerzustand, aus dem er um Mitternacht jäh gerissen wurde, als drei

bewaffnete Wächter polternd in den Schlafsaal stürmten. Die anderen Männer wachten auf und fluchten, aber die Wachen kümmerten sich nicht darum. Sie gingen schnurstracks auf James zu und zerrten ihn aus seinem Bett.
Er hatte gerade noch Zeit, den Kaugummi in den Mund zu stopfen, bevor sie ihn wegschleppten.
Es hatte angefangen.

»Ich habe es euch gesagt! Ihr kennt die Spielregeln. Eine Flucht ist unmöglich. Was ihr getan habt, war dumm und kindisch. Aber ich vergaß, dass ihr ja tatsächlich noch Kinder seid.«
James hatte noch nie erlebt, dass El Huracán Gefühle zeigte, aber jetzt schien er verletzt und wütend zu sein. Wie ein Lehrer oder ein Vater, der von seinem Lieblingsschüler oder Sohn enttäuscht worden ist.
Sie saßen im Speisezimmer. Precious war auch da, ihr Blick war glasig und sie sah so müde aus, wie James sich fühlte.
»Habt ihr wirklich geglaubt, das würde funktionieren?«, fragte El Huracán und warf die beiden Zettel auf den Tisch. »Habt ihr wirklich gedacht, dass ihr die Ersten seid und dass es nicht schon hundert Leute vor euch probiert haben?«
James blieb stumm. Die Antwort war einfach: Nein. Er hatte keinen Augenblick lang daran geglaubt, dass die Musiker die Nachrichten zu Mr Stone bringen würden. Darum ging es gar nicht.
»Einen Versuch war's wert«, sagte er nur.
El Huracán seufzte. »Du hast mich enttäuscht. Ich habe dich beobachtet, James. Meine Leute haben mir tagtäglich von dir berichtet. Du bist ein guter Arbeiter und du bist klug. Ich kam zu dem Schluss, dass deine Talente in der Instandsetzungstruppe vergeudet sind. Und jetzt das!«
Er nahm die Zettel und schleuderte sie James ins Gesicht. Sie flatterten langsam zu Boden. Dann drehte er sich zum Fenster und

blickte hinaus in die Nacht. Es war bewölkt, der Himmel war pechschwarz.

»Was soll ich nur mit euch beiden anfangen?«, fragte er.

»Das liegt doch auf der Hand«, sagte James.

»Ach ja?«

»Sie werden uns auf die *Avenida de la Muerte* schicken müssen.«

El Huracán riss die Augen auf, dann verzog er das Gesicht und schüttelte den Kopf. »Nein«, sagte er, »das nicht.«

»Ich dachte, Sie hätten ein Gesetz, wonach jeder, der versucht zu fliehen, bestraft werden muss«, sagte James herausfordernd.

»Aber nicht auf diese Weise.«

»Gesetz ist Gesetz«, erwiderte James. »Was wären Sie ohne Ihre Gesetze?«

»Ich mache die Gesetze«, antwortete El Huracán wütend. »Und wenn ich sage, dass man euch nicht auf die *Avenida* schickt, dann werdet ihr auch nicht dorthin geschickt.«

»Dann werden wir es jedem erzählen«, sagte James. »Wir werden behaupten, dass der große El Huracán weich geworden ist, dass er seine Gesetze je nach Laune ändert.«

»Ruhe!«, brüllte El Huracán. Dann fasste er sich wieder und lächelte. Er setzte sich an den Tisch und goss sich ein Glas Rum ein.

»Setzt euch«, befahl er.

James und Precious gehorchten.

»Was euch angeht, muss ich meine Pläne gar nicht ändern«, sagte der alte Mann milde. »Ich mache dir ein Angebot, James. Du bist mutig, talentiert und klug und ich habe bemerkt, dass du einen harten Kern hast, genau wie ich. Daher werde ich euch beide nicht bestrafen. Und ich werde euch auch nicht befehlen, als Diener hierzubleiben.«

»Sklaven, wollten Sie sagen«, warf Precious ein.

El Huracán lachte leise. »Ich bin ein viel beschäftigter Mann«, fuhr er fort. »Ich brauche fähige Menschen um mich herum. Ich brauche einen Assistenten. Einen, den ich ausbilden kann. Ich werde nicht ewig hier sein und es wäre ein Trost für mich zu wissen, dass ich Lagrimas Negras in zuverlässige Hände geben kann. Wer weiß, vielleicht in deine Hände?«

»Wollen Sie damit sagen, dass ich später einmal an Ihre Stelle treten soll?«

»Ich habe Söhne«, sagte El Huracán, »aber ich habe sie verloren. Sie sind aus einem anderen Leben, das ich hinter mir gelassen habe. Ich war nie sehr erfolgreich, wenn es darum ging, eine Familie zusammenzuhalten. Du bist ein Außenseiter. Du bist kein Verbrecher wie die anderen Leute. Du könntest eines Tages hier herrschen – und gut herrschen. Was sagst du dazu?«

»Was soll ich schon dazu sagen, dass ich ein Gefängniswärter werden soll?«, antwortete James. »Ein Kindermädchen für Diebe und Mörder. Ich sage Nein. Ich bin nicht der, für den Sie mich halten. Sie leben schon viel zu lange hier. Sie haben längst vergessen, wie normale Leute denken und handeln. Ich werde nicht Ihr Gehilfe und ich werde jede Minute jedes Tages versuchen, von diesem höllischen Ort zu fliehen. Sie haben keine andere Wahl, El Huracán. Sie müssen mich und Precious über den Hindernisparcours schicken.«

El Huracán blickte traurig. Seine braunen Augen wurden feucht. »Du weißt nicht, was du da sagst.«

»Ich weiß es sehr wohl«, entgegnete James. »Eine Prüfung, die aus Qualen besteht. Wir nehmen sie auf uns, und wenn wir es bis zum Ende schaffen, dann müssen Sie uns gehen lassen.«

»Niemand hat es je bis zum Ende geschafft«, sagte El Huracán.

»Für alles gibt es ein erstes Mal«, antwortete James ungerührt. »Wir fordern unser Recht auf den Hindernisparcours. Und wenn wir ihn schaffen, dann müssen Sie uns freilassen.«

El Huracáns Miene erstarrte. »Ich habe mich in euch getäuscht«,

zischte er. »Ich habe euch für klug gehalten. Aber das seid ihr nicht. Ihr seid dumm. Und ihr werdet dumm sterben.«
Er rief die Wachen.
»Bringt sie in die Zellen in den Ruinen. Lasst sie schlafen. Und dann gebt ihnen reichlich zu essen. Ich möchte, dass sie uns gut unterhalten. Zur Mittagszeit werden wir sie über den Parcours schicken.«
Er hielt inne und blickte abwechselnd zu Precious und James.
»Adios«, sagte er dann.

Acht Stunden später glitt das Metalltor auf und James und Precious blinzelten in das gleißende Tageslicht. James drückte Precious' Hand.
»Bist du bereit?«, fragte er. Sein Mund war so trocken, dass ihm die Worte im Hals stecken blieben.
Precious nickte, sie war viel zu nervös, um zu sprechen. Hinter ihnen standen zwei Indios, die darauf warteten, sie in den Gang hinauszustoßen, falls sie zögern sollten.
Aber sie hatten nicht vor, sich unnötig aufzuhalten. Sie hatten abgemacht, jedes Hindernis so schnell wie möglich zu überwinden.
Gemeinsam traten sie hinaus ins Sonnenlicht. Über ihnen standen Zuschauer und johlten ihnen zu, aber es gab auch einige, die erschrocken nach Luft schnappten. Ungefähr zwanzig Männer standen dort. Sie hatten offensichtlich nicht gewusst, dass es sich bei den Gefangenen fast noch um Kinder handelte. El Huracán wollte wohl testen, wie kaltblütig sie wirklich waren.
Ohne Zweifel hatte er die Zuschauer bewusst ausgesucht. Der Hindernisparcours diente nicht nur ihrem Vergnügen, er hatte auch einen erzieherischen Zweck. El Huracán wollte den Männern vorführen, was passierte, wenn jemand ihm nicht bedin-

gungslos gehorchte. Vielleicht hatten diese Männer sich beschwert, rebellische Gedanken geäußert, El Huracáns Autorität infrage gestellt.

Nun, heute würden sie ja sehen, was passierte, wenn sie nicht still waren und spurten. Die Lektion, die er ihnen erteilen wollte, würde unmissverständlich sein. Wenn El Huracán diesen beiden Kindern so etwas antun konnte, was würde er dann erst ihnen antun?

James wusste, irgendwo dort oben stand El Huracán selbst. Bestimmt war er heiter und höflich wie immer, bestimmt benahm er sich, als wäre er bei einem Wohltätigkeits-Pferderennen und nicht bei einem Menschenopfer.

James versuchte, nicht auf die Zuschauer zu achten. Er musste sich auf jede einzelne Herausforderung konzentrieren, die vor ihm lag, und alle anderen Gedanken aus seinem Kopf verbannen. Er durfte nicht vergessen, was er zusammen mit Precious an all den langen Abenden am Strand geübt hatte, und er musste versuchen, einen kühlen Kopf zu bewahren.

Tierexkremente bedeckten den Steinboden, der schräg in einen Teich mit schlammig grünem Wasser hinunterführte. James und Precious wussten, dass sie sich unter einem überfluteten Bogen hindurchducken mussten, um die Kammer auf der anderen Seite zu erreichen.

Und sie wussten beide, von wem die Exkremente stammten.

Die Kammer enthielt einen Wassertank, in dem es von gefährlichen kleinen Krokodilen nur so wimmelte.

Die trübe Brühe stank, aber James und Precious stanken auch. Als eine seiner letzten Arbeiten hatte James Insektenschutzmittel an Häuserecken schmieren müssen. Es war eine giftige Paste aus Pfefferminzöl, Knoblauchöl, verdorbenen Eiern, Thymianöl, Salz und Wasser. Sie sollte Schlangen und Eidechsen verscheuchen. Einige Männer rieben auch ihre Beine damit ein, wenn sie

im Urwald arbeiteten. Die Paste wurde in weichen Lederbeuteln im Vorratslager aufbewahrt.
James hatte problemlos zwei Beutel mitnehmen können. In der vergangenen Nacht hatten er und Precious sie sich umgebunden und unter ihrer Kleidung versteckt. In ihrer Zelle hatten sie sich mit dem ekelhaft riechenden Zeug eingerieben. Sie konnten zwar nicht wissen, ob es auch Krokodile abschreckte, aber sie waren zuversichtlicher, dass sie etwas zu ihrem Schutz getan hatten.
Jetzt gingen sie den Weg hinunter und wateten ins Wasser, das Körpertemperatur hatte. James hoffte, dass das Insektenschutzmittel nicht ganz abgewaschen wurde. Falls doch, breitete sich zumindest der üble Gestank im Wasser aus, und der würde den widerwärtigen kleinen Schnappern sagen, dass es keine Mahlzeit war, die gerade in ihrem Tank schwamm.
Das Wasser ging ihnen bis zu den Knien, zu den Hüften, zur Taille, zur Brust . . .
Bis zum Hals.
»Jetzt«, rief James. »Vorwärts. Mach schnell.«
Sie hielten den Atem an und tauchten unter dem Steinbogen hindurch in die Kammer. Auf der anderen Seite richteten sie sich sofort auf und jagten wie die Derwische durch den Tank, dabei peitschten sie mit den Händen das Wasser auf und schrien so laut sie konnten, um die kleinen Krokodile abzuschrecken.
Ein Mal meinte James zu spüren, wie etwas in seine Fersen biss, aber vielleicht hatte er es sich auch nur eingebildet. Auf der anderen Seite des Tanks tauchten sie unter dem zweiten Bogen durch und hasteten aus dem Wasser hinaus ins Trockene.
Die Zuschauer jubelten und es gab auch ein paar aufmunternde Zurufe. James schaute an sich hinunter. Nirgends eine Spur von einem Biss. Auch Precious war unbeschadet davongekommen.
James grinste. Sie hatten die erste Hürde ohne einen einzigen

Kratzer genommen. Sie hatten wirklich eine Chance. Aber sie hatten keine Zeit, sich gegenseitig auf die Schulter zu klopfen. Die winzigen Löcher im Boden erinnerten sie daran, dass jeden Moment scharfe Metallstacheln von unten hochschießen würden.

Sie sahen sich kurz an, dann stellten sie sich einander gegenüber, jeder mit dem Rücken zur Wand. Sie beugten sich vor und verschränkten die Arme, als wären sie gegnerische Spieler in einem Rugby-Match. James presste den Kopf unter Precious' rechte Schulter, sie tat es ihm gleich und jeder hielt sich an den Armen des anderen fest. Sie bildeten eine menschliche Brücke, die sich quer über den Gang spannte, gehalten von den Außenmauern. Ihre Gesichter waren nur etwa vier Fuß über dem Boden.

Das war der schwierigste Teil, den sie oft geübt hatten. James war aufgefallen, dass der Gang ein bisschen breiter war als der, den sie am Strand nachgebaut hatten. Egal, sie mussten einfach versuchen, ihr Bestes zu geben.

James hielt sich an Precious fest und drückte einen Fuß gegen die Wand. Precious machte das Gleiche. Beide mussten nun gleichmäßig an der Wand entlangklettern.

»Auf drei«, sagte James. »Eins, zwei, drei . . .«

Beide hoben gleichzeitig den anderen Fuß vom Boden und stemmten ihn ein Stück höher gegen die Wand, sodass sie nun frei über dem Boden hingen, jeder gehalten von dem Druck, den der andere auf ihn ausübte.

»Noch mal«, keuchte James. Bei drei setzten sie den Fuß wieder auf. Genau in diesem Augenblick sahen sie, wie die ersten Metallspitzen aus dem Boden schossen und wirkungslos in die Luft stachen.

Schritt für Schritt schoben sie sich langsam seitwärts und spannten jeden Muskel an, damit ihr menschlicher Brückenbogen nicht auseinanderbrach. Es war ungeheuer anstrengend und schon spürte James einen brennenden Schmerz in den Beinen, aber langsam, ganz, ganz langsam schoben sie sich weiter, zitternd vor Anstrengung.

Der Gestank des Insektenvernichtungsmittels war kaum auszuhalten, aber James konzentrierte sich mit aller Kraft darauf, weiter an der Wand entlangzugehen und Precious festzuhalten. Unter sich sahen sie die grässlichen Stacheln aus ihren Versenkungen hochschießen. James betete, dass sie nicht ausrutschten, denn wenn einer von ihnen den Halt verlor, würden sie beide kopfüber in die Stacheln fallen.

Schließlich erreichten sie das Ende des Gangs. Die nächste Hürde, die sie überwinden mussten, waren die Skorpione. Um in ihre Höhle zu gelangen, musste man durch ein schmales Loch am Fuß der Mauer hindurchkriechen.

Aber James und Precious hatten gar nicht vor, in die Höhle zu kriechen. Sie wollten darüber hinwegsteigen.

Deshalb mussten sie zuerst an der Mauer hochklettern.

»Bist du in Ordnung?«, fragte James.

»Ich glaube schon«, antwortete Precious. »Aber ich kann mich nicht länger festhalten. Mein Nacken tut weh.«

»Dann los . . . eins . . . zwei . . . drei . . .«

Bei drei stiegen sie die Mauer hoch. Stück für Stück stapften sie weiter nach oben, so lange, bis sie hoch genug waren, um das obere Ende der Mauer sehen zu können, die sich über den Weg spannte.

Jetzt mussten sie sich nur noch auf der anderen Seite der Mauer auf das Eisengitter hinunterlassen, das das Loch mit den Skorpionen verschloss, und hinüberbalancieren.

Die Zuschauer klatschten Beifall, lachten und johlten.

James hörte, wie El Huracán ihnen zurief: »Das ist Betrug.«

»Zeigen Sie mir die Regeln, in denen steht, dass wir das nicht dürfen«, rief James zurück.

»Ja«, hörte man einen anderen Mann rufen. »Ich kann nur sagen: Hut ab. Mir gefällt, wie clever sie sich anstellen.«
»Nun gut«, sagte El Huracán. »Macht weiter.«
James und Precious gönnten sich einen Moment Ruhe, um Atem zu schöpfen. Hier oben waren sie sicher. Durch das Gitter sahen sie die Skorpione, die, ohne Schaden anrichten zu können, unter ihren Füßen krabbelten wie Tiere im Zoo.
Auf der anderen Seite des Gitterrosts sprangen sie auf einen kleinen Mauervorsprung und schauten hinunter in das Loch, in dem die Anakonda hauste.
Da lag das Riesentier, zusammengerollt und größer als jede Schlange, die James je gesehen hatte.
»So weit, so gut«, sagte James.
»Ja«, sagte Precious, »drei haben wir hinter uns, sieben haben wir noch vor uns.«
»Bist du bereit für die nächste Runde?«
»So bereit, wie ich nur sein kann.«
James nickte. »Hoffen wir, dass unsere Glückssträhne anhält. Ich werde als Erster gehen.«
Er schloss kurz die Augen, lockerte Schultern und Knie.
Eigentlich hätten sie von der Skorpionhöhle aus in die Schlangengrube gelangen sollen. Dort wären sie unweigerlich auf die Anakonda hinuntergefallen; jetzt aber konnten sie mit einem Satz über die Grube springen.
Allerdings mussten sie etwa zehn Fuß weit springen, und zwar aus dem Stand, aber sie hatten den Vorteil, dass die gegenüberliegende Mauer niedriger war.
Trotzdem, das hier war etwas anderes als am Strand, wo sie allabendlich das Springen geübt hatten; waren sie dort gestürzt, hatten sie schlimmstenfalls Sand im Gesicht gehabt. Hier einen Fehler zu machen, hieß aber, dass sie auf dem Rücken einer wütenden Schlange landeten.

Für James war das Springen nichts Ungewöhnliches. Er hatte viele gefährliche Sprünge gewagt, damals mit seinen Freunden aus der Gefährlichen Gesellschaft auf den Dächern von Eton.
Er ging in die Hocke, spannte seine Muskeln an, dann schnellte er vorwärts, landete ohne Mühe auf der anderen Seite und rollte sich ab.
»Komm«, rief er und stand auf. »Du schaffst es. Es ist genau so, wie wir es geübt haben.«
Precious holte tief Luft und stieß sich mit einem lauten Schrei von der Mauer ab.
Auch sie schaffte es und rollte sich wie James ab.
Sie hatten es geschafft, an Gucumatz, dem Schlangengott, vorbeizukommen, ohne ihn auch nur zu wecken.
James half Precious aufzustehen. Sie mussten schleunigst weiter, denn sie hatten den Teil des Hindernisparcours erreicht, über den Kinich Kakmo, der Sonnengott, herrschte.
Sie waren auf den heißen Eisenplatten angelangt.
Schon konnten sie die Hitze fühlen, die von dem Feuer unter dem Metallboden herrührte, und sie sahen, wie die Luft über den Platten flirrte.
Sie liefen zwar schnell, aber sie rannten nicht, denn sie wussten, wenn sie ausrutschten, würden sie sich schlimme Verbrennungen zuziehen.
In den Tagen zuvor hatten sie sich aus dünnen Stahlblechen, mit denen der Wasserturm repariert worden war, mühsam Einlagen für ihre Schuhe geschnitten. Die Einlagen isolierten zwar, aber wenn die rot glühenden Platten ihre Schuhsohlen erst einmal durchgebrannt hatten, leiteten die Einlagen die Hitze weiter. Beide durften also keine Zeit verlieren.
Ihre nassen Schuhe zischten bei jedem Schritt und es roch nach verbranntem Leder. Aber es war schnell klar: Sie hatten El Huracán ein weiteres Mal überlistet.

Nach weniger als einer Minute sprangen sie in das Wasserbecken, das diesen Teil des Hindernisparcours vom nächsten trennte.
Sie wussten, dass in dem Becken Blutsauger schwammen, deshalb verschwendeten sie keine Zeit damit, ihre Füße abzukühlen. Sie streckten die Arme hoch aus dem Wasser und durchquerten das Becken, so schnell sie konnten.
Ab jetzt würde es sehr viel schwieriger werden. Chunks und Dum-Dum hatten zwar eine überaus lebendige Schilderung des nächsten Abschnitts geliefert, aber wenn sie den geschafft hatten, würden sie unbekanntes Terrain betreten. Die Zeichnung, die sie gestohlen hatten, war zwar hilfreich gewesen, denn sie hatte ihnen eine Vorstellung von den Maßen und Entfernungen vermittelt, aber es gab keine Erklärungen.
James versuchte, einen kühlen Kopf zu bewahren. Eins nach dem anderen, sagte er sich. Er würde all seine Sinne brauchen, um an Balam-Agab, dem Jaguar der Nacht, vorbeizukommen.
Sie gingen langsam und vorsichtig weiter und hielten Ausschau nach den rasierklingenscharfen Drähten, die hier irgendwo gespannt sein mussten.
Ein knarrendes Geräusch verriet ihnen, dass das Käfigtor hinter ihnen geöffnet wurde.
Hier standen ihnen keine Tricks mehr zur Verfügung. Es war sinnlos, gegen den Jaguar zu kämpfen. Sie hatten sich keinen raffinierten Plan ausgedacht, wie sie dieses Hindernis überwinden konnten. Sie mussten einfach darauf hoffen, dass sie die scharfen Drähte erreicht hatten, bevor die große Katze ihnen zu nahe kam.
James schaute sich um und sah, wie der Jaguar langsam auf den Weg heraustrottete und Witterung aufnahm. Er erspähte die beiden Eindringlinge, fletschte die Zähne und duckte sich. Dann stieß er ein lang gezogenes heiseres Knurren aus und nahm die

Drohhaltung ein, die James schon oft gesehen hatte, wenn eine Hauskatze eine Maus witterte.
Der Jaguar war auf Beutefang.

29 Süßer Schrecken

Beherrscht vom Urinstinkt, zu jagen und zu töten, schlich der Jaguar geduckt auf sie zu, die weit aufgerissenen gelben Augen starr auf die Beute geheftet. Das Tier war schlank und geschmeidig. El Huracán hatte bestimmt dafür gesorgt, dass es hungrig war.

James spürte, wie sein Herz hämmerte. Sein Atem ging schnell und flach. Einen Augenblick lang vergaß er die Gefahr, die vor ihnen lag, dachte nicht mehr an die tödlichen Drähte. Er war nicht so kaltblütig, dass er die Augen von dem Jaguar abwenden konnte, um sich auf die messerscharfen Drähte zu konzentrieren. Er kroch rückwärts, alle Muskeln angespannt, und wiederholte in Gedanken ständig den gleichen Satz, wieder und immer wieder.

Spring nicht, bitte, spring nicht, bitte, spring nicht, bitte . . .

»James!«

Er erstarrte. Im selben Augenblick, als Precious ihn warnte, spürte er ein Stechen im Nacken, dann ein Kitzeln, als etwas Warmes über seinen Rücken rann.

James war am ersten Draht angekommen. Er wich aus, machte einen Schritt auf die Katze zu und schaute sich um. Precious stand neben ihm, ihr Blick war voller Angst.

James fuhr sich mit der Hand über den Nacken. Sie war blutig. Es war die erste Verletzung, die er sich auf dem Hindernisparcours geholt hatte. Wenn der Jaguar jetzt über ihn herfiel, war es sicher nicht die letzte.

Das Raubtier schlich langsam auf sie zu.

James blieb nichts anderes übrig, als dem Jaguar den Rücken zuzukehren und seine Aufmerksamkeit auf die Drähte zu richten. Aber er musste seinen ganzen Mut zusammennehmen, um den Blick von dem Tier abzuwenden.

In seiner Aufregung sah er zuerst gar nichts, aber dann bemerkte er, dass unmittelbar vor ihm ein hauchdünner Draht gespannt war, an dem winzige rubinrote Bluttröpfchen glitzerten.

Er kauerte sich hin. Die tödlichen Fäden waren auf einer Länge von fünfzehn Fuß kreuz und quer gespannt, wie ein gigantisches Spinnennetz.

Aber es musste einen Weg ans andere Ende geben, egal wie. Dies hier war noch nicht das letzte Hindernis. Ja, der Draht direkt vor ihm war kniehoch über der Erde. Darüber war genügend Platz. James machte einen großen Schritt über den Draht, ängstlich darauf bedacht, das Gleichgewicht nicht zu verlieren. Dann, immer noch geduckt, stieg er ganz über den Draht. Aufrecht stehen konnte er allerdings nicht, denn er hatte einen dritten Draht direkt über seinem Kopf erspäht.

Precious stand da wie angewurzelt. Der Jaguar schlich wieder ein kleines Stück näher, er war jetzt nicht mehr weit von ihr entfernt.

»Beweg dich«, sagte James barsch. »Mach schon.«

Sie erwachte aus ihrer Erstarrung und nickte.

»Bleib mit dem Kopf unten«, sagte James und wies ihr den Weg über den ersten Draht.

Der Jaguar blieb stehen und wartete ab. Wusste er, dass hier die Drähte waren? Oder lauerte er immer an dieser Stelle, bis sich sein Opfer in den Drähten verfing, ehe er sich darauf stürzte?

Er heulte laut auf, vielleicht aus Enttäuschung?

James und Precious hatten für diesen Abschnitt des Hindernisparcours hart trainiert. Sie hatten Schnüre über ihren Gang gespannt und geübt, darüber hinwegzusteigen und darunter hindurchzukriechen und sich dabei gegenseitig zu stützen und zu helfen.

Aber in der Wirklichkeit war alles ganz anders. Die Drähte waren so dünn, dass man sie kaum sah, und sie waren sehr raffiniert angeordnet, damit es so schwierig wie möglich war, an ihnen vorbeizukommen. Zitternd vor Angst und mit einem Jaguar vor Augen, der sie mit hungrigem Blick verfolgte, fühlten sich James und Precious unbeholfen und plump. Aber sie gingen weiter, obwohl sie wussten, wenn sie auch nur eine falsche Bewegung machten, würden sie ausrutschen und die Drähte würden durch sie hindurchschneiden wie durch ein Stück Butter.

Sie krochen auf dem Bauch, sie gingen auf Zehenspitzen, sie verrenkten Arme und Beine. Immer halfen sie sich gegenseitig und kamen Schritt für Schritt voran.

Schon bald dachten sie nicht mehr an den Jaguar. Er wagte es nicht, sie in das tödliche Drahtgestrüpp zu verfolgen, und musste sich mit einem wütenden Knurren begnügen.

Sie stiegen über den letzten Draht und erst da fiel ihnen auf, dass sie nicht unverletzt geblieben waren. Außer der Wunde an seinem Nacken spürte James einen Schnitt quer über seiner Brust. Precious blutete an Armen und Beinen.

Aber es hätte schlimmer kommen können. Viel schlimmer.

Plötzlich hörten sie ein seltsames Geräusch. Es war ein tiefes Rumpeln und Knirschen, wie von riesigen Steinen, die gegeneinanderrieben.

Sie hatten die Pläne studiert und James hatte das Getriebe unten im Tunnel gesehen, daher hatten sie eine ungefähre Vorstellung von dem, was sie erwartete.

Sie gingen ein paar ausgetretene Stufen hoch und standen vor der nächsten Prüfung.

Drei Mühlsteine, zwanzig Fuß im Durchmesser. Sie drehten sich schnell. Drei große runde Scheiben hintereinander. Links davon

rollten, wie riesenhafte Dampfwalzen, drei Mahlsteine, von denen jeder sicherlich eine Tonne wog.
James und Precious mussten nacheinander über die rotierenden Steine gelangen. Der erste und der letzte drehten sich im Uhrzeigersinn, der mittlere jedoch in entgegengesetzter Richtung.
Es würde sehr schwierig werden. Sie mussten sich unbedingt aufrecht halten. Wenn sie stürzten, wäre alles vorbei. Entweder würde das Getriebe unter den rotierenden Steinen sie zermalmen oder die seitlichen Mahlsteine würden sie zerquetschen.
Das Knirschen und Dröhnen der Mahlsteine war ohrenbetäubend. Es klang, als stürzten Felsmassen einen Berghang hinunter.
Auch hier gab es keinen raffinierten Trick, um diesem Hindernis auszuweichen, und sie hatten auch keine Gelegenheit gehabt zu üben. Sie konnten sich nur auf ihre Geschicklichkeit, ihr Gleichgewichtsgefühl und ihr Timing verlassen. Sie mussten auf den ersten Stein springen, der sich in ihre Richtung drehte, im richtigen Augenblick auf den zweiten wechseln und sich bis zum dritten tragen lassen. Dann mussten sie wieder springen. Nur dann würden sie es schaffen.
»Zieh deine Schuhe aus«, sagte James. »Dann hast du einen besseren Halt.«
James zog seine kaputten Schuhe aus. Einer fiel auf den ersten Stein. Er wirbelte im Kreis herum und geriet unter den großen Mahlstein. Eine Sekunde später sahen sie, wie er auf der anderen Seite wieder hervorkam – platt gedrückt wie eine Fliege an der Windschutzscheibe.
»Ich kann das nicht«, sagte Precious.
»Doch, du kannst das«, sagte James.
Precious schüttelte den Kopf. »Wir schaffen das nicht. Wir werden zermalmt.«
»Wir können es schaffen«, beharrte James. »Wir sind schon so

weit gekommen, oder nicht? Wir haben schon fast das Ende erreicht. Danach sind es nur noch drei Hindernisse.«

»Geh du zuerst«, bat sie. »Zeig mir, wie ich es machen muss.«

»Einverstanden.«

Es war gerade so viel Platz auf den Stufen, dass er ein paar Schritte zurücktreten und einen kurzen Anlauf nehmen konnte. James machte sich bereit. Es schien ihm am sichersten zu sein, sich an die Geschwindigkeit des ersten Rades anzupassen, und wenn er sicher stand, schnell den zweiten Sprung zu wagen.

Nun, es war nur Zeitverschwendung, hier stehen zu bleiben und sich den Kopf zu zerbrechen. Er musste weiter.

Nicht nachdenken. Handeln.

Er nahm Anlauf. Er sprang ab. Er lief weiter.

Er hatte sich nicht verrechnet. Er stolperte zwar kurz, aber dann hatte er einen festen Stand.

»Sieh her«, rief er. Er wurde allerdings etwas langsamer, sodass er sich auf die senkrecht stehenden Steine zubewegte.

Er lief wieder schneller, schneller, als das Rad sich drehte, sodass er sich langsam auf das zweite Rad zubewegte, das von dem ersten durch einen ungefähr zwei Fuß breiten Spalt getrennt war.

Jetzt wurde es schwieriger. Das zweite Rad drehte sich in entgegengesetzter Richtung. Wenn er falsch aufkam, würde es ihm die Beine wegreißen.

Er sprang hinüber. Es war knapp, aber er blieb aufrecht stehen und wurde mit hoher Geschwindigkeit weitergedreht.

Zum Nachdenken blieb keine Zeit. Er musste sofort zum nächsten Sprung ansetzen, wollte er nicht Gefahr laufen, unter den Mahlstein zu geraten. Er nutzte die Fliehkraft, um auf den dritten Mühlstein hinüberzuhechten.

Als er landete, verlor er das Gleichgewicht und fiel, halb einen Purzelbaum schlagend, nach vorn. Irgendwie gelang es ihm, auf die Füße zu kommen, und er begann, sofort wieder zu laufen.

Aber er war ein Stück nach außen getragen worden und der großen Steinwalze gefährlich nahe gekommen. Er konnte hören, wie es hinter ihm dröhnte und knarrte, und er spürte einen Sog. Er warf einen Blick hinter sich. Er war genau über dem Mühlrad. Wenn er jetzt mit seiner Ferse daran stieß, würde es ihn nach unten reißen.

Lauf, verdammt noch mal. Mach, dass du wegkommst.

Er zwang sich, schneller zu laufen, schneller, als der Stein sich drehte. Fast hatte er die gegenüberliegende Seite erreicht, dennoch durfte er nicht unaufmerksam werden. Erst wenn er wieder auf festem Boden stand, war er in Sicherheit. Noch sechs Fuß, noch fünf, vier, drei . . .

Jetzt! Spring!

Er hatte es geschafft. Der Boden unter seinen Füßen drehte sich nicht mehr.

Von den Zuschauern kam stürmischer Beifall. Sie genossen das Spektakel. James wusste, sie hatten Wetten abgeschlossen, wann er und Precious sterben würden. Er fragte sich, wie viele ihnen zugetraut hatten, dass sie so weit kamen.

Aber noch musste Precious zu ihm auf die andere Seite der Steine gelangen.

Er schaute zurück. Sie stand da und wartete.

»Es ist ganz einfach!«, schrie er euphorisch. »Eine Kleinigkeit. Komm schon. Es macht Spaß.«

Precious schüttelte den Kopf.

»Komm schon«, wiederholte James.

Die Männer oben riefen im Chor: »Los, los, los, los, los, los . . .«

Da stieß Precious einen lauten Schrei aus und sprang.

Sie landete auf dem ersten Stein.

Sie hatte Mühe, das Gleichgewicht zu halten, und schwankte hin und her, aber es gelang ihr, mit der Geschwindigkeit des rotierenden Steins Schritt zu halten. Tapfer kämpfte sie sich vor-

wärts, auch wenn sie jeden Augenblick zu stürzen drohte. Sie war wild entschlossen, die Augen hatte sie zu einem Spalt zusammengekniffen, die Zähne aufeinandergepresst.
James war stolz auf sie. Dieses Bild würde er niemals vergessen. Precious hatte sich fest vorgenommen, sich von nichts und niemandem schlagen zu lassen.
Sie bereitete sich darauf vor, auf den zweiten Stein zu gelangen. Mit einem Aufschrei sprang sie ab, ihre Haare wehten im Wind, die Arme ruderten in der Luft.
Als sie aufkam, knickte sie um und fiel auf die Knie.
Es war, als würde die Zeit stillstehen.
James spürte, wie sein Herz bleischwer wurde. Ein grässliches Gefühl breitete sich in seinem Magen aus, als würde er sich mit Säure füllen. Das Blut rauschte in seinen Ohren und übertönte jedes andere Geräusch.
Aber da war er auch schon in der Luft. Als Precious das Gleichgewicht verloren hatte, war er sofort losgesprungen. Er landete auf der kalten Scheibe aus Stein und rollte mit ihr auf Precious und den zweiten Mühlstein zu. Ohne lange nachzudenken, machte er einen großen Schritt hinüber. Doch er prallte dabei gegen Precious und sie wurde auf die andere Seite des Steins geschleudert. Und dann, nur einen Sekundenbruchteil, bevor der gefräßige, knirschende Mahlstein Precious erfassen konnte, zog James sie auf die Füße, packte sie an der Hand. Er rannte, sprang, stolperte mit ihr über die rotierenden Steine, bis sie auf festem Grund waren. Es war so schnell gegangen und sie hatten wie in Trance gehandelt, sodass zunächst keiner von beiden begriff, dass sie es tatsächlich geschafft hatten.
Precious sah James an und James sah Precious an, dann fingen beide an zu lachen.
James stand auf und wandte sich an die Zuschauer über ihm.
»Wo bist du?«, rief er. »Wo bist du, Huracán? Zeig dich.«

Ein paar Männer traten zur Seite und El Huracán tauchte auf. Er trat ganz nah an die Brüstung und betrachtete James und Precious mit einem Lächeln. Wie immer qualmte er eine dicke Zigarre.
Er nahm sie aus dem Mund und grüßte die beiden. »Ihr schlagt euch gut. Aber ihr seid noch nicht fertig.«
»Wir haben keine Angst«, rief James. »Wir haben viel Spaß.«

El Huracán betrachtete den Jungen, der so trotzig und herausfordernd dastand. Er war wirklich etwas Besonderes. Wie schade, dass er nicht seine rechte Hand hatte werden wollen. Und das amerikanische Mädchen. Sie war viel stärker, als sie aussah. Er hatte geglaubt, sie würde schon am ersten Hindernis scheitern. Was für ein Jammer, dass sie bald tot sein würden.
Die beiden konnten ja nicht wissen, dass es einen Grund gab, weshalb es noch niemand bis in die Freiheit geschafft hatte. Es gab keinen Weg nach draußen. Wer den Hindernisparcours erst einmal angefangen hatte, der blieb so lange darin, bis er umkam.
Nun gut. Er sog an seiner Zigarre und genoss den würzigen Duft.
In seinem langen Leben hatte er schon viele Menschen sterben sehen. Einige von ihnen hatte er geliebt und er hatte geglaubt, er würde ohne sie nicht weiterleben können. Er wäre gerne an ihrer Stelle gestorben. Und jetzt . . . jetzt konnte er sich nicht einmal mehr an ihre Gesichter erinnern. Sie bedeuteten ihm nicht mehr als ein paar Buchstaben in einem längst verstaubten Buch. Mit James und dem Mädchen würde es ihm nicht anders ergehen. Menschen kamen und gingen auf dieser Welt. Nur die Steine waren von Dauer.
Zugegeben, es war ihnen gelungen, an Ah Mun, dem Gott des Getreides und der Bauern vorbeizukommen. Was mochte wohl Ah Mucen Cab, der Gott der Bienen, für sie bereithalten?
Es war eine amüsante Prüfung, ein bisschen anders als die vorangegangenen, ein bisschen raffinierter.

»Riechst du es?«, fragte James.
»Ja«, sagte Precious. »Es riecht süß. Was ist das?«
Der Weg machte eine scharfe Biegung und dahinter stießen sie auf etwas, das sie am allerwenigsten erwartet hatten. In Huracáns Plänen war hier ein weiterer in die Erde eingelassener Tank verzeichnet und sie hatten angenommen, dass er voll Wasser sein würde. Stattdessen sahen sie gut vier Fuß unter sich einen Gang, der mit etwas Goldfarbenem gefüllt war. Die Oberfläche war mit schwarzen Punkten gesprenkelt und der süßliche Geruch war durchdringend. Große Wespen schwirrten durch die Luft.
Bis zum Ende des Korridors waren es gut zwanzig Fuß und es gab keinen anderen Weg dorthin als über den goldfarbenen Boden. Von oben sah er ziemlich fest aus, aber man konnte nie wissen.
»Was machen wir jetzt?«, fragte Precious.
»Na, was schon?«, antwortete James, der sich benommen und wagemutig zugleich fühlte. »Wir machen einfach weiter.«
Er sprang nach unten und machte sich auf einen festen Boden gefasst. Aber er traf mit einem Platschen auf und versank bis zur Brust.
»Es ist Honig!«, rief er und lachte. »Eine Riesenwanne voll Honig. Ich habe schon immer davon geträumt, in Honig zu baden.«
Als er jedoch versuchte zu schwimmen, bemerkte er, dass er seine ganze Kraft aufwenden musste, um auch nur einen Arm zu bewegen. Seine Kleidung fühlte sich an wie eine schwere Ritterrüstung und zog ihn hinunter. Mühsam öffnete er die Knöpfe seines Hemds und zog es aus.
»Zieh alle überflüssigen Kleidungsstücke aus«, rief er zu Precious hinauf. Sie gehorchte und zog Rock und Bluse aus.
Sogar ohne Hemd war es kaum möglich, in dem zähen Honig vorwärtszukommen. Es war, als bewege man sich in Leim, und je mehr man sich anstrengte, desto tiefer versank man.

»Lass dich langsam von oben herunter«, sagte er. »Und versuch, dich so gut es geht an der Oberfläche zu halten.«
James kämpfte sich vorwärts, nur mit Mühe konnte er seinen Kopf über der klebrigen Flüssigkeit halten. Jetzt erkannte er, dass die schwarzen Pünktchen tote Insekten waren. Wenn er unterging, würde er genauso sterben wie sie. Er bemühte sich, nicht mit Mund und Nase unterzutauchen, aber jede Bewegung kostete ihn eine ungeheure Anstrengung. Andererseits, wenn man sich nicht bewegte, ging man unweigerlich unter.
Er musste an Wasis denken, der in dem Schlammloch auf dem Ölfeld umgekommen war. Es musste schrecklich sein, in Honig zu ertrinken, zu spüren, wie das süße, klebrige Zeug durch die Kehle und immer tiefer in die Lungen rann.
Precious hatte sich in das Becken hinuntergelassen. Sie versuchte, auf dem Honig zu kriechen. Aber auch sie musste feststellen, wie schwierig das war, denn bei jeder Bewegung sank sie tiefer ein.
Sie machten weiter, kämpften mit jeder Bewegung gegen den Honig, spürten, wie er sie in die Tiefe ziehen wollte. Es war unendlich mühsam. Sie mussten alle Kraft aufwenden, die ihnen noch verblieben war. Precious' Haare klebten ihr im Gesicht. Sie blinzelte und versuchte, die zähe Flüssigkeit loszuwerden. Sie konnte sie nicht einmal aus den Augen wischen, weil auch ihre Hände mit Honig überzogen waren.

Von oben sahen die Männer dem seltsamen Schauspiel mit stiller Bewunderung zu. Es war, als schwämmen die beiden in Zeitlupentempo. Die Oberfläche kräuselte sich nicht, es gab keine Wellen, das Einzige, aus dem man schließen konnte, dass es eine Flüssigkeit war, waren die fußballgroßen Blasen, die ab und zu zur Oberfläche aufstiegen und zerplatzten. Es war eine Qual, mit anzusehen, wie langsam die beiden vorwärtskamen. Die meisten

Männer dachten schon lange nicht mehr an die Wetten, die sie abgeschlossen hatten, und feuerten James und Precious an, bis zum Ende durchzuhalten. Dieser Junge und dieses Mädchen waren Kämpfernaturen, sie gaben nicht auf. Es brauchte größere Hindernisse, um sie aufzuhalten.
Sie hatten die Hälfte, zwei Drittel, drei Viertel hinter sich gebracht. Aber es ging immer langsamer voran. Einmal tauchte der Junge unter und das Mädchen zog ihn wieder nach oben. Er hustete, spuckte und würgte. Sie sahen nicht mehr wie Menschen aus, sie waren von Kopf bis Fuß mit der klebrigen Masse überzogen, wie zwei Fliegen, die in einem gigantischen Honigtopf gefangen saßen.

James und Precious waren völlig entkräftet und halb blind. Verbissen streckte James den Arm aus und stieß an etwas Festes. Es war eine Leiter, die aus der Grube herausführte. Sie hatten das Ende erreicht.
James hielt sich mit einer Hand an der Leiter fest, mit der anderen packte er Precious und zog sie hinter sich her durch den Honig. Sie kletterten die Leiter hinauf. Große klebrige Honigklumpen fielen von ihnen ab und klatschten auf die Pflastersteine.
Außerhalb des Honigbeckens war es fast noch schlimmer als in der Grube. Der Honig war einfach überall, in jeder Pore, jeder Hautfalte. Er klebte ihnen in der Nase, in den Ohren, zwischen den Zehen und unter der Kleidung. Sie versuchten, ihn mit den Fingernägeln abzukratzen, aber er war zäh und trocknete schnell in der Sonne.
James hätte seinen rechten Arm für eine Dusche gegeben. Nie war der Gedanke an Seife und warmes Wasser so verlockend gewesen wie in diesem Augenblick. Nichts schien ihm verführerischer zu sein als Wasser und Pinaud Elixier.

Precious stöhnte. Sie versuchte, ihr verklebtes Haar vom Gesicht zu lösen. Sie fluchte. Ihre Stimme zitterte, so elend fühlte sie sich.
James nahm sie an den Oberarmen und blinzelte heftig, um den Honig aus den Augen loszuwerden.
»Es ist gar nicht so übel«, sagte er. »Wir haben schon Schlimmeres überstanden. Wir müssen einfach weitermachen. Vor uns liegen nur noch zwei Hindernisse.«
»Ich bin so müde«, sagte Precious. »Ich möchte mich nur noch hinlegen und schlafen.«
»Zum Ausschlafen hast du später Zeit«, sagte James. »Wenn das alles vorbei ist, können wir hundert Jahre lang schlafen.«
Precious nickte. »Du hast recht. Lass uns weitergehen.«
Sie hinterließen glitschige gelbe Fußabdrücke auf den Steinen. Wespen schwirrten um sie herum und wollten sich einfach nicht verscheuchen lassen.
James und Precious hatten die Pläne des nächsten Hindernisses gesehen und sie hatten hart geprobt. Auf der Zeichnung war ein großer Holzbalken zu sehen gewesen, der über einer Grube hing und rechts und links von Eisenstreben gehalten wurde.
Alles, was sie tun mussten, war, den Balken zu überqueren, ohne in die Grube zu fallen.
Was die Sache so gefährlich und so tödlich machte, war, dass die Grube voller angespitzter Holzpfähle war. Es war zu gefährlich, über den Balken zu balancieren, und daher beschlossen sie hinüberzukriechen.
»Ich weiß nicht, wie es dir geht, aber ich sehe fast gar nichts«, sagte James.
»Meine Augen tränen unaufhörlich«, sagte Precious. »Ich bin halb blind.«
Sie schauten in die Grube hinunter. Sie war tief und die Pfähle sahen viel schrecklicher aus als in der Zeichnung. Wenn einer von

ihnen ausrutschte, würde er unweigerlich hinunterfallen und aufgespießt werden. Sie hatten nur diese eine Chance.
James betrachtete den Balken. Zu seiner Überraschung schien er mit einem pelzartigen roten Material bedeckt zu sein. Aber als er genauer hinsah, stellte er fest, dass sich dort etwas bewegte.
»Was ist das?«, fragte Precious.
James bekam es mit der Angst zu tun. Das war noch viel schlimmer als alles, was sie bisher durchgestanden hatten.
»Ameisen«, sagte er. »Wanderameisen.«

30 Eins-Tod

Oh nein«, stöhnte Precious. »Nicht das.«

Dabei hatte sie Strabo gar nicht gesehen, wie er im Dschungel unter einer Ameisenkolonie begraben lag. James dagegen erinnerte sich noch gut daran, diesen Anblick würde er niemals vergessen. Die Ameisen hier waren zwar kleiner, dafür waren ihre Kiefer größer. Sie krabbelten kreuz und quer über den Baumstamm, krochen in alle Richtungen. Wie ein sanfter Duschstrahl rieselten sie von der Unterseite des Stamms in die Tiefe, und als James genauer hinsah, entdeckte er, dass es in der Pfahlgrube von den kleinen roten Teufeln nur so wimmelte.

Was die Sache noch schlimmer machte, war, dass an James und Precious noch immer Honig klebte. El Huracán hatte die beiden Prüfungen sorgfältig und grausam zugleich entworfen.

»Ich gehe zuerst«, schlug James vor. »Vielleicht kann ich einige von ihnen erledigen.«

»Nein«, sagte Precious niedergeschlagen. »Das schaffst du nicht. Es sind zu viele. Sieh doch, sie kommen . . .«

»Ich kann's zumindest versuchen«, sagte James unwillig. »Wir werden jedenfalls nicht einfach so aufgeben.«

Wieder einmal machte es El Huracán Spaß, sie zu provozieren. »Ihr könnt dafür sorgen, dass es schnell geht«, rief er. »Lasst euch einfach auf die Pfähle fallen und es ist vorbei. Weiht euch der Gottheit, die über diese Prüfung wacht, es ist Ixtab, die Göttin des Selbstmords. Die Maya glaubten, dass Selbstmörder auf direktem Weg in den Himmel kommen.«

James fluchte laut.
Der Stamm hing fast auf Kopfhöhe. James streckte die Arme aus, holte noch einmal tief Luft und packte zu. Er spürte, wie die Insekten unter seinen Händen zerquetscht wurden. Sofort fingen einige Ameisen an, ihn zu beißen, und James ließ wieder los. Seine Hände kribbelten. Er schüttelte sie aus und schleuderte Honig und tote Ameisen in alle Richtungen.
»Ich hab's dir gesagt«, murmelte Precious. »Es hat keinen Zweck.«
»Sei still«, sagte James. Er dachte nicht lange nach, sondern nahm einen neuen Anlauf. Diesmal zog er sich so hoch, dass er mit der Brust auf dem Holzstamm lag.
Er hangelte sich weiter hinauf und suchte mit Ellbogen und Knien Halt. Es tat fürchterlich weh, als würde er von hundert glühend heißen Nadeln gestochen, in die Arme, die Oberschenkel, die Brust, zwischen die Beine. Er verspürte jeden neuen Schmerz, wenn ein Insekt ihn biss und Ameisensäure unter seine Haut spritzte.
Sein Gesicht war nur einen Fingerbreit vom Baumstamm und den Scharen hungriger roter Ameisen entfernt. Sie waren aufgescheucht, wussten nicht, wohin sie krabbeln sollten, und streckten ihre Fühler in alle Richtungen aus. Der Honig verhinderte, dass sie sich in Windeseile auf James' Körper ausbreiteten, dafür klebten sie an ihm fest. Bald war ein Dutzend Tiere auf seinem Gesicht, sie gruben ihre Kiefer in die Haut und spritzten Säure in die Wangen. James wollte sie wegwischen, aber er hatte nicht bedacht, dass seine Handfläche mit einer roten Schicht aus zerquetschten Tieren bedeckt war, was die Sache nur noch schlimmer machte.
Er stöhnte auf und in seiner Wut versuchte er, mit dem Arm über den Stamm zu wischen, aber egal, wie viele Ameisen er auch in die Grube stieß, es kamen immer wieder neue nach, und je stärker er wischte, desto mehr klebten an seinem Arm fest.

Das Einzige, was er tun konnte, war, so schnell wie möglich über den Holzstamm zu robben und auf die andere Seite zu gelangen. Er rutschte vorwärts, spürte die Ameisen unter seinem Bauch und sah, wie sie übereinanderpurzelten, wenn er die Arme ausstreckte und sie zu zappelnden Häufchen zusammenschob.
»Denk nicht drüber nach«, rief er Precious zu. »Halte dich einfach fest und denk nicht an die Schmerzen. Sie werden dich nicht umbringen. Denk an morgen. Denk an das nächste Jahr. Dann ist alles längst vorbei und dann tut es jetzt nicht so weh. Du musst immer nur vorwärtsrutschen und dich festhalten.«
Der Holzstamm bewegte sich. James hörte, wie Precious nach Luft schnappte und einen Schrei ausstieß.
Er rutschte etwas schneller.
»Ist alles in Ordnung?«, rief er.
»Ich bin direkt hinter dir«, kam es von Precious. »Mach weiter und beeil dich.«
»Das habe ich auch vor«, sagte James heiser.
Eine Handvoll Ameisen klebte an seinen Augenbrauen. Sie zappelten mit den Beinen und Fühlern vor seinen Augen herum und bissen in die Augenlider. Andere gruben ihre Kiefer in seine Unterlippe. Er riss sie mit den Zähnen weg und zerbiss sie. Dann spuckte er sie aus und fluchte laut.
Sein Blut kochte, so zornig war er, aber der Schmerz machte ihn auch benommen. Wütend schlug er nach den Ameisen. Dabei verlor er den Halt und rutschte seitlich am Holzstamm hinunter. Er grub die Finger ins Holz, bohrte die Nägel hinein, versuchte, die Knie an den Stamm zu pressen, doch es war vergebens. Der Honig hatte seine Hände glitschig gemacht.
Er rutschte immer weiter ab. Das war das Ende. Noch eine Sekunde, dann würde er tot sein.
Plötzlich spürte er, wie sich Precious' Hand um sein Fußgelenk

schloss. Sie hielt es mit eisernem Griff fest und James hatte das Gefühl, sein Fuß würde von einer Stahlfessel umklammert.
Er hing mit dem Kopf nach unten, direkt über den spitzen Pfählen. Wenn Precious ihn jetzt losließ, würde er aufgespießt werden. Aber wenigstens würde es schnell gehen. Dann wäre diese Quälerei vorbei. Er konnte seinen Tod ja Ixtab opfern. Vielleicht käme er so durch die Hintertür in den Himmel.
Nein. Das durfte nicht passieren.
Er sah nach oben, in Precious' schmerzverzerrtes Gesicht. Jeder Muskel und jede Faser ihres Körpers waren aus Äußerste angespannt, ja, vor lauter Anstrengung fletschte sie die Zähne wie ein Tier.
Er war es ihr schuldig, dass er jetzt nicht aufgab.
»Ich helfe dir bis zur Strebe«, keuchte sie und ächzend bewegte sie ihn vor und zurück wie einen Luftakrobaten. James bog den Rücken durch, streckte die Arme aus und schaffte es tatsächlich, eine der Metallstreben des Balkens zu ergreifen.
Precious ließ ihn los und James zog sich ganz hoch.
Unvorstellbar. Nie hätte er geglaubt, dass Precious die Kraft hatte, ihn festzuhalten. Aber im Angesicht des Todes ist der Mensch zu den unglaublichsten Dingen fähig.
James kroch weiter auf dem Holzstamm entlang und robbte über ganze Heerscharen roter Insekten. Wenn Precious es geschafft hatte, ihn festzuhalten, würde er sich nicht von Ameisenbissen abschrecken lassen.
Bei jeder Bewegung schrie er auf und zwang sich weiterzukriechen. Er hoffte inständig, dass Precious dicht hinter ihm war. Sie jetzt zu verlieren, das würde er nicht ertragen.
Dann, es kam ihm wie eine Ewigkeit vor, war er am Ende des Holzbalkens angekommen. Er ließ sich hinuntergleiten und landete unbeholfen in einem Bett aus Hühnerfedern.
Eine Sekunde später ließ Precious sich neben ihn auf den Boden

fallen und wirbelte eine Wolke aus tanzenden weißen Federn auf.
James fühlte sich, als könne er sich nie wieder rühren. Er wollte einfach nur in diesem Bett aus Federn liegen bleiben und schlafen. Immer noch klebten Ameisen an seiner Haut, die im Todeskampf zuckten und ihn ein letztes Mal bissen. Aber er spürte es fast nicht. Sein Körper reagierte kaum noch auf den Schmerz. Die Erleichterung darüber, dass er noch am Leben war, wirkte wie ein lindernder Balsam.
Er schloss die Augen. Aber eine leise Stimme in seinem Kopf befahl ihm, aufzustehen, weiterzumachen, weiterzukämpfen. Erschöpft stand er auf und sah sich um.
Nicht nur Federn lagen am Boden verstreut, er entdeckte auch lebende Hühner. Sie stolzierten herum, pickten Körner, gackerten und zankten sich. Überall lagen ihre Exkremente. James stapfte darüber hinweg, es kümmerte ihn wenig, wohin er mit seinen bloßen Füßen trat.
Dann wartete er, bis Precious zu ihm kam. Sie sah bedauernswert aus. Federn, Ameisen und Honig klebten an ihr und ihre nackten Beine waren mit Hühnerdreck verschmiert. Unter anderen Umständen hätte James es vielleicht sogar amüsant gefunden.
Er erinnerte sich noch gut daran, wie er Precious kennengelernt hatte; damals hätte er alles darum gegeben, sie so zu sehen. Aber jetzt war es einfach nur grausam, sonst nichts.
James musste an die in Stein geritzten Bilder denken, die El Huracán ihm gezeigt hatte. Die Maya ehrten ihre auserwählten Ritualopfer, indem sie sie in kostbare Gewänder und wunderschöne Umhänge aus bunten Federn kleideten. Das hier war die entsetzliche Parodie dieses Rituals. Eine Verhöhnung. El Huracán wollte sie beide nicht nur töten, er wollte sie auch erniedrigen.

James wischte den Schmutz von Precious' Gesicht. Sie weinte, die Tränen vermischten sich mit dem Honig auf ihren Wangen.

»Jetzt ist es so weit«, sagte er. »Wir sind da. Xibalbá. Die letzte aller Prüfungen.«

»Es wird schrecklich werden«, sagte Precious. »Ich weiß es genau.«

James betrachtete die eingeritzten Zeichen an der Wand, konnte jedoch nicht genau sagen, was sie bedeuteten. Sie sahen aus wie kleine Skelette und Monster.

»Hun Came«, sagte er. Es war der Name, den Moises ihm in den Tunnels genannt hatte.

»Und was ist das?«, fragte Precious.

»Übersetzt bedeutet es so viel wie Eins-Tod«, kam es von oben. El Huracán stand da, die Hände in die Hüften gestemmt, und blickte auf sie herunter. »Die Maya gaben ihren Göttern Zahlen. Hun Came war Gott Nummer eins in Xibalbá, dem Ort des Schreckens, der Unterwelt. Auf dem Weg nach Xibalbá gab es viele Hindernisse: tückische Dornen, einen Fluss voller Skorpione, einen Fluss aus Blut, ja sogar einen aus Eiter. Und wer erst einmal dort war, für den hatten die Herren der Unterwelt noch weitaus schlimmere Herausforderungen. Auf euch hingegen wartet nur noch eine einzige Prüfung. Ihr werdet Eins-Tod gegenüberstehen.«

El Huracán lachte. »Sieh dich an, James Bond«, spottete er. »Jetzt ist nicht mehr viel übrig vom stolzen Hahn, nicht wahr?«

Ein Zuschauer nach dem anderen fing an zu lachen, ängstlich darauf bedacht, nur ja auf der richtigen Seite zu stehen.

»Das mit den Federn«, fragte ein beleibter Mann. »Ist das nur ein Spaß?«

»Nein«, antwortete El Huracán. »Hühner frisst Hun Came am allerliebsten. Aber er mag auch gern Süßes. Der Geruch nach Hühnern und Honig wird ihm Appetit machen und er wird angreifen.

Er ist ausgehungert, denn er ist seit Wochen nicht mehr gefüttert worden. Ihr werdet hören, wie er zuschnappt und sich über seine Beute hermacht, aber ihr werdet sie nicht sterben sehen. Eins-Tod hat ein Recht auf Privatsphäre. Immerhin ist er ein Gott.«
»Was ist er denn in Wirklichkeit?«, fragte der Mann.
»Er ist Hun Came«, sagte El Huracán nur.

James und Precious gingen den Weg weiter und erreichten Xibalbá, das Ende des Hindernisparcours. Hier hörte die *Avenida de la Muerte* auf. Der Gang öffnete sich zu einem Platz, in dessen Mitte eine gedrungene Pyramide stand. Es war ein moderner, den alten Maya-Bauwerken nachempfundener Bau. Von El Huracáns Zeichnung wussten sie, dass der Bau innen hohl war und dass sich darunter ein großes Wasserbecken befand.
Auf allen vier Seiten führten Stufen die Pyramide hinauf. Oben endete sie in einer breiten steinernen Plattform.
»Lass uns gehen«, sagte James und nahm Precious an die Hand.
Jetzt wusste er, wie die Kriegsgefangenen der Maya sich gefühlt haben mussten, als sie die Tempelpyramiden hochgingen, ihrem sicheren Tod entgegen. Seit er aus diesem Bett aus Federn aufgestanden war, fühlte er sich seltsam entrückt und losgelöst, als würde das alles nicht ihm selbst, sondern einem anderen zustoßen. Es kam ihm so unwirklich vor. Die Ameisen hatten jemand anderen gebissen und der Schmerz, der ihn wie ein Mantel umhüllte, gehörte gar nicht zu ihm, wie auch der Geruch von Honig und Hühnern von ganz woanders zu ihm herwehte.
Auf der Plattform entdeckten sie eine runde Öffnung in einer Steinplatte, durch die es weit hinunter in die Tiefe ging, bis zum Wasser, von dem ein bekannter Fischgestank aufstieg.
»Hör zu«, sagte James ruhig, aber eindringlich. »Ich wollte es dir

nicht früher sagen, weil ich genau weiß, dass du Angst haben wirst. Aber jetzt gibt es kein Zurück mehr.«

»Was meinst du?«, fragte Precious.

»Es gibt einen Fluchtweg«, sagte James.

Unter Tränen fing Precious an zu lächeln.

»Wirklich? Woher weißt du das?«

»Ich habe dir doch von der Eisentür erzählt, die ich unten im Tunnel gesehen habe«, sagte James. »Und von der Abflussrinne, die dazu dient, das Wasserbecken zu leeren.«

»Aber hast du nicht gesagt, die Tür ließe sich von innen nicht öffnen?«

»Doch, das tut sie«, sagte James. »Und ausgerechnet Wasis hat mich auf die richtige Idee gebracht.«

»Was für eine Idee denn?«, fragte Precious.

»Nun ja, mit der passenden Menge Sprengstoff lässt sich jede Tür öffnen.«

»Schön, aber wir haben keinen Sprengstoff«, wandte Precious ein.

»Gestern Nacht, bevor ich zu dir auf die Plaza gekommen bin, habe ich Dynamit aus dem Lagerschuppen geholt. Ich bin damit in den Tunnel gegangen und habe drei Stäbe an das Drehrad gebunden, mit dem sich die Tür öffnen lässt. Die Zündschnur habe ich in ein kleines Mauerloch direkt über dem Wasserbecken geleitet. Ein Päckchen Streichhölzer ist auch da. Also, hör zu, uns bleibt nicht viel Zeit. Was auch immer sich in dem Becken befindet, es wird uns jagen. Aber wenn ich es bis zu der Stelle schaffe und die Zündschnur anzünden kann, dauert es etwa drei Sekunden und dann – bumm . . .«

». . . werden wir zerfetzt«, sagte Precious.

»Schon möglich«, erwiderte James. »Muss aber nicht sein, denn das Wasser wird die Explosion dämpfen. Zumindest hoffe ich das. Wenn's klappt, hauen wir ab, direkt durch die Rinne.«

»Sind alle englischen Jungs so verrückt wie du?«, fragte Precious.
»Die meisten«, sagte James. »Also, was hältst du davon? Vertraust du mir?«
»Nein«, sagte Precious. »Aber ich folge dir in die Hölle und wieder zurück.«
»Dann lass uns gehen. Der Teufel wartet schon auf uns.«
Die Spitze der Pyramide ragte höher hinaus als jene Stelle außerhalb des Hindernisparcours, wo die Zuschauer standen. El Huracán hielt sich in der grellen Sonne die Hand schützend über die Augen und starrte hinauf zu den beiden.
»Werden Sie Ihr Wort halten?«, rief James ihm zu.
»Selbstverständlich«, rief El Huracán zurück. »Ich werde doch nicht meine eigenen Regeln brechen.«
»Wenn wir lebend rauskommen, sind wir frei und dürfen die Insel verlassen?«
El Huracán nickte. »Frei wie die Vögel. Ich werde euch zu Ehren sogar noch ein Abschiedsfest geben.«
»Weitere Regeln gibt es nicht?«, rief James.
»Nein.«
»Und auf welche Weise wir es schaffen, spielt keine Rolle?«
»Du hast mein Wort darauf, James. Diese Männer hier sind meine Zeugen. Wenn ihr Eins-Tod entkommt, dann seid ihr frei und könnt gehen, wohin ihr wollt.«
Precious drückte James' Arm. »Diesmal bin ich zuerst dran.«
»Nein, wir gehen zusammen«, sagte James.
Sie setzten sich an den Rand der Öffnung und fassten sich an den Händen.
»Was immer da unten ist«, sagte James, »es wird uns nicht sofort angreifen. Es wird zunächst neugierig sein und herausfinden wollen, wer wir sind. Aber danach wird es nicht lange zögern. Bist du bereit?«
»Auf in die Hölle«, sagte Precious.

Gemeinsam stießen sie sich ab.
Als sie ins Wasser eintauchten, klatschte es so laut wie ein Kanonendonner. Sie sanken auf den Grund des Wasserbeckens, das etwa zehn Fuß tief war, und ertasteten schleimigen Steinboden. Sie stießen sich ab und kamen, nach Luft schnappend, wieder an die Wasseroberfläche.
Wenigstens würde das Wasser Honig, Ameisen und Hühnerfedern abwaschen. Leider konnten sie es nicht genießen, denn die Zeit war knapp und James musste sich beeilen.
Durch die Deckenöffnung fiel ein wenig Licht herein, sodass sie erkennen konnten, wo sie waren. Es war eine große eckige Kammer. Entlang der einen Seite erstreckte sich ein steinerner Vorsprung. Und dort lag etwas, von dem man nur die dunklen Umrisse sehen konnte. Es waren die Umrisse eines riesigen Tiers.
James vermutete, dass die Mauertür sich auf der gegenüberliegenden Seite befand. Rasch schwamm er in diese Richtung und fing an, nach dem Loch zu suchen.
Mit zusammengekniffenen Augen tastete er im Dämmerlicht die Wand ab.
»Beeil dich, James«, drängte Precious.
Er hörte, wie das Tier sich auf dem Steinvorsprung bewegte und einen dumpfen Laut von sich gab.
James tastete weiter. Wieso fand er das Loch nicht?
Wieder bewegte sich das Tier. Diesmal hörte es sich wie ein Schrammen über den Steinboden an.
Wo war es? Wo war das verfluchte Loch?
»Hier!«, rief Precious. Ihre Stimme hallte von den Wänden wider. »Du suchst an der falschen Ecke.«
James drehte sich um und sah ihren Kopf aus dem Wasser ragen. Mit einem Nicken zeigte sie ihm die Richtung an.
Tatsächlich, sie hatte recht. Jetzt sah auch er den kleinen dunklen Fleck im Gemäuer.

Er schwamm hinüber und fuhr mit der Hand über die Wand. Ja, da war die Vertiefung. Er griff in das Loch. Die Streichhölzer waren noch da. Vorsichtig zog er sie heraus.
Wenn er sie jetzt fallen ließ, dann war alles aus.
»Es bewegt sich«, sagte Precious. »Beeil dich, James! Es kommt!«
Diesmal war ein Grunzen zu hören und wieder bewegte sich das Tier. Sie hörten ein merkwürdiges Schnauben und das Kratzen von Krallen über den Steinboden.
Behutsam zog James an der Zündschnur, bis sie ungefähr eine Handbreit aus dem Loch heraushing. Dann öffnete er die Streichholzschachtel.
Er blickte über die Schulter und sah, wie der riesengroße dunkle Schatten auf dem Steinvorsprung langsam ins Wasser glitt. Ihm war übel vor Angst. Bestimmt würde er es nicht rechtzeitig schaffen.
Er tastete nach einem Streichholz, ließ in der Eile mehrere fallen, aber schließlich bekam er eins zu fassen und strich damit über die Seite der Schachtel. Aber das Streichholz war feucht und entzündete sich nicht.
Noch einmal.
Wieder nichts.
James spürte ganz deutlich eine Bewegung im Wasser. Und das bedeutete, dass das Untier auf ihn zuschwamm.
Er warf das feuchte Streichholz weg und nahm ein neues.
Diesmal entzündete es sich sofort. Eine kleine Flamme flackerte auf. Einen kurzen Augenblick lang erleuchtete sie die Kammer und James erhaschte einen Blick auf ein Reptilauge und ein gigantisches Maul, das aus dem trüben Wasser ragte.
Er hielt das Streichholz an die Zündschnur und die Flamme sprang sofort über. Sie fraß sich die Schnur entlang und verschwand in dem kleinen Loch.
Wieder umgab sie fast völlige Dunkelheit.

»Weg von der Mauer, Precious«, rief James warnend und schlug auf die Wasseroberfläche, um das Tier abzuschrecken.
Plötzlich spürte James, wie ein langer ledriger Körper an seinen Beinen entlangstrich. Gleich würde das Biest zubeißen, gleich würden gigantische Kiefer sich um seinen Leib schließen.
Er hielt es nicht länger aus. Die Angst überwältigte ihn. James schnappte nach Luft und fing an zu schreien.
Sein Schrei füllte den Raum und hallte von den Wänden wider.
Dann war alles still.
Und dann ...
Dann war es, als würde die Kammer von der Hand eines Riesen geschüttelt.
Die Zeit hielt den Atem an.
Eine gewaltige Schockwelle fuhr durch das Wasser. James war wie gelähmt, er sah nichts, er hörte nichts, er fühlte nichts. Der Druck war kaum auszuhalten. Er kam von allen Seiten und James hatte das Gefühl, als würde ihm das Gehirn aus dem Kopf gequetscht. Die Welt um ihn herum explodierte und verwandelte sich in einen Mahlstrom aus schäumendem Wasser und umherwirbelnden Steinen.
Mit einem Schlag war James wieder bei klarem Verstand und erst jetzt bemerkte er, wie er durchs Wasser gegen die Mauer gedrückt wurde.
Also hatte ihn das Biest doch geschnappt?
Nein. Das war es nicht. Er war in einen Sog geraten, der das Wasser durch ein riesiges Mauerloch hinauspresste.
James wusste nicht, wo Precious war, er konnte sie nirgendwo entdecken. Wie ein Kreisel wirbelte er in der Strömung herum. Er stieß mit dem Kopf gegen etwas Hartes, seine Rippen fühlten sich an wie unter einem Dampfhammer – und dann war er mit einem Mal in der Rinne.
Es hatte also funktioniert. Er wurde weggeschwemmt wie eine

Spinne, die durch ein Abflussrohr gespült wird. Und da war auch Precious. Sie trieb vor ihm her durch den glitschigen steinernen Kanal.

Hatten sie es wirklich geschafft? Hatten sie El Huracán tatsächlich besiegt?

Noch nicht ganz.

Die Maya-Götter würden ein letztes Mal versuchen, James nach Xibalbá zu schicken, in das Land des Todes.

Denn Hun Came war noch nicht fertig mit ihnen.

James hörte ein dumpfes Knurren hinter sich und drehte den Kopf. Ein riesengroßes Krokodil trieb in der Abflussrinne auf ihn zu. Sein weicher Bauch schimmerte grünlich weiß im Wasser.

Das hatte James nicht bedacht.

Wie geplant, wurden er und Precious durch die Rinne geschwemmt, aber das galt auch für Eins-Tod. Und das Krokodil war wild vor Angst und Zorn. Es schnappte mit seinen gefährlichen Kiefern zu, warf den Kopf hin und her und grunzte und schrie dabei wie ein Schwein.

Die Abflussrinne hatte sich in eine Rutschbahn verwandelt. James hörte Precious kreischen, weil sie hilflos in der schmutzigen Brühe trieb und immer wieder gegen die steinernen Wände geschleudert wurde. Er wusste nicht, was er mehr fürchten sollte, an den Steinwänden zerquetscht zu werden oder im Schlund des Krokodils zu enden.

Plötzlich machte die Abflussrinne eine scharfe Biegung nach rechts. James prallte gegen die Mauer und einen Augenblick lang blieb ihm die Luft weg. Er wandte den Kopf und sah gerade noch, wie das Krokodil immer näher rutschte und schließlich gegen ihn prallte. Instinktiv packte er zu. Irgendwie schaffte er es, die Arme um das gigantische Maul zu schlingen. Und so rutschten sie gemeinsam weiter.

James starrte in das wild funkelnde gelbe Auge des Reptils. Das

Krokodil zuckte und wand sich, es suchte mit den kurzen Stummelbeinen Halt und grub mit den Krallen tiefe Kratzer in den weichen Stein. Sie drehten sich um die eigene Achse. Dann machte die Rinne erneut eine Kurve und James geriet unter das Krokodil und musste loslassen.

Das Tier war offenbar entschlossen, ihn zu packen, es wollte den Eindringling töten, der sein kleines Reich in die Luft gejagt hatte. Es bog den Rücken durch, krümmte sich dann blitzschnell und schnappte nach James.

Genau in diesem Augenblick erreichten sie eine Stelle, an der sich die Abflussrinne in zwei verschiedene Kanäle verzweigte. James wurde in den einen geschwemmt, das Krokodil in den anderen.

Ein paar Augenblicke lang konnte James durchschnaufen, während er durch den von Algen überwucherten Steingraben glitt. Doch dann wurden die beiden Kanäle wieder zusammengeführt. War Eins-Tod jetzt vor ihm oder hinter ihm?

Ein wütendes Knurren verriet ihm, dass das Ungeheuer hinter ihm war. Da kam es auch schon angeschossen, es schien nur aus einem Maul und Zähnen zu bestehen. James schlug mit dem Kopf gegen die Wand und war für Sekunden wie gelähmt. Er wusste nicht mehr, wo oben und wo unten war.

Dann wurde er durch die Luft katapultiert. Er öffnete die Augen und sah, nur eine Handbreit von seinem Kopf entfernt, das weit aufgerissene Maul des Krokodils und die Reihen spitzer Zähne. Er sah die rosafarbene Zunge und roch den stinkenden Atem. Dann fielen beide, Mensch und Tier, mit einem Klatschen zurück in die Rinne.

Wieder machte das Krokodil einen Satz nach vorn, aber James wich zur Seite, sodass der Kiefer des Tiers ins Leere schnappte. Es schlug mit seinem riesigen Schwanz und James wurde weggeschleudert.

Aber da war er schon ohne Bewusstsein und in das Reich des Vergessens abgetaucht.
Dann war nur noch ein leises Platschen in der Dunkelheit zu hören.

31 Eine Gestalt im Turm

James wachte auf. Er lag auf einem schmalen Felsvorsprung in einer Meereshöhle. Neben ihm kauerte Precious und strich ihm sanft übers Gesicht.

»Langsam gewöhne ich mich daran, dich aus dem Wasser zu fischen«, sagte sie.

»Was ist mit dem Krokodil?«, fragte James.

»Keine Ahnung«, sagte Precious. »Vielleicht ist es ins Meer geschwemmt worden, vielleicht ist es tot. Hauptsache, es ist weg.«

»Dann haben wir es also geschafft?«

»Sieht so aus. Was für ein Tag.«

»Was für ein Mädchen.«

»Ich weiß.«

Precious beugte sie sich über ihn und küsste ihn sanft auf den Mund. James' Lippen waren noch taub, daher spürte er nichts. Ihm kam es vor, als würde er von einem Engel geküsst.

Precious saß da, James' Kopf ruhte in ihrem Schoß und so warteten sie schweigend, bis das Tuckern eines Motorboots zu hören war und laute Stimmen, die nach ihnen riefen.

Precious rief zurück und da kam auch schon das Motorboot, das von El Huracáns Indios gesteuert wurde.

James und Precious kletterten ins Boot. Die Indios sahen sie an, als wären sie Wesen von einem anderen Stern, und nachdem sie den beiden wärmende Decken gegeben hatten, hielten sie argwöhnisch Abstand.

Das Boot tuckerte aus der Höhle hinaus ins helle Licht. Es war ein

wundervoller Tag. Die Sonne glitzerte auf dem tiefblauen Wasser. Vögel segelten durch die Luft und tauchten nach Fisch. Wolken schaukelten in einer sanften Brise. Und für James und Precious wurde der Tag noch dadurch vergoldet, dass sie Eins-Tod überlistet hatten, den Herrscher der Unterwelt.
Nie zuvor war ihnen ein Tag so herrlich vorgekommen. Nie zuvor war die Luft süßer gewesen.
Sie fuhren in den Hafen ein, wo El Huracán schon auf sie wartete. Er betrachtete sie von Kopf bis Fuß, als sie mit steifen Gliedern aus dem Boot stiegen, und seine undurchdringliche Miene verriet nichts von seinen Gedanken.
»Ihr seid am Leben.« Das war alles, was er sagte.
»Tut mir leid, aber so ist es«, erwiderte James.
El Huracán schüttelte den Kopf. Dann drückte er seine Zigarre mit der Schuhspitze aus, drehte sich um und ging.

Zwei Tage später standen James und Precious ausgeruht am Hafen und warteten auf den Dampfer, der sie zum Festland bringen sollte. El Huracán hatte Wort gehalten. Ihnen zu Ehren hatte er sogar ein Fest auf der Plaza ausgerichtet. Er hatte am Kopfende der Tafel Platz genommen und einen Toast auf sie ausgebracht. Aber seine gute Laune war nur vorgetäuscht gewesen und James war aufgefallen, dass er zwar sehr viel trank, aber nichts aß.
Außer Precious und James wartete eine Gruppe Musikanten auf den Dampfer, einer von ihnen spielte auf der Gitarre und sang ein Lied dazu. James konnte nicht sagen, ob es die Musik war oder der warme, sonnige Tag oder der betörende Duft der Blumen, aber fast tat es ihm leid, die Insel zu verlassen.
Precious ging schon auf den Landungssteg, während James sich ein letztes Mal umdrehte. Da sah er El Huracán, flankiert von zwei Wachen, zur Hafenmole kommen.
James blieb stehen und wartete.

»Ich wollte nur sichergehen, dass ihr die Insel wohlbehalten verlasst«, sagte der gerissene alte Mexikaner, als er vor James stand.

»Keine gezinkten Karten mehr im Ärmel?«, fragte James.

El Huracán streckte die Hände aus und schob die Manschetten zurück, wie um zu zeigen, dass sie leer waren. Seine Laune hatte sich seit dem Fest offensichtlich gebessert.

»Keine Tricks«, versicherte er. »Aber ich würde gern eine Vereinbarung mit dir treffen, James Bond.«

»Und worum geht es dabei?«

»Du sollst mir schwören, dass du mir in Zukunft keine Schwierigkeiten mehr machst. Dass du nicht mehr auf die Insel kommst wegen Mrs Glass.«

»Warum sollte ich das versprechen?«, fragte James.

»Weil ich euch gehen lasse«, sagte El Huracán.

»Was bleibt Ihnen anderes übrig? Sie selbst haben die Regeln aufgestellt.«

El Huracán zuckte mit den Schultern und zog eine Zigarre aus der Tasche. »Du hast gemogelt«, sagte er und zündete sie an.

James' Antwort war auch nur ein Schulterzucken.

»Hör mir zu, James«, fuhr El Huracán fort. »Wenn ich wollte, könnte ich dich jetzt in diesem Augenblick töten und damit wäre die Sache erledigt. Dein Glück ist, dass ich ein fairer Sportsmann bin. Außerdem mag ich dich trotz der Scherereien, die du mir gemacht hast.«

»Ich kann nichts versprechen«, sagte James.

El Huracán wurde mit einem Mal sehr ernst. »Ich habe Freunde in der mexikanischen Regierung«, sagte er. »Ich bezahle ihnen eine Menge Geld, damit sie mich in Ruhe lassen. Und jeder Verbrecher, der hierherkommt, verlässt die Insel nicht mehr. Im Grunde genommen ist Lagrimas Negras eine Art Gefängnis. All diese Männer und Frauen werden hier sterben. Das gilt auch für Mrs Glass. Ich habe der ganzen Welt einen Gefallen getan, als ich sie bei mir aufgenommen habe. Und Mrs Glass hat ihre eigene Strafe bekommen. Du dagegen bist frei. Also belass es dabei.«

»Ich bin wegen einer bestimmten Sache hierhergekommen«, erklärte James. »Und diese Angelegenheit ist wichtiger und bedeutender als ich.«

»Die gestohlenen Pläne«, sagte El Huracán.

»Stimmt genau«, sagte James. »Solange sie in Ihrem Besitz sind, ist es noch nicht vorbei.«

»Was hast du vor?«, fragte El Huracán.

»Wie Sie schon sagten, Sie haben es sich hier bestens eingerichtet«, sagte James. »Man lässt Sie in Ruhe. Sie sind der Herrscher Ihres eigenen kleinen Reichs. Aber wie, glauben Sie, wird die amerikanische Regierung reagieren, wenn sie erst einmal herausfindet, und das wird sie irgendwann tun, dass Sie im Besitz der Geheimunterlagen sind? Und dass Sie vorhaben, sie an ein anderes Land zu verkaufen? Glauben Sie wirklich, die Amerikaner werden tatenlos zusehen? Die amerikanische Marine hat dieser Insel schon einmal einen Besuch abgestattet. Damals wurden alle Menschen auf der Insel getötet.«

»Alle bis auf einen«, widersprach El Huracán.

»Bis auf einen«, bestätigte James. »Wer weiß, vielleicht haben Sie ja Glück und kommen ungeschoren davon, wie Ihr Vater, aber diesen paradiesischen Ort wird es dann ganz sicher nicht mehr geben.«

El Huracán schwieg eine Weile. Er nahm die Zigarre aus dem Mund, blies auf die Zigarrenspitze und dachte nach. Schließlich hob er den Kopf und sah James grinsend an.

»Du kannst offenbar meine Gedanken lesen«, sagte er und schnippte mit den Fingern. Einer seiner Wachen trat einen Schritt nach vorn und holte etwas aus einer Segeltuchtasche hervor.

James erstarrte. Würde El Huracán ihn doch noch töten?

Aber es war keine Pistole, die der Mann aus der Tasche zog, sondern eine Ledermappe.
El Huracán tippte mit seinen braunen Fingern auf das bekannte Emblem der US-Marine.
»Die Maya nannten einen Schatz, an dem Blut klebte, Hurrikan-Gold«, sagte er. »Sie waren der Überzeugung, dass er früher oder später Unglück und Ruin über denjenigen und seine ganze Familie brachte, in dessen Besitz er war.« Er gab James die Mappe. »Das hier ist Hurrikan-Gold. Es hat nichts als Tod und Verderben gebracht. Ich bin reich genug, ich will die Pläne nicht. Sie gehören dir, James. Sieh zu, dass sie dem rechtmäßigen Besitzer zurückgegeben werden.«
James schüttelte die Hand des alten Mannes.
»Abgemacht«, sagte er.
»Hörst du das?«, fragte El Huracán lächelnd und nickte in Richtung der Musikanten. »Kennst du dieses Lied?«
»Nein«, sagte James.
»Es passt sehr gut hierher. Es ist ein altes kubanisches Lied und heißt *Lagrimas negras,* Schwarze Tränen, so wie meine Insel. In dem Lied geht es um einen verlassenen Liebhaber. Seine Angebetete ließ ihn schlimme Qualen erleiden, doch er liebt sie noch immer. Ich werde dich nie vergessen, James. Vielleicht erinnerst du dich auch später noch an meine Insel und an mich.«
»Wie könnte ich Sie jemals vergessen?«, sagte James.
El Huracán begleitete ihn bis zum Steg, wo Precious auf ihn wartete. »Weißt du eigentlich, worauf ich gewettet habe?«, fragte er.
»Beim Hindernisparcours meinen Sie?«, fragte James zurück und schüttelte gleichzeitig den Kopf.
»Ich habe darauf gewettet, dass du es bis zum Schluss schaffst«, sagte El Huracán. »Dass du bis zur letzten Prüfung kommst. Bis zu Xibalbá. Aber ich habe nie damit gerechnet, dass du lebend davonkommst. Ich habe dir einmal gesagt, ich würde dir die Ge-

schichte der Helden-Zwillinge erzählen. Es waren zwei Brüder, die in die Unterwelt gingen, um den Tod ihres Vaters zu rächen, der von Xibalbás Herrschern ermordet worden war. Auf dem Weg dorthin mussten sie mancherlei Aufgaben meistern, und als sie ihr Ziel erreicht hatten, hatten sie weitere schreckliche Prüfungen zu bestehen, bevor sie Eins-Tod und Sieben-Tod, die beiden mächtigsten Herrscher der Unterwelt, besiegten. So werde ich mich stets an dich und Precious erinnern: als die wiedergeborenen Helden-Zwillinge.«

Er packte James bei den Schultern.

»Ich frage dich ein letztes Mal. Das alles hier könnte dir gehören. Du könntest der König dieses Reichs sein.«

»Ich will kein König sein«, erwiderte James. »Ich bin nur ein ganz normaler Junge.«

»Dann *adios«,* sagte El Huracán mit einem Augenzwinkern und kehrte auf die Mole zurück.

Wie auf Befehl erwachten die Dampfturbinen zum Leben und die Taue wurden eingeholt.

Als El Huracán wieder am Kai stand, rief er Precious noch etwas zu. »Das hätte ich fast vergessen«, schrie er und winkte. »Auf dich wartet eine Überraschung an Bord, Mädchen. *Adios!* Es war sehr anregend, eure Bekanntschaft zu machen.«

James und Precious winkten zurück, während das Schiff gemächlich aus dem Hafen fuhr.

»Eine Überraschung?«, sagte Precious. »Glaubst du, er treibt ein böses Spiel mit uns?«

»Nein, alle Schulden sind beglichen«, sagte James und gab ihr die Ledermappe.

Einen Augenblick lang starrte sie wortlos darauf, als könnte sie ihren Augen nicht trauen. Dann brach sie in Tränen aus und warf sich in seine Arme.

»Ach, James«, schluchzte sie nur, mehr konnte sie nicht sagen.

Nachdem sie sich wieder gefasst hatte, standen beide schweigend da und beobachteten, wie der Hafen immer kleiner wurde. Im letzten Augenblick, gerade als das Schiff eine felsige Landzunge umrundete, meinten sie, die Gestalt einer Frau mit einem breitkrempigen Hut zu sehen, die sie vom Wachturm an der Hafenmauer aus beobachtete.

»Precious.«

Beim Klang der vertrauten Stimme wandten sie sich um. Vor ihnen stand Jack Stone, der älter und auch schmaler wirkte, als James ihn von seiner ersten Begegnung her in Erinnerung hatte.

»Daddy?«

»Mein Schatz . . .«

Precious rannte zu ihm und James blieb allein an der Reling zurück.

Precious und ihr Vater saßen auf einer Bank in einer kleinen Kabine unter Deck. Beide hatten geweint. Zwischen ihnen, auf einer Decke, lag die Ledermappe.

»Und JJ?«, fragte Precious. »Geht es ihm gut? Was ist mit seinem Bein?«

»Sie konnten es retten«, sagte Jack Stone. »Er ist wohlauf. Ein wenig schwach zwar, aber er läuft schon wieder herum und plappert. Herrje, was ist der Junge für eine Plaudertasche. Er redet von morgens bis abends. Und immer geht es dabei um seine große Schwester und diesen James Bond.«

»Was ist mit Sakata?«

»Er hat JJ im Krankenhaus abgeliefert und ist dann spurlos verschwunden, noch bevor jemand ihm Fragen stellen konnte. JJ verdankt ihm sein Leben.« Stone umarmte seine Tochter. »Wir werden wieder zusammen sein, Schatz, wir alle drei. Von jetzt wird alles anders, wart nur ab . . .«

Precious' Blick glitt zu der Ledermappe.

»Zuerst musst du das hier zurückgeben«, sagte sie.
»Selbstverständlich«, versicherte Stone. »Das wollte ich ja sowieso.«
Precious schüttelte den Kopf und wandte sich von ihm ab. »Keine Märchen mehr, Daddy. Belüg mich nie wieder.«
Stone schaute betreten zu Boden. Er wischte sich übers Gesicht und seufzte. »Ich war ein Dummkopf.«
»Eine letzte Geschichte musst du allerdings noch erzählen«, sagte Precious. »Aber darin bist du ja sehr gut, also dürfte es dir nicht schwerfallen. Du wirst die Geheimpapiere zu den Regierungsbehörden bringen oder der Marine oder wem auch immer sie gehören und sagen, dass eine Frau namens Theda Glass bei dir aufgetaucht ist und dich gebeten hat, sie nach Argentinien zu fliegen. Sie werden über die Frau Bescheid wissen und dir auch den Rest glauben.«
»Gewiss doch, Liebling«, sagte Stone.
»Du bist nicht nach Argentinien geflogen, weil du nämlich herausgefunden hast, dass sie eine Kriminelle ist und eine Spionin und dass sie geheime Unterlagen von einem Marineoffizier gestohlen hat. Ihr seid mitten im Dschungel gelandet, es kam zu einem Kampf, den du gewonnen hast. Dann hast du dich aufgemacht, um die Geheimpläne wieder in die Staaten zu bringen. Du wirst als Held gefeiert werden und wir fangen ein neues Leben an, so wie du gesagt hast.«
»Du bist wirklich sehr schnell erwachsen geworden, Prinzessin. Ich bin stolz auf dich.«
»Früher war ich stolz auf *dich,* Daddy.«
»Ich wollte doch nur, dass du und JJ es gut habt.«
»Begreifst du denn nicht, Daddy? Wenn man sich falsch verhält und sei es auch, weil man etwas Ehrenhaftes im Sinn hat, fällt es am Ende auf einen selbst zurück.«

James stand an der Reling. Er konnte die dunkle Spitze der Insel gerade noch sehen. Er dachte über Precious und ihren Vater nach. Er selbst würde nach einem Abenteuer wie diesem weder zu einem Vater noch zu einer Mutter zurückkehren können. James fragte sich, ob er wohl sein ganzes Leben unterwegs sein würde auf der Suche nach Neuem und Unbekanntem und dabei immer zu wissen, dass zu Hause niemand auf ihn wartete.

Er spürte eine Hand auf seiner Schulter und drehte sich um. Es war Precious, die ihn mit einem eigentümlichen Gesichtsausdruck ansah. Ein Lächeln umspielte ihre Lippen, aber in ihren Augen lag eine tiefe Traurigkeit.

»Deine Tante Charmian wartet in Veracruz auf dich«, sagte sie. »Sie ist dageblieben und kümmert sich um JJ.«

»Geht es ihm gut?«

»Ja, und das hat er dir zu verdanken.«

»Letztendlich waren wir es wohl gemeinsam.«

»Ja, letztendlich war es wohl so.«

»Ich frage mich, wie alles ausgegangen wäre, wenn ich in jener Sturmnacht nicht bei euch zu Hause gewesen wäre«, sagte James.

»Vermutlich läge ich jetzt tot im Sumpf«, sagte Precious. »Ich werde dich immer lieben für das, was du für mich getan hast.«

»Und ich dachte, du hasst mich«, sagte James.

»Ich habe dich nie gehasst.«

»Dann hast du zumindest so getan, als ob.«

»Ach, Jungs können manchmal so dumm sein«, sagte Precious. »Ich glaube, ich habe dich vom ersten Augenblick an geliebt.«

»Wie bitte? Machst du Witze?«

»Ich konnte es natürlich auf keinen Fall zeigen, das ist doch klar«, sagte Precious.

»Auch Mädchen können manchmal ganz schön dumm sein«, sagte James.

»Die Sache ist die, James.« Precious blickte aufs Meer hinaus. »Ich habe gelernt, der Liebe nicht zu trauen. Ich habe gelernt, mich von allem fernzuhalten, was ich von ganzem Herzen haben möchte, denn ich habe gelernt, dass einem alles, was man liebt, weggenommen wird.«

James nickte. »Ich weiß, wie sich das anfühlt.«

»Und ich werde auch dich verlieren«, sagte Precious ruhig. »Wenn wir wieder in Mexiko sind, was dann? Ich weiß nicht, wie die Sache mit meinem Vater weitergeht. Es wird anders sein als früher, das ist sicher. Und du? Du kehrst nach England zurück und vielleicht schreibst du mir sogar einmal, aber dann wirst du mich vergessen.«

»Ich werde dich nie vergessen«, sagte James.

»Vielleicht nicht sofort«, sagte Precious. »Eines habe ich jedenfalls gelernt: Man kann nie wissen, was morgen sein wird.«

»Denk nicht an morgen«, sagte James und lächelte. »Der morgige Tag wird für sich selbst sorgen.«

Er legte den Arm um sie und gemeinsam beobachteten sie, wie die Insel langsam am Horizont verschwand.

Krystyna Kuhn

Das Tal – Season 1

Band 1: **Das Spiel**
978-3-401-50530-5

Band 2: **Die Katastrophe**
978-3-401-50531-2

Band 3: **Der Sturm**
978-3-401-50532-9

Band 4: **Die Prophezeiung**
978-3-401-50533-6

Arena

Auch als E-Books erhältlich
Als Hörbücher bei Lübbe audio

Jeder Band:
Kartoniert
www.das-tal-lesen.de
www.arena-verlag.de